삶을 가꾸는

통합적
글쓰기치료

삶을 가꾸는

통합적
글쓰기치료

장만식 지음

보고사
BOGOSA

들어가는 말

"하느님! 정말 계신다면, 제가 누구이고 무엇을 해야 하는지 말씀해 주십시오."

『부활』이라는 작품 속에 담겨 있는 톨스토이의 이 절절한 기도는 인간이 누구인지, 어디로 가야 하는지 끊임없이 질문하게 만드는 삶의 본질을 담고 있다. 마치 혼란 속에서 길을 잃은 자아가 내면 깊은 곳에서 터뜨린 외침과도 같은 이 질문은 인간의 존재와 삶의 의미, 목적, 그리고 방향 등 본질적 고뇌를 담고 있는 내적 독백이다. 즉 자신을 향한 질문이고, 내면 깊은 곳에 숨겨진 질문을 자신의 목소리로 대변하고 있으며, 자기 자신과 삶의 의미를 향한 치열한 탐구의 시작을 알리는 외침이기도 하다. 이렇듯 톨스토이는 『부활』을 통해 자기 삶의 고뇌와 혼란을 표현했다. 그 속에서 품은 간절한 소망과 인간 존재에 대한 물음을 던지고 있다. 물론 문학작품은 허구적인 형식과 내용을 통해 자신의 삶과 운명을 실험적으로 극한까지 만들어 보기도 하고, 시험해 보기도 하고, 상상해 보기도 하고, 그 결과를 탐구해 보는 측면이 있다. 하지만, 이 작품에 담긴 진실성과 핍진성은 부인할 수 없을 뿐만 아니라 그 가치 또한 훼손될 수 없다. 본질적으로 자신을 온전히 드러내는 행위이고, 자신의 내면의 목소리에 귀 기울여 삶의 진실을 찾는 과정이다.

그런데 글쓰기도 이러한 간절한 기도와 같다고 말할 수 있다. "나는 누구인가? 어떤 존재인가? 삶의 의미가 무엇인가? 인간은 어디에서 왔는가? 어디로 가고 있는가? 어떻게 살아야 하는가?" 등의 삶과 내면의 물음에 대한 철학적 탐색의 도구일뿐만 아니라 소크라테스의 "너 자신을 알라"라는 철학적 자기반성의 기초를 이루는 자신과의 대화이다. 단순히 단어를 나열하는 작업이 아니라, 자신의 삶을 정리하고, 새로운 이야기를 써 내려가는 과정이다. 우리는 이러한 글쓰기를 통해 내면의 어두운 방을 밝히고, 삶의 새로운 장을 열어갈 수 있다. 그러므로 철학적 물음에서 출발한 글쓰기는 우리를 더 깊은 자아 탐구로 이끄는 위대한 모험이자 단순한 표현을 넘어선 정신적 도전이다. 자기 내면의 생각과 감정을 언어로 표현하는 행위를 넘어설 뿐만 아니라 삶의 진실과 본질을 탐구하는 창조적 여정이다.

따라서 글쓰기는 본질적으로 자신을 온전히 드러내는 행위이고, 자신의 내면의 목소리에 귀 기울여 삶의 진실을 찾는 과정이다. 즉 톨스토이의 기도 속 내면의 고뇌와 혼란, 그리고 소망을 언어로 풀어내어 확인하는 과정처럼 자기 자신에게 묻고, 스스로에게서 답을 찾아 나가는 과정이기 때문이다. 이를 통해 자신을 드러내고 비추어 자기 삶의 진실과 마주함으로써 새로운 통찰과 깨달음으로 삶의 의미를 재구성하고 방향을 정립해 나가는 창조적 과정이다.

다만, 그 과정에서는 오로지 자신만이 주인이고, 주체이다. 물음도 답도 그 과정 속 모든 것이 자신 안에 있으며, 글쓴이의 내면을 반영하기 때문이다. 즉 글 속의 인물과 이야기, 감정은 곧 그의 의식과 무의식이 투영된 결과이며, 이는 필연적으로 그의 삶과 연결될 수밖에 없다. 글쓴이가 살아내고 있는 삶의 범주를 벗어날 수는 없다. 어느 것 하나도 글쓴이와 연관되지 않을 수 없다. 그렇기에 글쓰기에 임해서는 모든 과정에 대한 권리와 의무, 책임 등이 자신에게 있으며, 자아를 탐구하고 내면의 목소리를 발견하는 과정에서 충분한 용기가 반드시 필요하다.

　글쓰기치료는 이러한 삶을 가꾸는 여정에서 함께 숨 쉬며 걷는다. 한 인간의 마음이라는 우주에서 길을 찾을 수 있도록 조용한 길잡이 역할도 한다. 하지만, 주도하지는 않는다. 왜냐하면, 글쓰기치료의 주체는 분명 자기 자신이며, 자기 삶의 주인공 또한 어느 누구도 대신할 수 없는 그들 자신이기 때문이다. 그러므로 글쓰기치료는 얼마나 솔직하게 자신을 마주하고, 자신의 이야기를 온전히 풀어놓을 수 있는가에 달려 있다. 왜곡이나 편집 없는 고백과 자아성찰을 통해 억압된 과거의 문제와 대면할 때, 자신의 내면 깊은 곳에서부터 진정한 해답을 찾아 나갈 수 있을 뿐이다. 즉 내면의 갈등과 고민을 글로 적어냄으로써 자신의 문제를 대상화하고 성찰함으로써 새로운 시각을 확보할 수 있다. 더 나아가 우리는 이러한 과정을 통해 삶의 부정적 측면을 용서와 화해의 길로 이끌고, 깨달음과 통합으로 나아갈 수 있다. 그 길 위에서 삶의 주체성을 회복하고 새로운 통찰을 얻는 변화의 여정을 가능하게 만든다. 결국 삶을 풍요롭게 성장·발전시키며, 성숙한 인격으로 완성해 나갈 수 있게 된다. 이처럼 글쓰기치료는 단순히 자신을 표현하는 행위를 넘어선 치료의 가장 효과적인 도구로 기능한다. 이것이 바로 글쓰기치료의 본질이다.

2025년 3월
양평에서 저자 씀

차례

통합적 글쓰기치료의 이해

1. 개념 및 정의

통합적 글쓰기치료는 '글쓰기치료'에 '통합적'이라는 관형어를 추가함으로써 통합적 방식을 더욱 강조한 명칭이다. 이는 기존의 '글쓰기치료'의 독립적이고 고유한 방식뿐만 아니라 다양한 치료 기법과 심리적 접근 방식을 적극적으로 활용하려는 의도를 반영한 개념이다. 즉 '통합적 글쓰기치료'는 '글쓰기'와 '치료'라는 단어가 결합된 합성어에 통합적 방식을 특별히 강조한 '통합적'이라는 관형어가 덧붙여져 확장된 의미를 구성한다. 또한, '글쓰기치료'라는 용어는 문법적으로 볼 때, 주로 '글쓰기'가 '치료'에 종속되는 의미관계를 나타내는 종속합성어로 사용되기도 하지만, '글쓰기치료'의 고유성과 독립성이 강조될 경우에는 각 단어가 원래의 뜻을 넘어서 '글쓰기치료'라는 한 덩어리의 새로운 개념을 나타내는 융합합성어로 쓰인다.

따라서 이 장에서는 통합적 글쓰기치료의 개념을 우리말 문법단위의 일반적인 결합 방식에 따라 단계적으로 분석하고, 최종적으로 그 정의를 명확히 하고자 한다. 즉 우리말의 종속합성어의 경우, 일반적으로 가장 마지막에 위치한 단어가 핵심 의미를 나타낸다. 그러므로 먼저 '치료', '치유', '상담' 등의 개념을 규정한 후, '통합적 글쓰기치료'의 개념과 정의를 순차적으로 정립해 나가고자 한다.

1) 치료와 치유, 그리고 상담

일상적으로 우리는 '치료'와 '치유'라는 용어를 혼동하여 사용하는 경우가 있다. 게다가 상담이라는 단어와 함께 쓰일 때는 어떤 의미로 이해해야 할지 그 개념이 애매모호하게 뒤섞인 채로 혼란스럽다. 물론 치료와 치유, 그리고 상담을 명확히 개념 규정하여 구분하고, 그 차이를 가려 사용한다는 것은 거의 불가능할지도 모르겠다. 왜냐하면, 아직도 이 개념들이 변화·발전하고 있는 진행형이기 때문이다. 다만, 여기서는 내담자와의 관계를 중심으로 이 개념들의 의미를 규명하고, 각각의 상호관계를 구조적으로 정리하고자 한다. 다음 [그림 1]은 치료, 치유, 상담의 개념을 내담자와의 관계를 중심으로 포함관계로 나타낸 도식이다.

이 관계도의 중요한 특징 중 하나는 각각의 용어들을 개별적인 영역으로 구분했을 뿐만 아니라 그 영역들의 포함관계로 나타냈다는 점이다. 이는 치료·치유·상담이 서로 배타적인 개념이 아니라, 내담자와

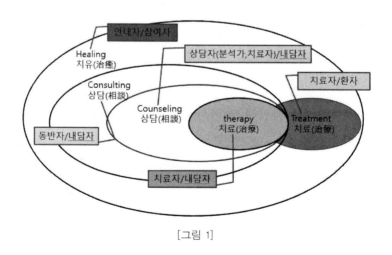

[그림 1]

의 관계 속에서 유기적으로 연결되고 영향을 주고받는 과정적 개념임을 반영한 것이다. 왜냐하면, 관계라는 것은 정직인 개념이 아니라 동적인 개념이기 때문이다. 즉 과정적 개념으로 언제든, 어떠한 상황에서든지 변화할 수 있다. 특히, 내담자와의 관계는 그러한 과정에서 얼마든지 긍정적인 변화를 이뤄 나갈 수 있고, 지속적으로 이뤄 나가야만 한다. 물론 여기에는 우여곡절이 있기 마련이다. 초기의 역할 관계로 만나 어색하고, 어렵기도 하고, 힘들기도 하고, 두렵기도 한 시간을 지나 신뢰감과 친밀감 등이 쌓여 치료적 관계가 공고해 지면, 이 관계는 더욱 밀도 높은 수준의 치료·치유·상담을 담보하기 마련이다. 그 과정에서 내담자는 주도권을 더 많이 가지게 되고, 점진적으로 수평적 관계를 형성하게 된다.

물론 그렇게 될 수 있도록 내담자와의 상호작용을 통해 적극 노력해야만 이뤄질 수 있다. 그리고 그렇게 해야만 한다. 왜냐하면, 결국 치료·치유·상담의 궁극적 목표가 내담자의 자립 능력을 신장시켜 독립적인 삶을 살아갈 수 있도록 하는 것이기 때문이다. 즉 내담자가 점진적으로 독립적인 존재로 성장할 수 있도록 조력해야 하며, 이를 실현하는 과정 자체가 치료·치유·상담의 본질이라 할 수 있다. 그러므로 이러한 내담자와의 관계 변화는 치료·치유·상담의 모든 과정에서 나타난다고 할 수 있다. 다만, 내담자의 심리적 문제 상황에 따라 접근 방식 및 전개 양상의 다양성에 있어서 차이가 있을 뿐이다. 이러한 차이를 바탕으로 기존의 논의를 종합하여 앞의 그림, 즉 치료와 상담, 치유의 관계도와 같이 포함관계가 도식화한 것이다.

그러면 이제부터 앞의 그림, 즉 치료와 상담, 치유의 관계도에 나타난 용어들의 개념을 하나씩 살펴보고자 한다. 먼저, '상담'은 한자로

'相談'이다. '相'은 회의 문자로, 재목을 고르기 위해 나무(木)를 살펴본다는(目) 뜻이 합(合)하여 생성된 한자인데, 나무와 눈이 서로 마주본다는 데서 '서로'를 뜻하게 된다. '談'은 형성 문자로 뜻을 나타내는 말씀 언(言)과 음(音)을 나타내는 염(炎)으로 이루어졌는데, 화롯가에 둘러앉아 조용히 이야기를 함께 나눈다는 뜻이 합하여 '말하다'를 뜻한다. 따라서 한자의 원래 뜻을 고려하면, 상담은 서로의 눈을 마주보면서 따뜻한 마음으로 이야기를 함께 나누는 과정이라고 해석할 수 있다. 즉 어느 한쪽이 일방적으로 주도하는 것이 아니라, 상담자와 내담자가 서로의 눈을 마주하며 함께 이야기하는 동반자적 관계를 형성한다고 할 수 있다. 물론 내담자와의 관계가 처음부터 그렇게 주어지지는 않는다. 초기에는 상담자가 상담을 주도하는 경우가 많지만, 시간이 지나면서 내담자가 점점 더 상담 과정에 적극적으로 참여하게 되고, 상담자와 보다 대등한 관계로 발전한다. 이는 상담이 본질적으로 단순한 조언이나 지도가 아니라, 서로의 마음에 작용하여 서로 긍정적인 영향을 주고 돕는 과정이기 때문이다.

그러므로 상담에서는 궁극적으로 양쪽 모두 동등한 위상에 가까운 동반자적 입장과 처지에 놓이게 된다. 왜냐하면, 그것이 먼저 아팠던 사람이 상담자의 위치에서 현재 아픈 사람을 돌보는 과정이거나 현재 덜 아픈 사람이 또한 상담자의 위치에서 더 아픈 사람을 위로하며, 서로에게 긍정적인 영향을 주고 돕는 상호작용적 과정이기 때문이다. 즉 이는 상담자가 내담자보다 우월한 위치에 있는 것이 아니라, 단지 내담자보다 먼저 상처를 경험하고, 먼저 회복을 경험한 사람일 뿐이라는 점을 의미한다. 그렇기에 내담자와 상담자 모두 자신의 아픔을 이겨내며 함께 이겨내기 위해 서로 손 내밀어 어루만지는 과정이다. 결국 양쪽 모두 건강한 삶을 회복해 나가고, 인격적 성숙을 이룩해 나가며, 참된 자아를 찾아가는 과정에서 서로를 격려하며 동행하고 있는 관계이다. 다만 상담자는 내담자가 자신과 함께 건강한 삶, 인격적 성숙의 길을 갈 수 있도록 안내하고, 동반자로서 줄 수 있는 도움을 줄 뿐이다.

예컨대, 농부가 고추 농사를 짓는 것과 같다. 농부는 밭을 갈아 고추 모종을 심고, 물과 거름을 주고, 북돋기를 해 주고, 지주대를 세워 묶어줄 수는 있다. 하지만, 키를 늘려주고, 입과 꽃과 열매를 달아줄 수는 없다. 이렇듯 농부가 도움을 줄 수 있는 것에는 한계가 있다. 고추는 스스로 성장하기 위해 자신의 내적힘으로 땅속에 뿌리를 넓게 뻗어 물과 영양분을 섭취해야 한다. 또한 햇빛을 받아 광합성을 해서 스스로 영양분을 만들어 성장과 발달을 이뤄내야만 한다. 농부가 흙을 북돋고, 웃거름을 주고, 풀을 매고, 고랑을 매어 물 빠짐을 잘 만들어 줄 수는 있다. 하지만, 긴 여름과 장마 속에서 닥쳐오는 비와 바람과 뜨거운 볕은 스스로 혼자서 견디어 내어야만 열매를 맺을 수 있는 이치와 같다.

이처럼, 내담자도 자신의 내적힘을 바탕으로 스스로 성장과 발달을 이뤄내야만 한다. 농부가 고추에 해 줄 수 있는 것과 없는 것이 있듯이 그렇다. 오로지 자신의 힘과 의지, 선택만이 자신의 삶을 가꿀 수 있다. 또한 상담자도 내담자에게 해 줄 수 있는 도움만을 함께 나눌수 있을 뿐이다. 누구든 자신이 가지고 있는 것만을 줄 수 있기 때문이다. 뿐만 아니라 상담자도 내담자와 함께 아직 끝맺지 않은 삶의 여정에 놓인 사람이기에 앞선 경험에서 얻은 지혜와 깨달음을 나눠주기도 하지만, 서로 다른 길에서 얻은 것들을 서로 나누며, 도움을 받기도 한다. 결국 서로에게 채워지지 못한 부분을 발견하고, 이해하고, 수용하는 등 긍정적인 영향을 주며 동반 성장한다. 예컨대 '교학상장

(敎學相長)', 즉 "가르치는 자와 배우는 자가 서로 북돋는다"라는 사자성어와 같은 이치다.

물론 초기 단계에서는 상담자가 내담자의 '지푸라기'가 될 수 있다. 당연히 상담자에게 매달려 의존하려 든다. 심지어 종속적인 관계에 빠지기도 한다. 그렇지만 자립이라는 상담의 궁극적 목표를 뚜렷이 한 후, 매우 중요하고 소중하게 다뤄져야만 한다는 원칙을 지킨다면, 의존 관계는 상담의 과정에서 점차로 극복된다. 결국 함께 성장의 길을 걷는 동반자가 되기 마련이다. 칼 로저스(Carl Rogers)도 인간의 성숙을 평가하는 것이 불가능하다고 말한다. 즉 어떤 사람이 이전보다도 더 성숙한 사람이 되었는지, 그렇지 않은지를 우리가 과연 어떻게 알 수 있겠느냐고 말한다. 우리가 그것을 전혀 알 수 없다는 말이다. 심지어 자신의 성숙조차도 가늠하기 어려운 우리가 다른 사람을 평가할 수는 더더욱 없다는 뜻이다. 결국 상담자가 내담자보다 성숙한 사람이고, 그 상담자가 미숙한 내담자를 성숙한 사람이 되도록 촉진해 줄 수 있는 전문가라고 확인해 줄 수도 없다는 말이다. 그렇기에 로저스는 내담자가 상담의 중심이 되어야 함을 역설한다. 내담자가 자신의 내부에 잠재해 있는 치료적 힘을 스스로 발견해야 하고, 이를 통해 이전에는 이해할 수 없는 자신을 조금 더 잘 이해할 수 있도록 스스로 도와야 한다고 말한다. 그럼으로써 진정 자신이 원하는 변화를 스스로 이끌어 내야 한다는 것이다. 즉 내담자가 스스로의 선택과 의지, 내적힘을 바탕으로 성장과 자기실현을 이뤄 나가야 한다. 이처럼 상담이라는 말에는 상담자와 내담자 모두가 서로에 대해 가지는 따뜻한 애정과 소망, 책임과 한계 등이 담겨 있다.

그런데 앞의 그림, 즉 치료와 상담, 치유의 관계도를 보면 알 수 있지만, 이 그림에서 주목할 점은 상담을 두 가지로 나누어 표현한 것이다. 즉 'Consulting'으로써의 상담과 'Counseling'으로써의 상담이다. 이는 두 가지 모두가 상담으로 번역되어 혼용하여 쓰이고 있지만, 상담장면 속에서는 두 개념 사이에 중요한 차이가 존재하기 때문이다. 이러한 구분은 두 개념 모두 전문가의 조언과 도움을 받는 부분에 있어서의 공통점에도 불구하고 상담자와 내담자의 관계를 중심으로 볼 때, 그 차이가 뚜렷하다.

일반적으로 상담(counselling)은 '내담자와 상담자' 관계가 중심이다. 여기서 '중심'이라는 말은 대체로 그러한 양상이 지배적이라는 의미다. 즉 상담자가 주도적인 위치에서 상담을 수행한다는 의미이다. 이는 상담자가 상담 장면에서 치료적 관계 형성 및 심리적 상처 탐색, 성찰과 통합의 과정을 이끌어 나가기 때문이다. 물론 이 상담도 상담 초기에는 상담자가 주도권을 가지고 있지만, 점차로 주도권이 내담자에게 이월되면서 동등한 관계로 발전해 나가는 과정이다. 반면, 상담(consulting)은 '내담자와 동반자' 관계가 중심이다. 물론 처음부터 그러한 관계 속에서 수행되는 과정은 당연히 아니다. 뿐만 아니라 내담자의 심리적 문제 상황에 따라 전개 양상 및 접근 방식 등이 달라질 수 밖에 없다. 일정 부분 상담(counselling)과 같은 수행 양상이 포함되어 전개된다고 할 수 있다.

'Counseling'은 주로 "advice and support that is given to people to help them deal with problems, make important decisions, etc." 등의 장면에서 쓰인다. 즉 문제 상황에서 문제해결과 중요한 결정을 내리는 데 있어 도움이 되는 조언을 내담자가 듣는 과정이라고 할 수 있다. 반면, 'Consulting'은 명사로 쓰일 때, 주로 자문, 조언, 진찰

등의 의미로 사용되는 용어다. 다만, 동사 'Consult'의 유의어 "confer, discuss, talk" 등이나 'Consultation'이 주로 협의나 상의, 회담, 참고, 참조 등의 의미로 사용되는 용어로 유의어가 "discussion, conversation, dialogue, talk" 등인 것으로 볼 때, 내담자가 상담자와의 관계에서 'Counseling'에 비해 상대적으로 대등한 관계나 수평적 위치에 있다고 할 수 있다. 즉 'Consulting'의 상황이나 장면에 있어서는 내담자와 상담자가 서로 동등한 위상에 가까운 동반자적 관계라 할 수 있다. 결국 'Counseling'의 경우는 상담자가 내담자보다 다소 주도적인 위치에서 분석가, 치료자로서의 역할을 수행한다면, 'Consulting'의 상황이나 장면에 있어서는 내담자와 상담자가 서로 상호작용적 관계 속에서 상담이 이뤄질 수 있다는 것이다. 물론 'Consulting'으로써의 상담과 'Counseling'으로써의 상담 모두 전문가의 조언과 도움을 받는 부분의 공통점은 매우 크다. 하지만 상담자가 내담자와의 관계 맺음의 내용과 형태에 있어서 사뭇 다르다. 그러므로 'Counseling' 장면에서는 주로 '내담자와 상담자(분석가, 치료자)' 관계, 'Consulting' 장면에서는 주로 '내담자와 동반자' 관계라 할 수 있다.

물론 차이를 중심으로 더 엄밀히 말하여 부각하자면 끝도 없겠다. 다만, 여기서는 상담을 두 가지로 구분하여 그 관계를 규명하고자 할 뿐이다. 하지만, 더 중요한 것은 함께 혼용하여 쓰일 정도로 유사한 부분이 더 많다는 사실이다. 게다가 'Consulting'으로써의 상담이든 'Counseling'으로써의 상담이든 '상담'이 궁극적으로 동반자적 관계를 지향하는 과정이라는 것은 실천적인 상담 과정에서 잊지 말아야 할 매우 중요한 사실이다.

이처럼 'Consulting'으로써의 상담이든 'Counseling'으로써의 상담이든 동반자적 관계가 함의되어 있다고 할 수 있다. 즉 상담 장면에서는 궁극적으로 양쪽 모두 동등한 위상에 가까운 동반자적 입장과 처지에 놓이게 되는 과정에 있다는 것이다. 그러므로 'Counseling'으로써의 상담의 경우에도 심리적 상처나 문제 상황으로 인해 심하게 위축되어 있는 시기의 장면에서와 같이 상담자가 주도권을 갖고 상담을 이끌어 갈 경우를 제외하고는 대부분 평등한 관계를 지향한다고 할 수 있다. 뿐만 아니라 'Consulting'으로써의 상담의 경우에서도 다양한 수준의 상황들이 담겨 있다. 단지 'Consulting'으로써의 상담의 모든 과정에서 내담자와 동반자적인 관계 속에서 수행되는 경우도 있고, 'Counseling' 으로써의 상담의 경우와 같은 상황에 마주하여 상담 과정을 통해 동반자 적 관계로 성장·발전해 나가는 경우도 있다. 이는 결국 'Consulting'으 로써의 상담의 수행 과정에 'Counseling'으로써의 상담의 수행 과정이 그대로 나타날 수 있다는 의미이다. 그만큼 'Consulting'으로써의 상담 이라는 단어가 'Counseling'으로써의 상담의 개념을 담보하는 보다 크 고 포괄적인 개념의 범주라 할 수 있음을 의미한다.

한편, '치료'라는 용어는 크게 두 가지로 구분될 수 있다. 'Treatment' 와 'Therapy'가 그것이다. 먼저, 주로 의학 분야에서 쓰이는 '치료 (Treatment)'라는 용어는 주로 의학적 맥락에서 의사가 행하는 의술 (medical treatment)의 의미로 쓰인다. 즉 우리가 건강을 유지하기 위해 질병이나 상처, 몸의 기능이상 등을 낫게 하기 위한 의학적 행동이나 수단이다. 병의 예방과 진단에서부터 건강의 회복·유지·재활 및 병후 의 처리 지도 등의 과정이 포함된다. 물론 '치료자'와 '환자'의 관계가 전제될 때 성립하는 개념이며, 특정한 질병의 완치 또는 증상의 개선을 목표로 한다.

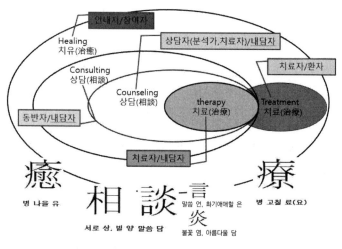

[그림 2]

사실, 이때의 치료는 한자로 '治療'다. 여기서 치료의 치(治)자는 '다스릴 치'자로 '다스리다, 질서가 잡히다, (병을)고치다' 등의 의미로 쓰인다. 료(療)자는 형성 문자로 뜻을 나타내는 병질 엄(疒)과 음(音)을 나타내는 글자 료(尞)가 결합하여 이루어진다. 여기서 병질 엄(疒)은 병상에 드러누운 환자의 모습을 상징하며, 료(尞)는 횃불을 밝힌 상황을 의미한다. 즉 횃불을 밝혀 병상에 드러누운 환자를 밤새 간호하는 모습을 형상화한 글자다. 따라서 치료라는 단어는 치료자가 환자를 잘 돌봐 병을 다스려 낫게 하는 과정을 의미한다. 그러므로 이러한 한자의 의미를 고려할 때, 치료자는 우월적 위치에서 환자를 돌보고 치료하는 주체로 인식되며, 치료의 장에서 주도적으로 환자를 치료하는 관계이다. 물론 부분적으로 상호작용적이고 협력적인 과정이기는 하지만, 환자가 일방적, 수혜적인 입장과 처지에 놓여 있는 상태라 할 수 있다.

그런데 미술치료, 음악치료, 문학치료, 독서치료, 예술치료 등에서 사용되는 '치료'의 개념은 의학 분야에서 쓰이는 '치료(Treatment)'와 일부 겹치는 부분이 있지만, 대체로 사뭇 다르다. 이러한 예술치료 분야에서 사용되는 '치료'는 영어로 'Therapy'다. 'Therapy'의 어원은 그리스어 'Therapeia'로, '참석하다, 돕다, 취급하다' 등의 뜻에서 시작한다. 그리고 형태와 의미의 변천 과정을 통해 '시중들어 주며, 간호하고, 돌보고, 양육하고, 의학적으로 치유'하는 넓은 의미를 갖게 된다. 오늘날에는 신체적·심리적·정신적 질병의 '치료, 요법, 처방' 등의 의미를 포함한다. 다만, 예술치료 분야에서는 주로 '치료'의 개념을 '보조하다, 사람을 도와주다' 등을 의미하는 용어로 규정하고 있다. 'Cure'보다는 'Care'의 의미와 가깝다. 즉 정신·심리·행동의 문제 상황에 있어서 내담자의 전반적인 건강 상태를 불균형과 부조화의 상태에서 균형과 조화의 방향으로 변화시키는 과정을 의미하는 용어로 사용하고 있다. 결국 정신·심리·행동적 측면의 '회복', '돌봄', '긍정적 변화와 적응', '성장과 발달' 등을 추구하는 실천적 개념이다. 따라서 예술치료 분야에서의 '치료(Therapy)'는 정신·심리·행동적 측면에서의 치료를 의미한다. 증상의 완화나 질병의 제거를 목표로 하지 않으며, 내담자가 자신의 심리적 문제를 이해하고 표현하는 과정에서 스스로를 수용하고 성장할 수 있도록 돕는 데 초점을 둔다. 이는 의학적 치료(Treatment)와 구별되는 핵심적인 차이점이다. 그러므로 '치료(Therapy)'는 내담자가 자신의 감정과 생각을 탐색하고, 자기이해를 심화하며, 궁극적으로는 자기회복과 변화를 이뤄 나감으로써 심리적 성장과 내면의 치유를 촉진하는 과정으로 정의될 수 있다.

이러한 맥락에서 치료(Therapy)와 치료(Treatment)는 정신·심리·행동적 측면에서 일부 유사성을 가지지만, 서로 다른 영역이 더 많다고 할 수 있다. 그중 중요한 한 가지는 치료 과정에서 형성되는 '환자와 치료자', '내담자와 치료자'의 관계에 있다. 의학적 치료(Treatment)에서는 일반적으로 '환자와 치료자'의 관계가 형성되며, 치료자는 환자의 상태를 진단하고 적절한 치료법을 제공하는 우월적 위치에 놓인다. 이 관계는 대체로 비대칭적이며, 환자는 치료자의 전문적인 지식과 처방에 의존하는 수동적 위치에 놓이게 된다. 반면, 예술치료 분야에서의 치료(Therapy)에서는 '내담자와 치료자'의 관계가 중심이 되며, 이는 '환자와 치료자' 관계보다는 상대적으로 더 수평적인 관계에 가깝다.

물론 '상담'에서보다는 먼 관계이다. 하지만 마찬가지로 치료(Therapy)의 장 안에서도 여러 전개 양상들이 복잡하게 얽혀서 나타날 뿐만 아니라 치료자가 내담자와의 관계에서 우위에서 시작하지만, 상황과 경과에 따라 동등한 관계로 얼마든지 전환될 수 있는 관계를 지향한다. 즉 치료(Therapy)의 관계는 고정된 것이 아니라 상황과 경과에 따라 유동적으로 변화한다. 치료 초기에는 치료자가 상대적으로 주도적인 역할을 하며 내담자의 심리적 상태를 이해하고 도와주는 역할을 하지만, 시간이 지나면서 내담자가 자신의 내면을 탐색하고 주체적으로 변화를 시도하는 과정에서 점점 더 동등한 관계로 전환될 수 있다. 이에 따라, 치료자는 내담자의 자율성과 주체성을 존중하며, 치료 과정에서 점진적으로 동반자적 역할을 하게 된다.

마지막으로 '치유(Healing)'에 대해 살펴보고자 한다. '치유(Healing)'와 '치료(Therapy)'는 개념적으로 겹치는 부분이 많지만, 그 의미와 적용 범위에서는 차이가 있다. 표준국어대사전에 의하면, '치유'는 '치료하여 병을 낫게 함'으로 정의하고 있으며, '치료'는 '병이나 상처 따위를 잘 다스려 낫게 함'으로 규정하고 있다. 그러나 사실 이러한 정의만으로는 두 개념의 차이를 명확히 구분하기 어렵다. 따라서 여기서는 여러 참고 문헌을 바탕으로 '치유'의 개념을 재구성하여 보다 구체적으로 규정하고자 한다.

먼저, '치유'를 한자로는 '治癒'이다. '治癒'의 치(治)자는 앞에서 '치료(治療)'의 개념을 다룰 때 언급한 바와 같다. 즉 '다스릴 치'자로 '다스리다, 질서가 잡히다, (병을)고치다' 등의 의미를 갖는다. 그런데 '치료(治療)'와 다른 점은 '치유(治癒)'의 '유(癒)'자에 있다. 즉 '병 나을 유'자다. 이 '유(癒)'자는 형성 문자로 뜻을 나타내는 병질 엄(疒)과 음(音)을 나타내는 '俞(유)'가 합하여 이루어진 문자다. '俞(유)'는 '대답하다, 응답하다, 보답하다, 편안하다, 병이 낫다' 등의 의미로 쓴다. 따라서 '治(치)'자와 '유(癒)'자가 결합한 '치유'라는 단어의 의미를 유추해 보면, 크게 '병을 다스려 낫다', '병을 다스려 낫게 하다' 등의 의미가 담긴 단어라고 할 수 있다. 즉 '치료'라는 단어가 가지는 의미보다는 '치유'라는 단어의 의미가 더욱 포괄적이다. 특히 '~낫다'라는 어휘에는 '저절로 또는 스스로의 힘으로 좋게 하다'라는 의미가 함축되어 있다. 글자 그대로 해석해 보더라도 '병 나을 유(癒)'는 '병 고칠 료(療)'자와 달리 스스로의 내적힘을 더 강조하고 있음을 확인할 수 있다.

그러므로 '치유'의 장에서는 '치료'나 '상담'의 장에서보다는 더 많은 주도권이 '참여자'에게 부여될 가능성이 있다. 다만, '치료'나 '상담'의 장과 마찬가지로 치유(Healing)의 장 안에서도 여러 전개 양상들이 복잡하게 얽혀서 나타날 수 있다. 그렇기에 초기에는 '안내자'가 내담자와의 관계에서 주도적인 위치에서 시작할 수도 있다. 하지만 상황과 경과에 따라 동등한 관계로 얼마든지 전환될 수 있는 관계를 지향한다는 점은 분명하다.

또한, Healing의 어원을 보면, 앵글로 색슨어의 'Haelen'으로 '완전하여진다'라는 과정적 의미를 가지고 있다. 즉 치유가 바람직한 방향으로의 움직임이며, 질병으로부터 건강으로 데려가는 우리의 여행이라는 의미가 함축되어 있다. 더 나아가 '치유'에 관한 릴랜드 카이저(Leland Kaiser, 1994)의 신경면역학 연구 등에 의하면, 그 개념의 범주가 광범위함을 알 수 있다. 릴랜드 카이저는 '치유'를 인간의 영적, 경험적인 내용과 인간으로서의 환자, 그리고 환자의 심리에 초점을 두어 환경·심리 및 사회·문화적 지원을 통해 질병의 회복을 촉진하고 예방하여 건강을 증진하는 것으로 정의하고 있다. 그리고 신경면역학 연구에서도 '치유'에서 인간의 정신적·감성적·정서적인 측면 모두를 중시해야 함을 역설하고 있다. 마찬가지로 Linton(1995)도 '치유'를 환경적·심리적·사회적·문화적 지원을 통해 건강에 접근해 가는 방법으로 규정함으로써 그 의미를 질병 상태뿐만 아니라 예방과 건강 증진에까지 확대 해석하고 있다. 따라서 이러한 논의를 통해 분명한 것은 '치유'라는 단어가 '치료(Therapy)'나 '상담'의 개념을 담보하는 보다 크고 포괄적인 범주의 개념이라는 사실이다. 즉 '치유(Healing)'는 '치료(Therapy)'의 개념뿐만 아니라 '상담'의 개념을 포함하는 매우 큰 범주의 포괄적인 용어라 할 수 있다.

그러므로 '치유'의 장에서는 '참여자'와 '안내자'라는 용어를 쓰며, '안내자'와 '참여자'의 관계는 '내담자와 동반자' 관계인 '상담(Consulting)'의 경우보다 더욱 동등한 관계가 중심이다. 왜냐하면, '치유'의 장에서 안내자는 참여자의 자유의지 실현과 선택권을 최대한 보장해 줄 뿐만 아니라 그 책임 또한 참여자가 안내자보다 상대적으로 더 많은 부분 질 수 있게 하기 때문이다. 물론, 모든 '치유'의 장에서 일어나는 모든 장면에 대한 궁극적 책임은 '안내자'에게 있다. 그렇기에 모든 '치유'의 장면에서 참여자가 자신의 자유의지 실현과 선택권을 최대한 보장받음에도 불구하고, 그만큼의 책임을 참여자가 모두 지는 것은 아니다. 그것은 '참여자와 안내자'와의 치유적 관계뿐만 아니라 '치유'의 장 안에서 일어나는 모든 장면의 상황에 따라 달라진다. 결국, '상담'이나 '치료'의 장에서와 마찬가지로 '안내자'가 '치유'의 장 안에서 일어나는 모든 장면에 따라 적합하게 자유의지와 선택권을 최대한 보장하고, 그 책임 또한 부여한다고 할 수 있다.

다만, '치유'의 장에서는 '참여자'와 '안내자' 관계가 중심이라는 점이다. 물론 이는 '환자와 치료자', '내담자와 치료자', '내담자와 상담자' 등의 관계를 모두 포함한다. 왜냐하면, 앞에서도 언급한 것과 마찬가지로, 치유의 경우에서도 다양한 수준의 장면들이 담겨 있기 때문이다. 치료든 상담이든 치유든 처음부터 이상적 관계에서 수행될 수는 없다. 당연히 내담자의 심리적 상처나 위기 상황에 따라 전개 양상 및 접근 방식이 달라질 수밖에 없다. 모든 치유의 과정을 내담자의 자유의지와 선택에 의지하여 수행되는 경우도 있을 수 있고, '치료(Therapy)'나 '상담'의 경우와 같은 상황에 마주하여 치유 과정을 수행하는 경우도 있다. 즉 '치유'의 장에서도 일정 부분 '치료'나 '상담' 등과 같은 수행 양상이 포함되어 전개된다고 할 수 있다.

2) 통합적 글쓰기치료

통합적 글쓰기치료는 먼저 글쓰기치료의 통합적 접근을 의미한다. 이는 글쓰기치료를 이뤄 나가는 과정에서 배경이 되는 이론적 측면에서의 통합적 접근뿐만 아니라 실천적 기법을 결합하여 보다 포괄적인 치료 과정을 구성하는 접근이다. 이론적 측면에서의 통합적 접근은 두 가지 이상의 치료 이론을 통합하여 포괄적인 개념 구조를 구성한 후, 각 치료 단계별로 적합한 이론을 중심으로 다양한 이론을 통합 적용해 나가는 방식을 의미한다. 예를 들면, 게슈탈트 치료이론을 바탕으로 정신분석, 분석심리, 심층심리, 대상관계, 인지행동 등의 치료 이론을 통합하여 개별 내담자에게 최적화된 치료 전략을 수립하여 적용해 나가는 방식이다. 즉 특정한 치료 이론만을 고집하는 것이 아니라, 각 내담자의 상태와 치료 목표에 따라 다양한 이론을 조합하여 활용하는 방식이다. 이를 통해 내담자가 자신의 심리적 문제를 다양한 시각에서 탐색하고, 보다 유연하게 문제를 해결할 수 있도록 돕는다.

그리고 실천적 측면에서의 통합적 접근도 마찬가지이다. 두 가지 이상의 치료 기법을 동일한 치료 과정에서 통합하여 적용하는 방식을 의미한다. 즉 특정 치료 기법만을 사용하는 것이 아니라, 다양한 표현 방식과 예술적 기법을 통합하여 보다 효과적인 치료 경험을 제공하는 것이 핵심이다. 예를 들면, 미술치료 기법을 중심으로 각 개별적 치료 영역, 즉 음악치료, 문학치료, 놀이치료, 연극치료 등에서 활용되는 기법들을 다양하게 활용해 나가는 방식이다. 이러한 접근은 내담자가 자신의 감정을 표현하는 데 있어 보다 다양한 채널을 활용할 수 있도록 돕고, 자신에게 적합한 치료 방식을 선택할 수 있는 유연성을 제공한다. 그리하여 내담자가 자신의 감정을 보다 자유롭게 탐색하고 표현할 수 있도록 돕는 동시에, 개별적인 특성과 필요에 맞춘 맞춤형 치료를 가능하게 한다.

통합은 한자로 '統合'이다. 통합(統合)은 '거느리다, 합치다, 통일하다'

등의 뜻을 가진 통(統)자와 '합하다, 맞다, 같게 하다, 일치시키다' 등의
뜻을 가진 합(合)자가 결합한 단어로, '1. 둘 이상의 조직이나 기구 따위
를 하나로 합침. 2. 아동 및 학생의 생활 경험을 중심으로 학습을 종합하
고 통일함. 또는 그런 일. 3. 여러 요소들이 조직되어 하나의 전체를
이룸. 또는 그런 일.' 등의 의미로 쓴다. 즉 대체로 '여러 요소들을 합하
여 하나를 이룬다'라는 의미라 할 수 있다.

그리고 '통합'을 영어로는 '완성, 집약, 집성, 적분' 등의 의미를 갖고
있는 'Integration', 동사형으로는 '통합시키다, 통합되다' 등의 의미를
갖고 있는 'Integrate'로 번역된다. 더 나아가 '통합된'은 '1. united
2. combined' 등으로 번역된다. 이들 단어들의 의미를 집약해 보면,
모두 '여러 요소들을 합하여 하나를 이룬다'라는 뜻을 공통적으로 내
포하고 있다. 그런데 비슷한 개념으로 '융합'이라는 단어가 있다. '융
합'은 한자로 '融合'이고, 영어로 '1. fusion, fuse 2. amalgamation,
amalgamate, unite' 등의 의미로 번역되는데, 모두 여러 가지가 모이
고, 결합하여 하나로 된다는 의미를 갖고 있기 때문이다. 하지만, 여기
서는 '통합(統合)'의 '통(統)'이 '길게 뻗은 실, 큰 줄거리, 본 줄거리' 등의
뜻이 담겨 있음에 주목한다. 이는 통(統)자가 糸(가는 실 사)자와 充(찰
충)자가 결합하여 형성된 글자로 본래 '실마리'를 뜻하기 위해 만든 글자
라는 연원에서 유래한다. '실마리'란 감겨있는 실타래의 첫머리를 말하
는데, 실타래의 시작 부분이라고도 할 수 있다. 그래서 통(統)자가 실의
끄트머리라는 의미에서 '실마리'를 뜻했다. 하지만 후에 "실의 첫머리가
다른 실의 앞에 놓여 있다"하여 '계통'이나 '거느리다'라는 뜻을 갖게
되었고, 이 실마리가 전체 실타래를 풀어나가는 중심 또는 핵심의 위상
과 역할을 하는 의미를 갖게 된다. 따라서 여기서는 '통합' 또는 '통합적'

이라는 용어를 여러 심리치료 및 상담 관련 이론과 실천적 기법들을 중심이 되는 이론과 기법을 바탕으로 합하여 심리치료 및 상담을 풍부하게 이뤄 나가는 과정으로 규정하고자 한다. 즉 통합적 접근이란 단순히 여러 요소를 무작위로 결합하는 것이 아니라, 중심이 되는 핵심 이론과 기법을 토대로 다른 심리치료 및 상담 이론과 실천적 기법을 조화롭게 결합하여 보다 풍부한 치료 과정을 구축하는 것을 의미한다. 그럼으로써 더욱 효과적인 치료를 실현하는 과정이라 할 수 있다.

사실 '통합'이라는 개념은 심리치료의 최신 동향 중 하나로, 다양한 이론적 체계나 접근을 통합하는 데 중점을 둔다. 이는 심리치료 분야의 임상가들이 단일한 접근방법에 한계를 느끼면서 여러 측면에서 통합적으로 접근하는 방법을 모색하면서 등장한 개념이다. Corey(2001)는 『상담 및 심리치료의 통합적 접근(The art of Integrative Counseing)』에서 다음과 같이 강조한다. "통합적 치료에 대해 새롭고 통합적인 패러다임을 구성하고, 한쪽으로 치우친 이론들을 초월할 수 있어야 한다.", "실존주의, 정신역동, 인지행동 방법이 결합된 인간의 모든 측면을 설명할 만큼 포괄적인 단독 모델은 없다."라고 말한다. 즉 단일한 치료 모델만으로는 인간의 복잡한 심리적 문제를 온전히 이해하고 해결하기 어렵다는 것이다. 이에 심리치료에서 단일 이론에 의존하는 접근법의 한계를 극복하고, 다양한 이론적 관점을 조화롭게 통합하는 것이 필요함을 강조한다. 그는 이를 새롭고 통합적인 패러다임이라고 정의하며, 심리치료에서 한쪽으로 치우친 이론적 접근을 초월할 수 있어야 한다고 주장한다. 물론 이러한 접근은 실존주의적 철학을 기반으로 하는 아들러가 인간을 하나의 총체적인 존재로 보고, 사고·감정·행동 측면 모두를 전체로 다루는 데에 그 연원이 있다고 할 수 있다. 즉 아들러는 인간을 총체적(holistic) 존재로 보고, 사고·감정·행동 측면을 통합적으로 다루어야 한다고 강조한다. 그는 인간이 단순한 기계적 존재가 아니라, 삶의 의미를 찾고 자신을 성장시키려는 적극적인 존재라고 보았다. 따라서 심리치료에서는 내담자의 문제를 단순한 행동 패턴이나 무의식적 충동으로만 설명할 것이 아니라, 그 사람이 어떻게 사고하고, 감정을 느끼며, 어떤 행동을 하는지를 통합적으로 이해해야 한다고 주장한다.

뿐만 아니라 Corey(2001)는 각 이론들은 인간에 대한 독특한 관점을 대변하고 있지만, 진리는 아니라고 하면서 "통합적 접근이야말로 가장 유용한 방법이다."라고 강조한다. Norcross & Newman(1992)도 이론적 통합이란 두 개 이상의 이론적 접근을 통합하여 포괄적인 개념 구조를 만들어 내는 과정이라고 정의한다. Arkowitz(1997) 역시 상담에 대한 통합적 접근은 단일 이론적 접근이 갖는 한계를 극복하고 이를 포괄적으로 접근하려는 시도라고 한다. 더 나아가 Thompson & Rudolph (2000)는 상담자가 어느 특정 이론과 기법만으로 접근하여 상담하는 것보다는 다양한 이론 및 기법을 통합적으로 적용할 때 상담이 효과적으로 이뤄진다고 강조한다. 특히, Thompson & Campbell(1992)은 '통합' 또는 '통합적'이라는 개념이 내담자가 가지고 있는 문제 특성이나 상담자의 성향에 따라 이론적 접근방법이 달라질 수 있는 부분들을 고려하여 개념을 창출한 것이라고 설명하면서, 이러한 통합적 방식이 심리치료 현장에서 필수불가결하게 발생할 수밖에 없음을 역설한다. 또한, Smith (1982), Garfield & Kurtz(1977), Goldfried & Newman(1986), Goldfried & Safran(1986), Young, Feller & Witmer(1989), Zook & Walton (1989) 등의 상담 및 임상심리학자들을 대상으로 한 연구에 따르면, 그들 중 40% 이상이 통합적 치료를 선호한다는 결과를 나타냈다. 변학수

(2006)도 각 예술치료 분야의 이론이 서로 다른 장점을 주장하고 있으나 확실한 우열을 따질 수는 없다고 하면서 적용 영역이나 연령, 취향 등에 따라 다른 효과를 내기 때문에 서로 다른 예술치료 분야가 통합적으로 운영되는 것이 바람직하다고 말한다.

이처럼 글쓰기치료의 통합적 접근은 프로그램의 질적인 측면에 긍정적인 상승효과를 일으킬 수 있다. 서로 다른 다양한 심리치료 분야를 상호 관련지어서 각 개별 이론과 기법의 강점들을 잘 활용한 통합된 전체로서의 하나를 적용하여 접근함으로써 내담자가 큰 부담 없이 더욱 친숙하게 다가설 수 있도록 작용할 것이다. 이는 바로 내담자의 상처나 장애, 문제 상황의 치료 가능성을 높여줄 것이다. 그러므로 심리치료 현장에서 통합적 접근은 상담자가 고려해야만 하는 필수불가결한 방식이다.

한편, '글쓰기치료(Writing Therapy)'는 상담학 사전에서 생활 속의 문제를 해결하거나 자기 성찰을 더 깊이 하기 위해 사고나 감정을 글로 쓰는 모든 치료 및 개선 행위의 통칭이라고 정의한다. 즉 글쓰기를 통해 삶의 문제를 해결하거나 자기 성찰을 심화하는 모든 행위를 포괄적으로 지칭하는 치료 양식이다. 이는 단순히 기록 활동을 넘어, 개인의 생각과 감정을 글로 표현함으로써 생물학적·심리학적 변화를 유도하거나 행동 양식을 개선하려는 목적을 가진 글쓰기 과정을 포함한다. 한마디로 치유를 목적으로 진행되는 모든 글쓰기를 의미한다.

하지만 이러한 정의는 지나치게 포괄적이고 모호한 측면이 있어 분명하게 규정할 필요가 있다. 이에 여기서는 '글쓰기치료'라는 용어를 두 가지로 나눠 고찰하고자 한다. 즉 '글쓰기치료'를 '글쓰기'가 '치료'에 종속되는 의미관계를 나타내는 종속합성어로 쓰이는 경우와 '글쓰기치료'의 고유성과 독립성을 나타내는 정도에 따라 각 단어가 원래의 뜻을 벗어나 '글쓰기치료'라는 한 덩어리의 새 뜻을 나타내는 융합합성어로 쓰이는 경우로 구분하여 논의하고자 한다. 왜냐하면, 이 두 관점 중 어느 것을 채택하느냐에 따라 '글쓰기치료'의 철학적, 실천적 방향성이 달라질 수 있기 때문이다. 종속합성어로서의 글쓰기치료는 치료적 실용성에 더 초점이 맞춰지고, 융합합성어로서의 글쓰기치료는 창조적이고 본질적인 자기표현과 자각 과정에 더 큰 무게를 두기 때문이다.

먼저, '글쓰기치료'가 '글쓰기'가 '치료'에 종속되는 의미관계를 나타내는 종속합성어로 쓰일 때는 '글쓰기'가 '치료'를 위한 도구로 작용함을 의미한다. 즉 '글쓰기'가 치료를 위해 사용하는 구체적인 방법 또는 수단으로 기능한다. 여기서는 '치료'가 핵심 목적이고, '글쓰기'는 그것을 이뤄 나가는 과정에서 '치료'를 완성해 나가기 위한 수단으로 종속된다. 예컨대, 심리치료 과정에서 소감쓰기, 일기쓰기, 감정표현 글쓰기, 편지쓰기, 이야기 만들기 등을 도입 활용하여 보다 높은 수준의 마음의 상처 치료나, 정서적 안정 등이 이뤄질 수 있도록 하는 것과 같다. 그렇기 때문에 '글쓰기' 자체의 고유성과 독립성은 상대적으로 약화되고, '치료'를 달성하기 위한 기능적 역할에 초점이 맞춰질 수 있다. 즉 글쓰기가 신체적·심리적 건강 회복이라는 치료적 목표를 이루기 위한 도구적 역할로서 강조된다는 뜻이다. 다만, 심리적 안정을 찾거나 스트레스를 해소하는 데 필요한 수단으로만 제한될 수 있다는 의미는 아니다. 글쓰기의 예술적·창조적 활동으로서 지닌 고유한 가치를 온전히 담보하면서도 오히려 치료적 글쓰기의 실질적인 효용성을 부각하여 심리치료의 한 영역으로 확장할 수 있다는 긍정적인 의미와 '치유와 창조'의 통합적 가능성을 함유한다. 예컨대, 글쓰기치료에서는 트라우마나 부정적 감정을 표출하도록 촉진하는 방식이 중점적으로 사용되는데, 이 과정에서 글쓰기의 창의적이고 자발적인 측면이 치료적 효용성과 더불어 추구 실현된다.

리오던(R. J. Riordan)도 1996년 'Journal of Counseling & Development' 에 발표한 논문 'Scriptotherapy: Therapeutic Writing as a Counseling Adjunct'를 통해 글쓰기치료의 중요성을 강조한 인물로, 글쓰기가 상담에서 보조 도구로서 어떻게 사용될 수 있는지를 심도 있게 탐구했다. 이 논문에서 그는 글쓰기를 통해 개인이 자기 표현과 통찰을 이끌어내고, 정서적·심리적 안녕을 도모할 수 있음을 설명했다. 이처럼 리오던의 연구는 글쓰기 활동을 구조적으로 활용하여 스트레스 관리, 감정 조절, 외상 극복과 같은 심리적 문제를 다룰 수 있음을 보여준다. 특히, 글쓰기치료가 자기 성찰과 카타르시스를 촉진하여 치료적 목표를 달성하는 데 효과적임을 강조한다. 이러한 연구는 글쓰기를 심리치료의 보완적 도구로 통합하는 데 이바지하며, 오늘날에도 치료적 글쓰기를 이해하고 활용하는 데 중요한 참고 자료로 사용되고 있다. 그런데 여기에서 글쓰기치료를 'Scriptotherapy'란 용어로 설명한 점이 주목할 만하다. 왜냐하면, 이 용어의 어원이 'Scriptum' + 'Therapia'인데, 라틴어로 'Scriptum'은 '쓰여진 것'을 의미하고, 'Therapia'는 '간호하고 치료함' 을 의미하기 때문이다. 즉 리오던이 이야기하고자 하는 글쓰기치료 (Scriptotherapy)란 치료의 효과를 증진시키기 위해 의도적으로 고안된 글쓰기를 하는 과정으로 정의할 수 있다.

또한, 구아스텔라와 대드스(Guastella와 Dadds, 2009)는 감정 처리, 특히 외상과 감정 조절과 관련된 연구로 알려져 있다. 그들은 감정 글쓰기와 그 치료적 효과를 탐구했으며, 외상에 대한 글쓰기 표현이 감정 처리를 촉진하고 치유에 이바지할 수 있다는 이전의 연구를 바탕으로 연구를 진행했는데, 감정 글쓰기가 PTSD와 같은 상황에서 유용할 수 있음을 강조한다. 그러면서 치료적 글쓰기란 문학적 글쓰기가 아니라 긍정적인 측면을 부각하는 글을 쓰는 과정에서 자아성찰이 이루어질 수 있도록 글쓰기를 하되 성장 글쓰기(growth writing) 등의 구조화된 글쓰기 방법을 활용하는 것으로 정의한다. 그리하여 성장 글쓰기 방법은 글쓰기치료의 구조화된 글쓰기 방법으로 노출(exposure)-재평가(devaluation)-이점찾기(benefit-finding)의 3단계로 수행된다. 노출 단계에서는 가장 고통스러웠던 경험을 떠올리며 그때 자신이 어떠한 반응을 했는지 자세히 기술하도록 하고, 재평가 단계에서는 그들을 고통스럽게 하는 요인, 즉 신념이 무엇인지 탐색해 보고 그 신념을 철회하기 위한 방법들을 모색한다. 그리고 이점찾기 단계에서는 고통스러운 사건이 주는 긍정적인 효과에 대해 생각해 보고 미래지향적으로 글을 쓰도록 한다는 것이다.

물론 성장 글쓰기는 긍정적인 측면을 발견한다는 측면에서 이야기치료의 대안적 이야기 만들기와 비슷한 맥락이다. 그러나 이야기치료는 치료자와의 상호 관계 속에서 대안적 이야기를 만들어 나가지만 성장 글쓰기는 내담자가 스스로를 성찰하고 이점을 찾아내는 과정을 갖는다는 차이가 있다. 또한, 종이에 써내려 가는 것이고 글쓰기의 결과물을 공유하지 않아도 되기 때문에 내담자가 더 진솔한 이야기들을 거부감 없이 표현할 수 있다는 강점이 있다. 그리고 글을 쓰는 과정은 눈에 보이지 않는 생각과 느낌을 개념화하는 과정을 거치기 때문에 자신의 생각과 느낌을 구체적이고 명확하게 정리할 수 있다는 강점을 가진다고 할 수 있다.

고명수, 이봉희, 신경희(2010)도 위와 같은 맥락에서 글쓰기치료를 정의하고 있다. 그들은 글쓰기치료의 사전적 정의를 언급하면서, "글쓰기치료란, 표현치료의 하나로, 글을 쓰고 그 글을 성찰하는 행위를 치료로 사용하는 것을 말한다."라고 정의한다. 그러면서 글쓰기치료가 자신의 감정에 대해 글로 쓰는 것이 점차적으로 고통을 약화시키며 면역체계를 강화한다는 것을 전제로 한다고 설명하고 있다. 즉 글쓰기치료를 표현 치료의 한 형태로 정의하며, 글을 쓰고 그 글을 성찰하는 과정이 치료의 주요 수단이라고 설명하고 있다.

다음으로 '글쓰기치료'가 의 한 덩어리의 새 뜻을 나타내는 융합합성어로 쓰일 때이다. 즉 고유성과 독립성을 나타내는 정도에 따라 각 단어가 원래의 뜻을 벗어나 '글쓰기치료'라는 용어 자체로 독립적인 치료적 활동의 고유성을 나타낸다. 이 경우에는 두 단어가 융합하여 하나의 독립된 개념으로 작동하는데, '글쓰기'와 '치료'가 동등한 비중으로 서로 영향을 주고받기 때문에 단순히 글쓰기를 치료에 사용하는 것을 넘어, 글쓰기 자체가 치료와 성장의 핵심 과정임을 나타낸다.

이는 롤랑 바르트(1982)가 『서사구조분석』에서 이 세상에는 셀 수 없이 많은 서사가 존재하며, 모든 인류가 각자의 서사를 가지고 있고, 단지 삶 그 자체처럼 존재한다고 언급한 것과 같이 글쓰기와 인간의 삶이 뗄 수 없는 관계이기 때문이다. 그리고 포터 애벗(2010)의 『서사학강의』에서도 다양한 미시 서사 또는 서사적 상황이 존재하고, 이들이 서로 연결되고 결합하여 우리들의 삶과 서사를 구성하고 있다고 설명한다. 더 나아가 정운채(2015)의 『문학치료학의 서사이론』에서는 인간의 삶이 곧 서사이고, 서사를 만들어가는 주체이면서 주인공이라고 하면서 글쓰기 자체가 인간의 삶과 불가분의 관계임을 역설한다. 결국 모든 인간이 각자의 삶의 경험과 배움, 성찰과 깨달음 등과 문학적 상상력을 활용하여 내면의 서사를 형성하고 있다는 것이다. 그 이야기를 끊임없이 되뇌며 수정하기도 하고 덧붙이기도 하면서 이어 써나가는 과정이 인간의 삶이라는 의미다. 그럼으로써 자신의 삶을 풍요롭게 성장·발전시키며, 성숙한 인격으로 완성해 나간다는 것이다.

변학수(1999)도 글쓰기치료의 창작적 차원에 주목하며, 이를 'Poesie-therapie', 즉 창작하는 문학으로 정의한 바 있다. 그는 창의적 글쓰기가 단순히 표현의 도구를 넘어 심리적 치유와 자기 발견의 중요한 매개체가 될 수 있음을 강조한다. 이를 뒷받침하기 위해 프로이트의 "상처받은 자아가 있는 곳에 창의적인 자아가 있다"라는 진술을 인용하며, 창작 과정이 상처받은 개인의 내면적 갈등을 치유하고 재구성할 수 있는 잠재력을 설명한다. 즉 창작적 글쓰기가 내면의 아픔을 표현하는 동시에 새로운 시각으로 자신의 이야기를 재구성하는 행위로, 개인의 자아 통합과 정서적 안정을 촉진한다는 것이다. 변학수는 이러한 치료적 글쓰기가 단순히 감정 표출에 머무르지 않고, 창의성과 자기 성찰을 활성화하여 상처를 재정의하고 삶의 방향성을 재구성하는 데 기여한다고 본다. 이는 글쓰기치료가 창작의 고유성을 보존하면서도 심리적 성장과 치유를 위한 실질적 도구로 기능할 수 있음을 잘 보여준다.

볼턴(Gillie Bolton, 2004)은 글쓰기치료 분야에서 중요한 인물로, 『Writing Cures: An Introductory Handbook of Writing in Counselling and Psychotherapy』라는 책을 공동 편집하였는데, 이 책은 글쓰기가 상담 및 심리치료에서 어떻게 치료적 도구로 활용될 수 있는지에 대해 다룬다. 그리고 글쓰기를 치료적 도구로 활용하는 방법을 심도 있게 탐구하고 있다. 여기서 볼턴은 글쓰기의 표현적이고 반성적인 특성이 치유와 자기 발견에 어떻게 기여하는지 강조하며, 다양한 치료적 접근법을 소개한다. 또한, 글쓰기가 내담자와 치료자 모두에게 개인적 성장과 감정적 처리를 촉진하는 방법으로 어떻게 적용될 수 있는지를 설명하고 있다. 이 속에서 볼턴은 자발적이든 치료사나 연구자에 의해 제안된 것이든 간에 내담자의 표현적, 성찰적 글쓰기로 글쓰기치료를 규정한다. 특히, 글쓰기치료를 인문학적 접근, 이야기치료적 접근, 과학적 접근의 세 가지 패러다임으로 분류하고 있다. 인문학적 접근은 창의성과 상상력을 글쓰기치료의 가장 중요한 측면으로 보는 관점이다. 예컨대, 시치료(NAPT)가 대표적이다. 이야기치료적 접근은 내담자로 하여금 자신의 이야기를 털어놓게 하고 이야기 중 문제를 지지하지 않는 부분에 집중하여 자신의 이야기를 대안적 이야기로 재저작(re-authoring)하게끔 격려하는데, 내담자 중심성을 강조하여 내담자가 자신의 특별한 문제 영역에 대한 글쓰기를 함으로써 새로운 이야기 안에서 희망적인 새로운 관계와 가능성을 찾도록 하여 자신의 문제에 대한 전문가가 된다는 관점이다. 마지막으로 과학적 접근은 페니베이커(Pennebaker)의 표현적 글쓰기로 심리적 외상이나 스트레스에 대한 내면의 생각과 감정을 글로 표현하게 하는 관점이다.

또한, 볼턴과 함께 『Writing Cures』라는 책을 저술한 라이트(Jeannie K. Wright)도 자기 성찰적 글쓰기란 '자기에 대한 탐구, 탐구를 통한 새로운 자기 발견, 발견을 통한 정체성의 재조정 과정, 나와 외부 세계와의 관계 재정립을 가능케 하는 성찰을 위한 글쓰기'를 치료 목적의 글쓰기로 규정하였다. 그리고 "그녀는 마음속의 것을 글로 적어 놓았다(She Put Down in Writing What Was in Her Mind)"라는 장에서 직장에서의 온라인 텍스트 기반 상담의 발전에 대해 설명하며, 글쓰기가 디지털

환경에서도 치료적 수단으로 통합될 수 있음을 강조한다. 더 나아가 라이트의 연구는 글쓰기가 감정을 처리하고 내면의 갈등을 해결하는 데 중요한 역할을 하며, 특히 상담의 맥락에서 반성과 자기표현을 촉진하는 수단으로서 글쓰기의 강점을 보여준다.

채연숙(2010)은 글쓰기치료란 말이 시치료(Poesietherapy)에서 발전된 개념이라고 한다. 고대 시학에서의 'Poiesis'와 'Poietike'가 '글을 만들다', '창작하다' 등의 뜻으로 일체 창작 활동을 포괄하는 의미이기 때문이라고 한다. 그렇기에 글쓰기치료를 글쓰기를 의미하는 'schreiben', 'writing'과 와 치료(therapy)가 조합된 개념으로 규정한다. 또한 글을 쓴다는 것은 단순한 표현을 넘어, 글 속에 기억과 상처를 새기고 자신을 드러내는 중요한 행위와 같다고 볼 수 있기에 다양한 표현예술치료 영역들이 통합되어 오면서 글쓰기치료는 매우 심층적인 글쓰기 행위부터 시작하여 매일 자신의 일상을 메모하고 느낌이나 생각을 기록하는 등 매우 적극적인 글쓰기를 포함한다고 말한다. 즉 글쓰기치료란 대단한 문학작품을 창작하는 것이나 걸작의 시를 써야 하는 것이 아닌, 글을 쓰는 사람이 자신의 글 속에 자신만의 형상을 만들어 내고 자기 자신을 드러내어 자기만의 형태를 만들어 내는 것을 의미한다고 한다. 더 나아가 글쓰기치료는 '쓰기치료(Poetrytherapy)와 읽기치료(Bibliotherapy)를 통합하는 의미로 상용되어 문학치료로 발전하는 추세라고 주장한다.

이와 같은 맥락에서 이 책에서는 문학 행위의 하나인 글쓰기 과정 자체를 치료적 체험으로 인정한다. 물론, 글쓰기 과정에서 발생하는 다양한 차원과 수준의 창조적, 자발적, 예술적 경험이 중심이 된다. 하지만, 그럼에도 '글쓰기치료'가 인간의 삶에 내재 되어 있기 때문이다. 즉 각 개인은 끊임없이 써나가는 글쓰기를 통해 치료적 과정을 체험하며, 단순한 표현을 넘어 '글쓰기' 자체가 내면적 성찰과 자기 치료를 이루는 창조적 행위로써 작용한다는 것이다. 따라서 이러한 관점에 따라 '글쓰기치료'는 기존 글쓰기나 기존 치료와는 다른, 새로운 통합적 의미를 가진다. 결국 글쓰기는 치료의 도구를 넘어 치료 그 자체가 된다.

한편, 앞의 논의에도 불구하고 글쓰기치료(Writing therapy)는 오늘날 '저널치료', '치료적 글쓰기', '표현적 글쓰기', '성찰적(반성적) 글쓰기', '글쓰기 문학치료' 등의 용어들과 혼용되어 사용되고 있다(김화중, 2012). 치료자의 학파와 관점에 따라 다양하게 불리고, 다양한 형태나 기법으로 나타나고 있다(이예슬, 2014). 다만, 자신을 명확히 이해하기 위한 자기표현과 자아성찰의 과정이 반드시 포함되어야 한다는 점은 공통점이라 할 수 있다. 그래서 미술치료, 동작치료, 음악치료 등의 표현예술치료 쪽에서도 활용되고 있고, 미국에서는 상당히 활성화되어 있음에도 불구하고, 아직은 글쓰기치료가 하나의 독립된 치료 분야라기 보다는 독서치료, 문학치료, 심리치료, 정신과 치료에서 보조적인 역할을 하는 치료적 방법이라 치부하기도 한다. 이런 맥락에서 브랜드(Brand, 1987)도 "글쓰기는 충동과 느낌과 심상의 심오한 네트워크에 의해 이루어지며, 어떤 특정한 이론이나 원리를 바탕으로 한 독창적인 심리치료 기술이 아니다. 다만, 말하기와 또 다른 하나의 표현 방법으로써 상황이나 대상에 따라서 말하기의 여러 가지 불충분한 기능을 대신하거나 보완한다"라고 한다(김현숙, 1999).

하지만, 글쓰기치료의 고유성과 독립성을 나타낼 수 있을 만큼 그 치료적 효과가 충분히 있음이 밝혀졌다. 즉 글쓰기치료는 질병에 대한 물리적 증상 감소뿐만 아니라, 정서적 갈등 유화, 자기 인식 양성, 행동 조절, 문제해결, 불안 감소, 현실 지향 원조, 자긍심 증대 등의 심리·정신적 치유 효능도 가지고 있음이 여러 연구에서 입증되었다. 그러므로 이 책에서는 현대 심리치료 분야의 통합적 흐름에 걸맞게 글쓰기치료의 고유성과 독립성이나 독자적 영역 등만을 굳이 고집하지 않는다. 오히려 '통합적 글쓰기치료'로서의 위상과 역할이 전체 심리치료 분야의 가치 실현 및 질적·양적 발전을 담보한다고 믿는다.

2. 역사적 배경

1) 고대

글쓰기치료의 기원은 인류의 역사와 문학의 역사를 거슬러 올라가 고대 사회의 언어적 표현과 의례적 행위에서 그 뿌리를 찾을 수 있다. 고대인들은 글쓰기의 전신이라 할 수 있는 다양한 기호와 상징을 사용하여 자신의 생각과 감정을 기록하거나 전달했다. 이는 단순한 소통의 도구를 넘어, 그들에게 있어 심리적 치유와 성장의 과정으로 작용하였다.

원시 시대부터 사람은 자연과의 교감을 통해 얻은 감각적 체험이나 심리·정신적 체험을 조각, 무늬, 벽화 등을 통해 기록하였다(강은주, 2005). 수렵과 전쟁, 연애와 노동, 풍자 등 일상생활의 여러 영역은 장식품, 무덤, 동굴 벽화 등을 통해 상징적으로 표현되었다. 이는 단순히 과거의 기록이 아니라, 삶의 과정에서 발생하는 공동체 구성원의 심리적 상처를 치유하고 공동체 의식을 강화하는 행위로 자리 잡았다. 예를 들어, 원시 시대의 조각품이나 동굴 벽화는 사냥의 성공을 기원하거나 신성한 존재와의 교감을 표현하는 도구였을 뿐 아니라, 공동체 구성원들에게 심리적 안정을 주고, 집단적 에너지를 결집하는 역할을 했다.

또한, 고대 원시인들이 사냥이나 추수 후 행했던 감사제의 제문은 글쓰기치료의 시초의 형태로 간주할 수 있다(채연숙, 2020). 이 제문은 단순히 신에게 감사를 전하거나 기원을 담는 것을 넘어, 죽은 영혼을 위로하고 산 자들의 염원을 담아 공동체의 심리·정신적 안정을 꾀하는 역할을 했다. 즉 이러한 의례에서의 언어적 표현은 단순히 의식을 치르기 위한 수단이 아니었다. 그것은 감정을 해소하고, 영적인 정화를 이루며, 신과 인간의 조화를 도모하는 치유적 과정이었다고 할 수 있다.

이후, 고대 그리스로 넘어오면서 글쓰기는 더욱 체계적이고 상징적인 형태로 발전하였다. 특히 아폴론 신전에서의 예언과 신탁은 글쓰기의 치유적 기능을 명확히 보여준다. 신탁은 단순히 신의 메시지를 전달하는 것을 넘어, 개인과 공동체가 직면한 문제를 해석하고, 해결의 실마리를 제공하며, 심리적 평안을 얻는 수단이었다. 또한, "너 자신을 알라"와 같은 경구는 개인의 성찰과 내적 치유를 강조하는 철학적 문구로, 이후 글쓰기치료의 중요한 기초가 되는 자기 탐구와 성찰, 그리고 통찰의 가치를 보여준다.

정리하면, 고대의 글쓰기치료는 단순히 감정을 기록하거나 표출하는 것을 넘어, 언어와 상징이 가진 힘을 활용하여 인간의 내적 세계를 정화하고 공동체의 질서를 유지하는 중요한 수단이었다. 그리고 글쓰기는 단순한 의사소통의 도구를 넘어, 인간의 내적 경험과 외부 세계를 연결하고, 그것을 통합적으로 이해하는 치유적 도구로서 기능했다. 따라서 고대 사회에서 글쓰기의 행위는 단순한 기록을 넘어 치유와 영적인 해방의 과정으로 자리 잡았으며, 현대적 글쓰기치료의 이론적 배경을 제공하는 원형적 사례로 간주할 수 있다.

이처럼 글쓰기치료의 역사는 고대부터 인류의 삶에 깊이 뿌리내리고 있었으며, 신성함과 치유의 힘을 담아 인간의 마음을 어루만지는 행위로 자리 잡았다. 글쓰기의 치유적 힘은 시간이 흐르며 다양한 형태로 진화했지만, 그 본질적 가치는 고대의 상징적 표현과 의례적 행위에서 비롯된 것이다.

2) 중세

글쓰기치료와 관련한 중세의 중요한 변화 중 하나는 종이의 발명과 인쇄 기술의 발달이다. 종이와 인쇄 기술의 발전은 인류 역사에서 지식과 기록의 보급을 혁신적으로 바꾼 사건으로 글쓰기의 접근성을 높여, 글쓰기의 대중화를 불러일으켰다. 그리하여 인간 내면의 표현과 탐구가 더욱 확산하는 계기를 마련함으로써 글쓰기가 개인의 치유 도구, 성찰과 통찰을 통한 심리적 성장의 도구로 자리 잡는 데도 중요한 영향을 미쳤다. 예컨대, 개인의 일기와 서한, 자서전적 회고록, 다양한 문학적 창작활동 등이 활발하게 전개되었다.

중세 초기, 히포의 성 어거스틴(Augustine of Hippo)이 쓴《고백록》(AD 400년)은 중세 글쓰기의 치유적 기능을 잘 보여주는 사례로 평가받는다. 이 책에서 어거스틴은 자신의 죄와 실수를 고백하며 신의 용서를 구했는데, 단순한 회고록을 넘어 자기 성찰과 반성을 통해 내적 갈등을 해소하고 신과의 관계를 재정립하려는 시도를 담고 있다. 그래서 이는 정신과적 자기 분석과 자기이해를 가능케 하는 반성적 글쓰기를 대표할 만한 수작으로 평가받는다. 즉 고백록을 쓰는 과정에서 어거스틴은 자신의 내면적 갈등을 언어로 표현함으로써 영적 치유와 자기 정화를 경험하였다. 이는 글쓰기가 단순히 기록의 도구를 넘어 인간의 심리적, 영적 상처를 치유하는 강력한 매개체로 작용할 수 있음을 보여준 사례라 할 수 있다.

그리고 10세기경에는 저널에 대한 개념이 세계적으로 널리 퍼지면서 개인적 기록의 형태가 발전하기 시작했다. 일본의 궁정 문화는 이와 같은 변화의 중요한 사례로, 글쓰기가 개인적 성찰과 내면 표현의 도구로 자리 잡았다. 즉 일본의 '베개수첩'이 그 예이다. 당시 일본 궁정의 여인들은 자신의 침상 밑에 '베개수첩'을 두고, 궁정 내의 소문, 자신의 비밀스러운 이야기, 바람과 꿈 등을 기록했다. 이는 비밀스럽고 은밀한 글쓰기의 형태로, 그들이 겪은 억압된 감정이나 욕망, 외로움과 고통 등을 해소하는 역할을 하였다.

15~16세기 유럽에서도 종교적 성찰, 개인의 감정 기록, 자아성찰의 도구로써 일기가 널리 쓰였다. 인쇄된 교과서와 문서가 보급되면서 글쓰기 교육이 더욱 확산되었고, 다양한 계층의 사람들이 글을 읽고 쓰는 법을 배울 수 있었다. 그러한 역사적 과정에서 자기표현의 도구로서 글쓰기를 활용하는 흐름이 형성되었고, 이러한 흐름은 감정의 해소와 내면의 성찰을 더욱 가능하게 하여 심리적 치유를 위한 글쓰기치료의 기반을 구축하는 계기가 되었다. 그 후, 18세기에는 정신의학에서 선구적인 역할을 했을 뿐만 아니라 여러 사회 문제에 관심을 갖고 활발히 활동했던 미국의 의사이자 사회 개혁가인 벤자민 러시(Benjamin Rush, 1746~1813)가 글쓰기가 임상적인 효과가 있음을 최초로 언급했다. 그는 실제로 글쓰기가 환자들에게 임상적인 효과를 제공할 수 있다는 사실을

처음으로 주목한 의사로, 종종 환자들에게 그들의 다양한 증상에 대해 글로 표현하도록 권장했다. 그 과정에서 러시는 환자들이 말로 증상을 표현할 때보다 글로 풀어낼 때 긴장이 감소한다는 점을 관찰했으며, 이를 통해 환자들의 내면과 문제를 보다 깊이 이해할 수 있었다고 한다. 이러한 접근은 단순히 의학적인 치료를 넘어 환자의 마음과 심리 상태를 탐구하고 치유하려는 초기 시도 중 하나로, 이후 글쓰기치료의 기초를 다지는 데 중요한 영감을 제공했다. 러시의 이러한 실험은 '정신의학의 아버지'라고 불릴 만큼 선구적인 그에 걸맞게 글쓰기가 단순한 표현 수단이 아니라, 치료적 도구로서의 가능성을 보여준 사례로 평가된다.

19세기에 이르러서는 글쓰기가 더욱 대중화되었는데, 그 중 유럽의 신사와 숙녀들은 '가죽뚜껑 저널용 수첩'을 소지하고 다니며, 자신의 생각과 일상을 기록하였다. 이는 자기 점검과 성찰의 도구로 활용되었으며, 글쓰기가 내적 성숙을 위한 중요한 행위로 자리 잡았음을 보여준다. 우리나라의 경우는 조선시대 후기, 자서전적 기록이 개인적 성찰과 치유의 도구로 활용된 예이다. 1735년에서부터 1815년까지의 기록 중 혜경궁 홍씨가 쓴《한중록》은 삶의 회고와 감정을 담아낸 자서전적 기록으로, 치열한 궁중 생활 속에서의 고통과 슬픔을 글을 통해 풀어내고자 했다. 이는 단순히 역사적 사실을 기록한 것을 넘어 자신의 내면세계를 정리하고 해소하는 글쓰기의 치유적 사례로 평가된다. 그 외에도《계축일기》,《인현왕후전》등 다양한 기록은 자신이 경험한 사건과 감정을 기록하며 자아를 탐구하고, 억압된 감정을 글로 풀어내는 도구로 기능했다.

더 나아가 19세기 중반 유럽에서는 글쓰기가 심리적 고통을 해소하는 도구로 보다 명확히 자리 잡았다. 당시 기록에 따르면, 정신병 환자들이 병원 신문에 시를 기고하는 사례가 있었다. 이는 환자들이 글쓰기를 통해 자신의 고통과 감정을 표현하며, 심리적 정화를 경험한 사례로 볼 수 있다. 즉 환자들에게 글쓰기가 억압된 감정을 해소하고, 자신을 표현하며, 자신의 존재를 인식하는 중요한 치유의 매개체가 되었음을 알 수 있다.

이처럼 중세 시대의 글쓰기는 개인적 성찰, 영적 치유, 감정 해소의 도구로 점차 발전해 나갔다. 성 어거스틴의 《고백록》부터 일본 궁정의 '베개수첩', 조선시대의 자서전적 회고록, 그리고 유럽의 저널과 병원 신문에 이르기까지, 글쓰기는 개인이 내면의 갈등과 상처를 치유하고, 자아를 이해하며, 사회와 연결되는 도구로서 중요한 역할을 하였다. 이는 오늘날 글쓰기치료의 기초적 형태를 보여주는 사례들로, 글쓰기의 치유적 가능성과 그 보편적 가치를 증명한다.

3) 근대

근대에 들어서면서 글쓰기는 단순한 기록의 도구에서 벗어나 개인의 심리적 치유를 위한 중요한 도구로 자리 잡기 시작했다. 교육적, 심리적 맥락에서 글쓰기가 가지는 치유적 가치는 점차 인정받았고, 이는 현대 글쓰기치료의 기초를 마련하는 데 결정적인 역할을 했다.

1930년대 서양에서는 진보주의 교육 운동이 절정에 달했던 시기로, 글쓰기가 아이들의 자연스러운 자기표현을 촉진하는 수단으로 주목받았다. Brand(1987)는 글쓰기가 학생들에게 내면의 생각과 감정을 자유롭게 표현할 수 있는 수단임을 강조하며, 글쓰기의 심리적 가치를 주장했다. 즉 글쓰기가 감정의 해소와 심리적 균형을 유지하는 데 유용하다는 점을 교육 현장에서도 이해하고 있었다는 것이다. 이는 글쓰기가 교육적 도구를 넘어 심리적 안정과 자기 성찰을 위한 도구로 확장되는 기초가 되었다.

이후, 2차 세계대전은 글쓰기의 치유적 가치를 새로운 방식으로 조명하게 된 시기였다. 전쟁 중 글쓰기는 학생들의 심리적 상처나 위기, 발달상의 어려움과 두려움 등을 효과적으로 표현할 수 있게 하는 도구로써 작용했다. 즉 학생들에게 자신들의 경험과 감정을 표현할 수 있는 실재적인 배출구로 사용되었다. 전쟁으로 인한 불안과 상처, 트라우마 등을 글을 통해 풀어냄으로써, 글쓰기가 개인의 심리적 안정을 도모하는 중요한 도구임을 보여주었다. 또한, 전후 외상 후 스트레스 장애(PTSD) 극복에도 글쓰기가 활용된다. 전쟁 후, PTSD를 겪는 군인들과 민간인들이 글쓰기를 통해 심리적 치유를 경험한 사례들이 보고되었다. 이를 바탕으로 글쓰기가 트라우마를 극복하고 정서적 안정을 찾는 데 효과적이라는 다양한 연구가 진행되었다.

1950년대 미국에서는 글쓰기가 일상에서 심리적 치유를 촉진하는 역할을 더욱 구체적으로 수행하게 되었다. 미국의 소녀들에게서 일기 쓰기가 유행하게 되면서부터다. 당시 대부분의 미국 소녀들은 일기장을 소지하며 자신의 감정, 꿈, 경험을 기록하는 습관을 지녔다. 2차 세계대전이 끝난 직후인 이 시기에 일기를 쓰는 과정은 개인이 내면의 생각을 정리하고 감정을 표현하며, 일상의 스트레스를 해소하는 데 유용한 도구로 기능했다. 이는 현대 글쓰기치료에서 자주 사용하는 일기 쓰기 기법의 기초가 되었다.

1960년대는 글쓰기가 심리학과 교육학의 융합을 통해 영향력 있는 교육 수단으로 자리 잡은 시기였다. 하지만, 교사들은 정규 교육과정

내에 포함된 운영은 아니었다. 다만, 다양한 수업 장면에서 교사들이 자율적으로 글쓰기를 심리적 치유 활동에 비공식적 치료 도구로서 글쓰기를 활용했을 뿐이다. 즉 학생들에게 자발적이고 개인적인 글쓰기를 장려함으로써 심리적 치유와 자아성찰의 효과를 도모한 것이다. 그럼에도 이러한 자율적 글쓰기 치유 활동은 '창의적 글쓰기(Creative Writing)'를 등장하게 하였고, 학생들이 자신의 생각과 감정을 자유롭게 표현할 수 있는 도구로 사용되었다. 이는 심리적 안정과 창의성을 동시에 개발하는 수단으로 발전하였다.

이후 창의적 글쓰기는 단순한 교육적 도구를 넘어 '창의성 강화 및 정신건강 치료 기법(Healing in Writing to Heal)으로 진화·발전하였다. 즉 교육적 글쓰기에 심리치료 이론들이 통합됨으로써 심리적 치유를 촉진하는 치료적 글쓰기로 발돋움한 것이다. 물론 이는 유럽을 비롯한 전 세계적으로 정신분석치료, 대화치료, 자발적 정신건강 치료 등의 심리치료 영역들이 뿌리를 내리고 있었기에 가능하였다.

이와 같은 과정에서 근대에 이르러 글쓰기는 교육과 심리치료의 경계를 허물며, 인간의 내면을 탐구하고 치유하는 강력한 도구로 자리 잡았다. 1930년대 진보주의 교육 운동에서 시작된 글쓰기의 심리적 가치 인식은 2차 세계대전을 거치며 치유적 효과가 강조되었고, 1950~60년대에는 창의적 글쓰기를 통한 정신건강 치료 기법으로 발전하였다. 이러한 흐름은 글쓰기치료가 오늘날 심리학, 문학, 예술 치료의 중요한 축으로 자리 잡는 데 결정적 역할을 했다.

물론 여기에는 이라 프로고프(Ira Progoff) 박사의 역할이 또한 결정적이었다. 이라 프로고프 박사의 삶과 연구는 글쓰기가 단순한 표현의 도구를 넘어 심리적 치유와 내적 성장을 위한 강력한 도구로 자리 잡는 데 큰 영향을 미쳤다. 그의 집중적 저널법은 수십만 명의 사람들에게 긍정적인 변화를 가져다주었으며, 글쓰기치료는 현대 심리학과 예술치료의 중요한 축으로 성장하게 되었다. 그의 업적은 앞으로도 글쓰기치료의 발전과 응용에 있어 중요한 기반이 되었다.

이라 프로고프 박사는 20세기 중반, 글쓰기치료라는 새로운 심리치료 기법의 초석을 놓은 선구자로 평가받는다. 심리학자로서 그는 인간의 내면 탐구와 정서적 치유를 위한 글쓰기의 가치를 체계적으로 정립하고, 이를 현대 심리치료의 중요한 도구로 자리 잡게 했다. 이라 프로고프 박사는 미국 오스틴의 텍사스 대학교(The University of Texas at Austin)에서 1977년 심리학 박사학위를 받은 이후, 현재 모교 심리학과에서 교수 및 학과장으로 재직하고 있다. 그는 『털어놓기와 건강(Opening Up)』, 『단어의 사생활(The Secret Life of Pronouns: What Our Words Say About Us)』 등을 비롯해 9권의 책을 저술 및 편저했으며, 250여 편 이상의 논문을 발표하였다. 이러한 다수의 저서를 통해 글쓰기와 인간 심리의 관계를 설명하며, 이 분야에 크게 기여했다. 칼 융(Carl Jung)의 심층 심리학과 상징주의 이론에 많은 영향을 받은 그의 연구는 인간의 심리적 경험과 정서적 치유를 탐구하는 데 중점을 두었으며, 이를 바탕으로 글쓰기의 치유적 효과를 과학적으로 증명하고 체계화했다. 이러한 공로를 인정받아 성격과 사회 심리학회(Society of Personality and Social Psychology)로부터 공로상과 우수 저술상을 수상하였고, 그 외에도 미국심리학회(American Psychological Association)를 비롯한 여러 심리학 분야에서도 다수의 공로상을 수상하며 그의 업적을 폭넓게 인정받았다.

1960년대, 뉴욕을 중심으로 프로고프 박사는 글쓰기를 치료적 도구로 활용하는 정신과 치료와 워크숍을 개최하기 시작했다. 이 정신과 치료와 워크숍은 '집중 저널치료(Intensive Journal Therapy)'로 알려지며 저널치료 또는 글쓰기치료의 시발점으로 평가된다(brand, 1987). 그는 환자들에게 저널을 '심리의 연습장(Psychological notebook)'으로 사용하도록 권장하였다. 그리하여 '심리의 연습장'을 통해 환자들은 자신의 생각, 감정, 불안, 공포 등을 글로 표현하며 내면을 탐구하고 정리하는 과정을 경험했다. 이로써 글쓰기가 인간의 감정과 전신에 대한 재충전의 양분이 되어 왔고, 일기나 낙서가 이제껏 자신의 아픔과 실패, 고통, 때로는 가슴 설레는 사랑을 고백하고 쏟아내는 장소가 되어왔다는 사실을 뛰어넘어서 심리적 탐구뿐만 아니라 심리적 치유와 내적 성장을 위한 강력한 도구임을 입증하였다. 즉 이 접근법이 단순히 개인의 감정을 배출하는 수단을 넘어, 글쓰기가 심리적 안정과 정서적 치료에 실제로 효과적이라는 사실을 입증하는 데 기여했다.

이후, 이러한 프로고프 박사의 연구는 '집중적 저널법(Intensive Journal Method)'이라는 독창적인 글쓰기 기법으로 발전되었다. 개인의 내면을 탐구하고 성찰하기 위해 고안된 독특한 글쓰기 방법인 집중 저널 쓰기는 구조화된 저널링 방식으로 3공 바인더(three-ring notebook)를 만들어 여기에 각각의 색깔로 글쓴이의 생활을 탐색하며 심리치유와 관련한 여러 측면을 기록하는 방식이다. 즉 이 방식은 저널을 다양한 주제로 나누어 기록하게 하여 개인의 삶의 여러 측면을 통합적으로 조명하도록 설계되었다. 예컨대, 특정 주제를 중심으로 자기 탐구를 돕는 섹션들로 이뤄졌는데, 과거의 중요한 사건과 경험을 기록하는 삶의 흐름(Life History Log), 자신과 다른 사람, 상황, 심지어 자기 내면의 목소리와의 대화(Dialogue Section), 꿈과 상상력을 통해 무의식을 탐구하는 꿈과 상상(Dream Log), 현재 순간의 감정과 경험을 기록하는 현재의 흐름(Now Log) 등의 섹션이 있다.

여기서 주목할 것은 첫째, 중립적이고 비판 없는 글쓰기를 지향했다는 점이다. 즉 오탈자나 문장 구조의 완벽함 등 뿐만 아니라 글을 쓸 때 잘 쓰려는 부담이나 평가의 두려움 없이 자유롭게 기록하게 하여 내면의 억눌렸거나 숨겨진 생각이나 감정이 자연스럽게 드러나게 했다. 둘째, 자기 검열 없이 솔직한 글쓰기를 지향하면서 중립적이고 비판 없는 글쓰기를 추구했다는 점이다. 셋째, 반드시 처음부터 끝까지 순차적으로 진행할 필요가 없으며, 다양한 섹션을 오가며 탐구할 수 있는 등 비선형적 진행을 추구했다는 점이다. 즉 시간 순서와 상관없이 상황에 따라 자신의 생각이나 마음 가는 대로 적합한 섹션을 골라서 기록하면 됐다. 넷째, 내면의 여러 측면, 또는 자신과의 대화를 통해 감정을 깊이 이해하고, 억눌려 있던 생각을 표출할 수 있도록 했다는 점이다. 이는 자신과 마치 두 사람이 대화를 나누듯 글을 쓰는 방식으로 내면의 감정, 과거의 자신, 혹은 특정 대상을 의인화하여 대화하는 방식이다. 그럼으로써 자신의 삶, 생각이나 감정 등을 더욱 깊이 있게 이해할 수 있도록 도움을 준다. 다섯째, 이 과정에서 자기 삶의 과거, 현재, 미래를 연결하고, 각기 다른 경험 속에서 일관된 의미를 발견하도록 하여 삶의 통합(Life Integration)을 추구했다는 점이다. 자신의 삶을 과거, 현재, 미래로 나누어 살펴보고, 이를 하나로 연결하여 의미를 찾아가는 과정으로 특히 중요한 경험, 감정, 사건들을 재해석하며 삶의 방향성을 발견할 수 있도록 한다.

이처럼 '집중 저널쓰기'는 개인의 생활과 심리를 탐구하도록 독려함으로써 개인 경험의 서로 다른 측면을 통합할 수 있도록 한다. 실제로

'progoff 워크숍'에 참가할 때 받는 저널 노트는 여러 부분으로 나누어져 있는데, 각 부분에는 해당 부분의 이름이 인쇄되어 있고, 색깔로 식별되는 별지가 있다. 이것은 하나의 저널을 여러 부분으로 나누어 쓰도록 하기 위해서다. 이처럼 '집중 저널쓰기'는 여러 개로 나뉜 부분의 구조화된 복잡성을 이용한 글쓰기치료 분야의 체계적인 기법으로, "현대 저널링의 아버지!"로 불릴 정도로 그의 명성을 확고히 했다. 물론 그럼으로써 글쓰기를 심리적 치료 도구로서의 확고한 위상을 세우게 된다(Baldwin, 1977; Rainer, 1978).

이후, 프로고프의 이러한 방식은 빠르게 전 세계로 퍼져나갔고, 25만 명 이상의 사람들이 이 방식의 효과를 경험하였다. 그리고 1978년 개인적 성장 및 정서적 안녕감을 위한 글쓰기를 주제로 한 프로고프의 세 권의 저서가 출판되면서 글쓰기치료는 그 기반을 굳건히 다졌다고 할 수 있다. 물론 일부의 학자들이나 치료자들은 글쓰기가 독창적 기술로서는 부족하다는 견해를 밝히곤 한다. 글쓰기는 사실 말하기의 또 다른 형태일 뿐이라는 주장이다. 굳이 말하기에 비해 여러 가지 약점을 지닌 글쓰기를 독창적인 기술로 사용할 필요는 없다는 입장이다. 하지만 말하기에 비해 글쓰기가 더 나은 효과를 발휘하는 상황이나 대상이 있다는 점은 부인하지 않는다. 예컨대, 규칙적인 상담 시간을 할애하기 어려운 사람, 말하기보다 글쓰기를 더 좋아하는 사람, 내향적인 사람, 난처한 비밀을 가진 사람, 전통적인 심리치료에서 효과를 보지 못한 보통 지성의 환자 등에 적합하다. 특히 소녀들에게 좋다는 것은 부인할 수 없다. 더 나아가 글쓰기치료는 오늘날 점차 심리적 치료 분야의 다양한 영역에서 중요한 도구로 사용되며, 프로고프의 업적 또한 여전히 학문적, 실용적 가치를 인정받고 있다.

4) 현대

글쓰기치료는 1970년대에 이르러 유럽 전역의 정신건강 운동과 맞물리며 본격적으로 이론적 뿌리를 내리고 세계적으로 확산하기 시작했다. 유럽의 정신건강 운동은 정신건강 문제를 예방하고 인식하며 지원 체계를 강화하기 위한 다양한 활동과 정책들을 포함한다. 이는 역사적으로 정신질환에 대한 낙인(stigma)을 줄이고, 접근 가능한 치료 및 예방 서비스를 제공하며, 심리적 건강을 촉진하려는 사회적 변화의 일환으로 이루어져 있다.

특히 20세기 중반의 시기에는 기존의 비인간적인 병원 중심 치료에서 벗어나 보다 인간적인 방식으로 환자들을 지역사회로 통합하고, 심리치료와 같은 비약물적 접근법을 확대하는 방향으로 전개된다. 즉 정신건강 관리의 새로운 패러다임인 탈시설화 또는 탈수용화(deinstitutionalization), 지역사회 중심 치료 등과 맞물려 다양한 심리치료 기법들이 개발되고 적용된다. 예컨대, 프랑스를 비롯한 유럽 여러 국가들은 기존의 과밀한 정신병원 체계를 재검토하며 탈시설화 정책을 시행했다. 이탈리아에서는 1000명이 넘는 환자를 수용하던 병원이 점차 폐쇄되었으며, 스페인과 스칸디나비아 국가들 역시 입원 환자의 수를 줄이고 대안을 모색했다.

이러한 시대적 배경 속에서 환자가 자신의 지역에서 일상생활을 유지하며 치료받을 수 있는 시스템이 만들어졌다. 즉 지역사회 내의 정신건강 클리닉, 심리상담 센터, 정신질환자 지원 단체 등이 설립되었으며 환자들의 재활과 사회 통합을 지원하게 되었다. 이후, 1992년에는 세계정신건강연맹(WFMH, World Federation of Mental Health)이 공식적으로 정신건강의 날을 제정하고, 급기야 영국을 필두로 유럽에서는 사회적 처방으로 정신건강 인식 주간(Mental Health Awareness Week)을 운영하기에 이른다.

뿐만 아니라 미술, 음악, 연극 등의 예술 기반 치료와 더불어 글쓰기가 치료적 도구로서 독자적인 영역을 구축하는 중요한 계기가 된다. 예컨대, 독일 전역에서는 글쓰기 공방, 문예 창작 아카데미, 문학치료 아카데미와 같은 글쓰기치료 모임이 활발히 열렸다. 이들은 글쓰기를 통해 심리적 안정감을 얻고 창의적 표현을 발전시키는 활동을 중심으로 운영되었으며, 이는 전 세계적으로 확산하였다. 특히 페촐트(Hilarion G. Petzold)와 일제 오르트(Ilse Orth)에 의해 설립된 독일 휘케스바겐(Hückeswagen) 소재의 프리츠 펄스 연구소(FPI, Fritz Perls Institut)는 이러한 움직임을 주도하였다.

이 연구소는 1972년부터 게슈탈트 치료와 관련된 학문적 연구와 임상 실습을 위한 다양한 세미나와 워크숍을 매년 개최하였는데, 이 과정에서 신체적·심리적·행동적 통합을 목적으로 자기표현과 창조적인 기법들을 활용한 방법론, 즉 글쓰기뿐만 아니라 여러 다양한 매체를 심리치료에 적용한 통합적 심리치료(Integrative Therapie, IT)를 발달시켰다. 페촐트도 'TOS(Tree of Science)' 통합 모델을 개발하였고, 일제 오르트도 다양한 예술치료를 융합한 통합적 심리치료 프로그램을 개발하고 이를 대중화했다. 이들은 창조적 미디어(Media)를 활용한 통합예술심리치료(integrative Kunsttherapie, IKT)를 개발하며, 글쓰기뿐 아니라 음악, 무용, 드라마, 시 등을 통합적으로 활용한 심리치료를 선보였다. 그래서 FPI에서 진행된 교육과정에서는 다양한 창의적 표현 방법을 탐구하도록 했다. 즉 통합동작치료, 예술치료, 음악치료, 무용치료, 시, 인형 및 가면 등을 활용한 통합적 치료작업, 드라마 게임 및 판토마임 등의 프로그램을 통해서다.(조영미, 2017).

1981년에는 미국의 전국시치료학회(NAPT, National Association for Poetry Therapy)가 공식적으로 설립되었고, 매년 미국 전역에서 회의를 개최하고 있다. 여기서 미국의 A. 러너(Arthur Lerner), J. 리디(Jack J. Leedy), M. 해로어(Molly Harrower) 등은 글쓰기가 심리적 및 신체적 질병의 치료에도 효과가 있다는 사례를 연구하고 발표하며 글쓰기치료를 학문적이고 임상적인 영역으로 확장해 나가기 시작한다(Mazza, 2005). 이 연구들은 정신병원에서 글쓰기를 치료 프로그램에 포함하는 계기가 되었고, 이후 심리치료와 예술치료의 한 갈래로 자리 잡는 데에 큰 역할을 하였다. 이후, 영국의 라피두스(Lapidus)와 미국의 볼드윈(C. Baldwin), 레이너(T. Rainer) 등은 글쓰기치료의 새로운 기법을 연구 개발하였다.

이와 같이, 1970년대는 글쓰기치료가 지역적 활동에서 벗어나 이론적으로 정립되고, 유럽과 미국을 중심으로 전 세계로 확산된 시기였다. 정신건강 운동과 심리치료의 발전 속에서 글쓰기치료는 환자와 일반인 모두에게 심리적 치유와 자아성찰의 도구로 강력한 역할을 하게 되었다. 이러한 흐름은 글쓰기치료가 오늘날까지도 심리치료의 중요한 축으로 자리 잡는 데 결정적인 기반이 되었다.

한편, 이 시점에서 언급하지 않을 수 없는 인물은 심리학자이면서 공인 시 및 저널치료사인 캐슬린 애덤스(Kathleen Adams)와 페니베이커(James. W. Pennebaker)이다. 먼저, 애덤스는 '저널 도구상자(Journal Toolbox)'를 개발하며, 저널치료를 대중화하고 이를 다양한 환경에서 적용할 수 있도록 기여한 선구자이다. 1985년, 그녀는 저널 치료의 치유적 효과를 강조하면서 자기발견(self-discovery), 창조적 표현, 생활력 향상 등 일반적 목표를 가지고 첫 워크숍을 열었고, 이를 통해 글쓰기치료 기법이 일상생활에서도 활용 가능하다는 점을 증명했다.

그리고 1988년에는 'Center for Journal Therapy'를 설립하였는데, 이 기관은 글쓰기를 치료, 건강, 웰빙, 코칭, 영적 지도 등 다양한 분야에 활용하는 방법을 연구하고 교육하는 국제적인 중심지로 성장했다. 이 속에서 애덤스는 2008년 저널 치료를 위한 전문 훈련 프로그램인 'Therapeutic Writing Institute'를 설립했고, 개인 성장을 위한 학습 공간인 'Journalversity'의 창립하여 글쓰기의 치유적 힘을 강조하며, 개인의 자기 탐구와 변화를 도모하는 프로그램을 개발했다. 특히, 그녀의 저서 『Journal to the Self(자신에게 쓰는 저널)』, 『저널치료의 실제 (The Way of the journal)』는 저널 쓰기의 핵심 방법론을 구체적으로 다룬 베스트셀러로 많은 독자들에게 영감을 주었다. 그녀의 경력은 다양한 심리치료 현장에서 이루어졌으며, 개인 상담부터 입원 및 집약적인 외래 환자 프로그램까지 폭넓게 경험을 쌓았다. 또한, 그녀는 콜로라도 덴버 대학의 전문 및 창의적 글쓰기 석사 과정(Professional and Creative Writing Master's Program)의 겸임교수로서, '글쓰기와 치유' 과정을 가르치고 있다. 애덤스는 창의적이고 안전한 환경에서 참가자들이 자기표현을 통해 성장할 수 있도록 돕는 것을 목표로 하며, 전문성을 결합한 실용적인 훈련을 강조한다.

이후, 이러한 애덤스의 노력에 힘입어, 저널쓰기는 영국 교육에서 채택된다. 더불어 많은 국가 직업 자격 과정에서 학생들이 자신의 학습을 돌이켜보도록 권장하는 '성찰적 저널 과정'을 포함하도록 하는 데에 영향을 주었다(김춘경·이정희 공역, 2012). 더 나아가 지금까지도 애덤스의 작업은 심리치료뿐만 아니라 교육, 코칭, 영적 지도 등 다양한 분야에서 활용되고 있으며, 그녀의 저널 치료 기법은 개인의 자기 표현과 심리적 성장의 중요한 도구로 자리 잡고 있다.

다음으로 제임스 W. 페니베이커(James W. Pennebaker)는 글쓰기를 본격적으로 심리치료와 상담에 적용한 인물이다. 그는 텍사스 대학교의 심리학과 교수로, 『털어놓기와 건강(Opening Up: The Healing Power of Expressing Emotions)』, 『표현적 글쓰기(expressive writing)』, 『단어의 사생활(What our words say about us)』을 비롯해 저술 및 편저 9권의 책을 냈고, 250편 이상의 논문을 발표했다. 성격과 사회 심리학회(Society of Personality and Social Psychology)로부터 공로상과 우수 저술상을 수상하였고, 이 외에도 미국심리학회(American Psychological Association)를 비롯한 여러 심리학 분야에서 공로를 인정받아 수많은 상을 받았다.

이러한 연구에서 페니베이커는 사람들이 감정적 경험, 특히 트라우마나 스트레스가 많은 사건에 대해 글을 쓰는 것이 건강에 긍정적인 영향을 미친다는 사실을 밝혔다. 즉 그의 연구는 감정을 글로 표현하는 과정이 스트레스를 줄이고, 면역 체계를 개선하며, 심리적 안녕을 증진하는 데 효과적임을 보여준다. 예컨대, 힘들고 불안할 때 글쓰기를 하면, 억눌렀던 감정이 풀어지면서 속이 시원해지는 느낌, 즉 '감정의 정화(Catharsis·카타르시스)'를 경험하게 되고, 정리되지 않은 채 마음 한쪽에서 불편함으로 남아 있는 기억을 글로 정리해 보는 과정에서 과거의 아쉬움과 상처를 객관적으로 차분히 생각하게 된다는 것이다. 이 과정에서 좋았던 기억, 감사했던 기억을 떠올릴 수도 있고 평소 느끼는 스트레스를 관리할 수 있게 되어 스트레스 감소, 면역력 강화, 우울 증상 완화, 전반적인 심리적 안정감 증진 등의 효과를 얻을 수 있었다고 한다. 그리고 이 방법은 구조화된 짧은 기간 동안 자신의 감정과 생각을 깊이 탐구하는 글쓰기로 구성되는데, '감정적 글쓰기'나 '표현적 글쓰기' 기법을 넘어 '감정 표현 치료(Expressive Emotions Therapy)'로 발전된다.

그리고 페니베이커는 1997년 발표한 연구에서, 정서적 경험에 관한 글쓰기가 신체와 정신 건강에 미치는 긍정적인 효과를 강조했다. 그는 사람들이 글쓰기를 통해 스트레스와 부정적인 감정을 표현했을 때 병원 방문 횟수가 줄고, 면역 체계가 강화되며, 학교 및 직장에서의 업무 수행 능력과 성과가 향상된다는 것을 발견했다. 이후 그는 트라우마와 같은 심리적 외상을 겪은 사람들이 이를 글로 표현하거나 말했을 때 어떤 신체적·정신적 영향을 받는지 다각적으로 연구했다. 이 연구는 우울, 분노, 실망과 같은 부정적 감정을 글로 풀어내는 과정이 정서적 안정에 기여하고, 외상 사건을 구체적으로 진술할 때 세포의 면역 체계가 강화된다는 사실을 밝혀냈다. 또한, 단순히 일상적인 일기 쓰기에는 치료 효과가 없으며, 구체적이고 감정적으로 몰입한 글쓰기를 3~4일 연속으로 진행하는 것만으로도 유의미한 효과를 볼 수 있다는 점을 밝혔다. 그렇기에 페니베이커는 '필요할 때 쓰기'의 원칙을 따르라고 조언한다. 과거의 고통스러운 경험이 삶을 힘들게 할 때 펜과 종이를 꺼내 글을 쓰면 된다는 것이다. 이처럼 페니베이커는 트라우마 치료와 심리적 치유 과정에 글쓰기를 효과적으로 활용할 수 있는 길을 명확히 제시했다.

그는 또한 킹(L. A. King)과 함께 1999년 LIWC(Linguistic Inquiry and Word Count)라는 언어 분석 도구를 개발했다. LIWC 프로그램은 텍스트에 포함된 단어의 사용을 분석하여 심리적, 감정적 상태를 밝혀내는 데 도움을 주어, 사회 행동, 집단 역학, 성격 연구 등 다양한 분야에서 활용되고 있다. 페니베이커는 이를 통해 건강상 효과를 나타내는 글쓰기가 첫째, 많은 수의 긍정적 정서 단어들을 포함하고, 둘째, 보통 수의 부정적 정서 단어들을 포함하고, 셋째, 통찰력을 나타내는 단어들이 증가하는 3가지 특징을 가지고 있음을 발견하였다.

뿐만 아니라 리처드 슬래처(Richard Slatcher)와 페니베이커는 2006년 연구에서 글쓰기가 연인 관계를 유지하는 데에 미치는 긍정적 영향을 확인했다. 즉 글쓰기가 연인 관계를 유지하는 데에 도움이 된다는 연구이다. 연구진은 86명의 연애 중인 미국 대학생들을 무작위로 두 그룹으로 나누고, A그룹에는 현재 연인과 사귀는 과정에서 느끼는 어려움을 솔직하게 글로 적도록 하고, B그룹은 단순히 일상적인 일들을 기록하도록 했다. 두 그룹 학생들 모두 3일 동안 매일 20분씩 해당 주제에 대한 글을 쓰게 했다. 그리고 실험이 끝난 3개월 후, 연인 관계 지속 여부를 확인한 결과, A그룹은 77%가 여전히 관계를 유지하고 있었으나, B그룹에서는 52%만이 관계를 유지하고 있는 것으로 나타났다. B그룹은 절반 가까이 헤어졌다는 결과가 나온 것이다. 연구진은 실험 후 참가자들이 연인과 주고받은 문자 메시지를 분석한 결과, A그룹에서 긍정적인 단어 사용이 의미 있게 증가한 것을 확인했다. 이는 연애를 하는 과정에서 발생하는 어려운 문제와 감정을 솔직하게 글로 표현한 경험이 커플 간 감정 교류를 더 원활하게 만들어 연인 관계를 강화했음을 시사한다. 따라서 이 연구도 마찬가지로 글쓰기가 개인의 감정 표현을 넘어, 인간관계 개선에도 기여할 수 있음을 보여준다.

3. 심리학적 배경

글쓰기치료는 마음의 깊은 곳에 숨어 있는 이야기를 발견하고, 이를 통해 내면의 상처를 치유하며 삶의 새로운 가능성을 열어가는 여정이다. 이러한 과정은 단순히 문장을 쓰는 행위에 그치지 않고, 우리 마음속에 억눌려 있던 감정과 무의식의 세계를 마주하는 치유적 행위로 자리 잡는다. 이와 같은 글쓰기치료의 바탕에는 심리학의 깊은 통찰이 자리 잡고 있다. 그래서 이 장에서는 심리학적 이론 중 글쓰기치료을 뒷받침할 만한 프로이트의 정신분석학과 '자유연상', 융의 분석심리학과 '적극적 상상', 프리츠 펄스의 게슈탈트 이론과 '지금 여기' 등만을 다루고자 한다.

그 이유를 간략히 정리하면, 첫째, 프로이트(Sigmund Freud)의 정신분석학은 인간의 무의식을 탐구하며, 자유연상을 통해 내면의 억압된 기억과 감정을 표면화하는 방법을 제시한다. 그는 인간의 행동과 감정의 많은 부분이 무의식에 의해 형성된다고 보았고, 자유연상은 이 무의식의 단서를 발견하는 열쇠로 작용한다고 말한다. 이러한 작용은 글쓰기치료에서도 무의식의 목소리를 듣는 중요한 단초를 제공할 수 있다. 즉 글쓰기치료에서 자유연상은 단순한 생각의 나열이 아니라, 자신의 내면과의 대화를 가능하게 하며, 무의식 속 숨겨진 이야기들을 드러내는 통로가 된다는 것이다.

둘째, 융(Carl Gustav Jung)의 분석심리학에서는 인간의 무의식이 집단적 차원과 개인적 차원으로 구성되어 있다고 보았으며, 상징과 신화는 이 무의식의 메시지를 이해하는 중요한 도구라고 강조한다. 게다가 내면의 상징과 이미지, 그리고 이를 탐구하는 적극적 상상을 통해 자아와 무의식의 조화를 이끌어 낸다고 한다. 즉 적극적 상상을 통해 나타난 각 개인의 상징과 신화로써 무의식의 메시지를 이해할 수 있다는 것이다. 이러한 점은 글쓰기치료에서 각 개인의 상징적·신화적 표현을 활용해 내면의 심층 구조를 이해하고, 자신만의 서사를 재구성하게 함으로써 분열된 자아의 통합과 성장을 촉진할 수 있는 가능성을 마련해 준다.

셋째, 프리츠 펄스(Fritz Perls)의 게슈탈트 이론에서 강조하는 '지금 여기'는 글쓰기가 현재의 경험과 감각을 생생히 기록하며, 존재의 생동감을 느끼게 하는 중요한 원리를 제공한다. 그는 과거와 미래의 맥락에 얽매이지 않고 현재의 순간에 몰입하는 것이 진정한 치유로 이어진다고 보았다. 글쓰기가 이러한 순간순간의 경험을 기록함으로써 자신을 더 깊이 이해하고, 삶의 진정한 가치를 발견하게 만들 수 있다는 것이다.

그러므로 이 장에서는 글쓰기치료의 심리학적 뿌리, 세 가지를 집중적으로 살펴보고, 그 과정을 이끄는 중요한 이론과 기법들을 탐구하고자 한다. '자유연상', '적극적 상상', '지금 여기'라는 원리가 글쓰기치료에서 어떻게 활용되며, 이 과정이 내면의 성장을 어떻게 도모하는지를 하나씩 짚어볼 것이다. 그리하여 글쓰기치료라는 작은 행동이 어떻게 인간의 내면세계를 변화시키고, 삶을 새롭게 바라보게 만드는지를 탐구하는 길에 함께하고자 한다.

1) 정신분석학과 자유연상

프로이트의 자유연상(Free Association, 自由聯想法)은 그의 정신분석학에서 핵심적인 기법이다. 인간의 무의식을 탐구하고 억압된 기억과 감정을 표면화하는 데 사용한다. 즉 자유연상은 환자가 자신의 생각을 가능한 한 검열하거나 판단하지 않고, 떠오르는 대로 말하도록 하는 방식인데, 이는 무의식의 단서를 발견하고 이해하기 위한 중요한 방법이다.

주요 개념과 특징은 첫째, 억압된 무의식 탐구이다. 프로이트는 인간의 많은 감정과 행동이 무의식적인 충동과 억압된 기억에서 비롯된다고 보았다. 자유연상을 통해 환자는 자신의 무의식에 억눌린 내용이 자연스럽게 드러나게 된다는 것이다. 둘째, 검열과 판단의 제거이다. 사람들은 보통 자신의 생각과 감정을 검열하거나 판단하는 경향이 있다. 자유연상은 이를 의도적으로 배제함으로써, 무의식적으로 억압되었던 진짜 감정을 표면화할 수 있도록 돕는다. 셋째, 꿈과의 연계이다. 프로이트는 꿈을 무의식의 표현으로 간주했으며, 자유연상을 꿈의 분석에 자주 사용했다. 환자가 꿈에서 본 이미지를 자유롭게 연상하도록 유도함으로써, 꿈의 상징을 해석하고 무의식의 욕구와 갈등을 이해하려 했다. 넷째, 연상 흐름이다. 프로이트는 환자가 이야기 중에 멈추거나 주저하는 순간을 주목했다. 이러한 멈춤은 무의식적 저항(resistance)이나 억압된 기억과의 연결점을 나타낼 수 있다고 보아, 치료에 있어 매우 중요한 단서로 여겼다.

이러한 배경으로 글쓰기치료에서는 자유연상을 무의식적인 생각을 글로 표현하는 데 효과적인 기법으로 활용한다. 글을 쓸 때 특정한 주제를 설정하지 않고, 떠오르는 대로 적어나가는 방식은 억압된 감정을 해방시키고, 내면의 갈등을 자유롭고 솔직하게 표현할 수 있게 하며, 무의식적으로 억눌린 기억과 감정들을 드러내는 데 도움을 주기 때문이다. 그렇기 때문에 자유연상을 통해 기록된 글은 자기 성찰과 치유의 도구가 될 수 있다. 이는 프로이트가 목표로 했던 무의식의 탐구가 글쓰기치료라는 창의적 과정에서 어떻게 실현될 수 있는지를 잘 보여주기도 한다.

(1) 정신분석학과 성격 구조

프로이트의 정신분석학적 성격구조는 인간의 마음을 세 가지 주요 요소로 나누어 설명하는 이론이다. 이 세 가지는 원초자아(Id), 자아(Ego), 초자아(Superego)로 구성되며, 인간의 행동, 감정, 사고를 형성하는 심리적 작용을 설명하는 데 사용된다. 간략히 표로 요약하면 다음 표와 같다.

항목	원초자아(Id)	자아(Ego)	초자아(Superego)
정의	- 본능적 충동과 욕망의 원천	- 현실을 고려하여 이드와 초자아를 중재하는 관리자	- 도덕적 기준과 사회적 규범의 내면화된 표상
성격	- 무의식적 - 비합리적, 비논리적, 비도덕적 - 충동적이고 자기중심적 - 사회적 규범 무시 - 생물학적 구성 요소	- 합리적, 논리적, 중재적 - 현실과 욕구 간 균형 유지 - 의식, 전의식, 무의식에 걸쳐 존재 - 심리적 구성 요소	- 엄격한 기준 추구 - 비판적, 이상지향적 - 부모와 사회의 영향을 받음 - 주로 전의식, 무의식에 존재 - 사회적 구성 요소
지배 원리	- 쾌락 원칙(Pleasure Principle): 즉각적인 만족 추구	- 현실 원칙(Reality Principle): 현실을 고려한 행동, 사고, 감정	- 도덕성 원칙(Moral imperatives): 이상과 도덕성 추구
목적	- 생존, 고통 회피, 공격, 긴장 감소, 쾌락 등의 본능적 욕구 충족	- 충동 통제와 현실 적응 - 내적 안정 유지	- 도덕적 이상 실현 - 옳고 그름 판단 - 죄책감 유발

관련된 심리 작용	- 욕망, 본능적 충동(생존, 성욕, 공격성 등)	- 자제, 중재, 문제 해결	- 죄책감, 도덕적 자부심, 이상 추구
다른 성격구조 와의 관계	- 자아에 의해 조절 받음 - 초자아와 갈등	- 원초자아와 초자아 사이 에서 균형 추구 - 현실과 욕망 간 조율	- 자아를 압박 - 원초자아의 욕구를 억제

프로이트의 성격구조 이론에서 태어날 때부터 존재하는 원초자아(Id)
는 원초아라고도 한다. 본능적 충동과 욕망의 원천이자 심리적 에너지
의 원천이다. 즉 우리 인간의 심리적 에너지의 근원이다. 이는 기본적인
욕구를 충족하려는 힘으로 작용할 뿐만 아니라 인간의 행동, 사고, 감정
의 뿌리이자, 원동력으로 작용한다. 예를 들어, 갓난아기는 배고픔을
느낄 때 이를 해결하기 위해 울음을 터뜨린다. 이 행동은 배고픔이라는
욕구 불만족 상태, 긴장 상태를 해소하려는 원초자아의 즉각적인 반응
이다. 이때 아기는 부모가 바쁜 상황이거나 주변 환경이 어떠한지를
고려하지 않는다. 또 다른 예로, 분노를 느끼는 사람이 화가 난 즉시
폭발적으로 소리를 지르거나 물건을 던지는 행동을 보인다면, 이는 자
신의 불편함과 긴장을 줄이려는 원초자아의 충동적 반응이라고 할 수
있다. 이처럼 생존, 성적 충동, 공격성 등의 인간의 기본적인 욕구를
충족하려는 인간의 행동, 사고, 감정의 원동력으로 작용한다.
　그렇기 때문에 원초자아는 말그대로 자아, 초자아의 근원이라고도
할 수 있다. 예컨대, 인간의 몸이 없다면, 당연히 그 인간의 마음이나
정신도 없는 것과 같다. 몸이 살아 있기에 그 인간이 움직일 수 있고,
생각도 할 수 있고, 감정표현도 가능하며, 사회생활, 관계도 이뤄질
수 있는 것이다. 몸이 없다면, 그 존립의 근거는 당연히 없다. 마찬가
지로 생물학적 구성 요소인 원초자아도 인간 심리의 근간을 이루고 있

다고 할 수 있다. 근간이라는 것은 뿌리와 줄기를 아울러 이르는 말인데, 사물의 바탕이나 중심이 되는 중요한 요소를 일컫는다. 그런데 원초자아가 그러한 위상을 가질 수 있다는 것이다. 만약, 생물학적 구성 요소인 원초자아가 심리적 에너지의 원천으로써의 역할을 수행하지 않는다면, 아마도 자아와 초자아의 활동이나 역할은 성립할 수 없을지도 모른다. 본능적 충동과 욕망의 원천이자 심리적 에너지의 원천이기도 한 원초자아가 작동하지 않는다면, 아마도 인간의 생존마저도 위태로울 수 있기 때문이다. 그렇기 때문에 자아와 초자아의 심리적 에너지의 토대로 작용함으로써 비로서 인간 심리의 세 가지 주요 요소가 상호작용 또는 갈등, 조절 등의 과정을 통해 우리의 삶을 이뤄가고 있다고 할 수 있다.

하지만, 원초자아의 이러한 충동은 현실적으로 조율되거나 통제되지 않으면 개인과 사회 모두에 부정적인 결과를 초래할 수 있다. 이를 해결하기 위해 자아(Ego)는 원초자아의 욕구를 현실적인 방법으로 충족시키기 위한 중재자로 작용한다. 예를 들어, 배고픔을 느낀 성인이 음식을 훔치려는 충동을 억제하고, 대신 식당에서 음식을 구매하는 선택을 하게 되는 것은 자아의 현실 원칙(Reality Principle)에 따른 결과라 할 수 있다.

이렇듯 프로이트의 성격구조 이론에서 자아(Ego)는 인간의 심리적 중재자 역할을 하며, 현실 세계와 원초자아(Id) 및 초자아(Superego) 간의 균형을 유지하는 핵심적인 요소이다. 자아는 개인의 욕구를 현실적으로 충족시키기 위해 노력하며, 의식, 전의식, 무의식에 걸쳐 존재하는 합리적이고 논리적인 성격 구조이다. 즉 자아는 원초자아가 가진 본능적 욕구를 현실적으로 조율하며, 동시에 초자아가 요구하는 도덕적 기준을 고려하여 행동의 균형을 맞춘다. 이러한 과정에서 자아는 현실 세계의 상황을 평가하고, 행동의 결과를 예측하며, 최선의 선택을 결정한다. 이를 통해 자아는 충동적이고 본능적인 욕구를 사회적으로 수용 가능한 방식으로 충족시키도록 중재하는 것이다. 자아는 현실 원칙(Reality Principle)에 따라 작동하며, 즉각적인 만족을 추구하는 원초자아와는 달리 현실을 고려하여 욕구 충족을 지연하거나 수정한다. 예를 들어, 배고픔을 느낀 사람이 음식을 훔치려는 충동을 억제하고 식당에서 음식을 구매하기 위해 기다리는 것은 자아의 작용이다. 이처럼 자아는 원초자아의 본능적 욕구를 조율하며, 즉각적인 만족을 지연시키거나 현실적으로 충족시키는 방식을 찾기도 하고, 초자아가 요구하는 도덕적 기준을 고려하여 행동의 방향을 조정한다. 초자아가 지나치게 엄격할 경우, 자아는 이를 완화하려 노력하며 내적 갈등을 최소화하려 한다. 즉 자아는 충동을 통제하고 현실에 적응하며 내적 안정감을 유지하는 데 중요한 역할을 한다. 자아는 이러한 현실적이고 논리적인 접근을 통해 개인이 사회적 규범을 따르고 내적 안정감을 유지할 수 있도록 돕는다. 이와 같이 자아는 인간의 심리적 균형을 유지하는 데 필수적이며, 개인이 사회적 규범과 현실적 요구를 조화롭게 수용할 수 있도록 한다.

그렇기 때문에 자아의 성격적 특징으로는 첫째, 합리적이다. 자아는 논리적인 사고와 문제 해결 능력을 바탕으로 현실적 결정을 내린다. 예를 들어, 한 사람이 급하게 새로운 노트북을 사야 하는 상황에 처했다고 가정해 보자. 이때, 원초자아는 당장 가장 비싼 모델이나 광고에서 본 멋진 제품을 이것저것 따져보지도 않고, 충동적으로 구매하고 싶어 할 수 있다. 반면 초자아는 가격 대비 성능이나 현재와 앞으로의 활용 가능성, 자신의 경제적 능력에 맞는 소비에 대한 도덕적 책임감을 강조하며, 구매 자체를 미루라고 요구할 수도 있다. 이때 자아는 필요와 예산, 사용 목적 등을 합리적으로 고려하여, 가장 적합한 모델을 조사하고 신중하게 구매를 결정하는 역할을 하게 된다. 이러한 과정은 자아가 원초자아의 충동과 초자아의 압박 사이에서 현실적이고 논리적인 판단을 내리는 능력을 보여준다. 둘째, 중재적이다. 원초자아의 본능적 욕구와 초자아의 도덕적 기준 사이에서 균형을 유지하려고 한다. 예를 들어, 어떤 학생이 중요한 시험 준비를 앞두고 있는 경우, 원초자아는 본능적으로 친구들과 놀기를 강하게 요구할 수 있다. 반면, 초자아는 시험 성적에 대한 부모의 기대, 자신의 미래, 도덕적 책임감을 강조하며 공부에 전념할 것을 강요할 수 있다. 이 상황에서 자아는 두 성격 구조 사이에서 균형을 맞추기 위해, 일정 시간을 공부에 집중한 후 휴식을 취하거나 친구들과 잠시 시간을 보내는 현실적이고 조화로운 해결책을 제안할 수 있다. 이러한 과정은 자아가 합리적이고 융통성 있는 방식으로 욕구를 충족시키는 동시에, 도덕적 기준을 고려하며 행동을 조율하는 능력을 보여준다. 셋째, 다차원적이다. 자아는 의식, 전의식, 무의식에 모두 걸쳐 존재하며, 인간의 행동과 심리적 안정에 중요한 역할을 한다. 넷째, 융통성이다. 자아는 다양한 상황에 적응하며, 변화하는 환경에 따라 행동 방식을 조정한다. 예를 들어, 한 직장인이 새로 발령받은 부서에서 업무 스타일이 이전과 다르다는 것을 깨닫고, 팀의 요구에 맞춰 자신의 작업 방식을 유연하게 바꾸는 상황을 생각해 볼 수 있다. 이전 부서에서는 개별적인 작업을 선호했지만, 새로운 부서에서는 팀워크와 협력이 중요하다면, 자아는 이러한 환경 변화에 적응하여 팀과의 소통을 늘리고 협업을 우선시하는 방식을 채택할 것이다. 이러한 적응은 자아가 현실적 요구를 받아들이고 자신을 조정하는 융통성을 보여주는 사례이다. 또한, 새로운 직장 부서로의 발령, 즉 근무 환경의 변화로부터 발생하는 스트레스를 운동으로 해소하거나 긍정적 사고로 전환하는 등은 다양한 현실 적응의 융통성을 보여준다.

또한, 초자아(Superego)는 원초자아의 충동을 도덕적 기준에 따라 통제한다. 예를 들어, 한 운전자가 교통 법규를 어길 수 있는 상황에 처했다고 가정해 보자. 원초자아는 빨리 목적지에 도착하기 위해 신호를 무시하고 속도를 높이고 싶은 충동을 느낄 수 있다. 하지만 초자아는 이러한 행동이 법적, 도덕적으로 잘못될 수 있으며, 다른 운전자와 보행자에게 위험을 초래할 수 있다는 점을 상기시킨다. 초자아의 영향으로 운전자는 법규를 준수하며 안전하게 운전하는 결정을 내리게 된다. 이 과정에서 초자아는 도덕적 기준과 사회적 책임감을 기반으로 행동을 조율하며, 결과적으로 모든 사람의 안전과 질서를 유지하는 데 영향을 끼친다. 이처럼 원초자아가 강한 욕망을 표현하더라도, 초자아는 이를 억제하거나 수정하도록 자아에 압력을 가한다. 이때, 초자아는 부모, 사회, 문화로부터 내면화된 도덕적 규범을 통해 행동의 옳고 그름을 판단하며, 욕구 충족이 도덕적 기준에 부합하지 않을 경우 죄책감을 유발하기도 한다.

물론 이러한 경우 초자아는 자아와 원초자아 사이에서 갈등을 유발하기도 한다. 도덕적 기준이 지나치게 엄격한 경우, 초자아는 자아에 과도한 압박을 가하며 심리적 긴장을 초래할 수 있기 때문이다. 그러나 이러한 도덕적 내면화는 개인이 사회적으로 용인되는 행동을 하도록 돕고, 자신과 타인에 대한 책임을 다할 수 있도록 하는 중요한 역할을 한다.

이렇듯 초자아는 궁극적으로 개인의 행동을 도덕적 이상에 부합하게 만들며, 인간이 윤리적이고 사회적인 존재로 살아가도록 이끈다.

이처럼 원초자아, 자아, 초자아 간의 상호작용은 인간의 삶, 특히 심리적 안정과 갈등을 형성하는 핵심적인 과정이다. 원초자아는 본능적 욕구와 긴장을 줄이려는 원천으로 작용하고, 자아는 이를 현실적으로 조율하며, 초자아는 도덕적 기준을 통해 이를 통제한다. 이러한 상호작용을 통해 개인의 행동과 심리가 복합적으로 나타나며, 인간이 사회적 존재로 살아갈 수 있는 심리적 기반이 마련된다고 할 수 있다.

한편, 자아가 원초자아와 초자아 사이에서 균형을 이루지 못하면, 심리적 불안이나 갈등이 발생할 수 있다. 물론 심리적 불안이나 갈등은 개인의 삶을 위태롭게 하는 요소로 작용한다. 피할 수 있으면 피하고 싶고, 막을 수 있으면 막고 싶을 뿐이다. 만에 하나라도 그것이 닥쳐오더라도 최대한 빠른 시간 안에 벗어나거나 극복하고 싶을 만큼 괴롭게 하는 요소이기도 하다. 그렇기 때문에 이때, 자아는 충동을 통제하고 현실에 적응하며 내적 안정감을 유지하기 위해서 다양한 방어기제(Defense Mechanisms)를 사용한다. 방어기제는 자아가 불안을 줄이고 심리적 균형을 유지하기 위해 무의식적으로 사용하는 심리적 전략이다. 방어기제를 사용함으로써 내적 갈등이나 외적 스트레스를 관리한다.

그런데 불안은 어떤 것을 하도록 우리를 동기화시키는 긴장 상태를 일컫는다. 즉 원초자아, 자아, 초자아 간의 갈등이 정신 에너지의 통제를 넘어설 때 발생하는 긴장 상태로, 우리를 특정 행동으로 동기화하는 심리적 반응이다. 불안의 종류는 크게 세 가지로 현실적 불안, 신경증적 불안, 도덕적 불안이다. 현실적 불안은 현실 외부세계에서 오는 위험에 대한 두려움으로 인한 것이고, 신경증적 불안과 도덕적 불안은 심리 내적 갈등 속 힘의 균형이 위협을 받을 때 발생한다. 첫째, 현실적 불안은 자아가 현실을 지각하여 느끼는 두려움으로 인해 발생한다. 외부 현실로부터 위협을 인지할 때 자아가 느끼는 두려움으로 인해 발생하고, 이를 통해 위험을 피하고 대처할 수 있도록 경고한다. 예를 들어, 산불 경보를 들은 사람이 불안감을 느끼고 즉시 대피 계획을 세운다면, 이는 현실적 불안이 행동으로 이어진 사례이다.

둘째, 신경증적 불안은 자아와 원초자아 간의 갈등에서 비롯되며, 원초자아의 충동이 통제되지 않고 행동으로 표출될 경우 처벌받지 않을까하는 무의식적인 두려움에서 발생한다. 물론 의식으로 분출되어 나오려는 위협에 대한 반응이기도 하다. 예를 들어, 어떤 사람이 공공장소에서 누군가의 행동에 강한 분노를 느꼈다고 가정해 보자. 원초자아는 즉각적으로 소리를 지르거나 공격적으로 반응하려는 충동을 느낀다. 그러나 자아는 이러한 행동이 사회적으로 부적절하고 다른 사람들에게 비난을 받을 수 있다는 점을 인지하고 이를 억제하려 한다. 이때 자아는 원초자아의 충동을 억누르며 심리적 긴장을 경험하게 되는데, 이러한 긴장 상태가 신경증적 불안으로 나타나게 된다. 이처럼 신경증적 불안은 원초자아의 충동과 자아의 억제 사이에서 발생하며, 인간이 사회적 규범을 따르고 자신의 행동을 조절하려는 과정에서 흔히 경험하는 불안 유형이다. 자아가 원초자아의 에너지를 통제하려는 심리적 노력의 산물로, 적절히 관리되지 않으면 스트레스나 심리적 불안정으로 이어질 수 있다.

셋째, 도덕적 불안은 원초자아와 초자아 간의 갈등에서 기인하며, 도덕적 기준이나 윤리적 이상에 위배되는 행동했거나 할 가능성에 대해 두려움, 죄책감과 수치심을 느낄 때 발생한다. 예를 들어, 시험에서 부정행위를 저질렀던 학생이 자신의 양심의 가책으로 인해 불안을 느끼며 죄책감에 시달리는 경우이다. 이때, 원초자아는 성적 향상과 칭찬, 인정 등 즉각적인 이득을 통해 욕망의 충족을 추구한다. 하지만 초자아는 이러한 행동이 정직하지 못하며, 도덕적으로 용납될 수 없다고 판단한다. 초자아는 죄책감과 수치심을 통해 자아를 압박하며, 학생은 이후 자신을 비난하거나 시험 결과에 불안을 느끼게 된다. 이처럼 개인이 사회적 규범이나 자신의 내면화된 도덕적 기준을 어겼을 때, 초자아가 자아(Ego)를 비난하거나 압박하면서 발생한다. 즉 도덕적 불안은 양심에서 비롯된 내면적 갈등으로, 죄책감과 자기 비난을 유발하며, 개인이 도덕적 기준에 부합하지 않는 행동을 반성하고 교정하도록 유도한다. 다만, 이러한 불안은 지나치게 강하면 심리적 부담이나 장애가 될 수 있다. 하지만, 적정 수준에서는 개인의 도덕적 성장을 촉진하고, 사회적 규범을 준수하도록 돕는 중요한 심리적 메커니즘이라 할 수 있다.

다음 [그림 3], 즉 불안 관련 마인드맵과 같이 불안의 세 가지 유형은 인간의 내적 갈등과 외부 환경의 위협이 심리적 긴장을 유발하는 방식을 보여 주며, 각 유형은 우리 삶에서 다양한 행동, 사고, 감정을 동기화하는 중요한 심리적 메커니즘으로 작용한다. 특히, 과도한 불안은 원초자아, 자아, 초자아 간의 갈등을 지나치게 심화시켜 신체적, 심리적, 사회적 문제를 더욱 증폭시켜 우리 삶에 부정적 영향을 준다. 예를 들어, 현실적 불안이 지나치면 실제 위험이 크지 않은 상황에서도 외부 위협에 대한 경계심이나 두려움이 과도해져 공포증이나 회피 행동으로 나타날 수 있다. 또한, 신경증적 불안이 극대화되면, 강박적인 행동, 만성 불안, 충동 조절의 실패 등으로 이어질 수 있다. 게다가 도덕적 불안이 과도하면, 자기 비난과 죄책감이 심화되어 자존감 저

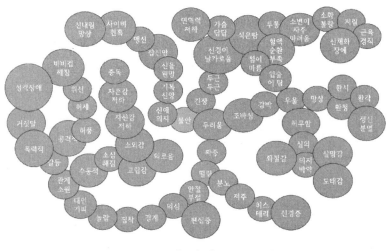

[그림 3]

하, 우울증, 결정 장애 등을 초래할 수 있다. 이러한 과도한 불안은 두통, 불면증 등 신체적 증상, 정신건강 악화, 사회적 고립, 생산성 저하 등으로 이어질 수 있으며, 개인의 전반적인 삶의 질을 크게 떨어뜨리기 마련이다.

이러한 때에 개인은 자신의 경험 속에서 터득한 자아방어적 행동을 무의식적으로 작동시킨다. 즉 자아는 충동을 통제하고 현실에 적응하며 내적 안정감을 유지하기 위해서 다양한 방어기제(Defense Mechanisms)를 사용한다. 그렇지 않고는 커다란 위기에 봉착할 지도 모른다는 두려움 때문이다. 물론 부정적인 감정을 적합한 방식으로 적절하게 표출하는 것이 가장 바람직하다. 그것이 심리적 건강을 유지하는 데에 매우 유리하기 때문이다.

(2) 자아방어기제와 승화

자아가 원초자아와 초자아 사이에서 균형을 이루지 못할 경우, 심리적 불안이나 갈등이 발생할 가능성이 높다. 이러한 불안과 갈등은 단순히 개인의 정서적 상태에 그치는 것이 아니라, 삶의 안정성과 조화를 위협하는 요인으로 작용한다. 대부분의 사람은 이와 같은 심리적 고통을 피하고자 노력하며, 설령 불가피하게 직면하더라도 가능한 한 빠르게 벗어나거나 극복하려는 경향을 보인다. 그렇지 않고는 커다란 위기에 봉착할 지도 모른다는 두려움이 엄습하기 때문이다. 이러한 때, 개인은 무의식적으로 자신의 경험 속에서 터득한 자아 방어기제를 작동시킨다. 즉 충동을 통제하고 현실에 적응하며 내적 안정감을 유지하기 위해서 다양한 방어기제(Defense Mechanisms)를 사용하게 된다. 이는 자아의 본능적인 생존 욕구와 연결된 자연스러운 반응이다. 단순히 불안을 억누르거나 회피하려는 수단이 아니라, 심리적 위기 상황에서 자아가 심리적 균형을 회복하고 기능을 유지하기 위한 필수적인 기제이다.

물론 부정적인 감정을 적합한 방식으로 적절하게 표출하는 것이 가장 바람직하다. 그것이 심리적 건강을 유지하는 데에 매우 유리하기 때문이다. 하지만 그것이 생각만큼 바람만큼 잘 이뤄지지 않는 경우가 많다. 그런 경우 불안에 휩싸이게 되는데, 이때 이러한 상황을 벗어나기 위해 대체로 방어기제를 작동시킨다. 무의식적으로 작동하는 방어기제를 통해 부정적인 감정을 일으키는 상황을 잘 무마하거나 회피하거나 억누르거나 하면서 일단 벗어나려 노력하기 때문이다. 그렇기에 방어기제는 개인이 자신을 보호하고 내적 갈등이나 불안으로부터 벗어나기 위해 사용하는 심리적 전략이다. 즉 자아가 불안을 줄이고 심리적 균형을 유지하기 위해 무의식적으로 사용하는 심리적 전략이다. 이를 통해 내적 갈등이나 외적 스트레스를 관리함으로써 자신의 심리적 균형을 유지해 나갈 수 있기 때문이다. 방어기제의 예로는 억압(Repression), 합리화(Rationalization), 투사(Projection), 부정(Denial), 치환(Displacement), 승화(Sublimation), 퇴행(Regression), 동일시(Identification) 등이 있으며, 이는 개인이 심리적 균형을 유지하도록 돕는 역할을 한다.

그런데 방어기제는 현실을 부정하거나 왜곡하는 특징을 가지고 있다. 이 과정에서 자기기만이 일어나기도 한다. 이는 불안을 직접적으로 해결하지 않고, 이를 우회하거나 무의식적으로 처리하려는 자아의 심리적 전략에서 비롯된다. 예를 들어, 실패의 두려움을 억누르기 위해 자신이 노력하지 않은 이유를 합리화하거나, 책임을 타인에게 전가하는 투사(Projection)가 이에 해당한다. 물론 이러한 행동은 개인이 심리적 균형을 유지하는 데 일시적으로 도움이 될 수 있다. 그러나 장기적으로는 문제의 근본 원인을 해결하지 못하고 왜곡된 현실 인식을 지속하게 만들 위험이 있다. 즉 방어기제는 개인이 불안과 갈등에서 자신을 보호하는 심리적 도구이지만, 지나치게 의존하거나 왜곡된 방식으로 작동하면 더 큰 심리적 문제로 이어질 수 있다는 것이다.

프로이트는 이러한 방어기제의 위험성을 강조하며, "표현되지 않은 감정은 결코 죽지 않는다. 그 감정은 산 채로 묻혀 있고, 추한 방법으로 표출될 것이다"라고 경고했다. 이는 방어기제가 과도하게 작동할 경우 억눌린 감정이 부정적인 형태로 나타날 수 있음을 의미한다. 예를 들어, 억압(Repression)은 고통스러운 기억이나 충동을 무의식 속으로 밀어내는 방식으로 작동하여 개인이 당장의 심리적 부담에서 벗어나게 한다. 그러나 이러한 억압된 감정이 지속적으로 해소되지 않고 내면에 남아 있을 경우, 프로이트가 경고한 것처럼 "추한 방법으로 표출될" 수 있다. 이는 억압된 감정이 무의식 속에서 축적되다가 신체 증상이나 강박적 행동, 또는 심리적 붕괴로 나타날 수 있음을 의미한다.

하지만 방어기제는 개인의 심리적 균형을 유지하기 위한 자아의 필수적인 대응 방식이다. 심리적 안정감을 되찾고 더 나아가 스트레스 상황을 효과적으로 대처하도록 돕기 때문이다. 그러므로 불안과 방어기제를 균형 있게 관리하는 것이 매우 중요하다. 방어기제를 이해하고 활용하되, 불안의 근본 원인과 감정을 건강하게 다루는 방법을 함께 모색하는 것이 심리적 안정과 성장을 위한 핵심이다.

한편, 심리학에서 승화(昇華, sublimation)는 보통 억눌린 충동이나 욕구를 예술, 종교 등의 사회적·정신적으로 가치가 있는 활동으로 전환하여 충족하는 과정을 의미한다. 국어사전에서는 이를 "일체의 심리 현상의 근저가 되는 성욕적인 잠재적 의욕이 문화적 활동, 특히 예술, 종교 방면으로 향하여 활동하는 일"이라고 정의한다. 또한, 심리학 사전에서는 "무의식적인 성적에너지가 예술활동이나 종교활동과 같이 사회적으로 가치 있는 일로 치환(置換)됨을 일컫는다."라고 규정한다.

물론 이 정의들은 모두 프로이트의 정신분석학적 개념을 바탕으로 한다. 자기애적 리비도(narcissistic libido)가 대상 리비도(object libido)로 끊임없이 전환되고, 이러한 전환이 자기희생에까지 이르는 성적 열애 또는 승화적 열애까지 이른다는 관점을 바탕으로 한 정의이다. 즉 인간의 원초적 충동이 문화적·사회적으로 수용 가능한 형태로 변형될 수 있다는 것이다. 하지만 융(C. G. Jung)은 프로이트의 학설이 무의식의 상상된 발톱으로부터 탈출할 목적으로 승화의 개념을 만들었다고 비판한다. 프로이트의 이론이 무의식의 원초적 본능을 억제하고 통제하기 위한 개념적 틀을 구축한 것에 불과하다고 비판한 것이다. 그러면서 본능은 조절되고 승화될 필요가 있지만, 진정으로 존재하는 것은 연금술적으로 승화할 수 없다고 주장한다. 승화되는 것처럼 보이는 것도 잘못된 해석의 결과일 가능성이 있다고 지적하며, 프로이트가 승화의 개념을 과도하게 확장했다고 보았다. 다만, 융은 승화 자체를 부정하는 것은 아니다. 그는 단지 승화 개념의 과도한 해석에 대해 경계하며, 모든 본능적 요소가 승화를 통해 문화적으로 변형될 수 있다고 보는 견해에 반대할 뿐이다. 융에게 있어, 진정으로 존재하는 것은 결코 승화될 수 없는 것이며, 이를 억지로 승화한다고 보는 것은 본질적인 오해라고 주장했다.

하지만 글쓰기치료에서는 이러한 정의와 융의 비판적 관점을 수용하면서도 내담자와 상담자 간의 상호작용 속에서 이루어지는 모든 창조적·예술적 활동과 그 결과를 승화의 범주에 포함한다. 즉 내담자와 상담자가 함께 만들어가는 모든 과정과 결과 일체를 승화의 한 형태로 간주한다. 여기에는 내담자와 상담자의 말과 글, 몸짓, 표정, 태도, 감정표현, 노래, 그림, 조형물, 놀이, 상상 등 모든 창조적·예술적 활동이 포함된다. 이는 언어적이든지 비언어적이든지, 음악·미술·연극·율동·놀이·상상 등 어떤 형태로든 내담자와 상담자가 창조한 모든 것을 포괄한다. 왜냐하면, 이 과정에서도 승화와 유사한 질적인 변화가 일어나기 때문이다.

사실 누구든 자신의 욕구, 심리적 상처나 문제 상황을 솔직하게 드러내고 표현하는 것은 쉽지 않다. 이는 상당한 용기가 없이는 극복하기 힘든 내적 도전이다. 그래서 사소한 것조차 드러내기를 두려워하고 망설인다. 상황에 따라 혹은 상처의 깊이에 따라 표현하는 것이 불가능한 경우도 있다. 왜냐하면, 자신의 내면과 직면하기 두렵기 때문이다. 즉 과거의 상처와 아픔, 외로움, 고통을 다시 마주하여 느끼고 싶지 않기 때문이다. 그렇기 때문에 자신의 욕구, 심리적 상처나 위기를 솔직하게 드러내고, 표현하기는 쉽지 않다. 더욱이, 두려움과 심리적 고통이 깊을수록, 자신의 삶을 표현하는 행위 자체가 불가능에 가까운 도전이 될 수도 있다. 이러한 표현은 단순한 말이나 글을 넘어, 남아 있는 내적 힘과 용기를 최대한 끌어내어 이루어진 몸부림이며, 당사자 외에는 누구도 온전히 이해하거나 체감할 수 없는 깊은 도전이다.

그럼에도 승화는 이러한 심리적 상황에서도 일어난다. 상담의 과정에서 내담자와 상담자가 하는 말과 글, 몸짓, 표정, 태도, 감정 표현, 노래, 그림, 놀이, 상상 등 모든 창조적·예술적 활동을 통해 승화는 이뤄진다. 방식이 어떻든, 형태가 어떻든, 자신을 드러내어 표현하는 모든 과정에서 승화는 발생한다. 즉 스스로의 자유의지와 선택으로 심리·정신적 상황을 극복하고, 건강하고 행복한 삶을 위해 남아있는 내적힘과 용기를 끌어 올려 자기 삶의 서사를 표현하는 모든 것들 속에서 승화가 일어난다. 그 결과물뿐만 아니라 과정에서도 끊임없이 승화가 일어난다.

그런데 글쓰기치료에서는 이 모든 것을 단순한 행위가 아니라, 하나의 '작품', 즉 '창작품'으로 본다. 즉 상담의 과정 속에서 내담자와 상담자가 함께 이뤄낸 모든 과정과 그 결과물을 그들에 의해 창조된 작품으로 본다는 것이다. 그것이 말이든 글이든 그림이든 음악이든 행위이든 어떤 유형의 것이든 예술작품이라 할만하든지 아니든지 간에 모두 '작품'으로 간주된다. 결국 글쓰기치료에서는 이들 모든 승화의 결과물을 '작품'이라 한다. 물론 작품의 수준은 다양할 수 있다. 소위 전문적인 작가의 창작품이라고 불리는 수준의 작품이 아닐 수도 있다. 그러나 중요한 것은 그 작품 속에 내담자와 상담자의 생각과 마음, 의식과 무의식, 감정이 진솔하게 표현되어 있다는 점이다. 각자의 사연과 삶, 그리고 서사가 담겨 있다는 사실이다. 롤랑 바르트(Roland Barthes)가 『서사구조분석』(1982)에서 인간의 모든 문화와 문명에는 어떤 성격과 형식으로 되었든지 간에 서사가 담겨있다고 언급한 것처럼 자기 삶의 서사가 있기 마련이다.

그러므로 글쓰기치료에서 창작된 작품들에도 내담자와 상담자가 활동하는 과정에서 승화된 서사를 포함하고 있다고 할 수 있다. 거대한 서사든 포터 애벗(H. Porter Abbott)이 그의 저서 『서사학 강의(The Cambridge Introduction to Narrative)』에서 언급한 미시 서사일 수도 있다. 그러나 어떤 형태이든 모든 작품들 속에는 서사가 존재한다. 물론 이 서사에는 각자의 삶이 있다. 각자의 삶의 욕구, 심리적 상처나 위기 상황이 담겨 있으며, 그것들의 성공과 실패, 실망과 좌절까지도 녹아 있다.

더 나아가 이들 서사에는 단순한 이야기 전달을 넘어, 자기 삶의 서사에 대한 성찰의 과정에서 성취한 깨달음도 창조적·예술적인 다양한 방식으로 형상화되어 나타난다. 그리고 이러한 창조적·예술적 창작 활동은 다시 내담자와 상담자의 욕구, 심리적 상처나 위기를 일정 부분 해소하는 과정으로 작용한다. 그럼으로써 미세한 부분에서일망정 자신의 삶을 이해하고 화해하며, 깨달음으로 나아간다. 이 과정은 다시 내적힘과 용기를 북돋아 더 큰 질적 변화를 촉진하며, 반복되면서 더 높은 수준의 승화를 일궈낸다. 결국 이러한 승화는 예술 활동뿐만 아니라 다양한 분야의 사회적·정신적 가치가 있는 다양한 활동으로 확장되고, 그 과정과 결과로까지 이어진다.

승화는 원래 과학 용어이다. 고체가 열을 받아 액체 상태를 거치지 않고 곧바로 기체로 변하거나, 반대로 기체가 직접 고체로 변화하는 현상을 의미한다. 예를 들어, 얼음이 증발하는 과정이나 드라이아이스가 기체로 변하는 현상이 이에 해당한다. 또한, 맑은 겨울밤 기온이 0℃ 이하로 급격히 내려갈 때, 지표 부근의 수증기가 곧바로 얼어 서리가 형성되는 현상도 승화의 일종이다.

그런데 심리적 상처가 있거나 위기 상황에 놓인 사람의 마음도 마치 얼음과 같은 상태가 된다. 꽁꽁 얼어 차갑고, 딱딱하며, 충격에 의해 부서질 수 있는 상태와 같다. 그러므로 이러한 마음은 모든 것을 거부하며, 움츠러들고, 외부의 어떠한 자극도 받아들이기 어려운 상태로 위축된다. 뿐만 아니라 살갗을 벗겨낸 맨살처럼 극도로 예민하고 고통스러운 상태이다. 누군가가 부드러운 손길로 어루만지려 해도, 고통에 놀라 도망치고 숨고 만다. 급기야 이처럼 상처받은 사람들은 다른 사람의 접촉조차 두려워하며, 자신을 보호하기 위해 철저히 고립되는 경우가 많다. 따라서, 이러한 상태에서는 자신의 심리적 상처와 아픔, 외로움, 고통과 직면하는 것 자체가 거의 불가능하다고 느껴진다. 더 나아가, 보통 이러한 상태에서는 승화가 일어날 수 없다고 생각하기 쉽다. 즉 억눌린 충동이나 욕구를 예술이나 종교 활동 따위의 사회적·정신적 가치가 있는 것으로 치환하여 충족될 가능성이 극히 낮다고 판단하기 쉽다.

하지만 자연에서 고체가 액체 상태를 거치지 않고 기체로 변하거나, 반대로 기체가 직접 고체로 승화하는 현상이 일어나듯, 얼음과 같은 인간의 심리적 상태에서도 동일한 승화가 일어난다. 즉 심리적 상처나 위기를 겪고 있어 그 마음이 마치 얼음과 같은 상태일지라도 꽁꽁 언 얼음이 액체 단계를 거치지 않고, 기체로 증발하듯 승화가 일어난다는 것이다. 그러므로 설령 그 마음이 단단하고 차갑게 얼어 있어 충격을 받으면 쉽게 부서질 것 같은 상태라 할지라도, 온 마음을 닫고 움츠러들어 어떤 것도 받아들일 수 없을 정도로 위축된 상태라 하더라도 그렇다. 그리고 그 마음이 살갗을 벗겨낸 맨살처럼 예민하여 누구도 가까이 다가설 수 없을 정도라 하더라도, 설령 아무리 부드러운 손길이 다가와도 아픔에 놀라 도망치고 숨는 상태라 하더라도, 삶의 어느 순간, 승화는 반드시 일어난다고 할 수 있다.

따라서 글쓰기치료에서도 이와 같은 맥락에서 내담자와 상담자의 말과 글, 몸짓, 표정, 태도, 감정 표현, 노래, 그림, 놀이, 상상 등 모든 창조적·예술적 활동으로 자신을 드러내어 표현하는 가운데 승화가 일어난다고 확신한다. 자신을 드러내고 표현하는 과정 속에서, 얼어붙은 감정은 새로운 형태로 변형되고, 내면의 깊숙한 곳에서부터 변화가 시작된다는 것이다. 왜냐하면, 승화는 생명의 본능적 움직임이기 때문이다. 즉 승화는 살기 위해서 본능적으로 움직여야 하는 몸부림이기 때문이다. 마무리 직면하고 싶지 않아, 피하고 감추고 지우고 억압하려 하더라도 자신의 삶 속에서 완전히 배제할 수 없기 때문이다. 아무리 고통스럽더라도 언젠가는 어디에선가는 어쩔 수 없이 마주해야 하는 자신의 삶의 일부이기 때문이다. 예를 들어, 사실 모든 것이 삶을 위한 몸부림이었다는 박성우의 시 〈몸부림〉은 이러한 이야기를 이해하는 데 도움이 될 듯하다. 아래는 그 시이다.

몸부림

나의 지독한 몸부림이 누군가의 눈에는 그저
아름다운 풍경으로 비춰질 때가 있다.
가령 물고기가 뛸 때다. 해 질 무렵
물고기가 튀어 오르는 것은 붉고 고요한
풍경에 격정적인 아름다움을 더하기
위해서가 아니다.
그것은 비닐 안쪽으로 파고드는 기생충을
덜어내기 위한 물고기의 필사적인 몸부림이다.
농부가 해 지는 들판에서 땅에게 허리를
깊게 숙이는 것 또한 마찬가지, 농부는
엄숙하고도 가장 서정적인 아름다움을
더하기 위해 풍경으로 남아 있는 것이
아니다.
깜깜한 어둠 속에서도 앞다투어 빛나는
학교와 도서관과 공부방 또한 마찬가지

　그런데 인간의 신화나 문학은 무의식과 밀접한 연관이 있다. 무의식에는 태어나기 전부터, 혹은 삶 속에서 충족되지 않고 억압된 욕망이 자리 잡고 있다. 이 욕망은 끊임없이 의식 속으로 출현하기를 꿈꾸며 꿈틀거린다. 때로는 이 욕망이 인간의 다양한 삶의 모습으로 실현되기도 하는데, 그중 하나가 바로 신화나 문학이다. 즉 무의식이 의식화되는 과정과 그 결과가 신화와 문학의 창작 과정이며, 작품 그 자체이다. 그러므로 신화나 문학은 인간의 억압된 무의식적 욕망이 대리 충족된 결과라 볼 수 있다.

그러므로 문학작품에도 작가의 삶과 욕망이 반영되어 있으며, 그 욕망이 창조적·예술적 작품으로 승화되어 나타난다고 할 수 있다. 프로이트도 역시 창조적인 작가와 꿈꾸는 자를 동일시하며, 문학 창작을 낮에 꾸는 꿈과 유사한 행위로 간주한다. 더 나아가 그는 예술의 기원이 신경증에 있다고 주장하며, 예술이 단순한 허구가 아니라 무의식적 욕망을 성취하는 과정이라고 설명한다. 즉 인간은 보통 현실 속에서 실현하고자 하는 욕망을 꿈속에서라도 이루려는 경향이 있는데, 작가 또한 마찬가지로 자기 삶의 욕망을 문학작품 속에서 구현해 나간다. 이처럼 작가는 자기 삶의 욕망을 문학작품의 창조 속에서 표현함으로써 심리적 충족을 경험한다. 예를 들어, 소설가의 작품도 매우 높은 수준의 문학적 승화라 볼 수 있다. 물론 허구적 상상 속에서 창작된 작품이기에 현실이나 작가의 삶과 완전히 분리된 부분도 있을 수 있다. 그러나 이들 작가의 판타지적 작품이라 해도 오로지 상상의 결과만으로 채워져 허구적일 수만은 없다. 모든 작품은 비록 양적으로나 질적으로 소소한 부분일지라도 자기 삶의 경험을 바탕으로 쓸 수밖에 없기 때문이다.

이렇듯 승화 과정은 단순한 예술적 행위로 그치지 않는다. 이는 프로이트의 말처럼 무의식적 욕망을 실현하기 위한 실질적 행위이자, 작가 개인에게는 심리적 치유를 가능하게 하는 치료적 체험이다. 실제로 프로이트는 문학작품에서 등장하는 인물들을 심리적으로 분석하고, 실제 임상에서 이를 기록하고 관찰함으로써 심리 치료와 글쓰기의 연계를 탐구했다. 그의 정신분석 이론의 핵심은 인간이 가진 유년의 경험, 무의식, 트라우마, 그리고 억압된 기억이 완전한 화해 상태에 이르지 못했을 때, 참여자가 자기분석을 통해 이를 긍정적인 상황으로 대체할 수 있도록 돕는 데 있다. 여기서 글쓰기는 강력한 도구로 작용한다. 과거를 정리하고 자신의 무의식을 글로 드러내는 과정을 통해, 글쓰는 사람은 점차 무의식의 영향에서 벗어나 스스로를 통제할 수 있는 내면의 힘을 키우게 된다. 글쓰기의 본질이 자기 성찰과 반성에 있기 때문이다. 이러한 이유로 프로이트는 내담자들에게 '자기분석(Selbstanalse)'과 '꿈일지(Traumtagebuch)'를 작성하도록 권장하며, 이를 통해 그들이 자신의 내면을 객관적으로 성찰함으로써 심리적 치유를 경험할 수 있도록 했다.

따라서 이러한 작가와 작품과의 관계는 작품 속에서 작가의 삶을 관찰할 수도 있음을 의미한다. 당연히 작가의 삶과 작품 속의 등장인물들이나 사건이나 배경과의 관계도 밀접히 관련되어 있을 수밖에 없다. 즉 작품들 속에는 작가의 다양한 내면세계, 즉 자신의 욕망, 심리적 상처나 위기 상황이 무의식적·의식적으로 투사되어 나타난다. 특히 등장인물을 통해 자신의 힘들고, 고통스러운 심경을 솔직하고 적나라하게 토로하기도 하고, 자신의 심리적 상처나 위기를 적극적으로 극복하려는 의지를 표현하기도 한다. 이렇듯 작가의 삶을 바탕으로 한 작품 속에는 작가의 심리적 욕망과 상처와 아픔, 외로움, 고통스러움과 직면하여 성찰한 결과가 고스란히 담겨 있다. 다만 문학적 장치를 통해 사실을 더욱 흥미롭고 박진감 넘치게 만들기 위해 과장이나 축소, 변형, 은폐 등의 창작기법이 사용될 뿐이다.

그러므로 작품을 통해 작가의 삶과 욕망, 자아들의 다양한 심리적 상처나 위기 상황을 엿볼 수 있는 여지는 풍부하다. 물론 문학작품들이 최종 완성되기까지 많은 변이의 과정을 거쳤음을 간과해서는 안 된다. 시대정신과 세태, 독자의 기호, 문학적 완성도 등을 반영해 변형의 과정을 거쳤을 가능성이 높기 때문이다. 이러한 과정을 거쳐 결국 현실과 문학작품 속 허구의 세계는 똑같지 않은 구석이 많아지기 마련이다.

예컨대, 김만중은 『구운몽』과 『사씨남정기』의 창작을 통해 자신의 본능적 욕망 실현의 대리물들을 통해 자신의 본능적 욕망을 해소한다. 뿐만 아니라 자신의 내면세계를 대상화하여 성찰함으로써 자신의 중심자아와 긍정적 주변자아와의 이해, 그리고 용서와 화해의 과정을 수행한다. 그렇게 함으로써 자신의 욕망 추구에 의해 분열된 자아를 통합해 나간다. 물론 세세한 부분까지 모두 자신의 중심자아와 주변자아와의 관계로 설명하기는 어려움이 있다. 다만 거시적인 측면에서 볼 때, 김만중의 심리적 갈등이 글쓰기 초기단계의 인물을 설정하고, 성격을 부여하는 과정에서 그리고 인물과 사건을 형상화해 나가는 과정에 반영되었음은 틀림없다는 의미이다. 왜냐하면, 원래 창작자는 자신의 생각과 마음을 더욱 설득력 있고, 흥미 있게 표현하기 위해 특별한 장치와 서사 전개 과정을 불가피하게 설정하기 때문이다. 『구운몽』과 『사씨남정기』도 예외는 아니다. 분명히 창작 과정에서 필연적으로 당시의 독자에게 설득력 있고 흥미로웠을 장치와 변화가 있기 마련이다. 따라서 이와 같은 이러한 점들을 고려하여 작가들의 작품들을 적합하게 해석하고 분석할 수 있다면, 모든 작가들의 작품들을 통해 인간의 욕망, 심리적 갈등과 장애, 문제 상황을 파악하고 이해할 수 있다.

물론, 인간 누구나 창작을 통해 자신의 삶의 욕망을 표현하고, 이를 충족할 수 있다고 본다. 이는 특정한 재능을 가진 사람에게만 국한된 것이 아니라, 모든 인간이 창작을 통해 자신의 내면을 드러내고 실현할 수 있음을 의미한다. 문학의 심리학적 기원설에서도, 인간은 본능적으로 표현하려는 욕망을 지니고 있으며, 이는 삶의 욕망과 깊이 연결되어 있음을 강조한다. 따라서 글쓰기치료 과정에서 창작된 내담자의 작품 또한 동일한 의미를 지닌다고 할 수 있다. 즉 글쓰기치료 과정에서 탄생한 모든 창작품도 승화의 결과물이며, 내담자의 삶의 욕망, 심리적 문제 상황이 창작 욕구의 분출을 통해 형상화된 결과물이라는 것이다. 창작품 자체가 내담자의 삶의 욕망 해소이고, 심리적 상처와 위기를 극복하는 창조적 변형이며 예술적 승화이다.

하지만, 일반적인 상식으로 볼 때, 일반인과 전문 작가의 창조적·기술적 역량의 차이는 분명히 존재하며, 그 예술적 수준의 차이도 크다고 볼 수 있다. 그러나 내담자가 창작한 작품의 가치와 수준은 객관적인 기준에 의해 평가될 수 없다. 이는 그들의 주관적 경험과 내면적 의미에 의해 결정되는 것이기 때문이다. 즉 자신의 작품과 얼마나 깊이 공감하며, 그 속에 얼마나 자아실현의 의지를 담았느냐에 따라 상대적으로 결정된다. 왜냐하면, 이는 일반적인 기술적 평가를 넘어, 내담자의 심리적 만족과 평안함, 행복감 등과 더 밀접히 관련되기 때문이다.

따라서 글쓰기치료에서는 내담자의 창작품을 작가의 작품과 비교하거나 차별하지 않는다. 내담자의 창작품도 동일한 예술적 승화의 결과로 간주한다. 즉 글쓰기치료 과정에서 자신의 욕망, 심리적 갈등과 장애, 문제 상황을 드러내고, 이를 성찰함으로써 얻은 깨달음을 창작품으로 이뤄낸 승화이다. 그렇기 때문에 작가의 작품이든지 내담자의 창작품이든지 모두 삶의 욕망과 예술적 창조 속에서 탄생한 충족의 결과물로 보고 분석한다. 이는 모든 창작품이 인간의 삶의 욕망, 심리적 상처나 위기 상황이 창작 욕구의 분출을 통해 형상화된 결과물이라는 것을 의미한다. 결국 이러한 관점은 글쓰기치료의 과정에서 창작된 작품을 보다 합리적이고 타당성 있는 방식으로 해석하고 분석할 수 있는 기반을 제공한다.

그런데 글쓰기치료 과정에서 내담자가 창작한 작품들에는 처음부터 자신의 욕망, 심리적 상처나 문제가 명료하게 드러나지는 않는다. 사실 처음에는 애매하고 모호하게 묘사된다. 자신의 생각이나 마음, 감정을 표현하기를 꺼려하여 표현을 잘 하지 않기도 하고, 표현한다고 하더라도 핵심에서 벗어난 이야기를 하면서 회피하기도 하고, 모호하고, 애매하게 표현하기도 한다. 그래서 처음에는 상징적으로 은유적으로 또는 간접적으로 자신의 상처나 위기 상황에 대해 형상화해 나간다. 하지만 점차로 더욱 심층적으로 드러내고 형상화해 나가게 된다.

왜냐하면, 많은 내담자가 자아존중감(self-esteem)이 저하되어 있는 상태에서 글쓰기치료를 시작하기 때문이다. 대체로 글쓰기치료 초기에 내담자는 자아존중감이 저하되어 자신의 심리적 상처나 위기의 극복에 대해 무기력하다. 무기력감에 젖어 있어 자신의 상황을 호소하거나 도움을 요청하거나 하는 의지도, 극복하고자 하는 의지도 박약하다. 단지 자신의 심리적 상처나 위기에 대한 의식을 억압한다. 회피하고, 방어하고, 저항하기도 한다. 이는 내담자의 자아가 이러한 과정 속에서 자신감을 잃고, 위축되어 있기 때문이다. 즉 스스로의 내적힘만으로는 이러한 상황에 대해 제대로 말할 수 있는 능력조차 감퇴된 상태이다. 그래서 이러한 내담자는 자신의 삶을 거부하며 반항하기도 한다. 무기력함에 젖어 생활을 포기하기도 하고, 심리적으로 도피하여 퇴행 고착하기도 한다. 그렇기 때문에 프로이트도 자신에게 완전히 솔직해지는 일은 인간이 해낼 수 있는 최고의 역작이라고까지 말한다. 이 과정이 글쓰기치료의 장면에서 가장 먼저 부딪치는 어렵고 힘겨운 과정이기 때문이다.

하지만, 이러한 상황을 극복하기 위한 첫걸음 역시 솔직하게 자신의 생각과 마음을 털어놓는 것이다. 자신의 심리적 상처나 위기 상황에 용기 있게 직면하여 자신의 삶을 있는 그대로 되돌아보고, 객관적으로 살펴 드러내어야만 한다. 논리적이지 않더라도, 정리되어 있지 않더라도 자신의 생각과 마음을 솔직하게 드러내어 표현하는 것이 중요하다. 왜냐하면, 내담자가 상담자를 의식하여 솔직하게 드러내어 표현하지 않으면, 더욱 어려운 상황에 맞닥뜨리게 되기 때문이다. 즉 의식을 억압하여 무의식에 침잠(沈潛)할수록 그 위험성이 증가하며, 회피하고 방어하고, 저항하면 할수록 자신의 심리적 상처나 위기의 극복은 더욱 어려워지기 마련이다. 그렇기에 글쓰기치료에서는 내담자가 표현하는 것만으로도 매우 중요한 한 걸음을 뗐다고 여긴다.

그러나 내담자가 회피, 방어, 저항과 같은 태도를 지속적으로 보일 경우, 이는 단순히 표현하지 않는 수준을 넘어 상담을 방해하거나 반항하는 행동으로 이어질 수 있다. 내담자가 자신의 문제 상황을 외면할수록 두려움, 불안, 불편함이 증폭되고, 결국 더 큰 무기력감에 빠지게 되기 때문이다. 이는 글쓰기치료를 효과적으로 진행하기 어렵게 만드는 주요 원인이 된다. 따라서 상담자는 내담자가 자신의 심리적 문제 상황에 용기 있게 직면할 수 있도록 도와야 한다. 자신을 솔직하게 표현하도록 지속적으로 격려해야 한다. 또한, 상담자 자신도 내담자에게 긍정적인 모범이 되어야 한다. 상담자는 자신의 감정을 솔직하게 드러내고 적극적으로 표현하는 태도를 보여줌으로써, 내담자가 표현의 중요성을 이해하고 이를 실행하도록 이끌어야 한다. 상담자와 내담자 간의 이러한 상호 신뢰와 솔직함은 치료 과정에서 중요한 기반이 된다.

(3) 치료기법과 자유연상

1890년대에 프로이트는 기존의 최면 기법 대신 자유연상법을 도입하며 정신분석의 새로운 장을 열었다. 최면은 무의식적 내용을 끌어내는데 일정한 효과가 있었지만, 여러 한계점, 즉 효과의 제한성, 기억 왜곡 가능성, 의존성 문제 등으로 인해 대안적 접근이 필요했다. 이에 따라 자유연상법이 등장했고, 이는 정신분석의 방법론적인 열쇠(key)로 자리 잡았다. 프로이트는 초기 연구에서 브로이어(Josef Robert Breuer)와 함께 최면을 사용해 환자들의 억압된 기억과 감정을 끌어내는 시도를 했다. 이는 특히 '히스테리' 치료에 활용되었다. 하지만 효과의 제한성, 기억의 왜곡 가능성, 의존성 문제 등 최면의 한계로 인해 새로운 접근이 필요했다.

예를 들어, 프로이트(S. Freud)와 브로이어(J. Breuer)의 공저인『히스테리 연구(Studies on Hysteria)』에 등장하는 브로이어의 환자인 안나(Anna O. 본명: 베르타 파펜하임(Bertha Pappenheim))의 사례이다. 이 사례는 최면을 사용해 그녀의 증상을 줄이는 데 성공적이었지만, 이 과정에서 문제점이 드러났다. 안나는 히스테리의 다양한 전환증상을 볼 수 있는 환자로, 아버지의 중병을 간호하고 사망에 이르기까지 돌보는 과정에서 마비, 환시, 터널시야(tunnel vision), 경련 등 신체적 원인 없는 신체적 증상과 동화적 환상, 극적인 기분 변동, 자살시도, 언어 장애 등 심리적 고통을 겪었다. 1880년부터 2년간 최면하에서 억압된 기억과 감정을 끌어내는 심적 외상 체험을 통해 증상을 호전시키려는 브로이어의 치료를 받았는데, 최종적으로 실패한 사례이다.

프로이트는 안나의 사례를 통해 깨달은 히스테리 증상의 무의식적 갈등 또는 성적 욕망과의 연관에 대한 이해, 대화와 카타르시스(catharsis)

[그림 4]

를 통한 치료 가능성, 최면 치료기법의 한계, 치료자와 환자 간의 전이(transference)와 역전이(countertransference)의 중요성 등을 바탕으로 정신분석 이론의 주요 개념들을 발전시켰다. 그리고 이런 문제들을 해결하기 위해 프로이트는 환자가 깨어 있는 상태에서, 스스로 무의식적 내용을 떠올릴 수 있는 새로운 기법을 모색하게 되었다. 그 중 대표적인 치료기법이 바로 자유연상법(Free Association, 自由聯想法)이다.

그러므로 프로이트의 자유연상법은 그의 정신분석학 이론에 기반을 두고 있다. 인간의 무의식적 갈등, 유년기 경험, 억압된 충동 등이 현재의 심리적 문제에 영향을 미친다는 전제를 바탕으로 한다. 특히 인간의 성격 발달을 설명하기 위해 심리성적 성격 발달 이론을 제시했는데, 이 이론은 프로이트의 치료기법에서 중요한 역할을 한다. 환자가 성격 발달의 과정 속 특정 단계에서 경험했던 무의식적 갈등이나 억압된 욕망을 탐구하고, 이를 재해석하여 성숙한 방식으로 통합할 수 있도록 돕는 과정이 바로 치료 과정이기 때문이다.

예를 들어, 구강기(출생~18개월)에서 충분한 충족을 경험하지 못한 경우, 의존적이거나 구강 만족, 예를 들어 과식, 구강적 성욕, 물건을 빨거나 물어뜯는 행동 등에 집착하는 성격 특성이 나타날 수 있다. 또한 항문기(18개월~3세)에서 부모가 과도하게 통제적이거나 강압적인 양육 방식을 사용했다면, 이는 환자가 성인이 되어서도 완벽주의적 성향이나 강박적인 행동을 보이는 원인이 될 수 있다. 그렇기 때문에 이 발달 단계에서 경험한 무의식적 갈등과 억압을 탐구하고, 이를 이해함으로써 성숙한 방식으로 통합하도록 돕는 것이 프로이트 치료기법의 중요한 목표이다. 즉 프로이트는 환자가 자신의 무의식적 갈등과 억압된 경험을 대상화하여 분석 및 해석하고, 이해와 통찰의 과정을 통해 심리적 성장을 이룰 수 있다고 보았다. 인간의 심리적 문제를 단순히 해소하는 데 그치지 않고, 무의식과 의식의 조화를 통해 삶의 주체성을 회복하고 더 깊은 자기이해와 통찰을 이루는 데 기여하고자 했다. 그러므로 환자가 성격 발달 속 특정 단계의 무의식적 갈등과 억압된 욕망을 탐구하고 이를 의식적으로 이해함으로써 심리적 문제해결 및 성장을 돕는 것이 바로 프로이트 치료기법의 핵심 원리이다. 이 과정은 과거의 억압된 기억과 욕망, 갈등 등을 의식적으로 대상화하여 이해하는 무의식 탐구, 분석 또는 해석을 통한 이해, 통찰을 통한 내면의 변화와 성장을 포함한다.

그런데 프로이트 치료기법의 핵심 원리인 무의식에 대한 탐구는 현재의 심리적 문제가 무의식 속에 억압된 과거의 기억과 욕망, 갈등에서 비롯된다고 보는 데서 출발한다. 무의식은 의식적으로 접근하기 어려운 영역으로, 억압된 욕망, 감정, 트라우마가 자리 잡고 있으며,

이는 대인관계의 불안, 강박적 행동, 꿈, 심리적 증상 등으로 드러날 수 있다. 그러므로 이들 심리적 문제 해결을 위해서는 무의식에 대한 탐구가 우선적으로 이뤄져야만 한다.

예를 들어, 환자가 대인관계에서 반복적으로 불안을 느끼고 자신의 반복적인 실패에 대해 스스로를 끊임없이 비난하고 있다고 하자. 이러한 경우, 무의식에 대한 탐구를 통해 과거의 억압된 기억과 미충족된 욕망, 갈등 등을 끌어내 대상화해야만 한다. 그런 후, 이를 분석 및 해석함으로써 이러한 증상들이 유년기 부모와의 관계에서 비롯된 억압된 감정이고, 유년기에 부모로부터 받은 지나친 기대와 비판의 영향이라는 것을 깨닫게 된다면, 환자는 반복적으로 불안해 하고 스스로를 끊임없이 비난하는 자신을 이해하고 자신에게 가혹했던 태도를 완화해 나갈 수 있게 된다.

그렇기에 무의식에 대한 탐구는 무의식 속에 억압된 과거의 기억과 욕망, 갈등을 끌어내 대상화하여 반성(reflection) 혹은 성찰하는 과정으로 이후 치료 과정 속 분석 및 해석의 토대를 구축함으로써 이해와 통찰에 이르도록 하는 가장 핵심적인 치료 원리이다. 즉 이와 같은 무의식에 대한 탐구, 분석 및 해석을 통해 환자가 자신의 내면을 이해하게 되면, 이는 심리적 통찰로 이어진다. 더 나아가 이러한 통찰은 환자의 행동과 감정을 더 건강하게 변화시키는 기반이 된다. 궁극적으로 이러한 자기이해와 통찰의 과정을 통해 내담자의 질적 변화와 성장을 도울 수 있게 된다.

프로이트는 이러한 원리를 토대로 자유연상법, 꿈 분석, 저항 분석, 전이 분석 등의 기법을 통해 억압된 무의식의 내용을 의식화하고, 이를 대상화하여 분석 및 해석을 통해 환자가 자신의 문제의 근본 원인을 이해함으로써 심리적 성장을 이루도록 돕고자 하였다. 이때 프로이트는 환자가 의식적 통제를 멈추고 떠오르는 생각과 감정, 기억 등을 가감 없이 표현하도록 하는 방식을 제안했다. 그 방식이 바로 정신분석의 기본 규칙(fundamental rule)에 해당하는 자유연상법인데, 프로이트의 가장 대표적인 치료기법이기도 하다. 그러므로 자유연상법은 마음에 떠오르는 생각이나 감정을 가감 없이 자유롭게 말하도록 하여 억압된 기억이나 무의식적 갈등을 드러낼 수 있도록 돕는 과정이다. 이 과정에서 상담자는 환자의 연상이 각성 상태에서의 경험이나 외상과 어떻게 연결되어 있는지를 탐구하고, 연상이 제공하는 자료를 바탕으로 무의식적 영향, 갈등, 그리고 그 내용의 결정 요인을 추론한다. 특히 환자의 말 속에서 반복적 패턴이나 중요한 주제를 파악하여 무의식의 단서를 찾는다. 물론 프로이트도 되도록 환자가 스스로 깨달음을 얻을 수 있도록 천천히 접근하는 것을 강조하지만, 그런 후, 무의식적으로 드러낸 환자의 이야기를 분석하고 이에 대해 해석을 제공한다. 이러한 무의식적 결정 요인들에 대한 분석 및 해석을 통해 환자의 무의식적 갈등, 억압된 욕망이나 기억을 이해하며 통찰을 얻도록 한다. 더 나아가 이러한 과정은 자유연상을 더욱 확장시켜 무의식의 심층적 내용을 탐구하고, 억압된 감정을 해소하며 심리적 치유를 이루는 데 중요한 역할을 한다. 이를 흐름도로 나타내면 [그림 5]와 같다.

자유연상법의 구체적인 방법을 하나씩 열거해 살펴보면, 첫째, 환자가 안전하고 편안한 상태에서 마음을 열고 자유롭게 생각을 표현할 수 있는 환경을 조성한다. 이를 위해서는 조용하고 방해받지 않는 안전하고 안정된 공간을 마련하는 것이 매우 중요하다. 따뜻하고, 편안한 실내 환경, 부드러운 음악도 좋겠다. 물론 프로이트가 그랬듯이 필

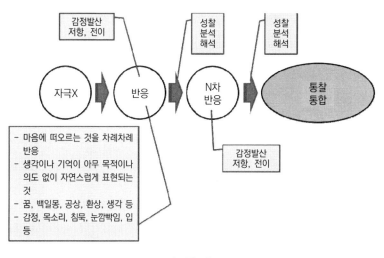

[그림 5]

요하다면, 편안한 장의자에 눕도록 하는 것도 좋겠다. 기록이 필요하다면 녹음 장치나 노트북을 준비해 대화 내용을 기록할 수 있도록 한다. 그런 후, 환자에게 자유연상의 원리와 목적을 간단히 설명한다.

둘째, 이렇게 긴장과 방어 작용이 느슨해진 상태가 되면, 순간순간 떠오르는 생각을 즉각적으로 자유롭게 말로 표출하도록 한다. 예를 들면, "생각나는 이미지나 기억, 무엇이든지 말해 보십시오."라고 하든지 "지금 떠오르는 첫 번째 생각이나 감정은 무엇인가요? 떠오르는 모든 생각과 감정을 제한 없이 말하세요. 그것이 논리적이거나 의미가 없어 보여도 괜찮습니다."라고 말한다. 이때, 상담사는 내담자가 뱉어내는 단어 조각들을 들으면서, 말실수, 단어를 잊거나, 했던 말을 반복하거나, 내담자가 어떤 부분을 '빠뜨리고' 있으며, 어떤 단어들을 내뱉을 때 강한 정서적 반응을 나타내는가를 주시해야만 한다. 뿐만 아니라 내담자가 자기도 모르게 빠뜨린 부분과 정서적 동요가 큰 부분일수록 감추고 싶은 무의식에 가까이 다가가 있을 가능성이 높다. 그러므로 그 부분들은 또다시 세밀한 자유연상과 상담사의 주의집중이 필요하다.

셋째, 그런 후, 경청과 공감하면서 선행하는 자유연상과 관련한 질문을 이어간다. 즉 특정 단어, 그림, 질문 등의 특정 자극을 제시하여 연상을 유도하거나 환자에게 익숙한 이야기부터 다시 시작하도록 하거나 말이 멈추거나 저항이 발생하면 중립적인 질문으로 다시 자유연상을 유도한다. 예를 들어, "오늘 가장 기억에 남는 일이 무엇인가요?", "어린 시절 가장 먼저 떠오르는 기억은 무엇인가요?", "이 단어(또는 이미지)가 떠올랐을 때 어떤 감정이 드셨나요?", "앞의 연상들에서 연상되는 것이 있습니까?" 등의 질문을 하여 자유연상을 이어간다. 연상이 멈추는 경우, 새로운 관점을 제시하여 연상을 확장시켜 환자가 중단 없이 말할 수 있도록 격려한다. 물론 이때에도 환자가 표현한 내용에서 중요한 단어나 반복되는 패턴, 말실수, 상징적 이미지 등을 찾아 질문을 이어간다. 특히 환자가 연상 과정에서 경험하는 저항, 즉 말하기 꺼려지는 특정 주제, 왜곡, 불편함, 머뭇거림이나 침묵 등을 주의 깊게 탐구하고 이해해 나간다. 예를 들어, "그 이야기를 멈추고 싶었던 이유는 무엇인가요?", "이 주제가 당신에게 어떤 불편함을 주나요? 지금 이 순간 떠오르는 감정은 무엇인가요?"라고 질문한다. 그리하여 이러한 활동을 통해 환자가 초기 연상에서 더 깊은 무의식적 내용으로 확장하도록 도울 뿐만 아니라 억압된 감정의 해소와 자기이해를 촉진할 수 있도록 한다.

넷째, 연상과 탐구 과정을 정리하며 환자와 함께 의미를 재구성하여 자신의 문제를 새로운 관점에서 바라볼 수 있도록 안내한다. 이는 환자가 자신의 무의식적 내용을 이해하고, 이를 통해 심리적 통찰을 얻도록 돕는다. 예를 들어, "그 생각은 당신에게 어떤 의미가 있나요?", "그 단어가 떠오른 이유는 무엇이라고 생각하시나요?", "그 감정은 다른 경험과 연결되어 있나요?", "이번 대화를 통해 어떤 점을 새롭게 깨달으셨나요?", "이 경험을 지금의 자신에게 어떻게 적용할 수 있을까요?", "이해한 내용을 바탕으로 앞으로 어떤 변화를 이루고 싶으신가요?" 등과 같은 질문을 통해 깊이 있는 성찰할 수 있도록 하여 자기이해와 통찰로 이끌어 나간다. 이때 상담사는 자유연상의 결과로 얻은 모든 이야기들을 포괄적이고 통합적으로 재구성하여 환자의 무의식적 내용에 대한 잠정적인 해석을 내릴 수 있다.

다섯째, 연상 과정을 마무리하며, 환자가 느낀 점과 앞으로의 방향을 정리한다. 이 과정에서는 예를 들어, "오늘 대화를 통해 가장 기억에 남는 부분은 무엇인가요?", "다음 시간에 더 다루고 싶은 주제가 있나요?", "이 과정을 통해 어떤 변화를 기대하시나요?" 등의 질문을 통해 연상 과정에서 느낀 점과 어려움을 말하게 하고, 환자의 피드백을 바탕으로 다음 치료 회기의 방향을 설정한다.

이와 같은 과정을 걸쳐 수행하는 자유연상법은 마음속에 떠오르는 생각이나 이미지를 검열 없이 표현하도록 유도하며, 이를 통해 무의식에 접근하려는 기법으로 환자의 무의식적 내용을 탐구하고 통찰을 얻는 강력한 도구이다. 환자가 자신의 무의식적 갈등과 억압된 경험을 이해하고 이를 통합함으로써 심리적 안정과 변화를 이루는 데 중점을 두기 때문에 단순히 문제를 해결하는 데 그치지 않고, 환자가 자신의 삶을 주체적으로 이해하고 심리적 성장으로 나아가는 중요한 계기를 제공한다. 위의 단계와 질문을 체계적으로 활용하면 환자가 자신의 내면을 깊이 이해하고 심리적 성장을 이룰 수 있다.

그런데 프로이트의 자유연상법은 글쓰기치료와 깊이 연결될 수 있는 흥미로운 주제이다. 프로이트는 정신분석 과정에서 실제로 환자들이 자유연상을 통해 다양한 기억 작업을 할 수 있도록 이끌었는데, 이러한 과정이 글쓰기에서의 환기 과정과 일맥상통하기 때문이다. 즉 자유연상을 통한 기억 작업이 바로 글을 쓰는 과정에서 일어나는 언어적 이미지를 떠올리는 과정이다. 왜냐하면, 글을 쓸 때 우리는 항상 어떤 상황이나 장면을 이미지나 그림으로 먼저 떠올리게 되며, 글쓴이조차 예상하지 못했던 무의식적 욕망과 감정들이 표현되기 때문이다. 그래서 '쓰여진 글'은 바로 '말하는 그림'인 것이다. 뿐만 아니라 이러한 과정에서 그 자체로 카타르시스를 느끼게 되고, 대상화된 글의 성찰을 통한 통찰과 개인적 성장을 이루게 된다. 이처럼 자유연상법의 핵심 원리는 글쓰기치료에 유용하게 적용될 수 있으며, 글쓰기치료와 병행하여 더 강력한 치료적 효과를 도모할 수 있다. 즉 글쓰기치료에서는 자기 내면의 감정과 사고를 자유롭게 풀어내는 도구로 활용될 수 있다. 특히 자유연상의 과정을 글쓰기 형태로 전환하면, 환자는 자신의 무의식적 갈등과 억압된 기억을 더 체계적이고 자기주도적인 방식으로 탐구할 수 있다. 여기에는 물론 기억환기(memory recall), 재경험(reexperience), 자기위로(selfsoothing), 자기분석(eslfanalysis), 재양육화(reparenting) 등을 포함한다. 따라서 자유연상법이 어떻게 심리적 억압을 해소하고 개인적 성장을 촉진할 수 있는지 깊이 이해하며, 글쓰기를 통해 이를 구체화하는 방안을 모색하는 것은 매우 유익한 탐구의 과정이다.

예를 들어, 다음과 같은 글쓰기 기법들이 있다. 첫째, 자유연상 글쓰기이다. 떠오르는 모든 생각, 감정, 이미지를 제한 없이 적거나 특정 주제나 질문(예: "오늘 아침 떠오른 첫 번째 생각은 무엇이었나요?")을 제시하여 자유로운 연상이 가능하도록 돕고, 글쓰기를 하는 것이다. 둘째, 감정의 카타르시스를 위한 글쓰기이다. 억압된 감정을 표출할 수 있도록, 특정 경험이나 트라우마에 대한 글쓰기를 유도하는 과정이다. "자신이 과거에 겪었던 가장 기억에 남는 경험 중 하나를 적어 보세요. 당시 어떤 생각과 감정을 느꼈는지, 그리고 그 경험이 지금의 나에게 어떤 영향을 미쳤는지 생각해 보세요.", "그때 느꼈던 감정을 적어보세요. 당시의 자신에게 어떤 말을 해주고 싶었나요?" 등과 같은 질문을 활용하여 할 수 있다. 셋째, 심상 기록이다. 참여자가 꿈이나 상상 속 이미지를 글로 기록하도록 독려하여, 기록된 심상에서 무의식적 단서를 탐구하며, 이들이 현재의 심리적 문제와 어떻게 연결되는지 분석하는 과정이다.

넷째, 반복적 주제의 탐구를 위한 글쓰기다. 글 속에서 자주 등장하는 단어나 사건을 찾아내어 참여자와 함께 탐구하는 것으로 "왜 이 단어가 반복적으로 등장한다고 생각하시나요?"와 같은 질문을 통해 무의식의 작용을 의식화하도록 돕는다. 감정일기 쓰기를 예로 들면, 감정 일기를 통해 반복적인 감정 패턴을 탐구하고, 억압된 무의식적 갈등을 해석할 수 있다. "오늘 하루 동안 가장 강렬했던 감정을 떠올려 적어보세요. 그 감정이 떠오른 이유와 그 순간의 생각을 함께 기록해 보세요."라고 질문을 통해 자신의 감정을 적는 활동을 일정기간 한 후, 반복적인 감정 패턴을 탐구하는 것이다.

다섯째, 억압된 갈등 기억과 감정 재구성을 위한 글쓰기다. 글쓰기를 통해 억압된 갈등 기억이나 감정을 새로운 시각으로 재해석하고 통합하도록 안내하는 과정이다. 예를 들어, 유년기의 억압된 갈등 기억,

감정 등을 글로 표현하면서 당시의 경험과 현재의 자신을 연결시키는 작업을 진행한다. 감정 단어 연결 쓰기 예를 들면, "슬픔" "기쁨", "분노" 등의 특정 감정 단어를 제시하고, 이 단어와 연결되는 기억, 사건, 이미지 등을 자유롭게 글로 표현하게 한 후, 특정 감정과 연결된 억압된 기억과 갈등을 탐구함으로써 감정을 해소하고 재해석할 기회를 제공하는 것이다. "슬픔이라는 단어를 들으면 어떤 기억이 떠오르나요?", "기쁨과 관련된 이미지를 떠올려 보고 그 순간을 글로 적어보세요." 등과 같은 질문을 활용한다.

이처럼 자유연상법과 글쓰기치료는 매우 긴밀히 맞닿아 있어, 통합적 활용을 통해 내담자의 무의식적 갈등과 억압된 감정을 해소하며, 내담자의 심리적 성장을 돕는데 기여할 수 있다. 즉 내담자는 자유연상을 바탕으로 무의식적 내용을 글로 표현함으로써 자신의 내면을 객관적으로 바라보고, 성찰함으로써 억압된 감정과 기억을 이해할 수 있다. 글쓰기가 내면의 감정을 표출하는 안전한 도구로써 활용되어 자신의 억압된 감정을 해소하고 심리적 안정감을 제공하여 심리적 치료와 성장의 발판을 마련할 수 있게 된다. 뿐만 아니라 과거의 갈등 기억과 욕망, 감정 등을 글을 통해 대상화하여 억압된 내용을 의식적으로 분석하고 재해석하는 과정을 통해 통합적으로 이해함으로써, 내담자는 심리적 성장을 경험하게 된다.

2) 분석심리학과 적극적 상상

글쓰기치료의 근간을 분석심리학에서 찾는 많은 이론가들은 불안장애를 가진 사람들에게 글쓰기라는 형식을 적극적으로 권장한다. 이는 글쓰기가 불안장애의 증상을 완화하고, 억압된 감정을 표현하며, 정서적 해소를 돕는 효과가 있기 때문이다. 불안장애를 가진 환자는 종종 자신의 감정을 내면에 억눌러 두거나 불안을 구체적으로 표현하지 못하는 심리적 특성을 가진다. 이런 점에서 글쓰기는 환자가 자신의 감정을 언어로 형상화하고, 머릿속의 추상적 생각을 글로 구체화할 수 있는 유용한 도구가 된다.

예를 들어, 불안장애를 겪는 한 환자가 자신의 불안을 명확히 표현하지 못한다고 가정하자. 이 환자가 글쓰기치료를 통해 매일 자신의 걱정이나 두려움을 적는 일기를 쓰기 시작하면, 처음에는 막연한 불안만을 기록할지라도 점차 그 불안의 구체적인 원인과 패턴을 인식할 수 있게 된다. "오늘은 출근 전부터 막연히 초조했다"는 문장이 점차 "상사가 지적할까 두려웠다"로 구체화되고, 나아가 "어린 시절 부모님의 비판을 많이 받아서 비슷한 상황이 오면 항상 불안하다"로 이어질 수 있다. 이렇게 글을 통해 자신의 불안을 구체적으로 인식하면, 환자는 내면의 갈등을 직면하고 해결하는 첫걸음을 내딛게 된다.

같은 맥락에서 프로이트는 자기분석과 꿈 일지 작성과 같은 형식을 실제 임상에서 활용하였으며, 융의 적극적 상상력(Active Imagination) 기법과 신화 창작(myth writing) 역시 글쓰기치료의 중요한 방법으로 자리 잡았다. 물론 이러한 차이는 근본적으로 융(Carl Gustav Jung)과 프로이트(Sigmund Freud)는 예술의 본질과 기원을 이해하는 방식의 뚜렷한 차이에서 기인한다.

프로이트는 "예술은 억압된 무의식적 욕망의 성취다."라고 말한다. 예술을 억압된 무의식적 욕망의 성취, 즉 무의식적 욕망과 갈등이 승화된 형태로 보며 이를 신경증과 연결된 병리적 현상으로 이해했다.

그는 예술이 개인의 억눌린 충동과 내면적 갈등을 상징적으로 표현하는 도구라고 주장했다. 프로이트에게 예술은 개인적 무의식의 산물로, 예술 작품은 창작자의 무의식적 갈등을 드러내는 상징적 기록이었다. 또한 프로이트는 "환자의 무의식은 꿈과 예술 작품을 통해 표현된다"라고 말하며, 예술이 억압된 욕망의 해소와 심리적 균형 회복에 기여한다고 보았다. 이러한 창작 과정이 심리적 균형을 유지하는 치료적 체험이라고 본 것이다. 그래서 그는 예술을 작가 개인의 심리적 상태를 분석하는 매개체로 활용했으며, 자신의 임상 기록에서도 이러한 접근법을 강조했다.

반면, 융은 "예술은 인간 본연의 창조적 에너지의 발현이다"라고 말한다. 예술을 히스테리나 신경증 등 병리적 현상이기보다는 인간 본연의 창조적 에너지의 표현으로 이해했다. 그는 예술이 단순히 억압의 산물이 아니라, 인간 정신의 자율적 질서와 집단무의식의 상징을 드러낸다고 본 것이다. 융은 모든 인간이 창조적 잠재력을 가지고 있으며, 예술은 인간이 자신의 무의식을 탐구하고 이를 의식과 통합하는 과정에서 중요한 역할을 한다고 주장했다. 특히 그는 무의식이 억압적이고 병리적인 면만이 아니라, 의식의 결핍을 보완하고 인간 정신의 성장을 돕는 기능을 가진다고 강조했다. 예술을 통해 인간이 자신의 무의식을 직면하고 수용함으로써 정신적 확장을 이룰 수 있다고 보았기 때문이다.

치료적 측면에서도 프로이트는 환자의 경험을 대신 기록하고 이를 분석하는 데 주력했다. 하지만, 융은 "병을 치료하기 위해 환자의 병만을 다루는 것이 아니라, 인간 전체를 살펴봐야 한다"라고 주장하며, 환자들이 스스로 자신의 경험을 글로 쓰며 자기 이야기를 풀어내도록 독려했다. "환자가 무엇을 해야 하는지를 내가 결정하는 것이 아니라, 환자가 자신의 본성대로 발전할 수 있도록 돕는 것이 중요하다"라고 말하며, 예술 창작 과정에서도 자율성을 중시했기 때문이다. 즉 예술이 억압의 결과가 아니라 무의식과 의식의 통합을 위한 자율적 행위라고 보았다. 그래서 그는 환자들에게 자신의 경험을 직접 글로 쓰게 하여, 자기 이야기를 풀어내고 무의식을 탐구하도록 독려했다. 예술이 단순히 개인의 심리적 해소를 넘어, 상징과 은유를 통해 무의식을 언어화하고, 이를 통해 정신적 통찰과 성장을 이룰 수 있는 도구라고 보았기 때문이다. 이 과정에서 환자가 자신의 내면에 잠재된 상징과 집단무의식의 영향을 발견하고, 이를 통해 자기 통찰과 성장의 기회를 얻을 수 있다는 것이다.

이처럼 융과 프로이트는 예술의 본질과 기원을 이해하는 방식에서부터 뚜렷한 차이를 보인다. 프로이트는 예술을 억압된 욕망과 갈등의 산물로 이해하며, 병리적 관점에서 접근했지만, 융은 예술을 인간 정신의 창조적 에너지와 집단무의식의 표현으로 이해했다. 그렇기 때문에 예술이 억압된 무의식적 욕망 해소의 도구가 아니라 인간의 정신적 통합과 성장을 위한 과정임을 강조했다. 더 나아가 "인간은 삶에서 자신의 무의식을 직면하고 이를 수용해야 한다. 그렇게 할 때 정신 활동이 심오하고 이상적인 방향으로 확장될 수 있다"라고 말하며 치료 모형을 병리적 접근에서 벗어나 인간의 성장을 목표로 하는 통합적 관점으로 전환하면서 예술을 인간 전체성을 탐구하고 확장하는 중요한 수단이라고 한다. 따라서 이러한 융의 관점은 예술을 단순한 심리적 해소의 도구가 아니라, 개인과 집단의 정신적 통합과 성장을 위한 과정으로 재조명하게 한다.

또한, 페촐트(Petzold)는 명상적 글쓰기(Meditative Writing)를 치료에 도입했으며, 오르트(Orth)는 몸·동작 치료와 연계된 글쓰기 개념을 이론화하였다. 이와 같은 다양한 접근법들은 글쓰기가 불안장애 치료에 있어 특별한 효과를 발휘함을 보여준다. 그 외에도 베커(Beck)와 호이어(Hoyer) 등은 불안장애 완화와 해소를 목표로 심리치료 과정에서 글쓰기치료를 도구로 활용하였다. 이들은 '회기별 환자 설문지 조사'나 '걱정 사고 기록지'를 작성하도록 권장했다. 환자가 불안한 상황이 발생할 때마다 그 상황과 관련된 생각, 감정, 신체적 반응을 글로 적게 하여 불안의 주된 원인이 무엇인지 점차 명확히 드러나게 했다. 이는 불안장애의 심리적 기제가 매우 내연화되는 특성을 고려한 것으로 불안장애의 내연화된 심리적 기제를 외연화하여, 환자가 자신의 감정과 생각을 언어로 형상화하고, 스스로를 탐구하며, 정서적 균형을 되찾도록 돕고자 하는 조치이다. 즉 불안장애를 가진 환자의 내면 깊은 곳에 잠재한 불안을 표면화하기 위해 글쓰기치료 과정이 과거 경험으로의 환기, 내적 정서 탐구 등을 자연스럽게 이끌어내는 유익한 도구로 작용한 것이다.

이렇듯 자신의 생각을 객관적으로 바라볼 기회를 제공하는 글쓰기는 불안을 가라앉히고, 환자가 스스로를 이해하는 데 중요한 역할을 한다. 글쓰기가 단순한 표현의 도구를 넘어, 환자의 내면을 탐구하고 억압된 감정과 기억을 드러내며, 정서적 해소와 자기 성찰을 가능하게 하는 중요한 치료적 수단으로 자리 잡고 있다는 것이다. 따라서 이 장에서는 융의 분석심리학의 성격구조, 분석심리학적 치료기법, 적극적 상상 등의 글쓰기치료에 유용하게 활용될 수 있는 개념과 기법들에 관해 탐구하고자 한다.

(1) 분석심리학의 마음 구조

융(Carl Jung)은 인간 심리를 이해하는 데 있어 프로이트(Sigmund Freud)와는 다른 관점을 제시했다. 그는 리비도(Libido)를 단순히 성적 에너지로 한정했던 프로이트와 달리, 이를 정신 에너지, 모든 생명의 창조적 힘으로 보았다. 즉 융은 리비도 또는 정신 에너지가 물리적 에너지와 유사하게 신체의 신진대사 과정에서 발생하며, 인간의 다양한 심리적, 창조적 활동을 이끄는 원동력이라고 주장했다.

하지만, 융도 프로이트와 마찬가지로 의식보다 무의식이 더 중요하다고 보았다. 인간의 심리와 성격의 전반을 결정짓는 측면에서 인간의 깊은 내면에 존재하는 무의식의 세계를 강조한 것이다. 물론 융과 프로이트는 모두 인간사고, 감정, 행동 등에서 무의식의 역할을 중요시했지만, 무의식에 대한 해석에서 큰 차이를 보였다. 프로이트는 무의식을 흥분이 들끓는 원초아(Id)로 간주하며, 자아(Ego)가 이를 통제해야 한다고 보았으나, 융은 무의식을 자아의 강함과 생명력이 넘치는 근원으로 보았다. 또한, 프로이트가 인간의 발달과 심리적 갈등을 성적 본능에 초점을 맞췄다면, 융은 인간의 이성적이고 정신적인 특성과 삶의 의미 추구를 강조했다. 그래서 융은 인간이 온전한 자기를 발견하고 건강한 사람이 되기 위해서는 무의식의 세계에 귀 기울여야만 함을 역설했다.

또한, 융은 프로이트와 달리, 무의식을 개인적 무의식과 집단적 무의식의 두 가지 수준으로 나누었습니다. 집단적 무의식은 인류의 조상으로부터 유전된 심리적 패턴과 원형(Archetypes)을 포함하며, 인간 성격의 근원을 역사적 연속성에서 찾았다. 그는 인간이 성격의 여러 측면을 조화로운 전체로 통합하며, 궁극적으로 자기실현(Self-realization)을 항상성 있게 추구한다고 보았다.

그렇기 때문에 융은 인간을 긴 역사의 산물로 보았다. 즉 인간은 생물학적, 유전적, 문화적, 정신적 유전을 통해 형성되며, 신비롭고 독특한 존재이나 그는 인간을 단순히 과거의 경험이나 사건에 의해 결정되는 존재로 보지 않았다. 인간을 과거의 산물이 아니라 미래지향적이고 자기실현을 추구하는 존재로 보았다. 인간은 과거를 넘어 끊임없이 성장하고 발전할 수 있는 미래지향적 존재로, 자신의 이상적인 모습을 향해 나아갈 수 있다는 것이다. 그러므로 우리의 현재 성격은 단순히 과거의 경험에 의해 결정되는 것이 아니라, 우리가 되고자 하는 이상적 모습에 의해서도 형성된다. 예를 들어, 어려운 환경에서 자란 사람이 내면의 이상을 향해 노력하며 자신의 삶을 개선하려는 모습은 융의 이러한 관점을 잘 보여준다. 따라서 자기실현 과정은 과거를 기반으로 하지만, 현재와 미래를 향한 성장의 과정이기도 하다. 이 과정 속에서 인간은 자신의 무의식을 이해하고, 주관적 경험 속에서 삶의 의미를 발견하며, 이상적 자아를 향해 끊임없이 나아가는 과정을 통해 조화롭고 온전한 인간으로 성장해 나간다. 결국 이러한 자기실현 과정은 인간이 내면의 갈등을 통합하고 창조적인 삶을 살아가는 데 있어 핵심적인 요소로, 인간의 심리적 성장과 성숙을 이끄는 원동력이다. 그래서 융은 정신적 발달이 아동기에서 끝나는 것이 아니라, 중년 이후에 더욱 본격적으로 이루어진다고 주장했다. 즉 인간이 전체적 성격이라 말할 수 있는 마음을 갖고 태어나지만 일생을 통해 이러한 타고난 전체성을 분화하고 통합해 나간다고 보았다.

따라서 이 장에서는 이러한 분석심리학의 이론적 기조를 바탕으로 인간의 마음 구조를 아래 그림과 같은 심리를 구성하는 여러 층위와

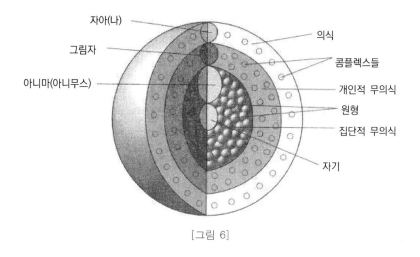

[그림 6]

요소들로써 설명한다. 즉 의식(Consciousness), 개인적 무의식(Personal Unconscious), 그리고 집단적 무의식(Collective Unconscious)이라는 세 가지 주요 구조를 중심으로 이루어져 있다고 말한다. 이러한 구조는 서로 밀접하게 연결되어 있으며, 인간 정신의 복잡성과 심리적 역동성을 이해하는 데 필수적인 틀을 제공한다.

[그림 6]에 나타난 구성 요소들을 하나씩 차례로 설명하면 다음과 같다. 첫째, 의식이다. 의식은 인간 심리의 가장 표면적인 층위로, 우리가 현재 자각하고 있는 모든 생각, 감정, 지각 등이 포함된다. 융은 의식의 중심에는 자아(Ego), 즉 '나'가 있다고 보았다. 즉 자아가 의식을 구성하는 핵심으로 개인의 정체성과 자아상, 의식적 경험의 기반을 형성한다. 그리하여 자아는 자신과 외부 세계를 연결하는 현실 인식 기능을 함으로써 자신을 주변 세계와 구별하고 현실과 소통할 수 있도록 돕는다. 따라서 자아는 우리가 자신을 '나'라고 인식하는 주체이자, 일상생활에서 결정을 내리고 행동을 조절하는 역할을 하는 성

격 구성 요소라 할 수 있다. 즉 자아는 의식적 의식적 사고, 판단, 결정의 주체이고, 현실 속에서 자신을 인식하고 자신과 환경을 구별하는 기능을 하며, 외부 세계와 내면의 무의식을 연결하는 다리 역할을 한다. 하지만, 자아는 성격 전체를 아우르지 못하며, 의식적으로 인식하지 못한 무의식의 영향을 받는다. 특히, 억압된 감정이나 그림자(Shadow), 자기 등 무의식의 원형들이 자아에 영향을 미친다.

여기에서 의식적으로 사용되는 자기표현 또는 타인에게 비치는 외적 성격의 한 형태인 페르소나(persona)는 자아의 확장된 부분이다. 원래 페르소나는 그리스의 고대극에서 배우들이 쓰던 가면을 일컫는다. 이후 심리학적인 용어로 융의 분석심리학에 쓰이게 되는데 그는 인간은 천 개의 페르소나를 지니고 있어서 상황에 따라 적절한 페르소나를 쓰고 사회적 관계를 이루어 간다고 주장한다. 즉 페르소나를 통해 개인은 생활 속에서 자신의 역할을 반영할 수 있고 자기 주변 세계와 상호관계를 성립할 수 있게 된다. 예를 들어, 페르소나는 개인의 사회적 역할과 기대를 반영하며, 직장, 가정, 친구 관계 등 각기 다른 맥락에서 적절하게 변형될 수 있다. 직장에서의 페르소나는 전문성과 책임감, 신뢰받는 이미지 유지를 강조하며, 가정 내 페르소나는 가정에서의 따뜻하고 배려심 있는 모습, 부모로서 자녀를 돌보고 책임을 다하려는 모습을 반영할 수 있다. 이렇듯 페르소나는 사회적 가면으로 사회적 요구와 규범에서 비롯되며, 개인이 사회적 관계에 적응하고 자신이 맡은 역할을 수행하도록 돕는 매개체로 작용한다.

하지만, 페르소나가 인간이 사회적 관계를 유지하고 외부 환경에 적응하는 데 중요한 도구임에도 불구하고, 자아 전체를 대표하지 않으며, 지나치게 동일시되면 내적 욕구와 진정한 자기(Self)와의 단절을 초래할 수 있다는 점을 간과해서는 안된다. 왜냐하면, 사회적 요구에 따라 외부 세계에 적응하기 위한 유용한 도구이지만, 지나치게 동일시될 경우 개인의 정체성과 심리적 균형에 부정적인 영향을 미치기 때문이다. 예를 들어, 유명인이나 성공한 직장인 등 직장에서의 성공에만 집중하는 사람은 자신의 감정적 욕구나 내면의 창조적 에너지를 억압할 수 있다. 즉 외부의 인정과 사회적 지위를 유지하는 것이 삶의 중심이 되면, 개인은 자신의 본질적 가치보다는 타인의 평가에 따라 자존감을 형성하게 되는데, 이러한 상태는 스트레스와 불안, 그리고 정체성의 혼란을 초래할 수 있다는 것이다. 결국 삶의 방향성을 잃고, 내적 공허감이나 우울증으로 이어질 수 있다. 그래서 융은 페르소나와 진정한 자아 사이의 균형을 유지하고 이를 통합하는 과정이 심리적 성숙과 전체성을 실현하는 데 필수적이라고 보았다. 즉 자신의 진정한 내면과의 관계를 잃지 않는 선에서 페르소나를 활용해야 하며, 자기성찰을 통해 자신의 진정한 욕구와 감정을 탐구하여 그 차이를 인식한 후 조율해 나갈 필요가 있음을 강조한다.

둘째, 개인적 무의식이다. 개인적 무의식은 프로이트의 무의식 개념과 유사하며, 억압되거나 망각된 기억, 감정, 생각, 경험 등이 저장된 심리적 층위이다. 이는 개인의 삶에서 축적된 무의식적 내용으로, 의식적 접근이 어렵지만 꿈, 상징, 심리적 반응, 무의식적 행동이나 반복적 행동, 실수 등을 통해 나타날 수 있다. 개인적 무의식에는 콤플렉스(Complex)와 그림자(Shadow) 등의 구성 요소가 있다. 융이 단어 연상 실험 연구에 의해 찾아낸 콤플렉스라는 개념은 어느 상황이나 사건과 본래 무관한 감정이 결합된 상태인 심리적 복합체로 개인적 무의식의 중요한 구성 요소 중 하나이다. 즉 특정 감정이나 기억이 강하게 묶여 있어 반복적으로 우리 삶에 영향을 미치는 심리적 단위이다. 마음 속의 아픈 곳, 약점, 상처 등으로, 융은 콤플렉스가 우리의 사고의 흐름을 훼방놓고, 우리로 하여금 당황하게 하거나 화나게 하거나 우리의 가슴을 찔러 목메게 하는 마음 속의 어떤 것들이라고 한다. 그래서 자신의 콤플렉스가 자극되면, 무의식적으로 얼굴이 굳어진다거나 창백해지거나 벌겋게 상기되거나 목소리가 떨리거나 말문이 막히거나 더듬거리거나 갑자기 횡설수설하는 등 감정적으로 동요되거나 흥분하는 현상을 나타내기도 한다. 예를 들어, '어머니 콤플렉스'는 아이가 어머니에게 비정상적일 정도로 가지는 애착 상태로, 어머니와의 관계에서 형성된 감정이나 경험이 삶의 여러 상황에서 무의식적으로 영향을 미치는 경우이다. 애정 과잉, 의존, 또는 반감, 타인과의 감정적 유대 형성 어려움 등으로 나타날 수 있다.

그림자도 개인적 무의식의 핵심 요소 중 하나로, 개인이 의식적으로 받아들이기를 거부하거나 억압한 성격의 부정적 측면이다. 평소에는 무의식에 잠재해 있다가, 특정한 상황에서 갑작스럽게 활성화되어 과도한 분노, 질투, 또는 두려움 같은 감정으로 표출될 수 있다. 예를 들어, 자신이 평소에 과도하게 친절하거나 관대하다고 생각하는 사람이 특정 상황에서 지나치게 냉담한 태도를 보이는 경우로 억압된 자신의 그림자가 투영된 결과일 수 있다. 이런 경우, 자신의 그림자를 타인에게 투영하여 상대방의 행동을 과도하게 부정적으로 해석하거나 공격적인 태도를 취할 수도 있다. 즉 자신이 질투심을 느끼는 것을 인정하지 못하는 사람이, 다른 사람이 자신을 질투한다고 여겨 과도한 공격성을 드러내게 된다는 것이다. 그 외에도 과도한 자신감을 갖고 있거나 항상 다른 사람들에게 자신의 성공을 과시하려는 경우, 오히려 실패에 대한 두려움이나 열등감을 억압하고 있을 가능성이 높다. 이는 자신의 실패를 받아들이지 못하기 때문에 그림자가 이와 반대로 과도한 자신감과 성취 욕구로 표출된 사례이다. 그리고 특정 사회적 집단이나 사람에 대해 강한 편견이나 고정관념을 갖고 있는 경우는 자신의 나약함이나 불안정을 인정하지 않는 사람의 그림자일 수 있고, 자신과 타인에게 지나치게 높은 기준을 요구하며 완벽하지 않은 것을 참지 못하는 경우는 자신의 실수나 불완전함을 무의식적으로 억압하는 사람의 그림자일 수 있고, 항상 타인의 인정을 갈망하며, 자신을 과도하게 창찬하거나 높여 주는 사람들만 가까이 두는 경우는 열등감이나 자기비하를 억압하는 사람의 그림자일 수 있다.

그러나 그림자는 단순히 부정적이기만 한 것이 아니라, 인간이 자각하지 못한 잠재력과 창조적 에너지를 포함한다. 왜냐하면, 사회적 규범이나 개인적 도덕관에 의해 억압된 욕망이나 특성이 잘 통합되면, 창조적 에너지, 새로운 관점, 잠재적 능력 등으로 발휘될 수 있기 때문이다. 예를 들어, 분노, 질투, 이기심, 공격성, 수치심, 두려움 등이 그림자의 일부가 될 수 있다. 하지만 이러한 것들이 어떤 상황이나 장면에 따라 자신을 보호하거나 부당한 상황에 맞서는 강인한 힘으로 전환되어 작용될 수도 있기 때문이다. 물론 통합되지 않은 그림자는 인간의 행동과 심리적 갈등에 영향을 미치지만, 이를 의식적으로 받아들이고 통합하는 과정은 개인의 성숙과 자기실현(Self-realization)을 이루는 데 중요한 단계이다.

뿐만 아니라 그림자는 개인적 무의식에 속하지만, 집단무의식의 원형적 상징과도 연결되어 보편적 심리 패턴을 반영한다. 이는 개인이 억압한 심리적 내용이 단순히 개인의 경험에 그치는 것이 아니라, 인간 전체가 공유하는 원형적 상징을 통해 드러날 수 있음을 의미한다. 전설이나 신화 속의 상징적 존재들은 종종 이러한 그림자의 보편적 표현으로 이해될 수 있다. 예를 들어, 탐욕, 파괴, 힘을 상징하며, 인간 내면의 억압된 욕망과 두려움을 나타내는 불을 뿜는 용이나 인간의 내면 속 본능적이고 야수적인 측면을 상징하는 늑대인간 등의 전설 속의 괴물은 그림자의 상징으로 해석될 수 있다. 그런데 이는 억압된 욕망과 두려움, 사회적 규범 아래 억제해야만 하는 원초적 충동과 폭력성 등 인간이 내면에서 두려워하거나 억압해야만 하는 어두운 측면을 투영한 결과로 볼 수 있다. 그 외에 인간의 억압된 성적 욕망과 죽음에 대한 공포를 상징하는 드라큘라가 인간이 내면에 숨기고 있는 원초적 욕구와 두려움이 투영된 존재라 할 수 있다. 이렇듯 개인의 그림자는 종종 문화적, 역사적 보편성을 가지며, 인류 전체가 공유하는 집단적 심리 패턴의 일부로 작용한다.

셋째, 집단적 무의식이다. 집단적 무의식은 융이 주장하는 분석심리학의 중심 개념이다. 집단적 무의식은 인류가 공유하는 집단적 경험의 산물로 개인적 무의식보다 더욱 깊은 무의식의 영역에 존재한다. 즉 인류의 태고적 역사, 종족의 경험과 기억 등과 깊이 연결되어 있으며, 개인의 경험을 뛰어넘은 집단이나 종족, 인류 등의 마음에 보편적으로 존재하는 선천적·유전적 구조 영역이다. 그러므로 꿈, 신화, 예술, 종교적 상징 등에서 반복적으로 나타나며, 집단적 무의식이 인간의 정신과 행동에 미치는 영향을 설명하는 데 중요한 기초를 제공한다.

집단 무의식의 구성요소는 주로 원형(Archetypes, 元型)으로 이루어져 있다. 원형은 인류 전체가 공유하는 보편적인 심리적 패턴이나 상징으로 본능적인 심리적 구조를 이루는 요소이다. 원형은 인간의 꿈,

신화, 예술, 종교적 상징 등의 근원이자, 집단적 무의식의 역동적 작용을 이끄는 중심 요소로서 의식과 자아에 심리적 에너지를 전달한다. 이러한 과정을 통해 원형은 우리의 생각과 행동에 깊은 영향을 미친다. 핵심적인 원형은 아니마(Anima), 아니무스(Animus), 자기(Self) 등 세 가지와 원형이라는 개념 자체에 집중된다고 할 수 있다. 물론 그림자(Shadow), 대모(Great Mother), 영웅(Hero), 지혜로운 노인(Wise Old Man) 등 다른 원형들도 많지만, 이러한 원형들은 보조적이거나 구체적인 상황에서 작용하는 개념으로 이해할 수 있다.

원형은 독일어 'Archetyp 또는 Archetypus'를 번역한 단어이다. 이것은 복합어로, 'arche-'는 그리스어 'αρχή(알히)'로 '시작·근원·기원·원인' 등의 의미를 가지며 '-typ'은 같은 그리스어의 'τύπος(티보스)'로부터 왔고, '종류·유형·전형·모범'과 같은 뜻이 있어, '유형'이라는 의미가 나왔다. 다만, 융은 원형 자체는 의식적으로 인식할 수 없지만, 마음속에서 특정한 이미지나 상징으로 나타나며, 인간 정신의 보편성과 무의식의 힘을 이해하는 데 중요한 역할을 한다고 말한다. 즉 인간이 상상하는 것들은 항상 시각적인 이미지나 형태로 나타나게 되는데, 이것들이 대체로 일정한 틀, 즉 정형화된 형태를 따르는 경향이 있다는 것이다. 예를 들어, 그리스 신화 속의 헤라클레스에서 반지의 제왕의 프로도 배긴스와 같이 역경을 극복하고 성취를 이루는 영웅이나 그리스 신화의 대지의 여신 가이아에서 디즈니 영화 모아나에서 등장하는 생명과 파괴를 동시에 지닌 대지의 신 테피티 등과 같은 생명과 양육을 상징하는 대모 등이 있다. 이러한 원형들은 인류가 공유하는 보편적 심리 패턴으로, 우리의 상상과 경험에 영향을 미치는 기본 틀로 작용한다. 융은 이런 형태들을 원형이라고 부른다.

더 나아가 원형들을 통해 무의식과 의식의 상호작용을 이해하고, 인간 존재의 심층 구조를 탐구하는 데 중요한 통찰을 얻을 수 있다고 주장했다. 그 이유는 성 아우구스티노스의 개념에서 영향을 받은 것이다. 성 아우구스티노스는 원형이 인간의 논리적 사고나 이성에서 만들어지는 것이 아니라 이성이 생기기 이전부터 인간 영혼 속에 존재해 온, 마치 마음의 "기본 틀" 또는 "기관"과 같다고 한다. 이 마음의 틀은 인류 전체에 걸쳐 유전되며, 처음에는 아무 내용이 없는 빈 틀처럼 존재 하지만, 개인이 살아가면서 경험을 통해 이 틀이 구체적인 내용으로 채워지게 되며, 사람의 경험과 상상은 이 틀 안에서 이루어지게 된다고 한다. 즉, 원형은 인간의 상상과 경험을 형성하는 기본적인 틀로, 모든 사람이 공유하는 보편적인 심리적 구조라고 할 수 있다는 것이다. 예를 들어, 융은 『티벳 사자의 서』에 나오는 죽음과 재탄생의 상징을 원형적 표현으로 보고, 이러한 상징들이 인간의 무의식에 내재된 보편적 구조를 반영하며 이는 다양한 문화와 시대를 초월하여 공통적으로 나타나는 원형적 표현이라고 보았다.

아니마(Anima)와 아니무스(Animus)는 융의 분석심리학에서 남성과 여성의 내면에 존재하는 반대 성향을 상징하는 원형이다. 아니마는 남성의 내면에 있는 여성적 속성을, 아니무스는 여성의 내면에 있는 남성적 속성을 나타내며, 이 두 원형은 인간 심리의 균형과 성숙을 이루는 데 중요한 역할을 한다. 즉 아니마는 남성의 무의식 속에 자리 잡은 여성적 특질, 즉 감정, 공감, 직관 등을 상징하는데, 이는 남성이 자신의 감정을 이해하고, 창의적이고 감성적인 면을 발달시키는 데 도움을 준다. 그리고 아니무스는 여성의 무의식 속에 자리 잡은 남성적 특질, 즉 논리, 결단력, 주체성 등을 상징하는데, 이는 여성이 자신을 주체적으로 표현하고, 이성적이고 독립적인 삶을 살아가는 데 도움을 준다. 이때, 남성이 아니마를 수용하면 감정적으로 성숙해지고, 여성이 아니무스를 수용하면 독립적이고 강인한 성격을 발달시킬 수 있다.

예를 들어, 남성의 마음에 '아니마'의 원형이 작용하는 사례이다. 이 사례는 어떤 남성이 꿈에 아름다운 '여성'의 모습을 보거나 매혹되거나 혹은 지금까지 전혀 의식하지 않았던 여성의 사진이나 회화 또는 실재의 여성에게 갑자기 끌리는 사건이 일어나는 경우이다. 물론 외모뿐만 아니라 여성의 성격이나 특성 등에 매혹되거나 끌리는 요소는 이 외에도 다양할 수 있다. 이런 경우, 여성 이미지가 어떤 특정한 사건이나 실재하는 인물, 사진, 그림 등의 외적 자극에 의해서도 활성화될 수 있다. 하지만, 본질적으로는 남성의 무의식 속 아니마가 외부 대상에 투영된 결과라는 것이다. '아니마'의 원형이 작용하면 불현듯 여성의 이미지가 남성의 마음속에서 큰 의미를 가져오게 되기 때문이다. 즉 남성이 자신의 내면에 존재하는 감정, 직관, 창의성 등 여성적 속성을 인식하지 못하다가, 특정한 계기를 통해 그것이 활성화되면서 강렬한 여성 이미지를 경험하고 있음을 의미한다. 이처럼 아니마의 투영은 무의식의 메시지를 전달하는 방식으로 작용하며, 자신의 내면적 욕구나 결핍을 이해하는 데 중요한 단서를 제공한다.

그러므로 아니마가 활성화될 때, 이를 단순히 외부 대상에 대한 매혹으로만 이해하지 않고, 내면의 심리적 에너지를 자각하려는 노력이 중요하다. 이는 남성이 자신의 반대 성향인 남성 내 여성성을 통합하여 더 균형 잡힌 자아를 이루는 과정으로 이어질 수 있기 때문이다. 뿐만 아니라 여성의 마음에 '아니무스'의 원형이 작용하는 경우도 마찬가지이다. 여성도 자신의 남성적 속성을 의식적으로 인식하지 못하다가 특정한 사건이나 대상에 의해 아니무스가 활성화되면, 강렬한 남성 이미지를 경험한다. 이때도 여성이 자신의 반대 성향인 여성 내 남성성을 통합하여 더 균형 잡힌 자아를 이루는 과정으로 이어질 수 있다. 따라서 아니마와 아니무스는 인간 내면의 심리적 균형을 이루는 중요한 원형이다. 각각은 우리의 반대 성향을 수용하고 통합하게 함으로써 심리적 성장과 조화를 이루게 한다. 이러한 통합 과정을 통해 인간은 자신의 내면을 더욱 온전하게 이해하며, 성숙한 자아로 나아갈 수 있게 된다.

또한 원형 중 하나인 자기(Selbst)는 융의 분석심리학에서 마음 또는 영혼 전체의 중심이다. 특히 융은 집단 무의식 중에 여러 가지 원형의 존재를 인정했지만, 그것들은 최종적으로 자기에 귀착한다고 생각했다. 즉 마음 전체의 중심으로, 인간의 심리적 구조를 통합하는 핵심적인 원형이다. 융은 이를 통해 인간이 심리적 균형과 내적 평화를 찾고, 인간 존재의 보편적 본질과의 연결을 목표로 한다고 보았다. 따라서 자기는 자아를 포함하여 무의식까지 통합하는 더 큰 구조로, 인간 심리의 전체성을 이루는 핵심이다.

물론 자아는 의식의 중심으로, 의식에 국한되어 있지만, 현실 세계를 인식하고 경험하는 주체이다. 하지만, 외적 세계와 상호작용하는 주체인 자아도 자기와의 심리적 에너지 교류를 통해 변화·성장하며, 궁극적으로 온전한 인간(whole person)이 되는 것을 목표로 한다. 그러므로 융은 자아와 자기의 조화로운 융합, 즉 의식과 무의식의 통합이 이루어진 온전한 인간은 세속적으로 평범해 보일 수 있으나, 내면적으로는 자기와의 일치를 통해 매우 강한 심리적 안정감과 강인함을 갖게 된다고 언급했다. 즉 융의 온전한 인간은 자신을 이해하고, 의식과 무의식을 조화롭게 통합하여 심리적 성숙에 도달한 상태를 의미한다. 이러한 인간은 내적 평화와 강인함을 지니며, 자신만의 삶의 목적을 추구해 나간다.

그런데 이처럼 자아가 자기와 상호작용하며 심리적 성장을 이루고 온전성을 향해 나아가는 과정을 개성화(Individuation)의 과정 또는 자기실현(Self-realization)의 과정이라고 부른다. 개성화란, 인간이 자신의 무의식을 이해하고 의식적으로 통합하여 더 온전히 자기를 실현하는 과정이다. 즉 자아가 자기와의 상호작용을 통해 성장하고 통합되는 과정을 말한다. 물론 이러한 개성화의 과정에서 인간은 자기 원형의 역동적 작용을 경험하며, 이는 다양한 형태로 나타난 원형과 직면하게 된다. 예를 들어, 그림자(Shadow)는 억압된 본능적 욕망과 어두운 측면을 상징하며, 아니마(Anima)와 아니무스(Animus)는 각각 남성과 여성 내면의 반대 성향을 통합하는 역할을 한다. 또한, 대모(Great Mother)는 생명과 양육, 파괴의 이중성을 상징하며, 지혜로운 노인(Old Wise Man)은 통찰과 안내자의 역할을 한다. 이 과정에서 인간은 자신의 무의식적 갈등을 조화롭게 해결하고, 진정한 자신뿐만 아니라 삶의 목적과 의미를 발견하고, 자신만의 독특한 방식으로 살아가게 된다. 결국, 개성화는 이러한 원형들과의 상호작용을 통해 자아가 자기와 조화를 이루는 과정이며, 이를 통해 인간은 심리적 통합과 성숙을 이루고 더 온전한 자아로 나아갈 수 있다. 융은 이 과정을 통해 인간이 내면의 갈등을 해결하고 삶의 의미를 발견하며, 자신만의 독창적이고 조화로운 삶을 살아갈 수 있다고 보았다.

또한, 융은 인간이 내면에서 작용하는 역동적 정신 에너지의 영향을 받아 사고, 행동, 감정 등이 나타나는 존재로, 이 과정에서 무의식이

의식보다 더 큰 영향을 미친다고 말한다. 그렇기에 심리적 성숙을 이루고 온전한 인간으로서의 삶을 영위하기 위해서 개성화 또는 자기실현(Self-realization)의 과정, 곧 무의식의 갈등을 이해하고 통합하는 과정을 인간 존재의 핵심 목표로 보았다. 예를 들어, 길을 잃는 꿈이나 물에 빠지는 꿈, 추락하는 꿈, 죽음, 집과 방, 폭풍, 홍수, 동물, 거울 등의 꿈에서 나타나는 특정한 상징은 개인의 무의식적 불안이나 내면적 방향성을 반영할 수 있다. 그런데 꿈에서 나타나는 상징을 방치하면 억압된 무의식적 갈등이 심화되어 심리적 불안, 신체적 증상, 그리고 무의식적 충동이 통제를 잃게 되는 등 부정적 결과를 초래할 수 있다. 이는 삶의 방향성을 잃게 하거나 자기실현의 기회를 놓치게 만들며, 무의식의 메시지가 점점 강렬한 악몽이나 반복적인 꿈으로 나타날 가능성도 있다. 이러한 내면의 갈등은 대인관계와 삶의 질에도 부정적인 영향을 미쳐, 성장과 통합을 방해할 수도 있다. 그렇기 때문에 꿈의 상징을 해석하고 이해함으로써 자기이해와 성장의 단서를 얻으려는 노력이 이를 방지하고 심리적 조화를 이루는 데 필수적인 것이다. 융은 꿈의 상징 해석을 통해 인간이 자신과 세상에 대해 더 깊은 통찰을 얻고, 자기실현의 여정을 이어갈 수 있다고 보았다. 물론 꿈의 상징은 개인의 상황과 맥락에 따라 다르게 해석될 수 있으므로, 자신의 감정과 삶의 맥락을 고려하여 탐구하는 것이 중요하다.

이러한 융의 분석심리학 이론은 인간의 미래, 삶의 의미, 자기실현의 성취를 강조함으로써 현대 성격 이론에 큰 영향을 미쳤다. 그러나 그의 독특한 상징주의와 신비주의적 접근은 전통적 심리학자들로부터 경시되기도 했다. 그럼에도 불구하고 융의 분석심리학은 인간 심리와 성격을 이해하는 데 있어 중요한 관점을 제공하며, 오늘날에도 심리치료와 성격 이론의 중요한 기반으로 작용하고 있다.

(2) 치료기법과 적극적 상상

융의 분석심리학을 바탕으로 한 심리치료 기법은 인간의 무의식과 의식의 통합을 목표로 하며, 이를 통해 심리적 성숙과 자기실현(Self-realization)을 이루도록 돕는 데 중점을 둔다. 즉 자유연상(Free Association), 꿈 분석(Dream Analysis), 적극적 상상(Active Imagination), 원형 탐구(Archetypal Exploration), 사례사(Case History), 단어연상검사(word association test), 증상분석(Symtom Analysis), 전이·역전이 분석(Transference·Countertransference Analysis) 등 다양한 방법을 활용하여 개인의 무의식을 탐구하고, 내면의 갈등을 이해하며, 심리적 통합을 촉진한다. 이 기법들 모두 단순한 문제 해결을 넘어, 인간 내면의 심리적 성숙과 통합을 돕는 깊은 작업이다. 물론 같은 이름의 자유연상이나 꿈 분석일지라도 융의 기법과는 그 차이가 명확하다.

그렇기에 여기서 모두 다루어 상세한 설명과 논의를 통해 이해의 폭을 넓히고 싶다. 하지만 이 책의 목적에서 벗어나 너무 방대한 분량을 차지하게 될 수도 있어, 각 기법들 중 자유연상, 사례사 등에 대해 간략히 살피되 적극적 상상 기법을 중심으로 서술하고자 한다. 즉 다른 기법들에 비해 글쓰기치료와 가장 가까이 맞닿아있으면서 핵심적인 개념일 수 있다. 적극적 상상을 중심으로 서술하고자 하는 이유는 첫째, 의식과 무의식 간의 대화를 가능하게 하는 융의 독창적인 기법이기 때문이다. 이 기법은 무의식에서 떠오르는 이미지를 의식적으로 탐구하며, 내면의 상징과 상호작용할 수 있는 가장 직접적인 방법을 제공할 수 있다. 내담자가 수동적으로 치료자의 해석에 의존하는 것이 아니라,

능동적으로 자신의 내면세계를 탐구하는 것이다. 이를 통해 내담자는 억압된 감정이나 갈등을 통합하고, 무의식의 메시지를 보다 명확히 이해할 수 있다. 이러한 특징은 심리적 성숙과 자기실현을 위한 핵심 과정으로 기능한다. 둘째, 무의식에서 나온 상징과 이미지를 창조적으로 표현하도록 장려하기 때문이다. 내담자는 상상 속 이미지를 그림, 글, 조각 등 창의적 형태로 표현하며, 자신의 무의식을 외부 세계로 시각화하여 대상화할 수 있다. 이러한 작업은 단순히 심리적 통찰을 넘어, 창의적 작업을 통해 내담자에게 깊은 심리적 만족감과 치료 효과를 제공함으로써 내담자가 심리적 통합을 이루는 과정에 주체적인 역할을 할 수 있게 만든다. 내담자가 자신의 상상과 감정을 직접 경험하고 표현할 수 있는 점은 다른 기법에 비해 독특한 장점이다. 셋째, 단순히 개인적 무의식을 탐구하는 데 그치지 않고, 집단 무의식과 원형적 상징을 다루는 데에도 효과적이기 때문이다. 이를 통해 내담자는 자신의 내면에서 작용하는 원형적 에너지를 이해하고, 이를 통합하여 심리적 균형과 조화를 이루는 데 도움을 받을 수 있다. 이렇듯 적극적 상상은 자유연상, 꿈 분석, 원형 탐구, 사례사 등 다른 기법과 결합하여 심리치료의 깊이를 더하는 데 핵심적인 역할을 할 수 있다.

먼저, 융의 분석심리학을 바탕으로 한 심리치료 기법 중 자유연상은 환자가 보고하는 증상과 관련된 무의식적 내용에 초점을 맞춘다. 프로이트의 자유연상은 특정 단어나 주제를 제시하거나 환자가 머릿속에 떠오르는 모든 생각과 감정, 기억 등을 제한 없이 이야기하도록 유도하여, 억압된 무의식의 내용을 의식으로 끌어올리는 심리치료 기법이다. 그는 억압된 무의식적 갈등과 성적 욕망, 트라우마가 신경증과 같은 심리적 문제의 원인이라고 보았으며, 자유연상을 통해 이를 탐구하고 해소하고자 했다. 이를 위해 환자가 특정 단어나 주제에 대해 연상한 내용과 이에 대한 저항을 분석함으로써, 억압된 무의식적 내용을 밝혀내는 것이 핵심이다. 예를 들어, '어머니'라는 단어에 대한 연상 과정에서 침묵하거나 불편함을 느낀다면, 이는 가족과의 관계에서 억눌린 갈등이 있을 가능성을 시사한다는 것이다. 이처럼 프로이트의 이러한 접근은 과거의 경험, 특히 아동기에서 비롯된 심리적 갈등을 해소하는 데 중점을 두고 있는 기법이다.

그런데 융은 프로이트의 자유연상이 인간의 콤플렉스를 드러내는 데는 효과적이지만, 특정 증상과 그 심리적 원인을 구체적으로 밝혀내는 데는 한계가 있다고 보았다. 즉 프로이트는 자유연상을 통해 환자의 무의식에서 억압된 욕망이나 갈등을 끌어내려 했으나, 이 과정을 통해서는 환자의 명확한 증상이나 구체적인 문제와의 연관성을 충분히 탐구하지 못할 때가 있다는 것이다. 그래서 융은 프로이트처럼 환자에게 특정 상징, 이미지, 단어를 제시하거나, 꿈이나 상상 속에서 떠오른 내용을 떠올리게 하면서도 불면증, 공포증, 반복적인 불안 등 환자가 보고하는 특정 증상과 이를 연결하는 무의식적 내용에 초점을 맞춰 자유연상을 수행했다. 환자가 자신의 증상과 콤플렉스나 원형 등의 무의식적 원인을 통합적으로 이해할 수 있도록 돕기 위해서이다. 물론 이를 통해 환자가 보고하는 구체적 증상과 무의식적 내용의 연결을 명확히 탐구함으로써, 증상의 원인과 심리적 맥락을 더 잘 이해할 수 있었다. 자유연상을 단순히 무의식적 연상의 흐름에 맡기지 않고, 환자의 현재 문제와 이를 연결하는 데 집중함으로써 치료의 실질적인 효과를 높인 것이다.

더 나아가 융은 개인적 무의식뿐만 아니라 집단 무의식, 특히 상징적 원형을 탐구하는 도구로 사용하는 데 중점을 둔다. 왜냐하면, 무의식의 심층 구조 속 집단적 무의식의 상징과 원형에 대한 탐구가 개인의 심리적 성장과 자기실현을 위한 중요한 요소라고 보았기 때문이다. 이를 통해 융은 무의식의 상징이나 원형과의 상호작용을 돕고자 했을 뿐만 아니라 단순한 억압된 욕망을 넘어, 삶의 의미와 방향성을 탐색하고자 했다.

예를 들면, 융의 단어 연상 검사의 예이다. 단어 연상 검사는 내담자의 무의식적 콤플렉스 혹은 저항과 갈등 영역을 드러내기 위해 고안된 심리 진단 기법이다. 이 검사는 100개의 자극 단어로 구성되며, 각 단어에 대해 내담자가 자유롭게 연상되는 단어를 말하도록 유도한다. 이 검사 과정에서 치료자는 반응에 걸리는 시간, 반응의 내용, 그리고 땀, 맥박 등 생리적 반응을 측정하여 내담자의 정서적 반응을 평가한다. 해석 과정에서는 반응 시간의 지연, 40초 이내로 자극 단어에 전혀 대답을 하지 못하는 반응 실패, 감정이 다음 반응에까지 영향을 미치는 보속 반응, 특이한 감정 반응, 의미 없는 반응, 반응어의 반복 등과 같은 이상 반응을 단서로 분석하고 해석해 나간다. 이러한 결과를 통해 특정 자극 단어가 내담자의 콤플렉스를 자극했는지 확인할 수 있으며, 이어서 내담자에게 그 단어와 관련된 기억을 물어 실체를 파악한다. 이처럼 비구조화된 방식으로 무의식의 흐름과 억압된 욕망을 드러내는 데 중점을 둔 프로이트의 자유연상과는 다르다. 즉 융의 단어 연상 검사는 구조화된 체계적 기법으로, 내담자의 특정 콤플렉스와 자극 단어 간의 연관성을 분석하여 무의식을 탐구한다.

뿐만 아니라 또 하나의 예로는 자유연상이나 단어 연상 과정에서 나타날 수 있는 '나비'라는 상징에 대한 접근의 차이이다. 융은 이 상징을 단순히 개인적 경험으로만 해석하지 않고, 현재의 구체적 증상 및 집단 무의식의 원형과 연결하여 심층적으로 탐구했다. 예를 들어, 환자가 반복적으로 느끼는 불안이 부모와의 관계라는 콤플렉스에서 비롯되었음을 밝히거나, 특정 장소에서의 공포가 어린 시절의 트라우마와 연결된다는 점을 발견하는 과정은 증상의 심리적 맥락을 이해하는 데 중요한 단서를 제공한다는 것이다. 이와 더불어, 단어 연상 과정에서 나타나는 특정 상징, 예컨대 '나비'라는 단어도 개인적 경험에서 비롯된 측면뿐만 아니라 집단 무의식의 원형적 의미로 해석하여 자유와 변화를 갈망하는 환자의 심리적 상태와 연결 지었다. 이는 융이 단어 연상이나 자유연상을 통해 단순히 억압된 기억을 밝혀내는 데 그치지 않고, 상징과 증상을 원형적 차원에서 통합적으로 이해하고, 환자의 심리적 성숙과 자기실현으로 이어지는 과정을 중요시했음을 보여준다. 이처럼 융의 자유연상은 단순히 과거를 탐구하는 것을 넘어, 미래지향적이고 창조적인 통찰을 도출하려는 목적과 의도를 갖고 있다.

다음으로 사례사는 심리적 장애의 발달사를 추적하여 현재의 심리적 문제를 이해하고 치료하는 데 사용되는 기법이다. 내담자의 심리적 장애나 문제의 원인을 이해하기 위해, 과거 경험과 현재의 증상, 무의식의 패턴을 체계적으로 탐구하여 내담자가 겪는 신경증이나 심리적 갈등의 발달 과정을 파악하기 위한 심리치료 기법이다. 이는 환자의 어린 시절의 경험, 가족관계 및 가족사, 발달 과정, 중요한 삶의 사건 등을 회상하도록 하여 탐색함으로써, 현재의 불안, 우울, 공포 등의 심리적 증상과 관련된 발달적 패턴과 무의식적 갈등을 밝혀내는 데 목적이 있다. 그렇게 함으로써 현재의 신경증을 설명할 수 있는 발달 패턴을 확인하고, 환자의 장애사를 재구성하도록 하여 치료한다.

그런데 이러한 과정은 단순히 사건의 연대기를 나열하거나 과거의 상처를 회상하는 데 그치지 않고, 무의식의 상징적 메시지와 현재의 심리적 갈등이나 장애를 연결하여 내담자가 자신의 심리적 상태를 통찰하고 통합하도록 돕는다. 융은 사례사를 활용하여 내담자의 삶의 전체적인 맥락을 이해하며, 심층적인 분석과 통합과정을 통해 심리적 치유와 자기실현(Self-realization)을 지원하는 심층적 작업을 수행했다. 그러므로 이 기법의 수행과정에서 치료자는 먼저, 내담자가 자신의 과거 경험을 자유롭게 이야기하도록 유도한다. 즉 "어린 시절에 어떤 일이 가장 기억에 남습니까?", "가족과의 관계에서 가장 힘들었던 순간은 무엇인가요?" 등의 질문을 통해 환자가 자신의 기억을 떠올리도록 돕는다. 그런 후, 과거 경험이 현재의 구체적인 증상에 어떤 영향을 미쳤는지 탐색한다. "어릴 적 부모의 비난이 현재의 불안감을 형성한 원인일 수 있나요?"라는 질문을 통해 증상과 심리적 갈등의 연결고리를 파악해 나간다. 그리하여 내담자가 과거의 고통스러운 경험을 새로운 관점에서 이해하고, 이를 재구성하며 심리적 성숙으로 나아갈 수 있도록 안내한다. 내담자는 이 과정 속에서 자신의 삶의 사건을 재해석하고, 고통스러운 기억을 통합하여 심리적 성숙과 자기실현으로 나아가는 기반을 마련할 수 있게 된다.

사례사를 통한 융의 접근법의 특징을 살펴보면, 첫째, 과거와 현재의 연결성 탐구이다. 융은 내담자가 겪는 현재의 심리적 문제와 과거의 경험 사이에 존재하는 심리적 연결성을 탐구하는 데 초점을 맞춘다. 즉 내담자의 현재 증상이 과거 경험에서 비롯된 단순한 연관성을 넘어, 무의식 속에 내재된 심리적 패턴과 갈등을 드러내는 중요한 단서로 보았다. 이는 단순히 과거 사건이 현재 증상에 영향을 미친다는 원인과 결과의 관계를 넘어, 무의식에 내재된 심리적 패턴을 파악하여 현재의 갈등을 이해하고 통합하도록 돕는다. 융은 과거의 경험이 무의식 속에 잠재적으로 저장되며, 이를 통해 현재의 행동, 감정, 증상에 영향을 준다고 보았다. 예를 들어, 어린 시절 부모로부터 과도한 비난을 받은 내담자가 현재의 대인관계에서 반복적으로 타인의 평가에 민감하게 반응하며 불안을 느끼는 경우처럼 어린 시절 가족 내 갈등에서 비롯된 콤플렉스가 현재의 불안이나 대인관계 문제로 어떻게 연결되어 있는지를 탐구하는 것이다. 사례사는 이러한 연관성을 탐구하며, 내담자가 현재의 불안이 과거의 경험에서 기인했음을 깨닫고 이를 극복할 수 있도록 돕는다는 것이다.

둘째, 무의식의 상징적 해석이다. 융은 사례사에서 내담자가 보고하는 과거의 사건이나 경험을 단순히 사실적인 측면에서만 보는 것이 아니라, 상징적으로 해석한다. 사례사에서 내담자가 보고한 사건과 기억은 종종 상징적 의미를 담고 있다고 보았기 때문이다. 이러한 상징은 개인적 무의식뿐만 아니라 집단 무의식에서 나타나는 원형과도 연결될 수 있으며, 이는 현재의 심리적 갈등을 더 깊이 이해하는 데 중요한 단서를 제공한다. 예를 들어, 내담자가 과거에 반복적으로 "어둠 속에서 길을 잃었다"는 꿈을 꾸었다면, 융은 이를 단순히 불안의 표현으로 보지 않고, 무의식이 내담자에게 "삶의 방향성을 잃었다"는 메시지를 전달하려고 한다고 해석할 수 있다. 또 다른 예로, 내담자가 어린 시절 느꼈던 외로움을 "빈 들판"으로 표현한다면, 이는 무의식에서 나타나는 "고립감"의 상징으로 해석되며, 내담자가 자신의 내적 결핍과 연결 지을 수 있도록 돕는다는 것이다.

셋째, 현재 증상의 심층적 탐구이다. 융은 사례사에서 내담자가 겪고 있는 현재의 증상을 단순히 병리적 문제로 보지 않고, 무의식의 갈등과 의식의 통합을 위해 나타난 심리적 메시지로 보았다. 그렇기 때문에 사례사를 통해 현재의 증상을 무의식의 갈등과 연결하여, 내담자가 자신의 문제를 더 깊이 이해하고, 이를 통해 통찰과 치유를 경험하도록 돕고자 했다. 예를 들어, 내담자가 두통이나 소화불량 등의 반복적으로 나타나는 신체 증상을 보고한다면, 융은 이를 억압된 감정, 특히 표현되지 않은 분노나 슬픔의 신체적 표현으로 해석할 수 있다. 이에 사례사를 통해 내담자가 이러한 감정을 인식하고, 이를 해소하는 방법을 배울 수 있도록 하였다.

넷째, 심리적 통합과 자기실현을 목표로 한다. 융의 사례사는 단순히 과거 경험이나 현재 증상을 분석하여 문제를 해결하는 데에 그치지 않는다. 내담자가 자신의 무의식적 욕구, 억압된 감정, 원형적 패턴 등을 이해하고 수용함으로써 자신의 새로운 삶의 의미를 발견하고, 무의식과 의식을 조화롭게 통합해 나갈 수 있도록 돕고자 한다. 이를 통해 내담자의 심리적 균형과 성숙, 그리고 자기실현과 더 온전한 자아로의 성장 과정을 지원한다. 예를 들어, 내담자가 자신의 삶의 방향성을 잃고 우울감을 느낄 때, 사례사를 통해 자신의 내적 갈등을 발견하고, 이를 조화롭게 통합함으로써 더 균형 잡힌 삶으로 나아갈 수 있습니다. 즉 성취 욕구와 휴식에 대한 갈망 사이의 긴장의 경우에는 과거에 부모로부터 "항상 최고가 되어야 한다"는 기대를 받으며 자랐기 때문에 무의식적으로 성취 콤플렉스를 형성하여 현재까지 영향을 미칠 수 있다. 그래서 내담자는 끊임없이 성과를 내야 한다는 압박감을 느끼며 스스로를 몰아붙이지만, 동시에 무의식적으로 휴식과 자유를 갈망하게 됨으로써 현재의 증상과 문제가 발생한다고 이해할 수 있다.

한편, 융의 치료적 기법인 적극적 상상은 처음부터 이 명칭으로 확립된 것이 아니었다. 초기에는 초월적 기능(Transcendent Function), 그림 방법(Picture Method), 적극적 환상(Active Fantasy), 적극적 판타징(Active Phantasying) 등 다양한 이름으로 불렸으며, 때로는 최면(Trancing), 환시(Visioning), 연습(Exercise), 변증법적 방법(Dialectical Method), 차별화의 기술(Technique of Differentiation), 내향성의 기술(Technique of Introversion), 내성(Introspection), 하강의 기술(Technique of Descent) 등으로도 언급되었다. 물론 이 이름들은 무의식과 의식 사이의 상호작용을 탐구하려는 다양한 시도를 반영한 명칭들이다. 그러나 1935년 9월 30일부터 10월 4일까지 런던의 타비스톡 클리닉에서 열린 런던 세미나(The London Seminar) 연설에서 융은 이 기법을 공식적으로 적극적 상상이라고 명명하였다. 이 연설은 "The Tavistock Lecture(타비스톡 강의)"로 기록되며 적극적 상상이 융의 대표적인 치료 기법으로 자리 잡는 계기가 되었다.

적극적 상상(Active Imagination)은 개인의 무의식적 내용을 심상, 이야기, 상징의 형태로 구체화하여 의식과 무의식 간의 협력적 대화 및 상호작용을 촉진하는 융의 독창적인 심리치료 기법이다. 이를 통해 내담자가 자신의 내면세계를 탐구하고 심리적 갈등을 통합함으로써 심리적 성숙과 자기실현을 이루도록 돕는다. 이는 단순히 무의식에 내맡겨진 환영이나 망상에 의존하는 것이 아니라, 체험자가 보다 적극적이고 능동적인 태도로 자신의 무의식의 내용을 탐구, 표현하며, 의식과 무의식이 서로 보완적으로 작용하도록 유도하는 방식이다. 예를 들어, 꿈 작업이나 자유연상 등 상상 체험을 통해 무의식의 메시지를 능동적으로 받아들이고, 자신의 내면세계를 창조적으로 탐구하며 심리적 통합과 자기실현을 이루도록 돕는다.

하지만, 적극적 상상의 치료과정은 상상력의 자연치유적 기능에 기초한다. 융의 적극적 상상에서는 내담자가 치료자로부터 직접적인 치료나 도움을 받는 것에 큰 의미와 비중을 두지 않는다. 융에 따르면, 인간은 본질적으로 성숙한 자아기능 및 자기실현을 위한 정신적 역량을 갖추고 있는 존재이기 때문이다. 뿐만 아니라 인간이 겪는 '심리·정신적 문제'가 단지 한 개인이 고유한 개체로서 독립적인 개성화 과정을 제대로 이루지 못하기 때문에 발생하는 것이며, 개인이 개성화 과정을 경험할 때 비로소 진정한 치유가 이루어질 수 있다고 보았기 때문이다. 따라서 치료자는 내담자가 적극적 상상을 통해 체험한 이미지나 심상의 내용에 구체적인 의미를 부여하거나 해석하지 않는다. 다만, 내담자가 스스로 무의식과의 상호작용을 통해 자신의 내면세계를 탐구하고, 이를 통해 통찰과 치유를 경험하도록 돕는 것을 중시한다. 이는 치료의 중심이 내담자 자신에게 있다는 융의 철학을 반영한 접근 방식이다.

그렇기 때문에 첫째, 일정한 치료 계획이나 체계적인 치료과정 없이 진행된다. 즉 적극적 상상은 미리 정해진 구체적인 단계나 계획을 따르지 않고, 자유로운 방식으로 진행된다. 내담자가 그 순간 떠오르는 상상이나 감정에 따라 자연스럽게 이루어지며, 치료자는 이를 통제하거나 특정 방향으로 유도하지 않는다. 둘째, 상상 체험에 있어서 일정한 주제나 일률적인 형식과 절차를 주지 않는다. 즉 상상 체험은 특정 주제를 정하거나 형식에 얽매이지 않고, 내담자가 떠오르는 생각과 이미지를 따라가는 과정을 중시한다. 상상 속에서 무엇이 나올지는 내담자가 스스로 탐구하게 하며, 정답이나 기준은 없다.

셋째, 상상을 있는 그대로 이야기하는 식으로 체험한다. 즉 상상 속에서 떠오르는 이미지를 꾸미거나 분석하려고 하지 않고, 있는 그대로 표현하고 경험한다. 내담자는 자신이 상상한 내용을 솔직하게 이야기하며, 이를 통해 무의식의 메시지를 더 잘 이해할 수 있다. 넷째, 치료자는 상상 체험 과정에서 가능하면 영향을 주지 않는다. 치료자는 내담자의 상상 과정에 개입하거나 방향을 제시하지 않는다. 내담자가 자신의 무의식을 자유롭게 탐구할 수 있도록, 치료자는 동반자로서 옆에서 지켜보는 역할을 한다.

다섯째, 치료자가 개인이 체험한 상상 내용의 의미를 주관적으로 분석하거나 해석해 주지 않는다. 즉 내담자가 체험한 상상은 개인의 고유한 경험으로, 치료자는 이를 자신의 관점에서 해석하거나 분석하지 않는다. 치료자는 곧 '함께 체험하는 사람'이기 때문이다. 대신, 내담자가 스스로 그 의미를 발견하도록 돕는 것이 중요하다. 여섯째, 개인이 체험한 상상의 기능이나 구조를 재구성시키거나 변화시켜 주는 방법이 따로 없다. 즉 내담자가 체험한 상상은 그 자체로 존중되며, 치료자는 이를 수정하거나 바꾸려고 하지 않는다. 상상은 내담자의 무의식에서 나온 고유한 메시지이기 때문에 그대로 두는 것이 중요하다.

일곱째, 오직 개인의 깊고 고유한 상상 체험 치료 작업이 주요 목적이다. 즉 치료의 핵심은 내담자 자신이 깊이 있는 상상을 통해 내면의 메시지를 발견하고 성장하는 데 있다. 내담자가 자신의 고유한 무의식을 탐구하고, 이를 통해 심리적 치유와 성장을 이루는 것이다. 그렇기에 이 과정은 내담자 개개인의 경험에 초점을 맞추며, 모든 체험이 독특하고 소중하게 다뤄진다.

이처럼 적극적 상상은 내담자가 자신의 내면 세계를 자유롭게 탐구할 수 있도록 돕는 치료 방식이다. 치료자는 개입을 최소화하고, 내담자가 상상 속에서 떠오르는 이미지를 있는 그대로 경험하고 스스로 의미를 찾도록 지원한다. 그렇게 함으로써 내담자가 심상을 체험을 통해 진정한 자아를 수용하고 받아들이는 것을 배울 수 있게 한다. 즉 내담자는 이 과정 속에서 자신의 내면 깊숙이 자리한 무의식의 메시지와 마주하며, 자신을 있는 그대로 받아들이는 법을 익히게 된다. 이후 치료 과정에서는 내담자가 자신의 삶과 생활 속에서 중요한 역할을 하는 의미 있는 존재임을 스스로 인식하고 체험하게 된다. 이러한 경험은 내담자가 자신의 삶에 대한 새로운 관점과 더 깊은 자기이해를 형성하는 데 중요한 토대를 제공한다. 결국 내담자는 자기 안에 존재하는 개인적 무의식과 집단적 무의식의 세계를 발견하고, 그 본질과 의미를 깨닫게 된다.

이렇듯 적극적 상상은 이러한 무의식의 세계를 탐구하기 위한 도구로, 내담자가 상상 체험을 통해 무의식이 의식으로 떠오르기를 기대하며 그 과정에 집중하도록 돕는다. 내담자는 이때 무의식과의 만남을 통해 자신의 감정을 이해하고, 이를 내적 안정감으로 환원하며 의식과 통합하는 경험을 하게 된다. 이러한 통합 과정을 통해 내담자는 점차 개성화와 자기실현의 길로 나아가며, 자신의 삶을 더 온전하게 이해하고 조화롭게 살아갈 수 있는 힘을 얻게 된다.

적극적 상상 방법의 주요 과정은 4단계로 구성되어 있다. 즉 초대(The Invitation), 대화(The Dialogue), 가치(The Values), 의식(The Rituals) 등의 4단계이다. 다만, 여기서는 스위스의 융 심리학자인 마리 루이즈 폰 프란츠(Marie-Louise von Franz)가 적극적 상상이 자연적으로 "자아-마음을 비운다, 무의식이 진공 상태로 흐르도록 한다. 윤리적인 요소를 덧붙인다. 상상을 일상생활에 통합시킨다."라는 네 개의 기본적인

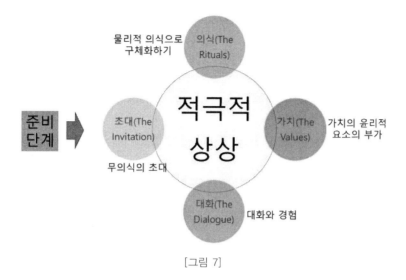

[그림 7]

단계들로 시작된다는 실천적 조언들을 참고하고자 한다. 그리고 준비
단계를 포함하여 설명하고자 한다. 따라서 〈1단계: 준비 단계〉, 〈2단계:
초대 단계〉, 〈3단계: 대화 단계〉, 〈4단계: 가치 단계〉, 〈5단계: 의식
단계〉로 나누어 설명하고자 한다.

〈1단계: 준비 단계〉 준비(Preparation) 단계는 적극적 상상의 과정
이 온전히 자신만을 위한 시간이 될 수 있도록 환경을 조성하는 단계
이다. 내면의 세계로 여행하기 위해서는 외부의 방해를 받지 않는 환
경이 필수적이기 때문이다. 따라서 산만함을 피하고 내면의 자신과
집중적으로 대화할 수 있도록 조용하고 혼자 있기에 적합한 장소를 마
련하는 것이 좋다. 특히, 억눌린 감정과 생각, 행동을 눈치 보지 않고
자유롭게 표출할 수 있는 안전한 공간이라면 더욱 효과적이다. 물론
적극적 상상을 집단으로 수행할 경우에도 마찬가지이다. 집단원들이
방해하지 않고 서로 방해받지 않는 분위기와 장소를 갖추는 것이 중요

하다. 이처럼 준비 단계는 내면 작업과 상상을 지원하기 위한 안전하고 집중된 환경을 조성하는 데 중점을 둔다.

하지만, 이와 함께, 모든 참여자가 자신의 상상을 기록할 수 있는 준비를 해야 한다. 내면 작업이나 적극적 상상의 기록은 그 경험을 나중에 기억하고 이해하는 데 매우 유용하다. 또한, 이러한 기록은 내담자가 적극적 상상에만 몰두할 수 있도록 돕는 도구일 뿐만 아니라, 적극적 상상이 수동적인 환상으로 변질되는 것을 방지하기 위한 일종의 보호 장치 역할을 한다. 이때, 적극적 상상을 기록하는 다양한 방법, 즉 춤, 음악, 그림 그리기, 조각 등이 있지만, 글쓰기가 가장 효율적이고 효과적인 방법일 수 있다. 특히 글쓰기는 집중하게 하고, 의식하게 하는 데에 도움을 줄 수 있다. 게다가 융뿐만 아니라 많은 사람들이 손으로 직접 써서 기록하는 것을 선호하는 방식이기도 하다.

예를 들어, 어떤 남자 내담자의 경우는 적극적 상상 속의 사건이나 대화들을 몸짓이나 동작, 또는 춤으로 표현할 수도 있다. 즉 내면에서 오랫동안 억눌려 있던 무의식 속 갈등, 감정, 상처, 부정적 상황이나 장면 그리고 아름다운 추억 등을 상상 속에서 떠올려 춤으로 재현할 수 있다. 춤을 추는 동안 그는 상상 속 등장인물들의 역할, 동물적 본능의 표현, 그리고 상징적 장면, 그 속에서의 대화, 감정, 갈등, 분위기들을 생동감 있게 묘사하며 무의식과 의식을 연결하게 된다. 춤을 마친 후, 내담자는 자신이 춤으로 표현했던 상황과 장면, 느꼈던 감정, 그리고 그것이 자신에게 어떤 의미를 갖는지에 대해 성찰하고 이야기할 수 있다. 이를 통해 그는 자신의 무의식에서 전달된 메시지를 깨닫고, 중요한 통찰을 얻는 기회를 가질 수 있다.

이처럼 춤과 같은 다양한 창조적 표현 방식을 통해 상상을 실연하거나 기록하는 것은 내면세계를 대상화하는 강력한 방법이 된다. 물론 춤 외의 다양한 창조적 표현 행위도 내담자의 내면적 갈등과 감정을 해소하고, 무의식에서 드러난 내용을 더 깊이 이해하며 통합하는 데 도움을 준다. 더 나아가, 이후 표현한 내용을 간단히 글이나 그림으로 정리하여 성찰한다면, 그 경험을 더욱 명료하게 이해하고 자신의 성장 과정에 활용할 수 있다.

〈2단계: 초대 단계〉 초대(The Invitation) 단계는 무의식을 본격적으로 탐구하기 위한 발판을 마련하는 과정이다. 즉 무의식의 내용을 표면으로 떠오르게 '초대'하여 접촉하도록 하는 과정이다. 내담자는 이 과정 속에서 특정 단어나 이미지, 사건, 또는 장소에 주의를 집중하며, 자신의 내면에 자리 잡은 무의식을 '초대'하게 된다. 물론 이때는 폰 프란츠(M. L. von Franz)가 언급했듯이 마음을 외부 세계로부터 분리되도록 하여 상상에 집중할 수 있도록 해야 한다. 무의식이 자연스럽게 표면으로 떠오를 수 있도록 조용하고 안정된 환경을 조성하며, 고요한 장소에서 명상적인 상태를 유지하는 것이 중요하다. 그런 후, 차분하게 기다려야 한다.

실천적으로, 이 단계는 이미지를 떠올리는 과정으로 무의식의 내용을 구체적인 이미지나 경험으로 떠올리는 작업을 수행한다. 즉 꿈이나 떠오르는 심상을 기반으로, 무의식에 잠재된 기억, 콤플렉스, 또는 새로운 무의식적 주제들을 의식으로 끌어올리는 것이 이 단계의 핵심이다. 예를 들어, 바다, 숲, 동물 등 꿈에서 본 특정 장면이나 강렬한 이미지를 다시 떠올리고, 이를 통해 내면의 갈등이나 메시지를 탐구한다. 내담자는 떠오른 이미지를 의식적으로 더욱 자세히 상상하며,

그 이미지가 어떻게 변화하고 전개하는지 관찰해 나간다. 이러한 과정은 무의식과 의식을 연결할 수 있도록 작용함으로써 내면의 갈등을 이해하고 통찰을 얻는 데 중요한 역할을 한다.

하지만, 무의식의 창조물들을 표면으로 떠오르도록 초대하는 것은 그렇게 만만한 작업이 아니다. 참 쉽지 않은 일이다. 용기가 필요하기 때문이다. 특히 자신의 고통스러운 삶을 회상하여 상처를 떠올려 직면하는 것은 더더욱 큰 용기와 의지가 필요한 도전이다. 하지만 융이 그랬듯 개인의 성장을 위한 가장 큰 기회는 확실히 가장 큰 고통 속에 있다. 그렇기에 자신의 삶을 위해서는 주저하지도 물러서지도 말고 용기와 의지를 갖고 전진해 나가야만 한다. 더 나아가 이 과정 속에서 떠오르는 심상이나 느낌을 억누르지 않고 자연스럽게 받아들여야 한다.

그래서 융은 이와 같은 어려움이나 두려움을 극복하고 성공적인 작업을 수행하기 위해 4가지 방법을 제안한다. 즉 내담자의 환상 활용하기, 상징적인 장소 방문하기, 의인화 사용하기, 꿈 속 인물과의 대화하기 등의 방법들이다. 물론 이 4가지 방법은 '초대' 단계에만 머물지 않는다. 다음 단계인 '대화' 단계와 자연스럽게 연결된다. 실천적인 과정 속에서는 더더욱 분리할 수도, 단계를 나눠 수행할 수도 없다. 하지만, 그럼에도 불구하고, 최대한 구분하여 설명하고자 한다.

먼저, 내담자의 환상 활용하기는 내담자가 자주 떠올리거나 반복적으로 경험하는 환상이나 공상을 탐구하여, 그 속에 담긴 무의식의 메시지를 발견하는 방법이다. 이러한 방법은 수동적인 환상을 적극적 상상으로 전환하여 활용하는 것이다. 진행 순서는 대체로 먼저, 오늘 우리의 마음속에서 진행되어 온 환상들을 살펴본다. 그런 후, 하나의 이미지, 내면의 사람, 혹은 상황들을 조금 더 구체적으로 살펴본다. 그리고 그 장소와 그 사람에게로 간다. 그것을 적극적 상상을 위한 출발 장소로 사용하여 그 환상에 참여해서 인물들과의 대화 속으로 들어간다. 마지막으로 행해지고 얘기된 모든 것을 기록하면 된다. 예를 들어, 자신이 날아다니는 환상을 자주 경험한다는 어떤 내담자의 사례를 들면, 다음과 같다.

1. 내담자의 환상을 살펴본다.

상담자: 오늘 우리가 살펴볼 환상은 무엇인가요? 평소 자주 떠오르는 장면이나 반복적으로 떠올리는 이미지를 말해줄 수 있나요?

내담자: 네, 저는 자주 하늘을 날아다니는 환상을 경험합니다. 높은 산과 구름 위를 자유롭게 날아다니며, 아래 세상을 내려다보는 장면을 상상해요. 그런데 특정 장소에 가까워질수록 이상하게 두려움과 불안이 느껴져요. 그 지점에 다다르면 더 이상 나아가지 못하고 그 자리에서 맴돌게 됩니다.

2. 이미지를 구체화하는 작업을 한다.

상담자: 아, 그래요. 흥미롭네요. 그 환상 속에서 어떤 특정한 장소나 이미지가 떠오르나요? 좀 더 구체적으로 묘사해 볼 수 있을까요?

내담자: 네, 날아가다가 항상 도착하지 못하는 거대한 성이 떠올라요. 성 주변은 밝고 평화로운 풍경으로 가득한데, 성문에 가까워질수록 마음이 무겁고 이상하게 두려워져요.

상담자: 좋습니다. 그 성을 더 자세히 상상해 볼까요? 성은 어떤 모습인가요? 분위기나 감정은 어떠한가요?

내담자: 성은 정말 크고 웅장해요. 주변에는 초록색 들판과 맑은 하늘이 펼쳐져 있어서 평화로워 보이는데, 성문에 다가가면 갑자기 압박감이 느껴지고, 들어가기가 무서워져요.

3. 상상 속 장소로 들어가도록 촉진한다.

상담자: 그렇다면 이제 적극적 상상을 시작해 볼까요? 그 성문 앞에 서 있다고 상상해 보세요. 어떤 느낌이 드나요?

내담자: (잠시 생각하며) 숨이 막히는 것 같아요. 하지만 용기를 내서 성문 안으로 들어가 보고 싶어요.

상담자: 좋아요. 성문을 열고 안으로 들어갔다고 상상해 보세요. 무엇이 보이고, 어떤 느낌이 드나요?

내담자: 성 안에는 어릴 적 제 모습이 보여요. 제가 혼자 앉아 울고 있어요. 저를 보더니 깜짝 놀란 표정을 짓고 있어요.

4. 인물과 대화를 시도한다.

상담자: 그렇군요. 이제 그 아이와 대화를 시도해 볼까요? 그 아이에게 왜 혼자 있는지, 무엇이 그를 두렵게 하는지 물어보세요.

내담자: (상상의 대화를 시작하며) 왜 여기 혼자 있는 거니? 무엇이 널 이렇게 두렵게 만들었니?

어린 내담자(상상 속 아이): 어릴 적부터 실패에 대한 두려움 때문이 야. 그리고 부모님과 다른 사람들의 기대가 너무 커서 이곳을 떠날 수 없었어.

상담자: 잘하고 있어요. 그 아이에게 더 묻고 싶은 것이 있다면 물어보세요. 그리고 아이가 말하는 이야기를 계속 들어보세요.

내담자: (잠시 상상의 대화를 이어가며) 네가 두려워하는 것을 내가 도와줄게. 이곳에서 나가고 싶어? 내가 같이 도와줄게.

5. 모든 것들을 기록한다.

상담자: 네, 아주 좋습니다. 이제 그 아이와의 대화를 마무리하고, 방금 경험한 내용을 기록해 보는 시간을 가질게요. 그 아이와 대화하며 느꼈던 감정, 두려움, 그리고 성문을 나왔을 때의 해방감을

적어보세요. 또한, 이번 경험이 현재 당신의 삶에서 어떤 의미를 가질 수 있을지 성찰해 보는 것도 좋습니다.

내담자: 알겠습니다. 성문을 열고 나왔을 때 정말 가벼운 느낌이 들었어요. 자유로워진 기분이랄까요. 그 감정과 대화 내용을 노트에 적어보겠습니다.

이 사례는 날아다니는 환상 속에서 발견된 특정 장소와 이미지를 통해 내담자가 자신의 무의식적 두려움과 마주하고, 이를 통합하는 과정을 보여준다. 적극적 상상을 통해 내담자가 자신의 내면에서 억압되었던 감정을 해소하고, 더 큰 심리적 자유와 균형을 찾을 수 있도록 도움을 줄 수 있었다. 그런데 이러한 접근은 내담자가 지나치게 많은 환상 재료를 가지고 있을 때 특히 효과적이다. 적극적 상상을 통한 치료 과정이 무의식으로부터 오는 압력을 해소하여 환상의 양과 강도를 감소시키는 데 도움을 주기 때문이다. 특히, 반복적으로 나타나는 환상은 다뤄야 할 내면의 문제가 있음을 나타낸다. 이는 내면의 불균형을 보상하기 위해 무의식이 보내는 신호로 해석될 수 있으므로, 이를 적극적으로 탐구하고 작업하는 것이 중요하다. 이를 통해 내담자는 자신의 무의식에 담긴 메시지를 이해하고, 심리적 균형을 회복하는 데 한 걸음 더 나아갈 수 있다.

다음으로 상징적인 장소 방문하기는 내담자가 상징적으로 의미 있는 장소를 상상 속에서 방문하여, 그곳에서 일어나는 일들을 관찰하고 경험하는 방법이다. 예를 들어, 내담자가 어릴 적 살았던 집을 상상 속에서 방문하여, 그곳에서 어린 시절의 자신과 만나 대화함으로써 과거의 감정이나 기억을 떠올리고 치유하는 과정을 거칠 수 있다.

그 외에도 고향 시골집, 해변, 숲, 성당, 학교 등 내담자에 따라 다양하게 나타날 수 있다. 물론 방식에 있어서도 앞에서 언급했던 '내담자의 환상 활용하기'와 대동소이하다. 다만, 중요한 것은 어디서든 결국 내담자를 기다리는 어떤 사람을 만나게 된다는 사실이다.

또한, 의인화 사용하기는 내담자의 감정, 생각, 또는 무의식의 측면을 하나의 인격체로 상상하여 그와 대화하거나 상호작용하는 방법이다. 예를 들어, 내담자가 자신의 두려움을 검은 그림자로 의인화하여, 그 그림자와 대화를 나누며 두려움의 원인과 본질을 파악하고 극복하는 과정을 진행할 수 있다. 이때, 내담자가 가지고 있는 두려움을 나타내는 이미지를 찾아 의인화하는 것도 좋다. 그런 후, 인격화된 이미지에게 "당신은 누구인가? 당신은 무엇을 원하는가? 당신은 무엇을 하려고 하는가? 어떤 감정을 가지고 있는가? 무슨 이유인가?", "당신은 어디에 있는가? 나에게 어떤 압박을 주는 이유는 무엇인가? 당신은 어떻게 생겼는가?" 등등을 물으며 대화를 나누도록 하면 된다. 특히 이때, 자신의 감정을 마음껏, 그리고 솔직하고 있는 그대로 표현할 수 있어야 한다.

이러한 의인화 사용하기 과정은 꿈 속 인물과의 대화하기와 다르지 않다. 물론 방식에 있어서도 앞에서 언급했던 '내담자의 환상 활용하기'와 대동소이하다. 내담자가 꿈에서 만난 인물이나 존재와 상상 속에서 다시 만나 대화함으로써, 꿈의 의미를 깊이 있게 탐구하는 방법이기 때문이다. 예를 들어, 내담자가 꿈에서 만난 현명한 노인과 상상 속에서 다시 만나 삶의 조언을 구하거나, 꿈에서 느꼈던 감정에 대해 논의함으로써 무의식의 지혜를 얻을 수 있다. 이렇듯 꿈 속 인물과의 대화하기는 적극적 상상을 통해 그 꿈을 확대시킬 수도 해결할 수도 있게 한다. 뿐만 아니라 지속적인 대화를 통해 꿈이 제시했던 내면의 상황을 긍정적으로 발달시킬 수도 있다. 즉 내담자가 자신의 무의식과 적극적으로 상호작용하여, 내면의 갈등을 이해하고 통합하는 데 도움을 줄 수 있다. 적극적 상상의 '초대' 단계에서 적극 활용함으로써, 내담자는 자신의 심층적인 감정과 생각을 탐구하고 치유의 과정을 시작할 수 있다.

〈3단계: 대화 단계〉 대화(The Dialogue) 단계는 무의식에서 떠오른 심상, 상징, 또는 인격화된 이미지와 직접 대화하는 과정이다. 내담자는 꿈속의 등장인물, 특정 상징적 이미지, 또는 내면의 목소리와 상호작용하며, 그 메시지를 탐구한다. 중요한 점은 단순히 질문을 던지는 것이 아니라, 경청과 공감을 통해 무의식과 진정성 있는 대화를 나누는 것이다. 물론 '초대' 단계와 겹치는 부분이 많고, 자연스럽게 연결되기에 명확히 분리해서 설명하기는 어려움이 많다. 그렇기 때문에 여기서는 대화 단계를 더욱 활성화할 수 있는 방법에 초점을 맞춰 설명하고자 한다.

대화 단계는 적극적 상상 속에서 드러난 상징과 능동적인 상호작용하기라 할 수 있다. 주로 내담자가 떠올린 이미지와 상호작용하며 대화를 시도하는 과정인데, 이는 단순히 무의식을 관찰하는 것을 넘어, 의식 상태인 자아(Ego)와 무의식 사이의 다리 역할을 하여 자아 발견과 통합을 가능하게 하기 때문이다. 즉 상상 속에서 만난 인물이나 상징에게 질문을 하거나 대화하며, 그들이 전달하려는 메시지나 감정을 탐구하는 과정이 내담자가 자신을 새롭게 이해하도록 돕는 중요한 단서가 되기 때문이다. 예를 들어, 한 여성이 적극적 상상을 통해 무의식과의 대화를 나눈 후, 억눌린 감정을 해소하고 내면의 평화를 되찾는 사례를 들 수 있다.

몇 년 전, 한 여성은 어린 시절 아버지와의 관계에서 받은 상처로 인해 무의식적으로 불안과 분노를 품고 있었다. 아버지는 엄격하고 냉정한 성격으로, 그녀가 어릴 때 자주 그녀의 행동을 비난하며 높은 기준을 요구했다. 그녀는 성장하면서 아버지와 거리를 두었지만, 그 상처는 여전히 그녀의 무의식에 남아 대인관계에서 자신감을 잃게 하고, 무언가 잘못했을 때 과도한 죄책감을 느끼게 만들었다.

그녀는 이 감정이 단순히 아버지와의 관계에서 비롯된 것이라고 생각하지 못했지만, 반복되는 꿈에서 실마리를 찾았다. 꿈에서 그녀는 자주 아버지가 앉아 있는 의자 앞에 서서 말을 하지 못하거나, 아버지가 그녀를 외면하는 장면을 보았다. 꿈이 반복되면서 그녀는 자신의 무의식이 어떤 메시지를 전달하려 한다고 느꼈고, 심리치료사와 함께 적극적 상상을 시도하기로 했다.

적극적 상상을 시도한 그녀는 조용한 공간에서 눈을 감고 아버지의 모습을 떠올렸다. 그리운 어린 시절의 한 장면을 배경으로 아버지와 마주앉아 대화를 시작했다. 상상 속에서 그녀는 자신이 느꼈던 억울함과 상처를 아버지에게 솔직히 이야기했다.

> 나: (조심스럽게) 아빠, 왜 항상 제 행동이 부족하다고만 생각하셨나요? 저는 최선을 다했는데, 아빠가 저를 자꾸 비난하실 때 너무 힘들었어요.
> 아버지: (깊은 한숨을 내쉬며) 미안하다... 그땐 정말 내가 잘 몰랐다. 내가 너를 더 응원하고 이해했어야 했는데 그러지 못했구나.
> 나: (눈물을 글썽이며) 전 항상 아빠에게 인정받고 싶었어요. 하지만 어떤 걸 해도 부족하다고 느꼈고, 그래서 점점 제가 쓸모없는 사람이라는 생각까지 하게 됐어요.

아버지: (고개를 숙이며) 너를 사랑했지만, 그걸 제대로 표현하지 못했구나. 내가 받은 교육과 내 삶이 그렇게 나를 만들었어. 나도 너에게 너무 많은 걸 기대했던 것 같아. 정말 미안하다.

나: (조금 더 단호하게) 그때 저는 어렸고, 아빠의 말이 전부인 줄 알았어요. 아빠가 저를 비난하실 때마다 제 존재 자체가 잘못된 것 같았어요. 지금도 그 기억들이 저를 계속 따라다녀요.

아버지: (부드러운 목소리로) 그건 내가 틀렸던 거야. 너는 잘못된 게 없어. 내 방식이 잘못됐던 거지. 그 시절에 더 따뜻하게 대해줬어야 했는데, 그러지 못해서 정말 미안하다. 하지만 한 가지는 알아줬으면 좋겠다. 나는 항상 너를 사랑했고, 지금도 사랑한다.

놀랍게도, 그녀의 상상 속에서 아버지는 자신의 감정을 인정하고 사과하며 "그땐 나도 잘 몰랐구나. 널 더 사랑하고 지지했어야 했는데 그러지 못해 미안하다"고 말했다.

물론 이 상상 속 대화는 그녀에게 깊은 감정적 해방감을 주었다. 그녀는 아버지와의 관계를 다른 관점에서 바라보기 시작했고, 어쩌면 아버지도 자신의 감정과 한계를 알지 못했을 뿐이라는 점을 이해하게 되었다. 이후, 그녀는 적극적 상상의 세 번째 단계로 창조적 표현을 시도하며, 자신과 아버지가 웃으며 함께 있는 그림을 그렸다. 이는 그녀가 과거의 상처를 치유하고, 새로운 관점을 통해 관계를 재구성하는 데 큰 도움이 되었다.

적극적 상상을 실천한 이후, 그녀는 꿈속에서 더 이상 아버지의 차가운 모습을 보지 않았다. 오히려 꿈에서는 아버지가 그녀를 따뜻하게 안아주거나, 함께 걷는 모습이 나타났다. 그녀는 마음의 짐을 덜어내고, 자신이 더 이상 과거의 상처에 얽매이지 않는다는 것을 느꼈다. 이렇든 적극적 상상이 그녀의 억눌린 감정을 해소하고 무의식과 화해하며, 내면의 평화를 되찾는 데 중요한 역할을 했음을 알 수 있다.

그런데 적극적 상상의 대화 단계를 성공적으로 수행하기 위해서는 몇 가지 중요한 원칙과 태도가 필요하다. 이 원칙들은 무의식을 탐구하고, 그와 상호작용하며, 내면의 갈등과 상징을 통합하는 데 있어 필수적인 지침을 제공한다. 첫째, 하나의 이미지와 이야기에 집중해야 한다. 적극적 상상은 본질적으로 특정 이미지나 이야기에서 출발해 그것에 몰입하는 행위이다. 그렇기에 처음 떠오른 이미지나 장면, 인물과의 상호작용에 집중하여 어떤 해결이 이루어질 때까지 그 상황에 머무르는 것이 중요하다. 만약 특정 이미지나 인물과 대화를 시작했다면, 그 대화와 상호작용을 지속하며 깊이 탐구해야 한다. 다른 이미지나 상상이 떠올라 산만해지지 않도록 주의를 기울여야 한다. 그럴 때만이 내담자는 무의식 속 메시지와 의미를 명확히 이해할 수 있다. 왜냐하면, 다른 이미지나 상상이 마음 속으로 뛰어 들어 복잡하게 얽히면, 초점을 잃고 표류할 수도 있기 때문이다.

둘째, 대화에 충분히 참여해야 한다. 적극적 상상에서 대화에 충분히 참여하는 것이 중요다. 물론 대화에 완전한 파트너로서 참여하는 것은 적극적 상상의 본질이기도 하다. 이는 단순히 상상을 수동적으로 관찰하는 것을 넘어, 대화 속에서 적극적으로 감정을 표현하고, 목적을 제안하며, 질문하고, 따져보는 등 능동적으로 참여하는 것을 의미한다. 내담자는 마치 상상 속 상황이 실제로 "일어나고 있다"라고 느낄 수 있도록 완전하게 몰입해야 하며, 이를 위해 상상 속에서 벌어지는 일을 진지하게 받아들여야 한다.

그러나 이 과정에서 미리 대화를 결정하거나 통제하려는 시도는 피해야 한다. 폰 프란츠(M. L. von Franz)가 언급했듯, 무의식이 진공 상태로 자연스럽게 흐르도록 허용해야 한다. 상상이 흘러가는 대로 상상력을 따라가며, 경험이 스스로 발전할 수 있도록 내버려 두는 것이 핵심이다. 대화를 지배하거나 방향을 강제로 설정하지 않고, 내면의 이미지나 인물이 표현할 기회를 균등하게 주는 태도가 필요하다. 설령 내면의 사람이 어리석고, 원시적이거나, 때로는 무의미하고 불쾌한 말을 한다고 하더라도, 그 이야기를 억누르지 않고 끝까지 허용해야 한다. 그렇기에 대화 속에서 내담자는 정중함, 절제, 존중의 태도를 유지하며, 무의식의 흐름을 존중해야 한다. 이는 내면의 대화가 단절되지 않고 깊이 있는 통찰로 이어지도록 돕는 중요한 자세이다.

셋째, 듣기 위한 훈련이 필요하다. 적극적 상상은 무엇보다도 듣기의 과정 속에서 이뤄지기 때문이다. 그리고 상상 속 대화가 말로 표현되지 않더라도, 비언어적 행위나 상징을 통해 무의식의 메시지가 나타나기 때문이다. 그렇기에 내담자는 상상 속에서 느껴지는 감정이나 상징적인 표현을 섬세히 관찰하고, 이를 귀 기울여 들어야 한다. 특히, 말없이 드러나는 소극적 저항, 두려움, 죄책감, 열등감, 후회와 같은 비생산적이거나 미성숙한 감정일지라도 그것들이 지닌 의미를 이해하려는 태도가 중요하다. 이러한 감정과 상징에 대한 경청은 무의식의 메시지를 이해하는 핵심이다. 단순히 긍정적인 감정이나 분명한 메시지만 받아들이려는 태도는 오히려 무의식의 본질을 간과할 수 있다. 내담자는 비언어적 표현이나 상징이 주는 미묘한 신호들조차도 존중하며 이를 이해하려는 노력을 기울여야 한다. 그리고 얘기하는 모든 것을 존중하는 마음으로 기록해야 한다. 기록은 내담자가 자신의 경험을 객관적으로 성찰할 수 있는 도구로, 무의식과의 대화를 보다 깊이 있게 이해할 수 있게 한다.

넷째, 대답을 위한 훈련을 해야 한다. 대답은 단순히 반응을 내는 것을 넘어, 무의식과의 대화를 심화시키는 중요한 과정이다. 그렇기에 내담자는 대화 속에서 나타나는 무의식의 메시지에 개방적이고 진지하게 응답해야 한다. 물론 대답을 잘 하기 위해서는 우리 자신의 정보, 견해, 그리고 가치를 제공하는 법을 학습해야만 한다. 특히, "이 대화 속 내면의 자아는 아무것도 모른다"라는 태도는 무의식을 무시하거나 권위적으로 대하는 태도로, 매우 부정적인 결과를 초래할 수 있다. 이러한 태도는 자아 중심적인 접근과 다를 바 없이 어리석고 편향적이다. 무의식은 단순히 자아의 통제를 받는 수동적인 영역이 아니라, 고유의 지혜와 메시지를 지닌 중요한 심리적 요소이다. 따라서 내담자는 무의식의 목소리를 존중하면서도, 자신의 의식적 태도와 관점을 통해 균형을 유지하려는 노력이 필요하다. 그리고 대답을 위한 훈련이 필요하다.

다섯째, 무의식을 조종하지 않아야 한다. 이는 대화 단계에서 중요한 원칙 중 하나인데, 우리가 절대로 준비된 대본으로 작업하지 않는다는 것이다. 융이 말했듯, "우리는 그것이 일어날 때까지 일어나려고 하는 것이 무엇인지 알지 못한다"라는 태도에서 출발한다. 다시 말해, 내담자가 자신의 아니마, 아니무스 혹은 그림자의 모습을 이끌어낼 권리는 가지고 있지만, 그들이 말하려고 하는 내용을 계획하거나 통제할 권리는 없다는 의미이다. 더 나아가 그들이 한번 나타나기 시작하면, 그들을 지배하거나 억누르지 말고 자연스럽게 흘러가도록 내버려 둬야 한다는 것이다. 왜냐하면, 무의식이 그들 자체로 고유한 지혜와 견해를 가지고 있고, 그들이 자아-마음의 그것들과 종종 균형을 이루고, 현실적이라는 관점 때문이다. 뿐만 아니라 무의식이 내담자의 삶을 파괴하려는 옆길로 벗어나지 않도록 보호하려는 시도로 신체적인 증상들, 즉 우울증이나 마비 증세를 발생시킬 수도 있다는 관점 때문이다. 그러므로 적극적 상상은 무의식을 존중해야만 한다. 그들이 우리 삶에 이바지할 만한 가치 있는 어떤 것을 가지고 있다는 관점이나 원칙으로 시작되어야만 한다. 게다가 적극적 상상의 목적이 '무의식을 듣는 것'이라는 것도 명심해야만 하는 원칙이다. 무의식이 우리에게 전달하려는 메시지를 존중하고, 이를 통해 삶의 통찰과 균형을 얻으려는 태도가 적극적 상상의 본질이기 때문이다.

〈4단계: 가치 단계〉 '가치(The Values)' 단계는 적극적 상상의 전개 과정에서 내담자의 행동과 선택에 윤리적 요소를 부여하는 핵심적인 과정이다. 이 단계에서는 무의식의 내용을 초대하고 탐구하며 대화하는 동안, 내담자가 일정 수준에서 윤리적 태도를 유지하도록 요구한다. 물론 어느 순간인지 또는 어느 정도만큼 인지는 고정될 수는 없다. 내담자의 심리적 상태나 적극적 상상의 전개 상황에 따라 달라질 수 있기 때문이다. 하지만, 윤리적 태도는 내담자가 의식적 인간 존재로서 자신의 책임을 다하기 위해 지속적으로 견지해야 할 기본자세이다. 즉 인간의 의무이자 책임이다.

오늘날 윤리(ethics)의 본질적 의미는 인간의 진실한 내면의 성격과 일치하는 행동의 표준이다. 즉 인간의 사회적 관계를 규율하는 일련의 가치 체계이며, 지켜야 할 것으로 기대되는 가치 규범을 뜻한다. 한마디로 윤리란 '적절한 행동'을 의미한다고 할 수 있다. 서양에서는 관습(custom)이나 습관(habit)을 뜻하는 그리스어 'ethos'에서 비롯되었다. 동양에서도 윤리(倫理)는 사람 사이에서 지켜야 할 도리와 규범으로 정의된다. 윤리는 '무리, 또래, 차례, 순서 등'을 의미하는 윤(倫)

과 '다스리다, 깨닫다, 좇다, 이치, 도리 등'을 의미하는 리(理)가 결합한 합성어로서 사람이 지켜야 할 도리와 규범이다. 즉 '사람이 지켜야 할 떳떳한 도리'이자 '초자연적으로 정해진 인류의 질서 관계'인 인륜(人倫)의 원리로서 사회에서 사람과 사람 사이의 관계를 규정하는 규범, 원리, 규칙의 총체이다. 이는 사회적 관계에서 인간이 마땅히 행하거나 지켜야 할 도리를 나타내며, 개인의 내면과 사회적 관계 모두를 아우르는 책임과 질서를 의미한다.

그런데 윤리는 행동하는 가치로써 가치를 바탕으로 만들어진 행동 지침이다. 즉 단순한 규범이 아니라, 인간의 가치를 바탕으로 행동 지침을 제공하는 실천적 도구이다. 그러므로 윤리적 행동은 '무엇이 옳고 그른가'를 분명히 하고, 옳은 방향으로 행동하는 과정이다. 물론 여기서 가치는 '바람직스러움'의 기준으로 믿음과 신념으로 작용하여 인간 선호 또는 선택의 기준이 된다. 즉 개인이나 집단의 선택과 행동에 영향을 미친다.

적극적 상상에서는 이러한 가치가 무의식과 의식 사이의 균형을 유지하는 데 중요한 역할을 한다. 적극적 상상이 시작되면 원시적이고 본능적인 힘들이 무의식의 표면으로 드러나게 된다. 이 과정에서 의식과 무의식 간의 균형이 절실히 요구된다. 그렇지 않으면 비인간적이 되거나 파괴적인 극단으로 치닫는 상황이 발생할 수 있기 때문이다. 따라서 이러한 위험을 방지하기 위해, 내담자는 윤리적 태도를 바탕으로 상상 과정을 한계 지어 보호하고, 의식적인 자아의 통제를 통해 무의식과의 균형을 유지해야 한다.

적극적 상상을 통해 무의식에서 떠오르는 이미지와 창조물은 종종 자연의 비인간적인 힘을 의인화한 결과물일 수 있다. 이런 이미지들을 윤리적이고 인간적인 관점에서 다루지 않으면, 자기파괴적인 행동이나 삶의 황폐화를 초래할 수 있다. 나아가, 이러한 극단적 상상은 개인의 실존뿐만 아니라 가족, 친구, 직장과 같은 인간적 관계와 가치체계에도 부정적인 영향을 미칠 수 있다. 그렇기 때문에 윤리는 상상과정을 안전하게 유지하고, 무의식의 에너지가 건설적으로 활용될 수 있도록 돕는 필수적인 도구이다.

융은 이를 설명하기 위해, 한 젊은 남성의 꿈을 예로 들었다. 융은 이를 설명하기 위해, 한 젊은 남성의 꿈을 예로 들었다. 이 남성은 자신의 여자 친구가 얼어붙은 호수에 미끄러져 물속에서 허우적대는 꿈을 꾸었다고 했다. 그때 그 남성은 바르게 앉아 있을 수 없었고, 운명의 냉정한 힘이 내면의 여성을 죽이도록 했다는 이야기를 효과적으로 말했다. 융은 그 남성에게 상상 속으로 들어가 물속에서 여자 친구를 구하기 위해 행동하라고 충고했다고 말했다. 구체적으로, 그녀를 물속에서 끌어내고, 불을 피우고, 마른 옷을 준비하여 생명을 구하라고 했다고 한다.

물론 이는 단순히 꿈에서 본 이미지를 관찰하는 것에 그치지 않고, 내면의 자기(Self)를 구하기 위한 윤리적 행동을 강조한 것이다. 융은 이러한 꿈의 이미지를 단순히 해석하는 것만으로는 충분하지 않다고 보았을 뿐만 아니라 더 깊이 있는 탐구가 이뤄져만 비로소 온전히 이해할 수 있음을 강조했다. 왜냐하면, 그 이미지는 우리 자신의 위태로워져 있는 내면의 자기들이기 때문이다. 그렇기 때문에 그것들에 대한 통찰은 윤리적 대응이 반드시 필요하며, 이에 대한 강력한 책임을 내담자에게 부여해야 함을 강조했다. 만약, 무의식의 이미지에 대해 책임을 회피하거나 윤리적 의무를 다하지 않으면, 이는 내담자의 삶에서 전일성을 상실하게 만들고, 심각한 불완전성을 초래할 수 있음을 경고했다.

결론적으로 '가치' 단계는 무의식에서 드러나는 원시적 에너지가 극단으로 치닫거나 파괴적인 방향으로 흘러가는 것을 방지하고, 이를 윤리적이고 인간적인 방식으로 다루는 과정이다. 윤리는 무의식과 의식 사이의 균형을 유지하며, 무의식의 메시지가 인간의 삶에 긍정적이고 의미 있는 방식으로 통합되도록 돕는다. 적극적 상상의 목적은 단순히 무의식의 내용을 드러내는 것이 아니라, 그것을 윤리적 통찰과 책임감으로 전환하여 삶의 성장과 치유를 이루는 데 있다. 따라서 무의식의 이미지와 메시지를 존중하고, 그것을 인간적인 가치와 연결시키는 윤리적 자세는 적극적 상상의 핵심 원칙 중 하나이다.

그리고 이 단계는 대화에서 얻은 통찰을 바탕으로, 문제 해결을 위한 더 높은 가치를 발견하는 과정이기도 하다. 내담자는 적극적 상상의 과정에서 자신의 무의식이 제시하는 심리적 메시지와 의미를 받아들이고, 이를 자신의 삶과 연결하여 새로운 통찰과 방향성을 찾게 된다. 그 과정 속에서 무의식에서 얻은 통찰을 통해 내담자가 자신의 삶과 관련된 중요한 가치를 새롭게 발견하고 이를 내면화해 가게 된다. 결국 이 과정은 내담자가 자신의 내면세계를 더 깊이 이해하고, 삶의 본질적인 문제를 해결하는 데 도움을 준다.

〈5단계: 의식 단계〉 의식(The Rituals) 단계는 적극적 상상을 구체화하는 과정으로 상상을 일상적인 삶의 현실과 연결시키고 통합하는 과정을 의미한다. 즉 이 단계는 상상을 단순히 추상적이거나 이상화된 상태에 머물게 하지 않고, 내면 작업을 통해 얻은 통찰과 해결책을 일상적인 삶에 구체적으로 적용하는 데 초점을 맞춘다. 이를 통해 내담자는 무의식에서 얻은 통찰을 자신의 실제 생활 현실에 적용하여 삶의 변화를 이루어 나가게 된다.

의식 단계의 주요 목표는 상상의 본질과 통찰을 현실적인 삶에 적용하는 것이다. 이는 단순히 상상에서 떠오른 이미지를 행동으로 옮기는 것이 아니라, 상상에서 여과한 '본질적 의미', 즉 적극적 상상을 통해 발견한 통찰, 가치, 기본 원칙 등을 현실에 구체적으로 통합하는 것을 의미한다. 이 과정을 통해 내담자는 내면의 메시지와 삶의 변화를 연결 짓고, 심리적 균형과 통합을 이루게 된다. 그러므로 의식 단계에서는 내담자가 적극적 상상을 통해 얻은 통찰을 자신의 일상과 행동에 구체적으로 반영하도록 돕는다. 무의식의 메시지가 단순히 내면에 머물지 않고, 행동과 선택을 통해 외부 세계와 연결될 때 비로소 심리적 통합과 자기실현이 이루어질 수 있기 때문이다. 그러므로 이 단계에서는 상상 속 경험을 현실에서 구체화하거나 실천 가능한 형태로 전환하는 작업에 초점을 맞춘다.

예를 들어, 상상 속에서 용서를 경험했다면, 현실에서 누군가와의 화해를 위한 행동을 시도하거나, 용서를 상징하는 글을 작성하거나, 이를 상징하는 작은 의식을 행할 수도 있다. 물론 이러한 물리적 의식은 내면 작업의 결과물을 명확히 하고, 이를 현실에 적용할 수 있는 가교 역할을 한다. 즉 내담자가 상상 속에서 경험한 이미지, 상징, 또는 대화에서 얻은 메시지를 실질적인 행동으로 옮길 수 있도록 한다. 이렇듯 무의식의 메시지를 현실에서 행동으로 구현함으로써 내담자는 상상 속에서 얻은 심리적 통찰을 내면화할 수 있을 뿐만 아니라 일상적인 삶 속 구체적인 변화를 이뤄나갈 수 있게 된다.

물론 이때, 상상 속에서 발견된 특정 이미지를 그림으로 그리거나, 일기를 작성하거나, 춤을 추거나 하는 등의 의식적인 의례(ritual)를 통해 심리적 변화를 내면화하기도 한다. 이러한 상징적 행위가 내담자가 무의식과의 상호작용을 구체화하고, 이를 명확히 이해하도록 돕기 때문이다. 즉 상상을 통해 떠오른 내용을 그림, 글, 조각, 춤 등으로 표현하여 심리적 내용을 대상화함으로써 무의식의 내용을 더 명확히 의식화하고 이해할 수 있다. 뿐만 아니라 상상 속에서 떠오른 내용을 창조적으로 표현하면, 억눌린 감정이 해소되고, 심리적 치유와 만족감을 경험할 수 있다. 그렇기 때문에 심리적 갈등을 통합하는 데 도움을 준다고 할 수 있다. 이는 단순히 무의식을 심층적으로 탐구하고 현실에 적용하는 것을 넘어 내담자가 심리적 성숙과 자기실현으로 나아가는 결정적인 계기를 제공한다.

이처럼 적극적 상상은 단순히 상상 속에서 이루어지는 작업을 넘어, 무의식의 내용을 구체화하고 시각화하기 위해 다양한 창조적 활동과 결합될 수 있다. 이는 개인이 자신의 내면을 표현하고 탐구할 수 있는 강력한 도구로 작용한다. 예를 들어, 창조적 예술 활동, 즉 그림 그리기, 조각, 도예, 공예 등을 활용한 미술치료를 통해 무의식의 심상을 구체화할 수 있고, 떠오르는 이야기를 쓰거나, 내면의 감정을 시로 표현하는 등의 글쓰기치료 활동을 통해서도 마찬가지다. 그 외에도 원형의 대칭적 도형을 그리며 내면의 조화와 중심을 탐구하는 만다라 그리기, 내면의 감정을 몸의 움직임을 통해 표현하는 춤과 운동 등 동작치료 활동, 모래와 다양한 물체를 사용하여 무의식적 심상을 시각화하는 모래놀이 치료 활동, 상상 속에서 등장한 인물이나 감정과 대화하며, 무의식과의 상호작용을 돕는 빈 의자 기법이나 이중자아 기법, 거울 기법, 역할극 등 드라마치료 활동 등을 통해서이다. 융도 글쓰기나 시 쓰기 외에도 만들기, 그림, 음악, 춤, 동작, 놀이 등과 같은 언어적이고 비언어적인 표현 예술 매체를 통해 참여자 개개인이 개성화 과정에 도달할 수 있음을 강조했다.

그런데 이 과정에서 유의할 사항은 상상 속 내용을 문자 그대로 행동에 옮기지 않아야 한다는 점이다. 현실과 상상의 차이를 분명히 구별하지 못하면 상처를 입거나 문제를 초래할 수 있기 때문이다. 예를 들어, 상상 속에서 자신의 아니마와 논쟁을 벌인 경험을 현실 속의 배우자와 동일시하여 불필요한 갈등을 유발할 수도 있다. 즉 현실 속에서 그의 아내와 똑같은 논쟁을 벌일 수도 있다. 그렇게 되면, 두 사람 모두 예기치 못한 상처를 입을 수 있다. 또 다른 예로, 상상 속에서 칼을 들고 적들과 싸우는 고대의 시간 속 장면을 현실로 가져와 다른 사람들에게 분노를 표출하는 경우가 발생할 수 있다.

그러므로 의식 단계에서는 상상과 현실의 경계를 분명히 인식하는 데에 주의를 기울일 필요가 있다. 특히 상상 속 주제가 현실에 밀접하게 연결된 경우, 이를 행동으로 옮기고자 하는 유혹을 느낄 수 있다. 그러나 상상은 상상으로서의 의미를 지니며, 현실에서는 상상으로부터 추출한 본질적 의미와 가치를 적용하는 데 집중해야 한다. 이를 통해서만이 내담자는 상상의 긍정적인 영향을 일상에 통합하면서도 현실의 균형을 잃지 않을 수 있다.

만약, 이 단계에서 상상을 지나치게 현실화하려 하거나, 상상과 현실의 구별을 등한시하여 균형을 잃게 된다면, 내담자는 자신뿐만 아니라 주변 사람들에게도 상처를 입힐 위험이 있다. 예를 들어, 상상 속에서의 분노가 현실에서 폭력적인 행동으로 이어질 경우, 이 분노와 폭력적인 행동이 다른 사람에게 표출될 수도 있다. 이는 내담자의 삶뿐만 아니라 다른 사람에게도 부정적인 영향을 미칠 수 있다. 따라서 의식 단계를 통해 무의식을 존중하면서도 상상 속에서 얻은 메시지와 통찰을 현실적으로 통합하기 위한 신중하고 균형 잡힌 접근이 필요하다.

결론적으로 적극적 상상의 4단계인 의식 단계는 상상을 현실과 연결하고, 내면에서 얻은 통찰을 일상적인 삶에 적용하여 심리적 변화를 이루는 핵심적인 과정이다. 이를 통해 내담자는 무의식의 메시지를 현실에서 구체화하고 통합하여 자기실현과 심리적 성장을 완성할 수 있다. 그러나 이 과정에서 상상과 현실의 경계를 명확히 인식하고, 상상 속 본질적 의미만을 추출하여 현실에 적용해야 함을 잊지 말아야 한다. 이를 통해 적극적 상상은 심리적 균형과 치유, 그리고 창조적인 삶으로 나아가는 도구가 될 수 있다.

한편, 앞에서 언급한 자유연상이나 사례사 등의 융의 기법에서도 적극적 상상은 이들 기법들의 과정에서 매우 핵심적인 역할을 한다. 자유연상과 적극적 상상은 모두 무의식을 탐구하는 중요한 기법이지만, 이 두 가지는 상호보완적인 방식으로 작용한다. 자유연상이 무의식의 흐름을 자연스럽게 드러내는 초기 단계라면, 적극적 상상은 무의식에서 드러난 내용을 의식적으로 탐구하고 심화하여 통합하는 다음 단계로 도약할 수 있도록 작용한다. 첫째, 적극적 상상은 이 과정에서 드러난 무의식의 상징과 내용을 구체화하고 심화하여 탐구할 수 있게 한다. 예를 들어, 자유연상 중 반복적으로 떠오르는 '숲'이라는 단어를 적극적 상상을 통해 구체적인 이미지로 떠올리고, 그 숲에 대한 감정, 생각, 어떤 상황이나 장면에 대한 기억 등을 심화하여 성찰할 수 있다. 이를 통해 숲이 단순히 공포나 불안을 상징하는 것이 아니라, 내담자의 내면 상태를 반영하는 심리적 메시지임을 깨닫게 된다. 즉 '숲'이 가지는 새로운 의미를 찾아냄으로써 자신의 내면 세계를 더 잘 이해할 수 있도록 한다.

둘째, 자유연상에서 단어, 이미지, 감정 등 무의식의 단서가 드러나면, 적극적 상상은 그 단서와의 능동적 상호작용을 통해 무의식의 메시지를 더 깊이 이해하도록 돕는다. 자유연상이 무의식을 관찰하는 데 초점이 맞춰져 있다면, 적극적 상상은 무의식의 상징과 대화하거나 그 이미지를 변형하며 의미를 창조적으로 해석할 수 있도록 한다는 것이다. 예를 들어, 자유연상에서 '물고기'라는 단어가 떠올랐다면, 적극적 상상은 물고기와의 대화나 그 물고기가 상징하는 감정을 상상하며, 무의식이 전달하려는 메시지를 더 명확히 파악할 수 있도록 한다.

셋째, 자유연상에서 드러난 무의식의 내용을 적극적 상상을 통해 탐구함으로써, 내담자는 이를 창조적으로 통합할 수 있게 한다. 이 과정에서 무의식의 갈등과 억압은 단순히 드러나는 것을 넘어, 의식적으로 받아들여지고 해소되며, 심리적 통합과 성장으로 이어진다. 예를 들어, 자유연상 중에 떠오른 불안을 상징하는 '불길'을 적극적 상상으로 탐구하며, 그 불길과 대화를 나누거나 긍정적 에너지로 변화시키거나 진압하거나 하는 상상을 통해 그 에너지를 새로운 형태로 변형하는 상상을 진행함으로써, 내담자는 불안의 근원을 이해하고 이를 극복하는 심리적 통찰과 도구를 발견할 수 있다.

넷째, 적극적 상상은 자유연상을 통해 마음속에서 자연스럽게 떠오르는 단어나, 이미지, 감정 등 무의식의 내용을 그림, 글쓰기, 조각, 춤과 같은 창조적 방식으로 표현하게 하여, 내담자가 자신의 내면세계를 더 깊이 탐구하고 이해할 수 있도록 한다. 예를 들어, 자유연상에서 떠오른 '나비'라는 단어를 적극적 상상을 통해 그림으로 그리거나, 글쓰기나 춤으로 표현하여 대상화한 후, 그 상징의 의미를 탐구할 수 있다. 물론 내담자가 스스로 대상화한 자신의 창조적 표현을 적극적이고 능동적으로 성찰할 때만이 이뤄질 수 있다. 하지만, 만약 그렇게 하게 된다면, 내담자는 자유연상에서 자연스럽게 떠오른 '나비'가 자유, 변화, 성장 등을 갈망하는 현재 자신의 심리적 상태를 반영하는 상징임을 이해할 수 있게 된다. 그렇기 때문에 이러한 창조적 작업은 무의식의 메시지를 대상화함으로써, 내담자가 자신의 심리적 갈등과 욕구를 더 명확히 인식하고 이를 통합하도록 돕는 데 강력한 도구가 될 수 있다.

또한, 자유연상에서처럼 사례사와 같은 융의 기법에서도 적극적 상상은 이들 기법들의 전개 과정에서 상호보완적이면서도 매우 핵심적인 역할을 한다. 물론 꿈 분석, 자유연상, 원형탐구, 증상분석, 전이·역전이 분석 등의 기법과도 매우 밀접히 관련되어 활용되고 있다. 사례사 전개 과정, 즉 심리적 장애의 발달사를 추적하여 현재의 심리적 문제의 근원을 이해하고 치료하는 과정에서도 적극적 상상은 매우 강력한 도구로 활용될 수 있다.

먼저, 적극적 상상은 사례사의 전개 과정 속에서 드러난 무의식의 메시지를 구체화해 나가는 도구로써 활용될 수 있다. 즉 과거 경험, 현재 증상, 무의식의 패턴 등의 사례사 전개 과정을 통해 밝혀진 억압된 감정, 상징적 기억, 콤플렉스와 같은 무의식의 단서를 더 깊이 있게 탐구될 수 있도록 적극적 상상을 통해 구체화할 수 있다. 예를 들어, 사례사를 통해 내담자가 반복적으로 "숲에서 길을 잃는 꿈"을 꾸는 이유가 자신의 삶에서 방향성을 잃은 상태와 관련이 있음을 발견했다고 가정하자, 그럴 때, 적극적 상상을 통해 내담자가 숲 속에서 길을 찾는 상상을 하거나, 그 과정 속에서의 숲의 이미지, 사고, 감정, 행동, 상황 등을 더욱 구체적으로 상상할 수 있도록 하여 탐구할 수 있다. 그렇게 하면,

심층탐구가 가능하여 무의식이 전달하려는 메시지를 더 구체적으로 이해할 수 있다는 의미이다. 이처럼 적극적 상상을 통해 사례사 전개 과정 속에서의 모호하거나 추상적인 상징이나 단서를 구체화한다면, 더욱 세밀하고 명확하게 탐색해 나갈 수 있게 된다.

그리고 적극적 상상은 사례사 전개 과정 속에서 창조적 표현을 통한 심리적 통합의 구체적 실현 도구로써 활용될 수 있다. 즉 사례사 전개 과정 속에서 발견된 내담자의 감정, 갈등, 상징 등을 그림, 글쓰기, 조각, 음악 등 창조적 방식으로 표현할 수 있도록 촉진함으로써 대상화하는 기회를 제공하여, 내담자가 자신의 심리적 상태를 객관적인 입자에서 더욱 깊이 있게 탐구할 수 있도록 할 수 있다. 뿐만 아니라 이러한 창조적 표현 활동을 통해 억압된 감정을 해소할 수 있어 심리적 균형과 조화, 그리고 자기실현 및 통합을 이루어 나가는 데 강력한 도구가 된다. 예를 들어, 사례사에서 과거의 트라우마로 인해 억눌린 슬픔이 드러났다면, 적극적 상상을 통해 내담자가 슬픔을 그림으로 그리거나 글로 써서 자신의 감정을 표현하도록 할 수 있다. 그런데 이과정 속에서 억압된 감정은 더 이상 무의식에 갇혀 있지 않고, 의식적으로 인식되고 치유될 수 있게 된다. 이처럼 적극적 상상을 통해 사례사에서 드러난 단서를 창조적으로 활용하여, 내담자가 자신의 내면적 갈등을 극복하고 심리적 성장으로 나아가는 길을 제시할 수 있다.

따라서 적극적 상상(Active Imagination)은 자유연상과 사례사에서 발견된 무의식의 단서를 구체화하고 통합하여, 내담자가 자신의 심리적 갈등을 이해하고 심리적 치유와 성숙으로 나아가도록 돕는 심층적 심리치료 기법이라 결론내릴 수 있다. 융도 인간의 인생이란 본질적으로 개인이 외적환경 및 현실 세계를 자신의 마음으로 그린 형상적 모습의 반복되는 경험에 불과하기 때문에 인간은 자신의 고유한 마음 세계를 반영하는 심상을 통하여 이들을 자각하고 깨달아야 비로소 자신의 진정한 인생을 찾게 되고 나아가 이를 토대로 자아실현을 체험하게 된다고 말했다. 그만큼 적극적 상상을 통한 심상이나 이미지를 구체화하고 대상화하는 작업은 개성화나 자아실현, 온전한 인간으로 나아가도록 하는 데 있어서 매우 중요하고 핵심적인 활동이라 할 수 있다. 예를 들어, 자유연상에서 무의식의 단서가 자연스럽게 드러나는 초기 단계가 이루어진다면, 적극적 상상은 이러한 단서를 구체적으로 탐구하고 심화하여 무의식의 메시지를 명확히 이해할 수 있게 한다. 이를 통해 내담자는 단순히 무의식의 내용을 떠올리는 것을 넘어, 자신의 내면세계와 상호작용하며 심리적 통찰을 얻고 무의식과 의식의 연결을 강화할 수 있다. 그러므로 적극적 상상은 자유연상의 결과를 더욱 확장하고 심화하여, 무의식에서 드러난 단서를 내담자가 의식적으로 통합할 수 있는 도구로 기능을 한다. 또한, 사례사에서도 적극적 상상은 심리적 장애의 발달사를 추적하고, 무의식의 메시지를 통합적으로 이해하는 데 중요한 역할을 한다. 사례사를 통해 드러난 무의식의 단서는 적극적 상상을 통해 더욱 구체화하여 탐구할 수 있게 되며, 이를 바탕으로 내담자는 자신의 심리적 상태를 더 깊이 이해하고 통합할 수 있다. 이 과정에서 적극적 상상은 단순히 무의식의 메시지를 인식하는 데 그치지 않고, 창조적 표현을 통해 억눌린 감정을 해소하고 심리적 균형과 조화를 이루게 촉진한다. 따라서 적극적 상상은 자유연상과 사례사 모두에서 무의식을 탐구하고, 내담자의 심리적 통합과 자기실현(Self-realization)으로 이어지는 과정을 심화하는 핵심적인 도구로 작용한다.

3) 게슈탈트치료와 지금 여기

인간은 삶의 모든 순간을 오로지 '지금 여기'에서밖에 살아갈 수 없다. 모든 만물이 그렇듯 인간도 끊임없이 변하고, 생성과 성장과 소멸의 과정에서 벗어날 수 없는 존재이기 때문이다. 즉 오직 '지금의 나, 여기에서의 나'로써만 존재할 수 있다. 예를 들어, 우리 몸의 세포는 지속적으로 새로운 세포로 대체된다. 피부 세포는 약 2~4주마다 새롭게 교체되며, 장기 내부의 점막 세포는 몇일에서 몇 주의 주기로 바뀌는 등 빠른 교체가 이루어진다. 심지어 적혈구도 약 120일의 생명을 갖고 새로운 세포로 대체된다. 이렇게 우리의 몸은 항상 새 세포를 만들어 내며, 대략 10년 정도가 지나면 대부분의 세포가 완전히 교체된 상태가 된다. 결국 물리적으로도 '지금의 나'와 '10년 뒤의 나'는 세포적 차원에서 완전히 다른 몸을 가진 존재가 된다는 것이다. 뿐만 아니라 철학적으로 보면, 우리의 '자아' 또한 물리적 변화와 함께 끊임없이 재구성된다. 세포의 변화는 단순한 생물학적 과정으로 끝나지 않고, 우리의 기억, 정서, 환경과의 상호작용 속에서 새로운 정체성을 형성하게 만든다. 그러므로 '10년 뒤의 나'는 단순히 지금의 나의 연장이 아니라, 완전히 새롭게 형성된 존재라 할 수 있다. 물론 우리가 변하지 않으려고 해도 마찬가지다. 이러한 현상은 우리의 의지와는 전혀 상관없다. 자연의 섭리를 따를 뿐이다.

그러나 우리는 종종 과거의 상처나 후회스런 삶에 얽매이거나, 앞으로 닥쳐올지도 모를 미래에 대한 불안과 두려움에 사로잡혀 현재의 소중한 순간을 놓쳐버리곤 한다. 물론 이러한 심리적 메커니즘이 우리를 방어하고 보호하려는 긍정적인 측면이 있다. 하지만, 지나치게 전개될 경우, 현재의 우리의 선택과 행동을 왜곡하게 되고, 이것이 더욱 불안과 두려움을 야기하여 '지금 여기'를 충분히 살지 못하도록 방해하기에 문제가 된다. 철학자 마르틴 하이데거(Martin Heidegger)도 그의 저서 『존재와 시간』에서 인간의 존재를 "시간 속에 던져진 존재"로 보았는데, 그는 인간이 과거, 현재, 미래라는 시간 축을 통해 스스로를 이해한다고는 하지만, 과거에 얽매이거나 미래의 불안을 지나치게 의식하면 현재의 실존적 순간을 잃어버린다고 경고했다. 진정한 존재의 의미는 과거와 미래를 넘어서 현재의 순간에서 실존적인 자기 자신과 마주하는 데 있다고 보았기 때문이다. 또한 실존철학자 키르케고르(Søren Aabye Kierkegaard)는 불안을 인간의 본질적인 조건으로 보았다. 인간이 불안을 통해 자유를 깨닫고 스스로 삶의 의미를 창조할 수 있다는 주장이다. 즉 불안이 삶의 장애물이 아니라 삶의 새로운 가능성을 발견하는 과정이다. 불안이 인간을 마비시키는 것처럼 보이지만, 동시에 자유롭게 새로운 선택을 할 수 있는 가능성을 제공한다는 것이다. 그렇기에 실존적 불안이든 미래에 대한 불안이든 단순히 회피할 것이 아니라 그것을 직면함으로써 성찰을 통해 삶의 본질을 깊이 탐구해야 한다고 말한다. 결국, 두 철학자 모두 인간이 과거와 미래라는 시간의 틀에 얽매여 있는 것은 인간으로서의 본질적 조건이지만, 이를 자각하지 못하고 현재를 놓친다면, 삶의 진정한 의미는 퇴색될 수밖에 없다는 의미이다. 현재의 순간은 단순히 과거와 미래의 중간 지점이 아니라, 과거와 미래를 통합하여 존재의 가치를 드러내는 본질적인 시간이기 때문이다.

이에 프리츠 펄스(Fritz Perls)가 창안한 게슈탈트치료 이론은 인간이 과거의 상처나 미래의 불확실성에 집착하지 않고, '지금 여기', 즉 현재에 온전히 존재함으로써 자신을 발견하고 치유하며, 삶의 진정한 균형을 찾을 수 있다고 주장한다. 물론 게슈탈트치료 이론에서 말하는 '지금 여기'는 단순히 현재의 정지된 순간이 아니다. 그것은 과거와 미래를 포함하여 시간과 경험의 흐름 속에서 현재를 살아가는 실존적 과정을 의미한다. 과거의 상처와 미해결된 문제는 현재에도 흔적으로 남아 있으며, 현재 순간에 이를 알아차리고 직면하는 과정에서 비로소 치유가 가능하다. 동시에 현재는 미래를 향한 가능성과 선택의 지점을 열어주는 창구로 작용한다. 우리가 '지금 여기'에 몰입할 때, 우리는 과거의 기억이나 미래의 불확실성으로부터 자유로워질 수 있기 때문이다. 이러한 점에서, '지금 여기'에서의 온전한 존재는 삶의 균형을 회복하고, 과거와 미래를 통합하는 역할을 해 나가야 한다.

펄스는 이를 '자기 발견의 과정'으로 보았다. 인간이 현재의 순간에서 자신의 욕구와 감정을 알아차리고, 자기 자신과의 진정한 만남을 이룸으로써 삶의 갈등과 문제를 해결하며 더 나은 자신으로 나아갈 수 있는 성장의 가능성을 갖게 된다고 보기 때문이다. 이 과정에서 치료는 단순히 문제를 해결하는 데 그치지 않고, 자신을 온전히 이해하고 수용하는 자기 발견과 통합의 경험으로 확장된다. 그러므로 펄스의 게슈탈트치료 이론은 과거와 미래에 얽매여 현재를 놓치기 쉬운 현대인들에게 삶의 균형과 통합을 되찾는 길을 제시한다. '지금 여기'에 온전히 존재하는 단순한 심리적 기법이 아니라, 인간의 삶과 존재를 더욱 풍요롭게 만드는 철학적 태도이자 실천이다. 프리츠 펄스의 이론은 바로 그 길을 안내하며, 우리로 하여금 더 충만하고 자각된 삶을 살아가게 돕는다.

(1) 게슈탈트 심리학과 치료

게슈탈트 심리학(Gestalt Psychology)은 1900년대 초 독일에서 막스

베르트하이머(Max Wertheimer), 볼프강 쾰러(Wolfgang Köhler), 쿠르트 코프카(Kurt Koffka), 쿠르트 레빈(Kurt Lewin) 등에 의해 시작된 심리학 이론으로 인간의 지각과 경험을 '전체성(wholeness)'의 관점에서 이해하려는 접근법이다. 형태심리학이라고도 한다. 이 이론은 당시 심리학계에서 주류를 이루던 두 가지 관점, 즉 마음을 구성요소로 분석하려는 구성주의 심리학자들이나 인간을 환경적 반응에 대한 수동적인 반응자로 보았던 행동주의 심리학자들의 관점에 대한 비판으로부터 탄생했다. 구성주의(structuralism)는 빌헬름 분트(Wilhelm Wundt)와 에드워드 티치너(Edward Titchener)가 대표적인 학자로, 인간의 정신 과정을 구성 요소로 분해하여 분석하려 했다. 구성주의자들은 감각, 지각, 감정 등 심리 현상을 각각 독립적으로 나눠 실험을 통해 연구하려 했지만, 이 과정에서 인간 경험의 통합적이고 역동적인 성질을 설명하지 못했다. 그리고 행동주의(behaviorism)는 인간을 환경적 자극에 따른 수동적 반응자로 보는 관점을 취했다. 이 관점에서는 모든 행동을 자극-반응 (S-R) 패턴으로 설명하려 했으며, 정신의 내부 과정이나 주관적 경험을 과학적 연구에서 제외했다. 행동주의는 심리학을 실증 과학으로 정립하는 데 기여했지만, 인간의 주체적이고 능동적인 경험을 충분히 설명하지 못했다.

그렇기에 게슈탈트 심리학은 이에 반발하여, 베르트하이머가 내놓은 명제, "전체는 단순히 부분의 합이 아니다"라는 원칙을 바탕으로, 인간 경험이 개별적인 요소들의 단순한 조합이 아닌 맥락 속에서 통합된 전체로 나타난다고 주장했다. 이는 인간의 경험이나 지각, 성격, 행동, 심리 현상 등이 개별적인 요소들의 단순한 조합이 아니라, 이들 간의 능동적인 상호작용과 맥락 속에서 통합되어 전체적인 의미가 만들어진다는 뜻이다. 뿐만 아니라 인간이 자극에 단순히 반응하는 존재가 아니라, 자신의 환경을 능동적으로 조직화하고 패턴을 인식하며, 통합적으로 경험한다고 보았다. 따라서 게슈탈트 심리학은 구성주의와 행동주의가 간과했던 인간 경험의 전체성과 능동성을 강조하며, 인간 경험을 분해 가능한 구성 요소나 단순한 자극-반응의 결과로 환원하지 않고, 전체적인 맥락과 상호작용 속에서 이해하려는 심리학적 혁신이었다고 할 수 있다.

'게슈탈트(Gestalt)'는 독일어 'gestalten(구성하다, 형성하다, 창조하다, 개발하다, 조직하다 등의 뜻을 지닌 동사)'의 명사형으로 '형태', '구조' 또는 '전체'를 의미하는 단어이다. 이 단어는 심리학, 철학, 예술 등 여러 분야에서 사용되며, 맥락에 따라 약간의 차이는 있지만, 대체로 "부분들이 상호작용하여 하나의 통합적이고 의미 있는 전체를 형성한 상태"를 가리킨다. 독일어에서의 기본 의미는 '형태'나 '형상'을 뜻하는 일반 명사로, 단순히 사물의 외형적인 모양을 지칭하기도 하지만, 그 이상으로 사물의 본질적 구조나 패턴을 강조하기도 한다. 그러므로 맥락에 따라서서 얼마든지 확장될 수 있는 개념이다. 즉 이 단어는 단순히 물리적 형태를 넘어, 구성 요소들이 조화를 이루며 나타나는 전체적 구조와 의미를 포함하는 개념으로 확장될 수 있다. 예를 들어, 음악의 멜로디는 개별 음표들의 조합이지만, 멜로디 자체는 단순히 각 음표의 합 이상으로 느껴지는 전체적인 구조를 갖는 현상과 유사하다. 이런 전체성을 게슈탈트라고 한다.

전체성은 인간이 세상을 부분적으로 지각하는 것이 아니라, 전체적이고 통합된 형태로 인식한다는 의미이다. 예를 들어, 우리는 단순히 선이나 점을 보는 것이 아니라, 그것을 하나의 의미 있는 패턴이나 형태로 인식한다는 것이다. 그러므로 게슈탈트 심리학에서는 개별적인 부분이 단순히 모여 만들어진 전체가 아닌, 완전한 구조와 전체성을 지닌 통합된 전체를 가리킨다. 이는 인간의 지각과 경험이 단편적으로 이루어진 것이 아니라, 서로 상호작용하며 하나의 통합된 구조를 형성한다는 것을 강조하는 개념이다. 이 전체성을 가진 통합된 구조를 게슈탈트라고 한다. 물론 인간도 역시 신체, 감정, 사고, 행동 등이 통합된 전체적인 존재이다.

게슈탈트 심리학의 지각체계화 원리는 1900년대 초에 제안 한 것으로 인간의 지각과 경험을 설명하는 다양한 원리들을 포함한다. 즉 유사성의 원리(Similarity), 근접성의 원리(Proximity), 연속성의 원리(Continuity), 폐쇄성의 원리(Closure), 전경과 배경의 원리(Figure & Ground) 등이 있다. 특별히 앞의 네 가지 원리를 지각적 조직화라고 하고, 다섯 번째 원리를 지각적 분리라고 한다.

물론 이러한 모든 원리들은 인간이 세상을 전체적으로 어떻게 인식하는지를 보여준다. 먼저 유사성의 원리이다. 이 원리는 [그림 8]처럼 색, 모양, 크기, 방향 등이 비슷한 요소들은 하나의 그룹으로 지각된다는 것이다. 예를 들어, 아래의 그림과 같이 분홍색 모양과 검정색 모양, 회색 모양이 함께 섞여 있을 때, 같은 색의 점들끼리 그룹으로 보이는 현상이다.

[그림 8]

둘째, 근접성의 원리이다. 이 원리는 [그림 9]처럼 물리적으로 가까이 위치한 요소들은 서로 관련된 그룹으로 지각된다는 것이다. 예를 들어, 아래의 그림과 같이 여러 개의 점이 두 그룹으로 나뉘어 각각 가까이 모여 있다면, 각각의 그룹으로 보이는 현상이다.

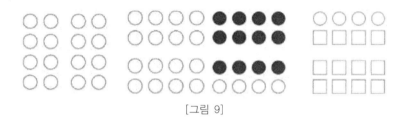

[그림 9]

셋째, 연속성의 원리이다. 이 원리는 [그림 10]처럼 직선이나 곡선처럼 부드럽게 이어지는 요소들은 하나의 형태로 인식한다는 것이다. 예를 들어, 아래 그림과 같이 지도나 노선도에서 직선과 곡선을 자연스럽게 연결시켜 경로를 파악하는 것처럼 교차하는 선이 있을 때, 선들이 자연스럽게 이어진다고 보이는 현상이다. 그리고 이와 같은 지각 현상은 새나 물고기 떼가 같은 방향으로 날아갈 때 하나의 무리로

[그림 10]

[그림 11]

보이는 것처럼 같은 방향으로 움직이거나 변화하는 요소들이 하나의
형태로 지각되는 현상인 공동운명의 원리와 연결된다.

넷째, 폐쇄성의 원리이다. 이 원리는 [그림 11]처럼 불완전한 형태를
보완하여 완전한 형태로 지각한다는 것이다. 예를 들어, 아래의 그림과
같이 점선으로 그려진 원도 완전한 원으로 보이는 현상으로 그래픽 디자
인에서 일부가 가려지거나 생략된 이미지를 전체 형태 속에서 파악하게
되는 원리이다. 그리고 이와 같은 지각 현상은 무작위로 배열된 점들이
모자나 사람 얼굴 같은 친숙하거나 의미 있는 것으로 보이는 요소들을
하나의 형태로 지각되는 현상인 친숙성의 원리와 연결된다.

다섯째, 전경과 배경의 원리이다. 이 원리는 [그림 12]처럼 1915년
루빈(Edgar Rubin)이 최초로 전경과 배경의 가역성을 자세히 기술했는
데, 주의가 집중되는 전경과 그 배경을 구분하여 지각하는 현상을 말한
다. 이러한 현상을 지각적 분리(Perceptual Segregation)라고도 하는데,
인간이 복잡한 환경 속에서 특정 대상(전경)을 배경으로부터 분리하여
뚜렷하게 인식하는 과정을 의미한다. 이는 우리의 지각이 단순히 자극
의 집합이 아니라, 전체 구조를 이해하고 중요한 요소를 구별하려는
능력을 포함한다는 점을 강조하는 개념이다. 아래의 그림처럼 주의가

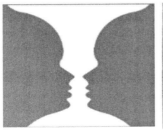

[그림 12]

집중되는 요소에 따라 잔이나 사람의 얼굴로 보일 수 있고, 새나 물고기 떼로 보일 수 있다는 원리이다.

그 외에도 게슈탈트 심리학자 코프카는 '행동적 환경'이라는 개념을 그의 저서 『게슈탈트 심리학 원리(1935)』에서 주장했다. 이 개념은 쿠르트 레빈(Kurt Lewin)의 장 이론(Field Theory)에서 강조되는 개념이기도 한데, 현실 속에 존재하는 세계와 개인에 의해 지각하는 세계인 행동적 환경이 같지 않으며, 인간의 행동이 지각된 세계인 행동적 환경에 의해 가장 많은 영향을 받는다는 것이다. 즉 인간의 지각된 경험이 감각기관에서 얻어지는 즉각적인 정보에만 의존하지 않고 과거의 경험이나 학습된 지식에 크게 의존하기도 하고, 영향을 미치기도 한다는 의미이다. 뿐만 아니라 인간이 당시 어떤 동기를 가지고 있는가, 어떤 기대를 하고 있는가, 성격이 어떠한가, 어떤 문화적 환경 속에서 성장했는가에 따라서도 지각된 경험이 달라질 수 있다는 원리이다. 또한 게슈탈트 심리학자 쾰러(Wolfgang Köhler)는 뇌의 신경학적 활동과 우리의 지각 경험 사이의 구조적 유사성을 주장했는데, 이것이 바로 뇌의 활동 패턴과 동형적이라고 본 동형이성(同形異性, isomorphism) 원리이다. 즉 하나의 특정 사례에서 일어나는 경험의 조직과 그 바탕에 있는 뇌 과정들은 모종의 방식으로 그 경험을 모사한다는 원리이다.

그 후, 팔머(Palmer, 1992, 1999)와 락(Rock, 1994)이 제안한 세 가지 새로운 원리도 있다. 기존 게슈탈트 원리에 더해, 팔머와 락은 동일한 경계나 영역 안에 있는 요소들이 하나의 형태로 지각된다는 공통영역의 원리(Principle of Common Region), 선이나 시각적 속성으로 연결된 요소들은 하나의 형태로 지각된다는 균일 연결성의 원리(Principle of Element Connectedness), 같은 시간에 발생하는 시각적 사건들은 하나의 형태로 지각된다는 동시성의 원리(Principle of Synchrony) 등과 같은 새로운 원리를 제안했다. 다만, 여기서는 상세히 다루지는 않는다.

한편, 위와 같은 인간이 세상을 지각하는 방식을 이해하기 위해 전체와 부분의 관계를 탐구하는 심리학적 접근, 즉 게슈탈트(Gestalt) 심리학의 치료적 의미를 정리해 보면, 다음과 같다. 첫째, 인간은 자신에게 지각된 세계를 전경과 배경으로 구조화하여 지각한다. 복잡한 환경 속에서도 인간은 특정 대상을 배경으로부터 분리하여 전경으로 지각한다는 것이다. 이때, 전경과 배경은 주관적으로 구분되며, 우리의 관심과 상황에 따라 전환될 수 있다. 예를 들어, 사람들이 파티에서 대화를 나누는 상황을 상상해 볼 때, 주변의 음악 소리와 다른 사람들의 대화는 작게 들리거나 거의 들리지 않는데, 대화 상대의 목소리는 또렷이 들리는 현상과 같다. 즉 주변의 음악 소리와 다른 사람들의 대화는 배경으로 지각되고, 대화 상대의 목소리가 전경으로 나타나기 때문이다. 그러나 갑자기 음악이 매우 커지거나 예상치 못한 소음이 발생하면, 음악이 전경으로 전환되어 상대의 목소리를 전혀 듣지 못하게 되기도 한다. 물론 전경과 배경은 환경의 자극뿐 아니라 개체의 주의와 관심에 따라 능동적으로 변화할 수 있다.

둘째, 인간은 자신에게 지각된 세계를 능동적으로 조직하여 의미있는 전체로 지각한다. 게슈탈트 심리학자들에 의하면, 인간은 대상을 지각할 때 그것을 산만한 부분들의 집합이 아니라 하나의 의미 있는 전체, 즉 '게슈탈트'로 만들어서 지각한다. 그런데 여기에서 더욱 중요하고 핵심적 내용은 인간의 지각이 단순히 외부 자극에 의해 결정되는 것이 아니라, 인간의 목적과 맥락에 따라 환경을 적극적으로 해석하고 구조화한다는 점이다. 즉 단순히 자극을 수동적으로 받아들이는 데 그치지 않고, 자신의 주의와 관심을 바탕으로 맥락에 맞게 능동적으로 자극을 선별하고 구조화하여 의미 있는 전체로 인식하는 경향을 강조한다. 예를 들어, 고속도로에서 운전 중일 경우, 대개는 차선과 앞차의 움직임이 전경으로 지각되고, 도로 주변의 간판이나 풍경은 배경으로 인식되기 마련이다. 그런데 목적지에 가까이 왔다고 생각하는 순간, 고속도로의 출구를 찾아야 하는 상황에서는 도로 표지판이 전경으로 전환되고, 동시에 차선과 앞차는 배경으로 물러난다. 이와 같이 인간은 자신의 목적지로 가기 위한 고속도로 출구 찾는 운전자처럼 자신의 목적을 중심으로 환경 자극을 재조직하여, 필요한 정보를 전경으로 부각시키고 다른 자극을 배경으로 밀어낸다.

셋째, 인간은 자신의 현재 욕구를 바탕으로 게슈탈트를 형성하여 지각한다. 이는 우선 인간의 지각이 현재의 욕구에 의해 크게 영향을 받는다는 의미를 내포한다. 즉 욕구는 특정 자극을 부각시키고, 이를 전경으로 만들게 한다는 것이다. 예를 들어, 배가 고픈 사람은 레스토랑의 간판이나 음식의 냄새에 더욱 민감하게 반응한다. 같은 거리를 걷더라도 배가 고픈 사람은 음식점만 눈에 띄는 반면, 배가 부른 사람은 풍경이나 사람들을 더 주목할 수 있다.

뿐만 아니라 여기서 게슈탈트란 '개체가 지각한 자신의 행동 동기(Motivation)'를 의미하는데, 인간은 현재 자신의 유기체 욕구를 하나의 의미 있는 행동 동기로 조직화하여 지각한다는 의미를 포함한다. 예를 들어, 배고픔과 먹고 싶다는 것, 어머니가 아이를 안아 보고 싶어 하는 것, 음악을 들으며 커피를 한 잔 마시고 싶은 것 등의 예이다. 이러한 욕구는 모두 식사를 하도록 하거나 아이를 안도록 하거나 음악을 듣도록 하거나 커피를 마시도록 하는 등의 동기를 부여하는 요인으로 작용한다. 왜냐하면, 이때 개체가 게슈탈트를 형성하는 이유는 자신의 욕구나 감정을 하나의 유의미한 행동으로 만들어서 실행하고 완결 짓기 위해서이기 때문이다. 그렇기 때문에 개체는 단순히 객관적으로 존재하는 게슈탈트를 지각하는 것이 아니라, 어떤 상황 속에서 자신의 욕구나 감정, 환경조건과 맥락 등을 고려하여 가장 매력 있는, 혹은 절실한 행동을 게슈탈트로 형성한다. 만일 개체가 이러한 게슈탈트 형성에 실패하면 심리적, 신체적 장애를 겪는다. 따라서 건강한 삶이란 분명하고 강한 게슈탈트를 형성할 수 있는 능력에 달려 있다고 할 수 있다.

넷째, 인간은 미해결된 상황을 완결 지으려는 경향을 지니고 있다. 이 명제는 게슈탈트 심리학에서 중요한 원리로, 인간이 불완전하거나 미완성된 자극이나 상태를 완성하거나 끝맺음하고자 하는 심리적 경향을 설명할 수 있게 한다. 이를 완결의 욕구(Need for Closure) 또는 완전의 욕구(Need for Completion)라고 하며, 단순한 지각적 경험을 넘어 심리적 차원에서 인간의 행동과 사고방식에 깊은 영향을 미치는 욕구로 작용한다. 즉 이 욕구는 지각적 수준에서는 불완전한 시각적 정보를 완전한 형태나 의미 있는 형태로 보완하고 조직하려는 경향으로 나타나며, 심리적 수준에서는 해결되지 않은 사건이나 불확실한 상황에 대한 심리적 불안을 해소하려는 방식으로 작용한다.

우선 지각적 수준에서의 예를 들면, 점선으로 원이 그려진 그림을 볼 때, 점선을 단순한 선의 모임으로 보지 않고, 이를 하나의 완전한 원으로 지각하려는 경향을 예로 들 수 있다. 이는 우리의 지각 체계가 불완전한 자극을 완전한 형태로 통합하려는 경향을 반영한 것이다. 그렇게 함으로써 시각적 혼란을 줄이고, 세상을 단순하고 명료하게 이해할 수 있도록 돕는다. 또한 심리적 수준에서의 예를 들면, 친구와 오해가 생겼을 때, 오해가 풀리지 않고 남아 있으면 마음에 무거움과 불편함이 계속되는데, 이 때문에 우리는 대화를 통해 오해를 해소하고 관계를 정리하려 애써 노력하게 되는 예를 들 수 있다. 이는 오해로 인해 발생한 후 미해결된 심리적 상태나 상황을 해결함으로써 안정감을 찾으려는 경향이다. 그렇게 함으로써 인간관계를 유지하고 복원하는 데 중요한 역할을 한다.

다섯째, 인간의 행동은 처한 상황의 전체 맥락을 통하여 이해된다. 개체의 행동은 단순히 개별적 자극이나 요인으로 이해될 수 없으며, 이를 둘러싼 상황, 환경, 과거 경험 등 전체 맥락을 통해서만 온전히 이해할 수 있다는 의미이다. 이는 게슈탈트 심리학의 기본 전제인 "전체는 부분의 합보다 크다"라는 사고방식에 기반을 둔다. 예를 들어, 어떤 학생이 시험을 앞두고 갑자기 주변 사람들에게 화를 내고 짜증을 부리는 경우이다. 이 경우, 전체 맥락에서 보지 못한다면, 단지 이 학생의 성격이 나빠 화를 잘 낸다고 판단할 수도 있다. 그러나 전체 맥락에서 본다면, 시험이라는 압박감, 실패했던 경험으로 인한 두려움, 충분히 준비하지 못했다는 불안감, 부모님이나 교사의 기대가 주는 심리적 부담, 수면 부족으로 인한 피로 등이 이 학생의 스트레스와 짜증으로 표출된 것이라고 이해할 수 있다. 따라서 이 관점은 게슈탈트 치료에서 매우 중요한 역할을 한다. 내담자가 보이는 행동을 단순히 겉으로 드러난 문제 행동으로만 보지 않고, 그 행동이 나타나는 상황과 맥락을 함께 분석할 수 있기 때문이다. 이를 통해 내담자는 자신의 행동이 외부 환경과 맺고 있는 관계를 이해하고, 문제의 본질을 통찰할 수 있게 된다.

(2) 현상학과 치료

현상학(Phenomenology, 現象學)은 에드문트 후설(Edmund Gustav Albrecht Husserl, 1859~1938)에 의해 체계적으로 정립된 철학적 사조로, 후에 하이데거, 사르트르, 메를로 퐁티, 레비나스, 자크 데리다 등으로 이어지는 현상학 운동의 시조이다. 현상학이라는 이름은 사실 18세기 독일의 수학자이면서 철학자인 람베르트(Lambert)가 자신의 인식론과 관련하여 붙인 것에서 비롯된다. 이후 헤겔(Hegel)이 『정신현상학(Phänomenologie des Geistes)』(1807)이라는 책을 집필하면서 이 용어가 사용되었다. 그러나 '현상학'이라는 학문이 본격화된 것은 고대 아리스토텔레스의 지향성(Intentionalität) 개념을 수용한 볼차노(Bolzano), 브렌

타노(Brentano), 마이농(Meinong)의 입장을 발전시킨 후설에 이르러서였다.

후설(E. Husserl)은 당시 '심리학의 아버지'라고 불렸던 분트(Wundt)가 제창한 실험심리학이 인간의 의식세계 모두를 과학적 탐구의 대상으로 전환시킴으로써 철학이 자연과학에 침식당하고 있음을 비판하고 그

[그림 13]

부당함을 지적하기 위해 현상학을 주장하게 되었다. 즉 실증주의에 대한 비판과 극복의 대안으로 현상학을 주장한 것이다. 이를 위해 후설은 자신의 스승인 브렌타노로부터 의식은 항상 무엇에 대한 의식이라는 점을 강조한 '지향성(Intentionality, 志向性)' 개념을 수용하였는데, 이 개념을 통해 당시의 심리학이 의식과 대상(object)을 분리하여 접근하는 것을 강하게 비판한다. 즉 의식은 이미 '무엇에 대한 의식'으로 의식과 대상이 분리될 수 없다는 관점이다. 예를 들어, 우리가 '슬픔'을 느낄 때, 이러한 감정은 항상 어떤 사고나 병환, 노쇠 등의 상황이나 사건과 연결되어 있을 수 있고, 사랑하는 사람이나 기타 생물, 사물 등의 대상과의 이별과 연결되어 있기 마련이다.

따라서 인간의 의식은 독립적으로 존재하는 것이 아니라, 항상 대상(object)과의 관계 속에서 작동한다고 할 수 있다. 즉 사물이나 사건을 어떻게 경험하는지에 대한 '의식의 작용'에 초점을 맞추며, 모든 인식은 특정한 상황과 맥락에 뿌리를 두고 있다는 것이다. 그렇기 때문에 현상학은 "사상 자체로 돌아가라(Zurück zu den Sachen selbst)"라는 명제를 핵심으로 삼는다. 여기서 사상(事象)은 관찰할 수 있는 형체로 나타나는 사물이나 현상이므로 달리 말하면, 사물 또는 현상을 있는 그대로 보라는 관점이다. 즉 아무런 선입관도 없이 사물 또는 현상 자체 속에서 본질을 찾으려는 철학적 방법이다. 물론 우리가 어떤 사물을 볼 때, 그 사물을 있는 그대로 바라보고, 우리의 감정과 직관을 통해 그 사물이 가진 의미나 본질을 발견할 수 있다는 의미이기도 하다. 예를 들어, 한 폭의 그림을 감상한다고 할 때, 단순히 그림의 외형이나 색깔만 보는 것이 아니라, 그림을 느끼고 자신의 감정을 담아보면 그 그림이 무엇을 말하고 있는지, 어떤 본질적인 의미를 가지고 있는지 더 깊이 알 수 있다는 뜻이다. 결국, 사물을 있는 그대로 받아들이면서 우리의 마음과 직관을 사용하여 그 진정한 본질에 다가가는 과정이라고 이해하면 된다.

이처럼 현상학은 이 명제를 핵심으로 삼아, 현상을 인간의 의식과 경험의 틀 속에서 탐구할 분만 아니라 개인의 주관적 경험과 그것의 본질을 탐구하는 철학적 방법으로 개인이 자신의 경험을 어떻게 지각하고 해석하는지에 관심을 갖는다. 즉 '있는 그대로의 현상과 경험'을 이해하려는 시도로, 외부 세계를 객관적으로 파악하기보다는 개인의 주관적 경험과 그 경험에 대한 인식을 탐구한다. 왜냐하면, 현상학에서는 이 세계가 단순히 물리적이고 객관적인 세계가 아니라, 우리의 경험과 지각 속에서 형성된 세계로 보았기 때문이다. 예컨대, 같은 방을 떠올려 상상하더라도, 어느 한 사람에게는 그 방이 아늑함과 편안함의 상징일 수 있으나, 다른 사람에게는 고독과 두려움을 불러일으키는 공포의 장소일 수 있다는 것이다. 이와 같이 이러한 개념은 후설 이후 하이데거, 메를로 퐁티 등과 같은 철학자들에 의해 확장되었는데, 이들은 살아가면서 우리의 경험과 지각 속에서 형성된 세계를 생활 세계 또는 체험된 세계라고 불렀다.

그러므로 현상학은 현상이나 사물, 인간 경험과 지각 등을 분석할 때 외부 세계의 객관적 실재를 논하지 않고, 그 실재가 어떻게 경험되는지에 초점을 맞춘다. 사건 자체를 분석하기보다는, 그 사건이 개인에게 어떻게 나타나고 지각되는지를 중시한다. 예를 들어, 어떤 사람이 불안을 느낀다고 할 때, 외부 세계의 위협과 같은 불안의 원인보다 그 사람이 불안을 어떻게 경험하고 해석하는지가 더 중요하다는 것이다. 물론 이 과정에서, 불안이 단순히 부정적인 감정만이 아니라 삶의 의미를 재정립하는 계기로 작용할 수도 있다는 점을 밝혀냄으로써 삶의 변화를 이끌어 낼 수도 있기 때문이다.

또한 현상학은 경험이 항상 맥락 속에서 일어난다고 본다. 인간은 특정한 시간, 장소, 관계, 문화적 배경 속에서 경험을 형성한다는 의미이다. 그러므로 경험을 충분히 이해하려면 그것이 일어난 환경과 맥락을 함께 고려해야 한다고 강조한다. 이러한 관점은 인간의 행동은 처한 상황의 전체 맥락을 통하여 이해된다는 게슈탈트 심리학적 접근과 매우 유사한 의미를 내포한다. 즉 개체의 행동을 단순히 개별적 자극이나 요인으로 이해될 수 없으며, 이를 둘러싼 상황, 환경, 과거 경험 등 전체 맥락을 통해서만 온전히 이해할 수 있는 것처럼 인간의 경험을 고립된 사건으로 보지 않고, 그 경험이 일어난 맥락 속에서 이해해야 한다는 의미이다.

따라서 현상학은 인간 경험의 본질을 탐구함에 있어서 주관적 경험의 강조, 현재의 중요성, 경험의 맥락적 이해라는 세 가지 차원에서 치료적 의미를 가진다. 첫째, 인간 경험의 주관성을 중시한다는 점이다. 이는 동일한 사건이라도 각 개인의 의식과 지각된 경험에 따라 전혀 다르게 나타날 수 있음을 의미한다. 현상학은 외부 세계를 단순히 객관적인 실재로 간주하지 않는다. 오히려 외부 세계는 인간의 의식과 경험을 통해 어떻게 지각되고 해석되는지에 따라 다르게 드러난다고 본다. 즉, 외부 세계는 독립적으로 존재하기보다는 인간 의식의 작용에 의해 경험되는 방식이 달라질 수 있으며, 이러한 경험의 주관성이 세계에 대한 이해의 핵심이라고 강조한다.

이는 게슈탈트 심리학에서 인간이 지각된 세계를 능동적으로 조직하여 의미 있는 전체로 지각한다는 논리와 유사하다. 게슈탈트 심리학도 인간의 지각과 경험이 단순히 외부 자극의 수동적인 결과물이 아니라, 인간이 자신의 목적, 주의, 그리고 맥락을 바탕으로 능동적으로 환경을 조직하고 구조화하는 과정임을 강조하기 때문이다. 인간이 외부 자극의 개별적 요소들을 단편적으로 받아들이는 것이 아니라, 이를 의미 있는 하나의 게슈탈트로 통합하여 경험하는 경향을 가진다는 관점이다. 이러한 관점은 외부 세계가 인간의 의식과 분리된 고정된 실체로 존재하는 것이 아니라, 개인의 경험과 지각 과정 속에서 끊임없이 새롭게 구성된다는 점을 강조하는 현상학과도 연결된다. 이는 각 개인이 자신의 고유한 시각과 맥락에서 외부 세계를 능동적으로 해석하고 의미를 부여한다는 것을 의미하기 때문이다.

둘째, 경험이 항상 현재의 순간에서 발생한다는 점이다. 현상학은 현재 순간의 경험만이 진정한 실재라고 주장한다. 과거는 기억으로 존재하고, 미래는 상상 속에 존재하기 때문에, 우리가 실제로 경험할 수 있는 것은 바로 지금 이 순간뿐이라는 관점이다. 우리가 과거의 일을 떠올릴 때, 과거는 단순히 기억에만 국한되지 않고, 현재의 경험과 의식 속에서 상호작용하며 새롭게 재구성되기 때문이다. 미래 또한 단순한 상상이 아니라 현재 순간에 기초한 계획, 기대, 불안 등을 반영하여 경험된다는 논리이다. 결국 과거와 미래조차도 현재의 경험과 의식 속에서만 재구성될 수 있다고 본다.

이는 게슈탈트 심리학에서 인간이 자신의 현재의 욕구를 바탕으로 게슈탈트를 형성하여 지각하는 경험과 유사하다. 이는 인간의 기각 경험이 현재의 욕구에 의해 크게 영향을 받아, 특정 자극을 부각시키고 이를 전경으로 만들게 하는 작용한다는 주장과 맥을 같이 한다. 왜냐하면, 우리가 과거의 기억을 떠올리거나 미래를 상상하더라도 그것은 현재의 욕구가 반영된 지금 여기에서의 지각 경험으로 나타난다고 할 수 있기 때문이다.

셋째, 현상학은 경험이 항상 맥락 속에서 일어난다고 본다. 이는 경험이 독립적으로 존재하는 것이 아니라, 시간적, 공간적, 관계적, 문화적 배경과 긴밀히 연결되어 있다는 관점이다. 인간은 특정한 시간과 장소, 그리고 관계 속에서 경험을 형성한다. 경험은 시간적 흐름과 공간적 환경, 관계적 상호작용 속에서 발생하며, 이러한 요소는 경험의 성격을 규정짓는 핵심적인 요인이기 때문이다. 어떤 경험도 그것이 일어난 환경과 분리될 수 없다. 후설의 제자였던 하이데거도 경험이 단순히 주관적이거나 객관적인 것이 아니라, 인간이 살아가는 생활 세계 속에서 형성된다고 보았다. 인간이 단순히 주관적 경험을 넘어 세계와의 존재적 관계 속에서 살아가기 때문이다. 이는 우리가 속한 문화와 사회적 맥락이 우리의 경험에 큰 영향을 미친다는 점을 강조한다.

그러므로 경험은 시간, 공간, 관계, 문화와 같은 전체적인 맥락 속에서 이루어지며, 이를 함께 고려해야만 그 경험의 본질을 제대로 이해할 수 있다. 이는 게슈탈트 심리학의 기본 전제인 "전체는 부분의 합보다 크다"라는 사고방식과 연결된다. 즉 인간의 행동이 처한 상황의 전체 맥락을 통하여 이해할 수 있다는 입장과 일맥상통한다. 게슈탈트 심리학도 개체의 행동이 단순히 개별적 자극이나 요인으로 이해될 수 없으며, 이를 둘러싼 상황, 환경, 과거 경험 등 전체 맥락을 통해서만 온전히 이해할 수 있다고 하기 때문이다. 현상학의 관점과 유사하게 개인의 경험을 단편적인 요소로 나누어 보지 않고, 전체적인 구조와 맥락 속에서 이해하려는 접근을 취한다. 다만, 게슈탈트 심리학에서 환경은 단순히 외부적 맥락이 아니라, 개체와 환경 간의 접촉이 이루어지는 경계에서 경험과 행동이 형성되는 중요한 요소로 간주된다.

(3) 장이론과 치료

장이론(Field Theory)은 물리학, 철학, 심리학 등 여러 학문 분야에서 중요한 개념으로 다루어진다. 장(field)은 물리학에서 시작된 개념으로, 시공간의 각 점마다 값이 달라지는 물리량을 뜻한다. 즉 주어진 시간에 한 물리량의 공간 분포를 의미한다. 이는 공간 자체가 물리적인 실체임을 나타내기에 하나의 실체를 물질과 장의 두 가지 측면으로 이해할 수 있게 한다.

'장'이라는 용어는 물체 사이에 작용하는 힘이 공간을 거치면서 차례로 전달된다는 생각에서 도입되어 패러데이(M. Faraday, 1791~1867)가 처음 용어와 개념을 정립했으며, 맥스웰(J. Maxwell, 1831~1879)이 전자기이론을 완성해 나가면서 발전시켰다. 오늘날 장은 특정 공간에서 작용하는 보이지 않는 힘이나 에너지의 분포를 설명하는 데 사용되어, 중력, 전자기력 등과 같은 특정 공간 안에서의 물리적 힘이 작용하는 영역을 뜻한다. 물론 장은 보이지 않지만, 단순한 가상적 개념이 아니라 그 자체로 에너지와 운동량을 가지고 있어 그 영역 안에 존재하는 모든 물체에 영향을 미친다. 예를 들어, 중력이나 전자기력은 우리 우주의 가장 기본적인 상호작용인데, 중력장(gravitational field)은 지구가 모든 물체를 끌어당기는 중력의 영향이 미치는 공간이고, 전자기장(electromagnetic field)은 양극과 음극 등의 전하 혹은 자석이 주변에 전기적·자기적 힘을 미치는 공간을 일컫는다.

그런데 물리학에서 장이론은 고립된 개체를 분석하는 것을 넘어, 하나의 실체를 물질과 장의 두 가지 측면으로 이해할 수 있게 함으로써 개체와 환경 간의 상호작용을 이해하는 틀을 제공한다. 예를 들어, 태양의 중력장은 지구와 달의 움직임에 영향을 미치며, 이를 통해 천체의 궤도나 힘의 작용을 설명할 수 있다. 뿐만 아니라 장이론은 고전물리학뿐만 아니라, 중력이 공간과 시간의 곡률로 설명되는 아인슈타인의 상대성이론과 양자역학에서도 중요한 역할을 한다.

철학에서 장이론은 개체와 환경 간의 관계성을 탐구하며, 존재론적, 현상학적, 또는 사회적 맥락에서 활용된다. 예를 들면, 하이데거와 같은 철학자는 인간 존재를 '세계 속의 존재(Being in the world)'로 설명하며, 인간과 환경이 상호작용하는 장을 중심으로 인간 경험을 이해하려 했다. 하이데거의 '생활 세계' 개념은 인간 경험이 특정한 환경과 맥락 속에서만 의미를 가진다는 점을 강조한다. 또한, 피에르 부르디외(Pierre Bourdieu)는 사회적 장을 활용해, 개인이 사회적 구조와 어떻게 상호작용하며 자신의 위치를 형성하는지 설명했다. 여기서 장은 권력, 문화적·경제적·사회적 자본, 그리고 사회적 관계가 상호작용하는 공간으로 이해된다. 예를 들어, 학문 분야, 예술계, 경제 시장 등은 각각의 장으로 작용하며, 개인은 이 장 안에서

자신의 역할과 행동을 조정한다는 것이다. 이처럼 철학에서의 장이론은 인간 존재와 환경 간의 관계를 강조하며, 세계를 단편적 요소가 아니라 전체적 관계와 상호작용 속에서 이해하려는 시도를 보여준다.

이와 같이 장이론(Field Theory)은 물리학에서 시작된 힘의 장 개념을 바탕으로, 철학과 심리학 등 다양한 학문으로 확장되었

[그림 14]

다. 물리학에서는 힘의 상호작용을, 철학에서는 존재와 환경의 관계를 설명할 수 있게 한다. 이처럼 각 분야에서 장이론은 전체적 맥락과 상호작용을 이해하는 강력한 도구로 작용하며, 이를 통해 개별적 요소를 넘어선 통합적 사고를 가능하게 한다.

한편, 심리학에서도 장이론은 인간의 행동과 경험을 개인과 환경 간의 상호작용 속에서 이해하려는 접근법이다. 이 이론은 독일의 쿠르트 레빈(K. Lewin)에 의해 심리학적으로 체계화되었으며, 게슈탈트 심리학의 발전과 더불어 개인 행동의 전체성과 지각의 대상, 즉 환경의 구조를 이해하는 데 기여했다. 장이론은 하나의 사건을 단독적이고 고정된 실체로 간주하는 것이 아니라, 그것이 속한 장(field) 속에서 역동적으로 형성되고 변화하는 과정으로 본다. 즉, 특정 사건이 현재 어떤 장의 일부로 작용할 때, 그 사건은 장의 전체적 구조와 역동적인 상호작용 속에서 의미를 갖는다. 따라서 장이론은 단순히 개별 요소를 분석하는 것이 아니라, 장의 구조적 특성과 내부 요소 간의 관계를 탐구하고 기술하는 방법론을 제공한다. 모든 사건, 경험, 대상, 유기체 또는 체계 등은 하나의 통합된 전체를 형성하며, 장의 부분들은 서로 관계를 맺고 장 안에서 작용하는 힘의 총체에 의해 결정됨을 강조한다.

또한 이 과정에서 인간의 '알아차림(awareness)'과 주관적 지각의 중요성을 강조한다. 즉 사건과 인간의 경험이 독립적이고 고정된 본질을 지닌 실체로 존재하는 것이 아니라, 그것이 속한 환경이나 장의 맥락적 조건, 그리고 이를 지각하는 개인의 주관적 관점에 따라 그 의미와 형태가 다르게 구성된다고 본다. 그러므로 어떤 사건이나 인간의 경험을 이해하려면, 그것이 단독적으로 존재하는 상태를 분석하는 것이 아니라, 그것이 발생한 장의 특성과 조건뿐만 아니라 개인이 해당 사건이나 경험을 어떻게 바라보고 해석하는지를 함께 고려해야 한다. 결국, 장이론은 모든 경험과 사건이 관찰자의 상태와 시각에 따라 다르게 관찰되고 해석될 수 있으며, 절대적인 의미를 갖기보다는 맥락적이고 가변적이며 상대적인 특성을 지닌다고 본다(Yontef, 1993).

레빈은 물리학의 「힘의 장(field of force)」이라는 개념을 심리학에 적용하여, 인간의 어떤 순간의 행동은 개인의 심리적 장 안에서 동시에 작용하고 있는 힘의 합성에 의해서 결정된다고 보고 있다. 즉 인간의 행동은 사람의 태도·기대·감정·욕구 등의 내면적 힘과 외적 힘의 끊임없는 상호작용 속에서 형성되어 나타난다는 것이다. 특히 '옳고 정확한 장'이란 존재하지 않는다고 보았다. 개인의 심리적 장이라는 것이 객관적 실재라기보다는 내면적 힘을 지닌 개인이 지각한 환경으로 이루어지기 때문이다. 다시 말해, 장은 하나의 전체이며, 그 내부의 부분들은 즉각적인 관계를 맺고 서로에게 반응하며, 장의 다른 부분에서 일어나는 일에 영향을 받는 역동적이고 관계적인 특성을 가진다. 더 나아가 모든 개체는 장의 관계성 내에서 존재한다. 개체나 환경 모두 관계성을 떠나서 그 자체로는 고립된 채 존재할 수 없다. 모든 것은 장에 속해 있으며, 장의 모든 요소들은 상호영향을 미친다. 그렇기에 장은 '관계망'이기도 하다. 관계망의 전체적인 맥락 속에서만 온전히 이해될 수 있는 특성을 지닌다.

레빈은 인간의 행동을 단순히 개인적 성격이나 외부 환경으로만 설명할 수 없다고 보았다. 그래서 그는 행동(B)이 개인(P)과 환경(E)의 상호작용 속에서 발생한다고 주장하며, 이를 수식으로 B=f(P, E)라는 함수로 표현했다. 이는 인간이 환경과 분리된 존재가 아니라, 환경과 끊임없이 상호작용하며 자신의 경험과 행동을 형성해 나간다는 의미이다. 예를 들어, 한 인간의 행동은 그의 욕구, 흥미, 과거 경험, 그가 처한 상황, 그가 장을 조직화하여 지각하는 방식, 그가 하는 생각, 상상(imaging) 등 다양한 요인들에 의해 영향을 받는다. 그렇기 때문에 이 상호작용은 특정 맥락 혹은 장 속에서만 온전히 이해될 수 있다는 것이다. 따라서 장이론은 인간 행동을 단순히 개인 내부나 외부 환경으로 고립시키지 않고, 이를 둘러싼 전체 맥락 속에서 이해하려는 틀을 제공한다.

이와 같은 장이론은 심리치료에서 인간의 행동과 경험을 이해하는 데 중요한 틀을 제공한다. 장이론의 핵심 개념은 개인의 행동과 경험이 독립적으로 존재하는 것이 아니라, 그가 속한 장(field) 속 환경과의 역동적인 상호작용 속에서 형성된다는 것이다. 그런데 심리치료에서도 개인의 문제를 단순히 개인 내부의 문제로 보지 않고, 그가 처한 환경적 맥락 속에서 탐색하고 해석하는 것이 중요하다. 즉 인간의 행동과 경험을 개인 내부의 심리적 요인만으로 해석하지 않고, 환경과의 상호작용 속에서 이해해야 한다는 것이다. 이는 심리치료에서 내담자의 문제를 단순히 개인의 성격이나 병리적 특성으로 국한시키지 않고, 그가 처한 환경과 맥락을 함께 탐색하도록 돕는 치료적 접근을 의미한다. 따라서 장이론의 심리치료적 의미를 정리하면 다음과 같다.

첫째, 행동과 경험의 맥락적 이해이다. 장이론에 따르면, 인간의 행동과 경험은 고립된 개별적 요소가 아니라, 전체적인 장(field) 속 환경에서 형성된다. 따라서 심리치료에서는 내담자의 문제 행동이나 감정 상태를 단순히 개인의 내면적 특성으로 분석하지 않고, 그가 처한 환경과의 관계 속에서 이해하는 것이 중요하다. 예를 들어, 우울증을 겪는 내담자의 경우, 단순히 개인의 성격이나 유전적 요인만을 고려하는 것이 아니라, 그가 속한 가족, 직장, 사회적 관계 속에서 우울감이 어떻게 형성되고 유지되는지를 탐색해야 한다. 그리고 불안 장애를 겪는 내담자가 특정한 상황에서 더 강한 불안을 경험한다면, 그 불안이 발생하는 환경, 즉 사회적 관계, 직장 분위기, 개인이 지각하는 스트레스 요인 등을 분석해야 한다. 이를 통해 치료자는 내담자가 자신의 행동과 감정을 맥락적 시각에서 바라보도록 도와주며, 환경과의 관계 속에서 변화의 가능성을 모색할 수 있도록 한다.

둘째, '지각된 환경'의 중요성이다. 장이론에서는 개인이 행동하는 환경은 객관적 현실이 아니라, 그 사람이 어떻게 지각하고 경험하는가, 어떻게 해석하는가 등에 따라 결정된다고 본다. 즉, 동일한 환경에서도 사람마다 다르게 반응할 수 있으며, 심리적 문제의 핵심은 현실 그 자체가 아니라 그 현실을 어떻게 경험하는가에 있다는 것이다. 예를 들어, "모든 사람이 나를 싫어한다"는 내담자의 신념이 객관적 현실인지, 혹은 특정한 과거 경험이나 불안이 반영된 주관적 지각인지 탐색한다. 즉 내담자가 특정 경험을 어떤 맥락 속에서 지각하고 있으며, 그것이 현재의 감정과 행동에 어떻게 영향을 미치는지를 탐색해야 한다. 그럼으로써 내담자가 자신의 환경을 어떻게 지각하고 있는지를 탐색하며, 왜곡된 지각이 있다면 이를 교정하거나 확장하도록 도울 수 있다.

셋째, '현재의 장' 속에서 변화 촉진이다. 장이론은 현재의 순간에서 경험을 탐색하는 것을 중요하게 여긴다. 과거의 사건이 중요한 것이 아니라, 그 사건이 현재의 장(field) 속 환경에서 어떻게 재구성되고 있는지가 중요하기 때문이다. 이는 게슈탈트 치료에서 강조하는 '지금 여기(here and now)'와 연결되며, 심리치료 과정에서 내담자가 현재 환경에서의 경험을 인식하고, 자신의 행동 패턴을 알아차리며, 변화할 수 있도록 돕는 것이 핵심이 된다. 즉 과거의 사건이 내담자의 현재 삶에 미치는 영향을 탐색하되, 단순히 과거를 분석하는 것이 아니라, 그 기억이 현재의 행동과 감정에 어떻게 작용하는지를 탐구하는 것이 중요하다. 예를 들어, 어린 시절의 부정적인 경험이 현재의 대인 관계에서 불안을 유발하는 경우, 그 불안이 현재의 장에서 어떻게 작용하고 있는지 탐색하며, 이를 변화시킬 수 있는 방안을 모색한다. 이는 내담자가 현재 순간에서 자신의 경험을 재구성하고, 새로운 선택을 할 수 있도록 돕는 과정이 된다.

넷째, 환경과의 상호작용 속에서 문제 해결이다. 장이론은 개인은 환경과 끊임없이 상호작용하며, 그 안에서 행동과 정체성이 형성된다고 본다. 그러므로 내담자의 문제 행동이나 정서적 어려움을 단순히 개인적인 성격이나 결함으로 해석하지 않는다. 대신, 개인의 태도, 감정, 욕구 등과 같은 내면적 요인과 사회적 관계, 문화, 맥락 등 외부 환경의 요인이 상호작용하는 과정에서 발생하는 문제로 바라본다. 예를 들어, 직장에서 반복적으로 갈등을 겪는 내담자의 경우, 내담자가 현재 가족, 직장, 친구 관계 등의 환경과 어떤 방식으로 상호작용하고 있는지 탐색한다. 그 갈등이 단순히 내담자의 성격 때문인지, 아니면 조직의 구조, 의사소통 방식, 혹은 내담자의 특정한 대인관계 패턴에서 비롯된 것인지 등을 종합적으로 탐색한다. 그렇게 함으로써 비효율적인 상호작용 패턴이 있다면, 이를 인식하고 조정할 수 있도록 도울 뿐만 아니라 내담자가 보다 건강한 방식으로 환경과 상호작용할 수 있도록 새로운 전략을 시도하도록 유도해 나간다.

(4) 게슈탈트치료의 주요 개념과 원리

게슈탈트치료는 다양한 이론적 배경을 바탕으로 발전했으며, 그 핵심 원리는 다음 네 가지로 요약할 수 있다. 첫째, 항상성(Homeostasis)과 심리적 균형이다. 인간은 다양한 환경 속에서도 하나의 유기체로서 신체와 마음의 평형 상태를 유지하려는 경향을 가진다. 이를 위해, 충족되지 않은 욕구를 지속적으로 해결해 나가는 과정을 통해 심리적 균형을 찾아간다. 이는 쿠르트 골드슈타인(Kurt Goldstein)의 유기체 이론과 유사한 맥락을 가진다. 둘째, 사고·정서·신체·행동의 통합성이다. 게슈탈트 치료는 인간을 분리된 요소가 아닌 하나의 통합된 존재로 본다. 신체와 감정, 사고와 행동이 유기적으로 연결되어 있으며, 어느 하나라도 억압되면 심리적 불균형이 발생한다. 이는 홀리즘(Holism)이나 빌헬름 라이히(Wilhelm Reich)의 신체이론과 유사한 관점이다. 셋째, 지각과 환경의 조직화이다. 인간은 자신의 정서를 중심으로 환경과 자극을 능동적으로 조직화하여, 선택적으로 지각하고 이해하며 통합해 나간다. 이는 현상학(Phenomenology)과 실존철학(Existentialism)의 관점과도 맞닿아 있다. 넷째, 개인과 환경, 타인의 상호연결성이다. 게슈탈트 치료는 개인과 타인, 인간과 환경이 서로 분리될 수 없는 관계에 있음을 강조한다. 이는 쿠르트 레빈(Kurt Lewin)의 장(Field) 이론과 마틴 부버(Martin Buber)의 '나와 너의 만남(I-Thou Relationship)'의 철학과도 연결된다. 즉, 개인의 행동은 고립된 존재로서가 아니라, 환경과의 역동적인 관계 속에서만 이해될 수 있다.

이와 같이 게슈탈트 치료는 어떤 다른 치료보다도 개방적이다. 정신분석의 경직성에 대한 반작용으로 시작되어, 카렌호나이의 정신분석치료 이론을 위시하여 골드슈타인의 유기체이론, 빌헬름라이히의 신체이론, 레빈의 장이론, 베르트하이머 등의 게슈탈트심리학, 모레노의 사이코드라마, 라인하르트의 연극과 예술철학, 하이데거와 마르틴 부버, 폴틸리히 등의 실존철학, 그리고 동양사상, 특히 도(道)와 선(禪)사상 등의 광범위한 영향을 받으면서 탄생한 치료기법이다. 특정한 이론이나 기법에 고정되지 않고, 열린 태도를 유지하며 발전해온 치료법이다. 지금껏 다양한 사상과 다른 치료이론이나 사상 혹은 치료기법과의 접촉을 통해 항상 발전해 왔으며 현재도 발전하고 있다.

게슈탈트치료를 주창한 프리츠 펄스(Fritz Perls)는 1893년에 독일에서 태어났으며, 초기 정신분석과 정신치료의 전통 속에서 자신만의 독창적인 접근법을 개발한다. 그는 '지금 여기' 즉 '현재 순간(the present moment)'에 체험하는 감정과 생각에 집중하는 치료법을 강조했다. 펄스에 의하면, 인간이 과거의 상처나 미래의 불안 대신, 현재의 경험에 충실할 때 진정한 자각과 치유가 시작된다. 그러므로 내담자가 자신의 내면에 깃든 감정과 욕구를 즉각적으로 인식하도록 도와, 자각과 책임감을 촉진하는 데 중점을 두었다. 이러한 접근은 인간이 자신의 삶에서 경험하는 모든 순간을 온전히 체험함으로써, 더 풍부하고 의미 있는 존재가 될 수 있다는 믿음에 뿌리를 두고 있다.

그리고 게슈탈트치료를 완성해 나가는 데에 프리츠 펄스와 더불어 큰 기여를 한 인물로 로라 펄스(Laura Perls, 1905-1990)를 꼽을 수 있다. 로라 펄스는 프리츠 펄스의 아내이자 동료로, 게슈탈트 치료의 발전에 큰 영향을 미쳤다. 공동 창시자이기도 한 그녀는 프리츠와 함께 이 치료법의 이론적 기초를 다지고, 실제

[그림 15] 로라 펄스

치료 기법과 실천 방식을 체계화하는 데 기여했다. 특히 인간관계와 상호작용 속에서 드러나는 감정의 흐름과 패턴을 탐구하며, 환자가 자신의 감정을 자유롭게 표현할 수 있도록 돕는 역할을 강조했다. 이는 각 개인이 자신의 내면에 감춰진 감정을 자유롭게 표현하고, 그것을 통해 서로 소통할 때 더 큰 치유와 성장을 이룰 수 있다고 믿었기 때문이다. 이러한 그들의 철학은 류시화 시인이 번역한 프리츠 펄스의 시 〈게슈탈트 기도문〉(1969)에 잘 나타나 있다.

게슈탈트 기도문	Gestalt Prayer
프리츠 펄스	Fritz Perls
나는 나의 일을 하고 너는 너의 일을 한다.	I do my thing and you do your thing.
나는 너의 기대에 부응하기 위해 이 세상에 있는 것이 아니다.	I am not in this world to live up to your expectations,
너는 나의 기대에 따르기 위해 이 세상에 존재하는 것이 아니다.	And you are not in this world to live up to mine.
너는 너 나는 나	You are you, and I am 1,

만약 우연히 우리가 서로를　　　　　And if by chance we find each
　　　발견하게 된다면　　　　　　　　　other, it's beautiful.
　　　그것은 아름다운 일　　　　　　If not, it can't be helped.
만약 서로 만나지 못한다고 해도
　　　그것은 어쩔 수 없는 일.

　이 기도문은 개인의 독립성과 자기 책임(self-responsibility)을 강조하며, 다른 사람에게 의존하지 않고 자신의 삶을 살아가는 것이 중요하다는 메시지를 담고 있다. 또한, 관계는 강요되는 것이 아니라 자연스럽게 형성되는 것이며, 억지로 유지하려 하기보다는 서로를 있는 그대로 존중하는 것이 필요하다는 철학을 나타낸다. 이러한 관점은 게슈탈트 치료(Gestalt Therapy)의 핵심 원리와 맞닿아 있으며, 특히 '지금 여기'의 '현재 순간'에서 자기 자신을 온전히 인식하고 책임을 지는 것을 강조하는 치료적 접근과 연결된다고 할 수 있다.

　뿐만 아니라 게슈탈트치료는 '전체'를 중시하는 심리치료 방법이다. 이 접근법은 인간이 단편적인 감정이나 생각이 아니라, 모든 경험이 하나로 연결되어 '전체'를 이룬다는 철학적 관점에서 출발한다. 즉 우리가 '지금 여기(Here and Now)'의 순간에 경험하는 감정, 생각, 신체 감각을 통합적으로 바라보고, 그것들이 서로 어우러져 우리의 존재를 형성한다고 본다. 마치 인생이라는 캔버스 위에 서로 다른 색들이 어우러져 독특한 작품을 만들어내듯이, 우리가 경험하는 신체 감각, 행동, 생각, 감정 등의 각 요소들이 모여 우리의 존재와 삶을 완성해 나가고 있다는 것이다.

　그러므로 게슈탈트치료 과정의 핵심은 현재 순간에서 자신의 감각,

지각, 사고, 감정, 행동을 온전히 인식하고, 환경과 타인과의 관계 속에서 건강한 접촉(Contact)을 이루는 것이다. 과거의 경험이 현재의 삶에서 어떻게 작용하는지를 인식할 뿐만 아니라, 현재 순간에서 지각된 모든 것을 통합적으로 경험하고 자각하는 것이 치유의 핵심이라고 본다. 이들이 서로 유기적으로 연결되어 있다고 보기 때문이다. 그래서 게슈탈트치료에서는 자신과 환경, 혹은 타인과의 상호작용 속에서 경험하는 관계적 연결, 즉 접촉을 강조한다. 왜냐하면, 건강한 심리적 상태를 개인이 환경과 적절한 접촉을 유지하며, 자신의 욕구를 충족시키고, 감정을 표현하고, 상호작용하는 것으로 보기 때문이다. 이러한 과정은 내담자가 자기 자신을 더 깊이 이해하고, 환경과의 관계를 능동적으로 조정해 나가며, 보다 주체적이고 풍부한 삶을 살아갈 수 있도록 돕는 것을 목표로 한다.

따라서 게슈탈트 치료는 단순한 문제 해결을 넘어, 인간 존재의 본질, 깊은 내면을 탐구하는 예술과 같다고 할 수 있다. 프리츠와 로라 펄스는 각 개인이 인생이라는 무한한 캔버스 위에 자신만의 색을 마음껏 펼칠 수 있도록 도와주는 길잡이며, 우리에게 모든 순간이 소중하며, 현재에 충실할 때 비로소 진정한 삶의 의미를 발견할 수 있다고 가르친다. 즉 게슈탈트 치료라는 독특한 방법을 통해 '지금 여기'의 '현재 순간', 인간 내면의 풍부한 감정과 경험을 온전히 느끼고, 그것을 통해 치유와 성장을 도모할 수 있는 길을 열어 주었다. 그들의 작업은 단순한 심리치료를 넘어, 인생을 하나의 예술 작품으로 바라보는 깊은 철학적 사유와도 맞닿아 있다. 그렇기에 치료과정을 하나의 창조적 여정으로 보았다.

㉠ 주요 개념

게슈탈트치료에서 사용되는 주요 개념들은 인간 경험과 행동을 이해하고 변화시키기 위한 중요한 도구들이다. 이 장에서는 게슈탈트(Gestalt), 전경과 배경(Figure and Ground), 미해결 과제(unfinished business), 반복회귀 게슈탈트(Recurrent Gestalt), 알아차림(awareness), 접촉(contact), 그리고 접촉 주기(contact cycle) 개념을 각각 예를 들어 간략히 살펴보고자 한다. 첫째, 게슈탈트(Gestalt)이다. 게슈탈트는 독일어로 '형태', '전체', '구조'를 의미하며, 부분의 단순한 합 이상의 의미를 가진 하나의 의미 있는 전체로 경험하는 심리적 현상을 말한다. 즉 인간의 지각이나 경험을 분리된 요소의 집합으로 보지 않고, 그 요소들이 상호작용하여 만들어내는 통합적인 전체로 이해한다는 의미이다. 예를 들어, 모나리자 그림을 볼 때, 우리는 색이나 선 등의 부분적인 요소를 하나하나 보는 것이 아니라, 전체적으로 아름다운 초상화로 지각한다는 것이다. 심리적으로도 마찬가지인데, 어떤 사람이 '불안'을 느끼는 경우, 단순히 심장 두근거리거나 식은땀이 난다거나 하는 신체적 증상이나 감정적 반응만으로 이해되지 않고, 전반적인 환경, 즉 시험 준비 부족, 타인의 기대, 자기 불안 등과 함께 통합적으로 이해해야 한다는 의미이다. 게슈탈트치료에서는 인간 경험을 분리된 요소로 보지 않고, 통합적인 전체로 탐구하는 것을 강조한다.

둘째, 전경과 배경(Figure and Ground)이다. 게슈탈트 심리학에서는 게슈탈트를 이루는 기본 원리가 전경(foreground)과 배경(background)에 있다고 설명하는데, 연결된 맥락의 개념으로 이해할 수 있다. 즉 게슈탈트치료에서 전경은 현재 순간에서 가장 중요하고 두드러지게 떠올려지는 욕구나 감정을 의미하고, 배경은 그에 비해 덜 주목되거나 뒤로 물러나 있는 것을 뜻한다. 개인에게 전경으로 떠오르는 것은 주로 그 사람과 가장 밀접한 관계에 있거나 의미 있는 것이며, 주요 관심사를 나타낸다. 전경과 배경은 계속해서 상황에 따라 변하며, 심리적 문제는 종종 전경과 배경이 혼란스럽게 얽힐 때 발생한다. 예를 들어, 시험을 앞둔 학생이 불안을 느낀다고 가정하면, 이 학생에게 "시험에 합격해야 한다는 압박감"이 전경이 될 수 있다. 반면에 시험과 무관한 일상적인 사건들은 배경이 될 것이다. 만약 이 학생이 불안의 원인을 제대로 알아차리지 못한다면, 즉 시험 압박이 전경에 자리 잡지 못하고 배경에 묻힌다면, 심리적 혼란이 발생할 수 있다. 따라서 게슈탈트치료에서는 현재 순간에서 전경에 무엇이 자리 잡고 있는지 탐색하는 것이 중요하다. 즉 전경을 명확하게 인식하여 하나의 온전한 게슈탈트를 형성하는 것이 매우 중요하다. 일단 전경으로 떠오른 욕구나 감정이 충분히 충족되거나 해소되고 나면 계속해서 게슈탈트를 형성하려고 하지 않기 때문이다. 물론 건강한 심리 상태에서는 매 순간 자신에게 중요한 게슈탈트를 분명하게 형성하여 전경으로 떠올릴 수 있다.

셋째, 미해결 과제(Unfinished Work)이다. 미해결 과제란 과거에 경험한 감정적 또는 심리적 사건 중에서 해결되지 않고 남아 있는 것을 말한다. 즉 과거에 처리되지 못한 감정, 욕구, 상처 등이 현재까지 내면에 남아 계속 영향을 미치는 것을 의미한다. 이는 종종 억압된 감정, 트라우마, 억눌린 욕구 등의 형태로 나타나며, 무의식적으로 현재 순간의 신체감각, 사고, 감정, 행동 등에 부정적인 영향을 미친다. 미해결 과제는 계속해서 전경으로 나타나 주의를 끌어당기며, 해결될 때까지 반복적으로 현재에 영향을 미친다. 예를 들어, 어떤 사람이 과거에 부모로부터 인정받지 못한 경험이 있다고 가정해 보면, 그는 자신도 모르게 계속해서 다른 사람들에게서 인정과 승인을 얻으려고 할 수 있다. 어릴 적 부모에게 인정받지 못했던 경험이 성인이 되어서도 끊임없이 타인의 인정에 집착하게 만들기 때문이다. 이는 직장에서 상사가 자신을 칭찬하지 않으면 과도하게 불안감을 느끼거나, 친구에게서 조금의 무관심을 보게 되면 과민하게 반응할 수 있다. 그러므로 게슈탈트치료에서는 이러한 미해결 과제를 현재 순간으로 불러와 다시 체험, 탐색하여 그 감정을 온전히 느끼도록 도움으로써 그 과제를 완결하도록 돕는다.

넷째, 반복회귀 게슈탈트(Recurrent Gestalt)이다. 반복회귀 게슈탈트는 미해결된 경험이나 감정이 해결되지 않은 채 끊임없이 반복되는 심리적 현상을 의미한다. 이는 해결되지 않은 미해결 과제가 반복적으로 전경에 나타나는 현상인데, 미해결 과제가 전경으로 고착되었기 때문에 새로운 경험을 받아들이지 못하고 같은 문제를 반복하는 상황에서 나타난다. 즉 인간은 해결되지 않은 심리적 문제를 무의식적으로 반복하는 경향이 있으며, 이는 자기 패턴에서 벗어나지 못하게 하는 주요 요인이 될 수 있다. 예를 들어, 연인 관계에서 버림받은 상처가 미해결된 상태라면 새로운 관계를 시작하더라도 같은 불안과 두려움이 반복적으로 나타날 수 있다. 또한, 어떤 사람이 과거에 거절당한 경험으로 인해 타인을 과도하게 의심하고 방어적인 태도를 보인다면, 새로운 관계에서도 동일한 문제가 발생할 수 있다. 그러므로 게슈탈트치료는 이러한 반복 패턴을 탐색하여 내담자가 그 패턴을 알아차리게 하고, 그 감정을 억누르지 않고 충분히 표현하도록 도와줌으로써 악순환을 끊을 수 있게 한다.

다섯째, 알아차림(Awareness)이다. 게슈탈트치료에서 알아차림은 매우 중요한 개념 중 하나이다. 알아차림은 자신의 감각, 신체반응, 생각, 감정, 행동 등을 지금 여기의 현재 순간에서 명확하게 인식하는 것을 의미한다. 알아차림은 자기 자신을 이해하고, 문제를 해결할 수 있는 첫걸음인데, 자신의 행동과 선택에 책임을 지는 첫 번째 단계이기도 하다. 예를 들어, 불안을 느끼는 상황에서 "내가 지금 숨이 가빠지고, 가슴이 두근거리고 있다"라는 신체적 반응을 인식하는 것이 알아차림의 과정이다. 이렇듯 자신의 감정을 알아차리는 것은 그 감정이 어디에서 비롯되었는지를 이해할 수 있도록 하는 디딤돌이 되고, 그 불안을 건설적으로 해결할 수 있는 방법을 찾을 수 있는 발판이 될 수 있다. 그러므로 알아차림은 내담자가 자신의 행동과 감정을 책임지고, 보다 주체적인 선택을 할 수 있도록 돕는 과정이다.

여섯째, 접촉(Contact)이다. 접촉이란 개인이 자신의 환경, 타인, 그리고 자신의 내면과 맺는 상호작용을 의미한다. 건강한 접촉은 자신의 욕구를 표현하고 환경의 자극을 받아들이는 균형 잡힌 상호작용을 통해 이루어진다. 건강한 접촉이 이루어질 때, 우리는 자신의 욕구를 충족하고, 타인과 의미 있는 관계를 맺으며, 환경과 조화를 이룰 수 있다. 예를 들어, 어떤 사람이 친구에게 자신의 감정을 솔직하게 표현하고, 그 친구가 이를 이해하며 응답해 주는 상황이 건강한 접촉의 예이다. 반대로, 자신이 느끼는 감정을 부정하고 회피하는 것은 접촉 회피(avoidance)에 해당한다. 예를 들어, 친구와 갈등을 피하기 위해 자신의 의견을 숨기고 무조건 상대에게 맞추는 행동이 이에 해당할 수 있다. 게슈탈트 치료는 내담자가 자신과 타인, 환경 간의 접촉을 탐색하고 회복하도록 돕는 것을 목표로 한다. 즉 내담자가 감정을 억누르지 않고 자유롭게 표현하고 타인의 반응을 받아들이는 접촉을 회복할

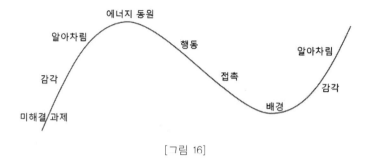

[그림 16]

수 있도록 돕는다.

일곱째, 알아차림–접촉 주기(Awareness-Contact Cycle)이다. 게슈탈트치료에서는 경험이 [그림 16]과 같이 주기로 이루어진다고 보며, 이를 알아차림–접촉 주기라 한다. 알아차림–접촉 주기는 개인이 자신의 욕구를 충족시키기 위해 환경과 상호작용하는 과정을 말한다. 알아차림–접촉 주기 모델은 폴란드에서 태어나 성장한 징커(Joseph Zinker)가 확립하였다. 징커는 이러한 접촉 주기를 배경(homeostasis), 감각(sensation), 알아차림(awareness), 에너지 동원(energy excitement), 행동(action), 접촉(contact)의 6단계로 나누어 설명하였다. 여기서는 아래 그림과 같이 배경으로 물러나 있는 미해결 과제로부터 시작하여 배경까지로 표현했다.

감각(Sensation) 단계는 전경화 단계라고도 하는데, 욕구나 감정이 감각으로 인식되어 전경으로 부각되는 단계이다. 예를 들어, 배가 고프다는 신체적 감각이 느껴지는 단계이다. 알아차림(Awareness) 단계는 지각 단계라고도 하는데, 욕구나 감정이 명확하게 인식되는 단계이다. 예를 들어, "아, 내가 배가 고프구나"라고 자각하는 단계이다. 알아차림에는 현상 알아차림과 행위 알아차림 등이 있는데, 전자는 신체감각,

욕구, 감정, 환경, 상황, 내적인 힘에 대한 알아차림이고, 후자는 접촉경계 장애 행동에 대한 알아차림, 사고패턴에 대한 알아차림, 행동 패턴에 대한 알아차림 등이 있다. 에너지 동원(Energy Excitement) 단계는 욕구를 충족시키기 위한 행동을 준비하는 단계이다. 즉 아직 구체적인 행동을 하지는 않지만, 실행할 동기가 형성되는 단계이다. 예를 들어, "무엇을 먹을까?"를 생각하거나, "음식을 요리할까?" 혹은 "식당에 갈까?" 등을 결정하는 단계이다. 행동(Action) 단계는 욕구를 충족시키기 위해 실제로 행동하는 단계이다. 예를 들어, 음식을 만들거나 식당으로 가는 단계이다. 접촉(Contact) 단계는 자신뿐만 아니라 대인관계, 환경과 상호작용하여 욕구를 충족시키는 단계이다. 예를 들어, 음식을 먹으며 배고픔이 해소되는 단계이다. 이 단계에서는 행동을 통해 실제로 욕구가 충족되거나, 환경과 의미 있는 관계가 형성된다. 즉 '내가 원하는 것을 얻거나, 타인 혹은 환경과 의미 있는 교류가 이루어지는 단계'이다. 대화를 나눌 수도 있고, 어떤 활동을 할 수도 있다. 물론 이 과정에서 새로운 알아차림이 일어날 수도 있다. 즉 새로운 게슈탈트를 형성하고 해소의 순환과정이 더 일어날 수 있다. 배경(homeostasis) 단계는 배경화 단계, 물러남(Withdrawal) 단계, 해소(Resolution) 단계라고도 하는데, 욕구가 충족되고, 새로운 욕구가 나타나기 전까지 휴식하는 단계이다. 예를 들어, 식사를 마치고 만족감 속에서 휴식을 취하는 단계이다. 사실 'Homeostasis'라는 단어는 항상성(恒常性)으로 '인체의 변화과정 중에서 유지되는 상대적 평형상태'를 일컫는다. 즉 인체가 어느 한 속에 불균형이 생기면 스스로의 힘으로 자연스럽게 불균형을 완화하는 방향으로 작용하여 균형을 찾아감으로써 평상의 상태를 회복한다는 생물학적 개념이다. 그래서 물러남(Withdrawal) 단계, 해소(Resolution) 단계로도 표현할 수 있다. 하지만 이 개념이 개인의 욕구나 감정의 불만족으로 인해 발생하는 심리적 불균형 상태를 해소하고, 심리적 균형을 찾아가는 과정을 나타내는 단어이므로 감각되어 알아차린 개인의 불만족스런 욕구나 억눌렸던 감정이 전경으로 부각되어 해소되기 전 단계의 과정을 의미하는 배경(homeostasis) 단계와 더 일맥상통하다.

이러한 알아차림-접촉 주기는 만족될 때까지 반복되어 나타나는데, 알아차림-접촉 주기가 방해되면 욕구가 충족되지 않고 미해결 과제로 남아, 해결될 때까지 지속적으로 인간의 삶 곳곳에 영향을 미친다. 만약 이 과정 중 하나가 제대로 이루어지지 않으면, 욕구가 미해결 과제로 남아 반복되는 심리적 패턴, 즉 반복회귀 게슈탈트를 만들 수 있다. 따라서, 게슈탈트치료에서는 내담자가 어느 단계에서 차단되었는지를 탐색하고, 이를 회복하도록 돕는 것이 핵심 목표가 된다.

ⓒ 원리 및 기법

게슈탈트치료의 원리의 핵심은 무엇보다 '지금 여기'의 감각, 지각(perception), 신체 상태, 감정 및 행동에 대한 인식을 향상시키는 것이다. 즉 현재 순간(the present moment)의 경험을 깊이 인식하고, 이를 바탕으로 자기 자신뿐만 아니라 타인 및 환경과의 접촉을 통해 관계를 회복하며 성장하는 것이다. 이러한 원리를 조금 더 살펴 보면, 첫째, '지금 여기', 현재 순간에 초점 맞추기이다. 게슈탈트 치료는 현재 순간에 집중하는 것을 가장 중요한 원리로 삼는다. 인간은 과거, 현재, 미래를 별개의 것으로 인식하지만, 실제로 존재하는 것은 오직 현재뿐이다. 과거와 미래는 현재의 해석과 예측에 불과하다. 그렇기에 내담자가 과거나 미래에 대한 집착을 내려놓고 '지금 여기'에서 자신의 경험에 온전히 몰입할 때, 자신을 더 깊이 이해하고 문제를 해결할 수 있는 가능성이 높아진다. 예를 들어, 과거의 실패로 인해 자신감을 잃은 사람이 있다면, 게슈탈트 치료에서는 과거를 분석하는 대신, 현재 순간에서 어떤 감정을 느끼고 있는지, 몸은 어떤 반응을 보이는지 탐색하도록 유도한다. 이를 통해 내담자는 자신의 감정을 현재의 맥락에서 새롭게 경험하며, 행동 패턴을 이해하고 변화할 수 있는 기회를 얻게 된다. 즉, 현재 순간에 초점을 맞추는 것은 단순한 이론이 아니라, 실제적인 문제 해결과 자아실현을 위한 핵심 방법이다.

둘째, 알아차림에 주의를 기울이기이다. 게슈탈트치료에서는 알아차림, 즉 자각이 개인의 성장과 변화를 위한 필수 요소라고 본다. 인간이 더 나은 삶을 살기 위해서는 자신의 감각, 감정, 욕구, 행동, 신체 반응을 명확히 인식할 수 있어야 한다. 이는 현재 순간을 경험하는 새로운 방법을 형성하는 기초가 되며, 자신이 보지 못했던 부분을 다시 볼 수 있도록 하는 매우 중요한 과정이다. 예를 들어, 어떤 사람이 자신이 늘 타인의 기대에 맞춰 행동한다고 느낀다면, 치료자는 "지금 이 순간, 당신이 실제로 원하는 것은 무엇인가요?"라고 질문할 수 있다. 이를 통해 내담자는 자신의 진짜 욕구와 감정을 알아차리게 되고, 대인관계에서 보다 주체적인 선택을 할 수 있는 기회를 얻게 된다. 또한, 알아차림은 개인적인 경험을 보는 새로운 방법을 찾도록 도와준다. 자신과의 관계뿐만 아니라 타인 및 환경과의 접촉을 통해 경험을 확장시키고 통찰을 얻는 과정을 경험하게 된다. 즉, 내담자가 지금 이 순간 자신의 감각, 감정, 사고, 행동을 명확히 인식할 때, 자기 자신을 더 깊이 이해하고 변화할 수 있는 가능성이 커진다.

셋째, 충분한 접촉하기이다. 게슈탈트치료에서 자기 자신, 타인, 환경과의 '접촉'은 성장과 변화를 위한 핵심 과정이다. 이는 단순한 대화나 관계 형성이 아니라, 깊은 차원에서 자신과 세계를 경험하고, 의미 있는 관계를 맺는 과정을 의미한다. 접촉을 통해 내담자는 자신의 감정과 행동을 재경험(re-experiencing)하고, 이를 통해 통찰(insight)을 얻어 변화의 원동력으로 삼을 수 있다. 예를 들어, 어릴 적 부모에게 인정받지 못한 경험으로 인해 대인관계에서 불안감을 느끼는 사람이 있다면, 치료자는 내담자가 그 감정을 충분히 표현하도록 돕고, 그 감정이 현재의 관계에서 어떻게 작용하는지를 탐색할 수 있도록 한다. 이 과정에서 중요한 것은 충분한 접촉을 통해 내담자가 자신의 경험을 안전하게 탐색하고, 새로운 방식으로 관계를 형성하도록 돕는 것이다. 접촉이 활성화될 때, 내담자는 이전과는 다른 행동을 시도해 볼 수 있는 용기를 얻게 된다. 이는 다시 변화의 원동력으로 작용하여 더 큰 성장을 담보한다.

넷째, 자신의 행동에 대한 책임지기이다. 게슈탈트치료에서는 자신의 행동에 따른 결과에 책임을 지는 것이 자아 성장의 중요한 요소라고 본다. 이는 알아차림의 궁극적인 목표이기도 하다. 자신의 실수를 인정하고, 특정한 행동이 가져올 위험을 고려하는 과정에서 인간은 독립적인 존재로 성장할 수 있다. 예를 들어, 항상 타인을 탓하며 살아온 사람이 있다면, 치료자는 "당신이 이 관계에서 스스로 선택한 것은 무엇인가요?"라고 질문할 수 있다. 이 질문을 통해 내담자는 자신의 삶에서 타인의 영향만이 아니라, 자신의 선택과 책임도 중요함을 깨닫게 된다. 책임을 인식하는 것은 단순한 의무감의 문제가 아니라, 자신의 삶을 능동적으로 이끌어 나가는 힘을 기르는 과정이다. 이를 통해 내담자는 더욱 독립적인 존재가 되며, 삶에 대한 방향성을 찾고,

더 깊은 자유와 의미를 경험할 수 있게 된다. 결국 실존적 삶을 이뤄 나갈 수 있게 한다.

결국 게슈탈트치료는 현재 순간에 집중함으로써 과거와 미래에 대한 집착에서 벗어나고, 알아차림을 통해 자신의 감각이나 감정과 행동을 명확히 인식하며, 충분한 접촉을 통해 자기 경험을 재정립하고 새로운 가능성을 모색함으로써 통찰을 이뤄 자신의 삶의 선택에 책임을 지면서 더욱 독립적인 존재로 성장해 나가는 과정이다. 그러므로 이러한 원리를 바탕으로 하는 게슈탈트치료는 내담자가 자신의 삶을 보다 능동적으로 탐색하고, 성장과 변화를 이끌어 나갈 수 있도록 돕는 강력한 심리치료적 접근법이 된다.

"목표는 내담자가 타인을 의지하도록 하는 것이 아니라 많은 것들을 할 수 있다는 것, 자기가 할 수 있다고 생각하는 것보다 훨씬 더 많은 것을 할 수 있다는 것을 처음 순간부터 발견하게 하는 것이야. 결국 한 인간이 자신의 두발로 서는 것을 방해하는 장애를 제거하는 것이지."

따라서 게슈탈트치료의 궁극적 목표는 내담자가 자신의 삶을 주체적으로 살아갈 수 있도록 돕는 것이다. 프리츠 펄스(Fritz Perls)는 이에 대해 내담자가 타인에게 의지하는 것이 아니라, 스스로 많은 것을 할 수 있다는 것을 발견하게 하는 것이며, 결국 한 인간이 자신의 두발로 설 수 있도록 방해 요소를 제거하는 것이라고 말한다. 이는 게슈탈트치료가 단순한 문제 해결을 넘어, 내담자가 스스로 자립하고, 자신의 삶에 대한 책임을 인식하며, 실존적 삶을 살아가도록 돕는 과정임을 보여준다. 따라서 이와 같은 게슈탈트치료의 주요 목표를 구체적으로 정리하면 다음과 같다.

첫째, 내담자의 체험을 확장하는 것이다. 내담자가 자신의 감각, 감정, 사고, 행동을 더욱 깊이 인식하고 경험하도록 돕는다. 예를 들어, 내담자가 "나는 화가 나지만, 별일 아닌 것 같아요"라고 말할 때, 치료자는 "그 화가 나는 감정을 몸으로 어떻게 느끼고 있나요?"라고 질문하여 내담자가 감정을 더욱 생생하게 경험하도록 유도한다.

둘째, 내담자의 인격을 통합하는 것이다. 다양한 경험, 감정, 사고를 통합하여 내담자가 자기 자신을 더욱 온전한 존재로 받아들이도록 한다. 예를 들어, 내담자가 자신의 감정과 사고가 충돌하는 내적 갈등을 겪을 경우, 두 의자 기법을 통해 감정과 사고의 측면을 각각 표현하도록 하여 내면의 조화를 이루도록 돕는다.

셋째, 자립 능력을 증진하는 것이다. 내담자가 자신의 삶을 스스로 책임지고, 타인에게 의존하지 않으며 독립적으로 행동할 수 있도록 돕는다. 예를 들어, "저는 늘 타인의 기대를 충족시켜야 해요."라고 말하는 내담자에게, 치료자는 "그 기대를 충족하지 않으면 어떤 감정이 드나요?"라고 물으며 자기 주도적인 선택을 할 수 있도록 돕는다.

넷째, 자신의 삶에 대한 책임을 자각하는 것이다. 내담자가 자신의 선택과 행동의 결과에 대해 책임을 지도록 돕는다. 예를 들어, 내담자가 "항상 다른 사람이 나를 힘들게 한다."라고 말할 때, 치료자는 "그 관계에서 당신이 선택한 행동은 무엇인가요?"라고 질문하여 내담자가 자신의 역할을 자각하도록 유도한다.

다섯째, 개인의 성장을 촉진하는 것이다. 내담자가 새로운 경험을 시도하고, 창의적인 행동을 통해 자신의 가능성을 확장하도록 돕는다. 예를 들어, 내담자가 특정한 감정을 억누르는 경향이 있다면, 치료자는 신체 감각 알아차리기 기법을 활용하여 억압된 감정을 몸으로 표현하도록 유도할 수 있다.

여섯째, 실존적 삶을 촉진하는 것이다. 내담자가 자신의 삶을 의미 있고 주체적으로 살아가도록 한다. 예를 들어, 내담자가 "나는 항상 남의 기대에 맞춰 살아왔어요"라고 할 때, 치료자는 "당신이 진정 원하는 삶은 무엇인가요?"라고 질문하여 내담자가 자신의 실존적 선택을 탐색하도록 돕는다.

이러한 치료 목표를 달성하기 위한 치료 과정은 첫 번째로는 내담자의 주요 주제를 탐색한다. 내담자의 삶에서 반복적으로 나타나는 정서 패턴, 사고 패턴, 이미지 패턴, 관계 패턴을 분석하여 핵심적인 주제를 찾아낸다. 예를 들어, "저는 언제나 남의 기대를 충족하려고 노력해요"라는 말을 반복하는 내담자의 경우, 자기 억압과 타인 중심적인 사고 패턴이 주요 주제가 될 수 있다. 이 과정에서 치료자는 내담자의 현재 경험을 중심으로 탐색하며, 선입견 없이 주제를 발견해야 한다.

두 번째로는 주제의 배경을 탐색한다. 내담자의 주요 주제가 어떻게 형성되었는지 탐색한다. 예를 들어, "언제부터 남의 기대를 신경 쓰게 되었나요?"라고 질문하며 어린 시절의 경험과 연관된 미해결 과제를 탐색할 수 있다. 이 과정에서 내담자가 자연스럽게 떠올리는 과거 사건을 다루는 것이 중요하다.

세 번째로는 '지금 여기'을 활용한다. 내담자가 현재 순간에서 자신의 감각, 감정, 사고를 명확하게 자각할 수 있도록 돕는다. 예를 들어, "어린 시절 부모님의 기대를 충족시키지 못했을 때 어떤 감정을 느꼈나요?"라는 질문이 아니라, "그 이야기를 하는 지금, 당신의 몸에서 어떤 감각이 느껴지나요?"라고 질문하여 현재 순간에서 경험을 깊이 인식하도록 유도한다. 이를 위해 빈의자 기법, 신체자각, 언어자각 등의 실험 기법을 활용할 수 있다. 즉 빈의자 기법을 통해 내담자는 현재 순간에서 중요한 관계 대상과 직접 대화하는 경험을 할 수 있으며, 신체 자각을 통해 지금 이 순간 몸에서 일어나는 감각을 탐색하면서 내면의 감정을 더욱 깊이 경험할 수 있다.

네 번째로는 대화적 관계를 적용한다. 치료자는 내담자를 수단이 아니라 온전한 인격체로 대하며, 깊이 있는 대화 속에서 내담자가 자신의 경험을 충분히 탐색하도록 돕는다. 예를 들어, "내가 이렇게 느낀다고 해서 이상한 걸까요?"라고 묻는 내담자에게, "그 감정을 이상하다고 생각하는 이유가 무엇인가요?"라고 질문하여 내담자가 자신의 내면을 더 깊이 탐색할 수 있도록 한다. 이때, 치료자는 내담자가 자신의 감정을 더욱 솔직하게 표현하고, 보다 깊이 있는 자기이해를 이끌어낼 수 있도록 내담자의 경험을 판단하지 않고 존중하며, 내담자가 스스로 탐색할 수 있도록 개방적인 태도로 함께해야만 한다.

이러한 게슈탈트치료에서 대화적 관계 적용을 위해 필요한 핵심적 원리는 대화적 접근과 실험적 접근이다. 물론 이 두 접근은 동전의 양면과 같이 상호보완적 원리이기에 따로따로 구분하여 설명하기는 어려움이 있다. 하지만, 여기서는 이해를 돕기 위해 하나씩 설명하고자 한다. 먼저 대화적 접근은 단순한 문제 해결의 도구가 아니라, 치료의 핵심 과정 그 자체이다. 왜냐하면, 게슈탈트치료가 치료자와 내담자 간의 진솔한 만남과 대화를 중심으로 이루어지는 과정이기 때문이다. 이는 사전에 설정된 목표를 향해 나아가는 방식이 아니라, 아무런 조건 없이 열린 마음으로 지금 여기에서 서로를 만나고 교류하는 과정에서 자연스럽게 형성된다. 그러므로 게슈탈트치료에서 대화적 접근은 치료자와 내담자가 서로 동등한 존재로서 만나고, 상호 영향을 주고 받으며, 유기적으로 조절되는 과정을 의미한다. 이는 단순한 정보 전달이나 문제 해결을 위한 기계적인 대화가 아니라, 자기 자신을 열고 타인의 세계에 참여하는 깊은 인간적 만남이다. 이를 통해 내담자는 자기 자신과 타인을 새롭게 경험하고 관계를 형성하게 된다.

그러므로 대화적 접근은 첫째, 순간순간의 경험과 관계 속에서 '지금 여기'를 기반으로 전개된다. 즉 게슈탈트치료에서 대화는 지금 여기에서 이루어지며, 이는 치료 과정에서 매우 중요한 요소이다. 치료자와 내담자는 예측 가능한 목표를 설정하는 것이 아니라, 현재 순간에 함께 머물며, 서로의 반응에 의해 유기적으로 조절되도록 내맡긴다. 이는 '과정(process)'에 대한 신뢰를 바탕으로 가능해진다. 즉, 치료자는 내담자의 현재 순간의 경험을 존중하며, 과거의 해석이나 미래의 목표 설정보다는, 지금 이 순간 내담자가 어떤 감정을 느끼고, 어떤 신체적 반응을 보이며, 어떤 생각을 하는지에 집중한다. 이를 통해 내담자는 자신의 경험을 더욱 깊이 자각하고, 이를 바탕으로 새로운 통찰과 변화를 경험할 수 있다. 예를 들어, 내담자가 어린 시절의 상처를 이야기할 때, 치료자는 과거의 사건을 분석하는 대신 "그 이야기를 하는 지금 이 순간, 당신의 몸에서 어떤 반응이 느껴지나요?" 혹은 "지금 이 감정을 어떻게 표현하고 싶나요?"라고 질문하며 내담자가 현재의 경험을 깊이 탐색하도록 돕는다. 이를 통해 미해결 과제(unfinished work)가 현재로 끌어와지고, 내담자는 이를 새로운 방식으로 경험하고 치유할 수 있게 된다.

둘째, 치료자와 내담자가 서로 영향을 주고 받을 수 있는 열린 과정이다. 상대를 수단으로 대하지 않고 목적으로 대하며, 대상화시키지 않고 인격으로 대하는 과정이다. 게슈탈트 치료에서의 대화적 접근은 마르틴 부버(Martin Buber)의 '나-너(I-Thou) 관계' 개념과 밀접한 관련이 있다. 부버는 인간의 관계를 '나-너'와 '나-그것(I-It)' 두 가지로 구분했다. '나-그것(I-It)' 관계는 상대방을 도구적이고 기능적인 대상으로 여기는 관계이다. 즉, 사람을 단순한 분석의 대상으로 간주하거나, 어떤 특정한 목적을 위해 이용하는 방식의 관계를 의미한다. 반면, '나-너(I-Thou)' 관계는 상대방을 온전한 인격체로 대하며, 상호주관적인 경험을 나누는 관계이다. 게슈탈트치료에서는 내담자를 '문제 해결의 대상'으로 보지 않고, 하나의 독립적인 존재로 인정하며 관계를 형성하는 것을 중요하게 여긴다. 치료자는 내담자와 목적 없는 순수한 만남을 통해 신뢰를 쌓으며, 이 과정에서 내담자는 자신의 감정을 솔직하게 표현하고, 진정한 관계 맺기의 경험을 하게 된다. 물론 서로 긴밀하고 친밀한 관계 속에서 이뤄진다.

셋째, 지금 여기에서의 대화는 접촉과 마찬가지로 그 자체가 목적이다. 즉 게슈탈트치료에서는 대화가 곧 접촉(Contact)이며, 이 접촉 자체가 치료의 목적이 된다. 자기 자신, 환경, 타인과의 연결을 경험하는 과정을 의미하는 접촉과 같이 자기를 열어 타인의 세계에 참여하는 것이다. 이는 단순히 말을 주고받는 것이 아니라, 서로에게 진정으로 영향을 주고받으며, 깊은 관계를 형성하는 것을 의미한다. 특히, 미리 정해진 방향으로 흘러가는 것이 아니라, '장(Field)' 속에서 자연스럽게 일어나는 '나타남(emergence)'을 신뢰하는 과정이다. 즉 치료자와 내담자는 마치 춤을 추듯이 서로의 흐름을 느끼고 반응하면서, 예측할 수 없는 대화의 흐름 속에서 새로운 경험을 만들어간다. 물론 이러한 과정이 바로 접촉의 가장 완성된 형태이기도 하다. 예를 들어, 내담자가 치료 중 예상치 못한 감정을 경험할 때, 치료자는 그 감정을 억누르거나 해석하려 하지 않고, 그 순간에 함께 머물며 내담자가 자신의 감정을 온전히 경험하도록 돕는다. 왜냐하면, 게슈탈트치료는 단순한 문제 해결을 넘어, 내담자가 진정한 자기 자신을 표현하고, 타인과 관계를 맺는 능력을 회복하는 과정이기 때문이다. 즉 진정한 만남을 통해 인간 본성을 실현하고, 내담자가 자기 자신과 타인과의 관계를 보다 풍부하고 의미 있게 형성하도록 돕는 과정이라 할 수 있다. 그렇기에 이러한 접근은 진실한 만남을 가능하게 해 주며, 만남을 통해 치유가 일어나게 한다는 대니얼 스턴(Daniel Stern, 2006)의 '만남의 순간(moment of meeting)' 개념과 연결된다. 스턴은 진정한 인간적 만남이 일어나는 순간이 곧 치유의 순간이라고 보았다. 즉 치료자와 내담자가 서로의 존재를 온전히 경험하는 순간에 깊은 변화를 경험할 수 있다는 것이다.

따라서 게슈탈트 치료에서의 대화적 접근은 치료자와 내담자가 동등한 존재로서 진솔하게 만나, 지금 여기에서 서로의 경험을 공유하는 과정이다. 이는 특정한 목표를 설정하고 이를 달성하려는 것이 아니라, 대화 자체가 하나의 살아있는 접촉으로서 의미를 가지며, 순간순간의 흐름을 신뢰하는 상호작용을 통해 이루어진다. 치료자는 내담자를 분석하거나 대상화하지 않고, 마르틴 부버의 '나-너(I-Thou)' 관계처럼 온전한 인격체로 존중하며 상호 영향을 주고받는다. 이러한 과정에서 내담자는 자신의 감정, 신체 반응, 욕구를 있는 그대로 자각하고 표현하며, 이를 통해 자기 자신과 타인과의 관계를 새롭게 경험하고 통합하게 된다. 결국, 게슈탈트 치료에서 대화란 단순한 의사소통이 아니라, 진정한 만남과 상호작용을 통해 자각과 변화를 이끌어 내는 치유의 과정이다. 물론 대화적 접근은 단순히 치료자와 내담자

간의 관계에 국한되지 않고, 내담자가 자기 자신, 타인, 그리고 환경과 진솔하게 만나는 과정으로 확장된다. 게슈탈트치료가 치료자와 내담자뿐만 아니라 자기 자신, 타인, 그리고 환경과의 진정한 만남을 통해 자각과 성장을 이루어 나가는 치유의 과정이기 때문이다.

다음으로 게슈탈트치료에서 실험적 접근은 단순히 어떤 문제에 대해 이야기하는 것을 넘어, 성장과 변화를 위한 직접적인 체험을 유도하는 적극적인 개념의 접근 방식이다. 이 접근은 내담자가 자신의 내적 경험을 보다 깊이 탐색하고, 현재 순간에서 적극적으로 행동하도록 초대함으로써, 기억을 더듬어 지나간 사건을 단순히 회상하는 것이 아니라, 지금 여기에서 새롭게 경험하도록 돕는 과정이다. 내담자는 이 과정에서 적극적 상상력을 발휘하여 자신의 경험, 감각과 감정 등을 지금 여기에서 생생한 만남으로 온전히 체험함으로써 새로운 통찰과 변화를 경험할 수 있다(Kim & Daniels, 2008). 즉 이러한 실험적 접근을 통해 내담자는 내면의 갈등을 탐색하고, 자신의 또 다른 모습이나 타인·환경과의 관계를 새롭게 접촉하며, 미해결 과제를 완결 지을 수 있다. 이는 단순히 인식의 변화를 넘어서, 반복적인 행동이나 감정 패턴을 끊고, 창의적 행동을 유발하며, 내면의 잠재력을 계발하는 과정을 포함한다. 그러므로 실험적 접근은 단순한 문제 해결만이 아니라, 내담자가 새로운 행동을 선택하고, 환경과의 접촉 방식까지 변화시킬 수 있도록 돕는 과정이다. 결국 이러한 경험과 그 과정에서 얻어진 통찰을 통해 내담자는 자신의 삶을 보다 능동적으로 탐색하고 학습하며, 궁극적으로 성장과 성숙을 이루게 된다.

따라서 실험적 접근은 첫째, 단순한 기법이 아니라, 알아차림(awareness)을 증진시키는 현상학적 방법의 일부로 작용한다. 게슈탈트

치료의 핵심 목표는 내담자가 자신의 경험을 보다 깊이 알아차릴 수 있도록 돕는 것이며, 실험적 접근은 이를 위한 매우 효과적인 방법이다. 실험적 접근을 통해 내담자는 자신이 스스로의 경험으로부터 어떻게 도망치고 있는지를 자각할 수 있다(Yored, 2008). 예를 들어, 집단 상담에서 한 내담자가 자신의 외로운 감정을 개방하는 실험을 진행할 경우, 그는 과거에 타인과의 접촉을 차단했던 것이 바로 자기 자신이었음을 깨닫게 된다. 또한, 그는 앞으로 어떤 대안적인 행동 방식을 선택할 수 있을지에 대한 통찰을 얻을 수 있다(Kim & Daniels, 2006).

둘째, 단순히 감정을 표현하는 것을 넘어, 인지·정서·신체·행동의 통합을 통해 전반적인 변화를 이끌어낸다. 예를 들어, 부인과 이혼 과정에서 우울과 무감각을 경험하는 내담자가 빈 의자 기법(empty-chair technique)이나 역할극을 활용하여 부인에게 작별 인사를 하는 실험적 접근을 할 수 있다. 이 과정에서 내담자는 억눌러왔던 슬픔과 분노를 정서적으로 경험하고, 이런 감정을 억압하며 자신을 무감각하게 만들었던 사실을 인지하게 된다. 또한, 부인에게 작별 인사를 하는 동안 고통을 피하기 위해 무의식적으로 호흡을 멈추는 자신의 신체적 반응을 알아차릴 수 있다(Kim & Daniels, 2006). 물론, 많은 내담자는 자신의 감정과 욕구를 지적으로만 설명하는 경향이 있다. 이들은 자신의 경험을 분석할 수는 있겠지만, 감정을 온전히 체험하지 못하기 때문에 행동의 변화로 이어지지 않는 경우가 많다. 더군다나 프로그램화된 행동적 혹은 인지행동적 기법들은 내담자의 내적 경험을 충분히 탐색하지 않기 때문에 효과가 제한적일 수 있다. 하지만, 실험적 접근은 단순한 통찰을 넘어, 내담자가 자신의 감정과 신체적 경험까지 포함하여 통합적으로 탐색하고 변화하도록 돕는다(Kim & Daniels, 2008). 그러므로 이러한 실험적 접근은 단순한 감정 표현이 아니라, 내담자가 자신의 경험을 다차원적으로 탐색하도록 하여 인지적, 정서적, 신체적, 행동적 요소를 통합적으로 경험할 수 있도록 한다. 이를 통해 내담자는 머리로 이해하는 것에서 벗어나, 실제 삶에서 변화를 실천할 수 있는 기반을 마련하게 된다.

물론 이러한 실험적 접근을 효과적으로 진행하기 위해 치료자의 역할이 매우 중요하다. 치료자는 내담자가 무엇을 느끼고, 어떤 생각을 하는지를 발견하도록 도우며, 보다 깊이 있는 심층적 접촉이 이루어지도록 유도해 나가야 하기 때문이다. 예를 들어, 어머니에 대한 양가감정(ambivalence)에 대해 이야기하는 내담자가 있다고 하자. 이때, 치료자가 단순한 말로 감정을 설명하도록 유도하는 것이 아니라, 빈 의자 기법이나 역할극을 활용하여 어머니에게 직접 이야기하도록 제안한다면, 내담자는 정서적·인지적·신체적·행동적 차원에서 어머니에 대한 양가감정을 더욱 깊이 있게 경험을 할 수 있다는 것이다. 그러나 실험적 접근이 자동적으로 효과를 발휘하는 것은 아니다. 실험적 접근이 어떤 맥락에서, 어떤 방식으로, 어떤 관계 속에서 이루어지는지에 따라 그 결과는 크게 달라질 수 있다. 실험적 접근이 단순한 기술적 적용에 머무르거나 수동적인 해석을 받거나 강화에 의한 행동 수정을 요구받는다면, 내담자는 그 과정에서 소외될 수 있으며, 변화 또한 일어나지 않을 수 있다. 따라서, 치료자는 내담자의 이야기를 진심으로 경청하며, 대화적 관계 속에서 현존하여 실험적 접근이 유기적으로 흐를 수 있도록 조율해야 한다. 실험적 접근의 과정을 온전히 함께 따라가 주며, 내담자 스스로가 능동적인 발견과 통찰을 이뤄나갈 수 있도록 하는 치료자와의 진정한 만남을 통해서만이 비로소 심층적인 체험과 변화가 일어날 수 있기 때문이다.

셋째, 모든 실험적 접근은 대화적 맥락에서 시작되고, 실험적 접근이 끝난 후 다시 대화적 맥락으로 돌아가야 한다. 이는 게슈탈트치료가 지향하는 '연결(Connectedness)'의 목표와 부합해야 하기 때문이다 (Polster, 2006). 실험적 접근이 대화적 흐름에서 벗어나면, 내담자와 치료자는 사라지고 실험만이 남게 되어 과정의 본래 의미를 잃어버리게 된다. 즉 실험 자체가 목적이 아니라, 실험적 접근을 통해 내담자가 자신의 경험을 깊이 탐색하고, 자신과의 관계를 새롭게 정립하며, 환경과의 연결을 회복하는 것이 본질적인 목표이다. 그렇기에 실험적 접근은 현상학적, 장이론적, 대화적 관계 등을 기반으로 이루어져야 하며, 치료자가 내담자의 자율성을 존중하는 과정 속에서 자연스럽게 흘러가야 한다.

따라서 실험적 접근은 내담자가 자신의 경험을 단순히 이야기하는 것을 넘어, 지금 여기에서 직접 체험하고 탐색하도록 유도하는 적극적인 과정이다. 이는 과거의 사건을 단순히 회상하는 것이 아니라, 현재 순간에서 감각, 정서, 신체 반응, 행동을 통합적으로 경험하도록 돕는 과정으로, 내담자가 자신의 미해결 과제와 접촉하고 새로운 행동을 시도할 수 있도록 한다. 실험적 접근을 통해 내담자는 기존의 고착된 패턴에서 벗어나, 새로운 통찰을 얻고 창조적인 행동을 선택하며, 환경과의 관계를 보다 능동적으로 조율하는 경험을 하게 된다. 다만, 실험적 접근은 단순한 기술적 기법이 아니라, 치료자와의 대화적 맥락 속에서 자연스럽게 이루어질 때 의미를 가지며, 이를 통해 내담자는 자기 자신과 타인, 환경과의 연결을 회복하며 성장과 변화를 경험하게 된다.

한편, 이러한 목표를 달성하기 위해 게슈탈트치료의 기법으로는 빈 의자 기법, 두 의자 기법, 꿈작업, 창조적 투사, 역할연기, 직면, 욕구와 감정 알아차리기, 신체감각 알아차리기, 언어와 행위 알아차리기, 환경 알아차리기 등이 있다. 각각의 기법을 간략히 설명하면, 빈의자 기법(Empty Chair)은 내담자에게 중요한 인물, 예를 들면 부모, 친구, 배우자 등을 빈 의자에 있다고 상상하고, 그 인물과 직접 대화하도록 하는 기법이다. 즉 내담자에게 중요한 사람이 빈의자에 앉아 있다고 상상하고 그 사람에게 실제로 하고 싶은 말과 행동을 하게 한다. 이는 내담자가 표현하지 못했던 감정을 직접 경험하고 표현하도록 돕는다. 그렇게 함으로써 과거의 관계에서 해결되지 않은 감정을 현재 순간에서 재경험하고 정리하도록 하여 정서적 통합을 이루게 한다.

두 의자 기법(Two-Chair)은 내담자의 내적 갈등을 표현하도록 돕는 기법이다. 예를 들면, 내담자는 두 개의 의자에 번갈아 앉으며 자신의 상반된 감정이나 사고를 표현하면서 대화를 나누게 된다. 즉 한쪽 의자에서는 책임을 회피하고, 다른 의자에서는 책임을 받아들이는 역할을 번갈아 수행하면서 내면의 갈등을 명확히 한다. 내담자가 자신의 내적 갈등을 자각하여 상전과 하인의 역할로 나눠 성찰해 봄으로써 내담자의 선택과 행동, 감정 등 모든 측면들을 보다 명료화하게 하여 통찰을 얻도록 돕는 과정이다.

꿈 작업(Dream Work)은 꿈을 해석하는 것이 아니라, 꿈에서 본 장면을 '지금 여기'에서 연기하게 함으로써 직접 체험하는 기법이다. 즉 꿈을 해석하기보다 내담자가 꿈에서 본 것을 '지금 여기'에서 일어나고 있는 것처럼 연기하도록 하여, 그 장면이 현재 자신의 삶에서 어떤 의미를 가지는지 탐색한다. 이 과정은 꿈을 통해 표현된 꿈의 요소들을 자각하여 내면의 억압된 감정이나 욕구를 탐색하고 표현할 수 있도록 할 뿐만 아니라 현재의 삶과 연결되는 의미를 발견할 수 있게 한다.

창조적 투사(Creative Projection)는 자신의 감정이나 생각을 외부 대상에 투사하여 이를 자각하는 기법이다. 게슈탈트 치료에서는 무의식적 투사와 병적인 투사 사이의 차이는 '알아차림'에 있다고 본다. 즉 자신의 투사 행위를 자각하고, 그것이 자신에게서 비롯된 것임을 깨닫게 하는 것이 핵심이다.

역할연기(role play)는 내담자가 특정한 상황을 가정하고, 그 속에서 특정 역할을 연기하면서 자신의 감정 및 행동 패턴을 탐색하는 기법이다. 즉 내담자로 하여금 어떤 상황을 가정하여 그 역할이나 행동을 실제로 해보도록 함으로써 자신의 감정이나 행동 패턴을 이해할 뿐만 아니라 새로운 감정 표현 방식이나 행동 방식을 시도해 보고, 대안적 대응 방법을 익힐 수도 있다.

직면(confrontation)은 내담자의 행동, 사고, 감정에 있는 불일치나 모순을 깨닫도록 하는 기법이다. 즉 진실을 외면하거나 회피하지 않고 있는 그대로 직시하여 알아차리게 하는 기법이다. 그렇게 함으로써 내담자의 변화에 대한 동기를 강화할 수 있다.

이 밖에도 알아차림을 촉진하는 기법들이 있다. 욕구와 감정 알아차리기는 지금 여기에서 체험되는 욕구와 감정을 알아차리게 하는 기법이다. 신체 감각 알아차리기는 신체 감각을 알아차림으로써 자신의 감정, 욕구, 무의식적 생각을 알아차릴 수 있도록 하는 기법이다. 언어와 행위 알아차리기는 언어습관을 점검하여 내담자가 보다 주체적인 사고를 할 수 있도록 돕는 기법이다. 예를 들어, '나 서술문', 즉 나를 주어로 하는 서술문을 "나는 ~하기로 선택했다."로 언어 표현을 바꾸는 기법이다. 환경 알아차리기는 내담자가 자신이 처한 환경과의 관계를 인식할 수 있도록 하는 기법이다. 환경을 알아차림을 통해 현실과의 접촉을 증진하고 이로 인해 미해결 과제를 더 잘 해결할 수 있게 한다.

이와 같은 게슈탈트치료에서 사용되는 다양한 기법들은 단순한 대화 이상의 체험적 접근을 통해 내담자가 자신의 감각, 감정, 사고, 신체 반응, 행동을 보다 깊이 알아차리고 통합해 나갈 수 있도록 돕는 과정이다. 더 나아가 새로운 가능성을 발견하며, 삶을 보다 역동적이고 창조적으로 살아갈 수 있도록 안내하는 과정이라 할 수 있다.

통합적 글쓰기치료의
심리적 기제와 수행 단계

1. 심리적 기제

이 단원에서는 글쓰기치료를 수행하는 데 있어서의 주요 심리적 기제(psychological mechanism)에 대해 설명한다. 글쓰기치료에서의 주요 심리적 기제는 크게 네 가지로 구분할 수 있다. 첫째는 자아와 서사주체 둘째, 대상화 셋째, 자아성찰 넷째, 자아통합 등이다. 하지만 각각의 심리적 기제들이 서로 유기적으로 연결되어 작동하기 때문에 통합적인 관점에서 이들 심리적 기제를 체득하고 구현해 나가야 한다.

1) 자아와 서사주체

인간은 저마다 하나 이상의 자아를 가지고 있다. 이는 프로이트와 융의 이론을 이해하는 사람이라면 누구도 부정할 수 없는 사실이다. 물론 현대의 심리학적 이론들 또한 대부분 이 개념에 기반을 두고 논리를 전개해 나가고 있음을 확인할 수 있다. 그렇기 때문에 글쓰기치료에서도 이러한 맥락을 견지하여 논의를 전개해 나가고자 한다. 특히, 이 장에서는 올포트(Gordon Willard Allport)가 제안한 특질 이론(Trait Theory)에 주목하여 논의를 전개한다. 다만, 여기서는 올포트의 이론을 간략히 언급하는 정도에서 그치고, 이 이론을 참고하여 본격적으로 '자아와 서사주체' 관련한 논의를 해 나가고자 한다.

올포트는 성격을 개인의 독특한 행동과 사고, 감정 등을 결정하는 심신적 체계, 즉 개인 내 역동적 조직(dynamic organization)으로 규정한다. 그런 후, 사회·문화 속에서 공유하는 일반적인 것은 특질(Traits), 개인이 가지는 독특한 성격을 나타내는 것은 개인적 성향(Personal Dispositions)으로 구분한다. 개인적 성향에는 주특질(cardinal traits), 중심특질(central traits), 이차적 특질(secondary traits) 등이 속해 있는데, 개인의 거의 모든 생활에 영향을 미치는 지배적 특질은 주특질, 타인이 특정 개인을 묘사할 때 주로 언급하는 개인의 특성은 중심특질, 주특질이나 중심특질보다 덜 두드러지고 특정한 상황에서만 나타나는 영향력이 적은 특질은 이차적 특질로 보았다. 물론 올포트가 얘기하는 '성격'이라는 개념 자체가 자아는 아닐지라도 그것이 자아의 형성과 발달, 그리고 실현 양태에 지속적이고 지배적인 영향을 끼치거나 규정하는 측면을 고려할 때, 매우 밀접히 관련된 개념으로 받아들일 수 있다. 즉 올포트는 자아를 고유자아(Proprium)라는 개념으로 설명하며, 개인의 성장과 발달 과정에서 성격을 형성하고 변화시키는 중심 요소로 보았을 뿐만 아니라 자아의 성장과 성격의 형성이 서로 영향을 주고받는다고 보았다. 이때, 개인적 성향이 자아의 발달 과정에서 어떤 특질이 중심이 될 것인지 결정하는 역할을 하며, 특정한 성향이 강하게 형성될수록 개인은 보다 명확한 자아 개념을 가지게 된다고 한다.

그런데 이러한 관점은 글쓰기치료에서도 중요한 의미를 갖는다. 글쓰기치료도 이러한 이론적 측면들을 바탕으로 인간의 자아가 단일한 고정된 실체가 아니라 하나 이상이 존재하며, 역동적인 과정에서 성장하고 변화한다고 보기 때문이다. 즉 인간 모두 저마다 하나 이상의 자아를 가지고 있고, 역동적인 과정을 통해 성장하고 변화한다는 의미이다. 따라서 이 장에서도 이러한 이론적 근거를 바탕으로 논의를 전개해 나간다. 독특하게는 프로이트와 융뿐만 아니라 동양철학적 관점에서 그 뿌리를 접목시켜 자아의 개념을 탐구한다. 하지만 궁극적으로, 자아는 단일한 정체성이 아니라 역동적인 상호작용 속에서 변화하고 성장하는 존재이며, 이는 서양과 동양의 철학적 관점을 초월하는 공통된 인식이라는 점에서 논의의 큰 틀은 다르지 않다.

글쓰기치료에서는 '자아'라는 개념을 우리말의 어원과 전통을 바탕으로 규정하여 사용한다. 물론 프로이트의 'Ego'와 융의 'Self'에 대해 비교 고찰하여 규정한다. 아직은 프로이트의 'Ego'을 주로 자아로, 융의 'Self'를 주로 자기로 번역하여 유사한 개념과 의미로 사용하고 있다. 하지만 번역과 역번역에 있어 '자아'와 '자기', 프로이트의 'Ego'와 융의 'Self'가 혼용되고 있어 다소 혼란이 초래되고 있는 양상이기도 하다. 그렇기 때문에 글쓰기치료에서는 우리말의 전통과 어원을 바탕으로 새롭게 규정하여 사용한다. 이는 앞으로 언급할 심리적 기제인 자아성찰과 자아통합의 개념을 규정하고 더욱 엄밀하게 밝히는 데에 있어서 필수불가결한 논의이다.

먼저 사전에 의하면, 단어 '나'는 인칭대명사로 쓰일 때는 '자기 스스로'의 의미를 나타낸다. 명사로 쓰일 때는 '자신' 또는 '자기 자신' 등의 의미를 가진다. '나'는 한자로 '我', '吾' 등이 있다. '我'와 '吾'는 다른 뜻도 있지만, '我'는 '나, 자신', '吾'는 '나, 자기, 우리' 등의 뜻으로 주로 쓴다. 또한 '기(己)'도 '몸, 자기' 등의 뜻이 있다. 원래 실패를 상형한 문자인데, 가차(假借)하여 '자기 몸'의 뜻을 나타낸다. 직접적으로는 '나'의 의미를 갖지 않지만, 유사하게 쓰고 있다. 한편 '自'는

'몸, 자기, 스스로, 저절로' 등등의 의미를 가진다. 그리고 '自'는 한자의 근원(字源)이 코의 상형문자로 변화하여 '자기, 나'를 뜻한다.

그렇기 때문에 '자아(自我)'는 '스스로 자'자에 '나 아'자가 결합하여 생성된 단어이다. '자(自)'와 '아(我)'가 결합하여 생성된 우리말 '자아'는 '나, 자신, 자기' 등의 의미를 가진다. '자아'는 한자로 '自我'이다. 품사는 명사이다. 그리고 '자(自)'와 '기(己)'가 결합하여 생성된 자기는 '제 몸, 나, 자아, 자신' 등을 나타낸다. 한자로 '自己'이다. 품사는 '자아'와 같다. 결국 이러한 점을 고려해 볼 때, 우리말 '자아(自我)'와 자기(自己)가 의미하는 바가 다르지 않음을 확인할 수 있다. 물론 그 용례가 다른 경우가 있다. 하지만, 본래 그 의미는 유사하다고 할 수 있다. 언어관습적인 측면에서 구별하여 쓰일 뿐이다. 그럼에도 불구하고 자아(自我)에 대한 엄밀한 탐구가 더 필요한 것은 사실이다.

그런데 사전에서는 '자아'를 심리학과 철학 분야 두 가지 측면에서 규정한다. 비슷한 말로, '나', '자기' 등이 있다. 심리학 분야에서는 주로 자신에 대한 의식이나 관념이라고 규정한다. 그리고 정신 분석학에서는 이드(id), 초자아(super ego)와 심리를 구성하는 한 요소로, 현실 원리에 따라 이드의 원초적 욕망과 초자아의 요구를 조절하는 주체로 규정한다. 뿐만 아니라 철학 분야에서는 자아가 대상의 세계와 구별된 인식·행위의 주체이다. 체험 내용이 변화와 상관없이 동일성을 유지하여, 작용·반응·체험·사고·의욕 등의 작용을 하는 의식의 통일체의 의미로 쓰인다. 철학사전에서도 근대 초기 이래 관념론적 주장의 근거가 되었는데, 자아의 실체를 인정하든 부정하든 절대화하든 절대화를 부정하든 인식과 실천에 있어서 지속적으로 한 개체로 존속하며, 자연이나 타인과 구별되는 개개인의 존재를 가리킨다. 마르크스 주의 철학도 자아를 사회적 관계의 총합으로 파악한다. 즉 다시 정리하면, 철학적 의미 규정은 나를 제외한 타자와의 관계에서의 상대적인 의미 규정인 반면, 심리학 분야에서의 의미 규정은 인간 독립적 존재의 의식 주체로서의 '자아'의 위상과 역할, 기능 등을 나타내고 있다. 그러므로 사전의 '자아'에 대한 철학분야의 의미 규정은 차치하고서라도 심리학 분야에서의 의미 규정에 주목하면, '자아'의 심리학적 의미 규정이 프로이트의 정신분석학에 바탕을 둔 의미 규정임을 알 수 있다.

자아는 이드의 원초적 욕망과 초자아의 요구를 중재하고 통제, 조절하는 주체로서의 위상과 역할, 기능을 맡는다.

프로이트는 '자아'를 독일어로 'das Ich'로 표현한다. 그러면서 사람의 전체적 자기를 다른 사람들과 구별한다. 즉 각 개인의 정신 과정을 일관성 있게 조직하는 존재이고 의식의 특정부분을 지칭하는 말로 쓴다. 하지만 의식, 전의식, 무의식에 걸쳐 존재한다고 할 수 있다. 왜냐하면, 이는 프로이트가 '자아'를 육체적인 표면에서 나오는 감각에서 유래된 것으로 정신기관의 외관을 대표하는 것 외에 육체적 표면의 정신적 투사라고 간주하고 있기 때문이다. 그렇기 때문에 자아는 이드의 원초적 욕망과 초자아의 요구를 중재하고 통제, 조절하는 주체로서의 위상과 역할, 기능을 맡는다.

다른 사전도, 철학분야에서는 "나, 곧 의식자가 다른 의식자 및 대상으로부터 스스로를 구별하는 지칭"으로 쓰이고, 심리학 분야에서는 앞의 국어사전과 마찬가지로 "자신에 관한 각 개인의 의식 또는 관념"을 의미하는 명사로 규정하고 있다. 의식에 국한하고 프로이트의 무의식에 대한 언급이 빠지긴 했지만, 이 사전에서도 프로이트의 'das Ich', 즉 'Ego'의 개념이 일정 정도 반영되었음이 틀림없다. 두 사전의 표현이 조금씩 다르기는 하지만, 대동소이함을 알 수 있기 때문이다. 물론 다른 국어사전들도 마찬가지이다. 다만 이 두 사례만을 들었을 뿐이다.

한편 사전에서 '자기(自己)'는 '그 사람 자신'을 의미하는 명사이다. "어떤 사람을 말할 때, 그를 도로 가리키는 말"을 의미하는 인칭대명사로 규정하고 있다. 그리고 이 사전에서는 '자신(自身)'을 '자기, 제 몸'을 의미하는 명사로 규정하고 있다. 심리학적인 의미로는 따로 언급되어 있지 않다. 추측컨대 프로이트의 'Ego'를 '자아'로 번역하여 받아들인 후 국어사전에 반영하였지만, 융의 독일어 'Selbst' 개념에 대해서는 명확한 규정이 어려웠을 가능성이 크다. 왜냐하면, '자기'로 번역하여 쓰면서도 우리가 언어관습적으로 쓰고 있는 '자기'라는 단어와 융의 독일어 'Selbst' 개념과는 서로 다른 의미로 쓰이기 때문이다. 즉 용어의 개념과 사용에 있어서 서로의 문화적 차이가 컸기 때문이다. 그래서 그러한 언어 사용 상황에 대한 인위적 변화를 꾀하는 데에 부정적이었을 가능성이 있다.

그런데 정연창은 우리말에서 '자기'는 재귀사라 한다. 전통적으로 재귀사는 주체어의 행위가 다시 주체어에 되돌아가는 것을 나타내는 요소로 정의하고 있다. 주요 기능으로는 재귀 지시, 강조, 두루 가리킴 등이 있다. 학자에 따라 대명사 또는 대용사의 기능을 지니는 용어이다. 특히나 '자기(自己)'가 대명사로 쓰일 경우, 제 몸, 제 자신(自身), 나, 막연하게 사람을 가리키는 말이다. 용례로는 "영희는 자기 아버지를 사랑한다.", "철수가 자기를 칭찬했다." 등이 있다. 높임말로는 '당신'이 쓰인다. '당신'은 앞에서 이미 말하였거나 나온 바 있는 사람을 도로 가리키는 삼인칭 대명사이다. 용례를 들면, '자기'를 아주 높여 이르는 말로, "할아버지께서는 생전에 당신의 장서를 소중히 다루셨다.", "아버지는 당신과는 아무 상관없는 사람이라도 강자가 약자를 능멸하는 것을 보면 참지 못하신다." 등과 같이 쓰인다.

하지만 여기서는 재귀사 '자기'의 모든 형태와 기능을 다루지 않는다. 다만, '자기+명사' 형태로 결합된 어휘 속 '자기'에 해당하는 것들만을 고찰한다. '자기'가 관형어로써의 기능과 역할을 갖고, 관형격 조사 '의'가 없이 명사적으로 사용되어 새로운 파생 어휘를 만들어내는 경우이다. 예를 들어, 자기성찰, 자기반성, 자기비하, 자기자비, 자기사랑, 자기소개, 자기발전, 자기개발, 자기평가, 자기도취, 자기노력, 자기발견, 자기실현, 자기암시, 자기만족, 자기혐오, 자기중심, 자기방치, 자기방어, 자기희생, 자기동생, 자기집, 자기사람, 자기의식 등이다. 이들 어휘는 '자기' 뒤에 명사가 붙음으로써 '자기' 뒤에 붙은 명사가 꾸며주는 주어가 스스로 느끼는 것이나 스스로 행동하는 뜻을 나타낸다. 물론 여기서는 이러한 어휘 속 '자기'만을 대상으로 한다.

그 이유는 첫째, 심리·상담·치료학 분야 논저에서 '자기'라는 개념어가 독립적으로 쓰이는 경우는 융의 '자기'라는 개념을 나타낼 경우 외에는 드물기 때문이다. 둘째, '자기'라는 단어를 적합하고, 정확하게 사용하기 위해서이기도 하다. 예를 들어, 자기성찰, 자기반성 등의 어휘는 자신에 대한 성찰, 자기 자신에 대한 반성으로, 자기동생, 자기집, 자기사람, 자기의식 등의 어휘는 자기 소유격 표지 '의'를 써서 자기의 동생, 자기의 집, 자기의 사람, 자기의 의식 등으로 대체할 수 있다. 이런 경우 굳이 '자기'가 꼭 쓰일 필요성이 제기되지 않는 경우에는 다른 단어, 즉 '자기자신, 자신, 자아, 나' 등의 활용 필요성을 제기하고자 하기 때문이다. 특히, '자기'와 '자신' 등은 나타내는 형식이나 용법에 있어 조금의 차이가 있기도 하다. 하지만, 기능에 있어 매우 유사하다. 그리고 모두 앞에서 나온 사람을 도로 가리키는 말로 쓰이고 있다는 공통점도 있다. 뿐만 아니라 '자기자신'은 '자기'와 '자신'의 합성어이고, 이것들은 비교적 많은 경우에서 서로 교체되어 자연스럽게 쓰일 수 있다. 예컨대, "저 투덜이는 자기자신만 아는 사람 같다."라는 문장에서처럼 '자기', '자신'과 같은 의미와 역할을 갖고 있기도 하기 때문이다. 셋째, '자아성찰'의 개념규정과 의미를 더욱 엄밀히 하기 위해서이다. '자아성찰'의 개념규정과 의미를 분명히 하여 지금까지 '자기성찰', '자기존중', '자기정체' 등의 어휘가 쓰임으로 해서 초래된 '자기'라는 개념어의 혼란스러운 사용을 바로잡고자 한다.

따라서 '자기'라는 단어를 '자아'와 같은 의미로 사용한다면, 굳이 '자기성찰'이라는 용어 표현을 쓸 필요가 있는가 하는 문제가 발생한다. 특히나 심리, 상담, 치료 등의 학문 분야에서 더욱 그렇다. 물론 언어 습관을 하루 만에 바꿀 수는 없지만, 적어도 '자아', '자기' 또는 '자기성찰' 등이 어떤 의미로 쓰이고 있는지를 각각의 논의에 앞서 분명하게 밝혀야만 한다.

글쓰기치료에서는 이러한 논의를 바탕으로 '자아'와 '자기'를 분명하게 구분하여 사용한다. 즉 자아는 프로이트의 정신분석학에 바탕을 둔 의미 규정으로 이드의 원초적 욕망과 초자아의 요구를 중재하고 통제, 조절하는 주체로서의 위상과 역할, 기능을 맡는 관념이다. 또한 자기는 융의 '자기' 개념으로 규정하여 사용하며, 융의 '자기' 개념이 꼭 필요한 경우 외에는 '자기자신, 자신, 자아, 나' 등을 활용한다. 즉 자기는 집단 무의식 속의 중심적 원형이다. 자아의 고유한 것, 중앙의 것이다. 동양의 참자아의 개념과 같다고 할 수 있다. 그래서 글쓰기치료에서는 융의 자기와 동양의 '참자아'를 같은 개념으로 설정한다.

하지만 이러한 구별은 글쓰기치료 이론을 논리적이고, 체계적으로 전개하기 위한 수단에 불과하다. 글쓰기치료에서는 몸과 마음과 정신, 의식과 무의식, 사고와 감정과 행동, 자아와 자기 등이 하나라고 본다. 예를 들어, 바닷물의 물과 소금과 같다. 물과 소금은 서로 구별되지만, 섞이면 특별한 공정을 거치지 않는 한, 나눌 수 없는 하나가 되는 이치다. 물론 따지고 들면, 아들러(Alfred Adler)의 전체론적 인간관과 맥을 같이 한다. 인간을 전체적으로 보아야 한다는 입장이다. 즉 양극성 개념의 환원론적 관점보다는 전체론적 접근을 통해 인간을 주체적이고 능동적인 유기체, 통합된 유기체로 보는 입장이다.

자아는 타고난 자아, 형성된 자아 등으로 구분된다.

한편, 글쓰기치료에서는 프로이트, 융, 올포트뿐만 아니라 캐머론 웨스트(Cameron West), 리타 카터(Rita Carter), 와다 히데키(Wada Hideki, 和田秀樹) 등의 심리학자들과 함께 인간이 하나 이상의 자아를 갖고 있다는 사실에 동의한다. 더 나아가 이러한 이론의 맥락을 바탕으로 인간의 자아를 형성 시기에 따라 타고난 자아와 인생의 초기 형성된 자아, 그리고 인생의 초기 이후 형성된 자아 등 세 가지로 구분한다. 타고난 자아는 출생과 함께 주어진 자아이고, 인생 초기 형성된 자아는 성장 과정에서 초기 경험을 통해 형성된 자아이며, 인생 초기 이후 형성된 자아는 이후의 삶 속 역동적인 환경과 경험을 통해 형성된 자아이다. 이러한 자아들은 인간의 역동적인 성장과 발달 과정을 반영하며, 단절적으로 형성되는 것이 아니라 서로 연결되고 영향을 주고받으며 발전한다. 즉 자아는 무에서 유가 창조되듯 새롭게 탄생하는 것이 아니라, 기존의 자아를 바탕으로 자신을 둘러싼 인간, 사회, 문화, 자연 등 세계와의 상호작용 속에서 신체적·심리적·정신적 경험에 영향을 받아 다양한 방식으로 형성된다. 물론, 한 번 형성된 자아가 완전히 사라지는 것은 아니다. 이는 인간의 성장과 발달이 단절적인 단계로 진행되지 않는 원리와 같다. 대신, 인간은 여러 자아의 역동적인 관계에서 사고, 행동, 감정 등을 주체적이고 능동적으로 결정하며 살아간다. 즉, 자아는 연속적인 성장과 발달의 과정에서 형성되고 변화하는 존재이다. 자아가 지속적으로 변화하면서, 개인의 사고, 행동, 감정이 일정한 흐름을 갖게 되면 특정한 경향성이 형성된다. 이러한 경향성이 반복되면서 습관이 형성되고, 습관이 축적됨에 따라 성격(personality)이 자리 잡는다. 결국, 성격이 더욱 정교하게 다듬어지면 인격(character)을 구성하게 된다. 이와 같이 인간의 인격은 단순한 본능적 충동이나 환경의 영향만으로 결정되는 것이 아니라, 여러 자아들의 상호작용과 성장 과정에서 점진적으로 형성된다.

하지만 자아가 형성되고 인격이 구축되는 과정에서는 필연적으로 갈등이 발생할 수 있다. 개별적인 자아들 간에 충돌이 일어나면서 내적 갈등이 심화될 수 있으며, 이러한 갈등이 해결되지 않으면 심각한 삶의 문제로 드러날 수도 있다. 또한, 한 개인이 형성한 인격이 사회적 환경과 부조화를 이루면서 타인의 인격과 충돌할 경우, 반사회적 문제로 확대될 가능성도 존재한다. 이는 사회적 관계에서 갈등과 심리적 문제로 이어질 수 있다. 이처럼 인간의 자아는 지속적인 성장과 발달의 과정에서 환경과 조건에 따라 변화하며, 필연적으로 갈등을 수반한다. 하지만 이러한 갈등을 어떻게 해결하고 통합하느냐에 따라 건강한 자아가 형성될 수도, 반대로 심리적 위기나 사회적 문제로 발전할 수도 있다.

타고난 자아는 인간이 태어나기 이전부터 형성되는 자아로, 두 가지 주요 과정에서 형성된다. 첫째, 유전자 속에 축적된 경험의 총체에서 비롯되며, 둘째, 태내의 경험을 통해 형성된다. 먼저, 타고난 자아는 인간의 유전자 속에 축적된 경험의 총체 속에서 형성된다. 이는 먼저 프로이트의 생물학적 본능, 비합리적인 힘, 무의식적 동기와 깊은 관련이 있다. 즉, 인간이 동물적 본능을 지닌 존재라는 점에서 원초적인 자아로 기능한다. 또한, 이는 융의 집단무의식과도 연결된다. 집단무의식이란 선행 인류로부터 전해진 삶의 경험과 역사, 문화 속에서 축적된 모든 신체적·심리적·정신적 경험의 총체를 의미한다. 다시 말해, 조상 대대로 학습되고 전수된 경험들이 인간의 유전자에 각인된 결정체라 할 수 있다. 흥미로운 점은 이러한 집단무의식이 상징(symbol)을 통해 태어나기도 전에 인간의 무의식에 내재된다는 것이다. 예를 들어, 특정한 패턴의 행동, 감정 반응, 직관적 사고 등이 인간이 태어나면서부터 자연스럽게 나타나는 이유는 이러한 선천적 경험이 타고난 자아 형성의 구성 요소로 작용하기 때문이다. 이처럼 유전적 기억 속에서 축적된 경험은 인간이 세상을 인식하고 반응하는 방식에 중요한 영향을 미친다.

또한, 타고난 자아는 태내(胎內), 즉 모태 속 경험을 통해 형성된다. 태아는 수동적인 생물학적 존재가 아니라, 태반 내에서도 심리적·정신적 경험의 총체를 축적하며 성장한다. 물론, 이러한 경험은 크게 두 가지 방식으로 이루어진다. 직접적인 경험과 모체(母體)와의 연결을 통한 간접적 경험이다. 예를 들어, 태아가 외부 충격, 환경적 스트레스

등 물리적 자극을 직접적으로 경험할 경우, 위험을 인식하고 이에 대한 반응을 형성할 수 있다. 이러한 경험은 이후 태아의 자아 형성에 중요한 요소로 작동할 가능성이 높다. 그리고 태아는 탯줄을 통해 모체와 연결되어 있으며, 임신부터 출산까지 모체로부터 다양한 신체적·심리적·정신적 경험을 전달받는다. 예를 들어, 임신 중 스트레스, 불안, 기쁨 등 어머니가 겪는 정서적 변화는 태아에게도 영향을 미친다. 출산 직전의 상황, 즉 분만 과정에서의 자극도 태아의 심리적 구조 형성에 영향을 줄 수 있다. 이러한 태내 경험은 인간의 삶과 자아 형성에 매우 중대한 영향을 미친다. 따라서 유전적 기억을 통해 축적된 경험과 태내 환경에서의 경험은 서로 구별될 수 있지만, 모두 타고난 자아의 핵심적인 구성 요소가 된다.

형성된 자아는 성장과 발달의 단계에 따라 크게 두 가지로 구분한다. 인생의 초기에 형성된 자아와 인생의 초기 이후에 형성된 자아로 구분한다. 인생의 초기에 형성된 자아는 생후 5~6년 동안에 형성된 자아이다. 즉 생후 5~6년 동안의 경험을 통해 형성된 자아이다. 이는 생의 초기 5~6년 동안의 경험이 인간 행동의 강력한 결정요인이 된다는 프로이트의 주장뿐만 아니라 결정론적인 관점에 동의하지는 않지만 중요하게 다루는 현대심리학의 성과 등을 고려한 설정이다. 대부분의 현대심리학 이론에서도 프로이트의 결정론에 대해 비판적이지만 생의 초기 5~6세 동안의 육체적, 심리·정신적 경험이 미치는 영향에 대해 매우 중요하게 다루기 때문이다. 그렇기 때문에 인생의 초기 경험을 통해 형성된 자아는 인간의 사고, 행동, 감정 등에 지속적으로 작용하고, 영향을 미치므로 매우 중요하게 다뤄져야만 한다. 하지만, 절대적이지는 않다. 인간의 성장과 발달은 내적 성숙 시간표에도 달려 있고, 발달 초기의 실패 경험은 평생의 발달 과정에서 극복될 수 있기 때문이다.

뿐만 아니라 인생 초기에 형성된 자아는 무에서 창조된 것이 아니다. 타고난 자아를 형성한 인간이 태어난 후, 자신을 둘러싼 인간과 사회, 세계 등과의 관계와 그 속에서의 육체적, 심리·정신적 경험에 의해 형성된다. 물론 하나 이상의 자아가 다양하게 형성된다. 그리하여 자아들의 갈등과 상생의 역관계 속에서 연속적인 성장과 발달을 거듭한다. 특히나 일정한 흐름을 가질 경우, 인간 경향, 습관을 형성하고, 인격으로 구성되기도 한다. 하지만 이렇게 인격이 구성되기까지는 자아들 간의 갈등뿐만 아니라 심각한 문제 상황이 발생될 소지가 있다. 사회적으로도 다른 인격들과 갈등을 야기해 반사회적 문제를 유발할 수도 있다.

또한 인생의 초기 이후에 형성된 자아는 타고난 자아나 인생의 초기에 형성된 자아를 바탕으로 형성된다. 인생의 초기에 형성된 자아와 마찬가지로 자신을 둘러싼 인간과 사회, 세계 등과의 관계와 그 속에서의 육체적, 심리·정신적 경험에 의해 형성된다. 그리고 하나 이상의 자아가 다양하게 형성된다. 융은 이러한 자아를 '자신을 방어하기 위해 쓰는 가면 혹은 공적 얼굴'이라고 하면서 '페르소나'라고 명명한다. 이것은 본래 우리 얼굴이 아닌 역할연극을 위해 가면으로 쓴 것과 같은 개념으로 자아의 인격적 모습일 뿐이지만, 본질적으로 자아이다.

그런데 이렇게 형성된 자아 중에는 다른 자아들 간의 역관계 속에서 삶의 중심을 차시하는 자아가 되는 경우가 있다. 즉 중심자아이다. 그런 경우 삶의 중심에 서서 자신의 사고, 행동, 감정 등을 의식적으로 규정한다. 하지만 많은 자아의 경우, 사회적 인간으로서 갖춰야만 할 사회적 역할, 습관, 규범 등에 의해 형성된 자아이다. 이러한 자아는 삶의 중심에 있지 못하고, 주변에 있다. 뿐만 아니라 완전한 인격체도 아니다. 잠재적으로 구성된 인격체이다. 그러나 끊임없이 삶의 중심에 서서 자아를 실현하려고 한다. 결국 이러한 본능적 동기가 심리적 갈등과 장애, 문제 상황을 유발하기도 한다.

하지만 자아들은 이러한 상황 속 역관계 속에서 연속적인 성장과 발달을 거듭한다. 특히나 일정한 흐름을 가질 경우, 인간 경향, 습관을 형성하고, 인격으로 구성되기도 한다. 하지만 이렇게 인격이 구성되기까지는 앞에서 언급했듯이 자아들 간의 심리적 갈등과 장애뿐만 아니라 심각한 문제 상황이 발생할 소지가 있다. 사회적으로도 다른 인격들과 갈등을 일으켜 반사회적 문제를 유발할 수도 있다. 물론 반사회적인 심리적 갈등과 장애, 문제 상황을 유발하는 자아는 건강하지 못하다. 다만, 자아들 간의 문제 상황이 반드시 유익하지 못한 상황은 아니다. 이러한 심리적 위기 상황을 통해 인간은 성장과 발달을 거듭하기 때문이다.

그렇기 때문에 글쓰기치료에서는 자신을 둘러싼 세계 속에서 각기 다른 특성을 가지고 상호작용한다는 점에 더 주목한다. 즉 자아들의 각각의 삶의 양식, 즉 독특한 사고방식, 행동 및 정서적 습관, 타인과 관계를 맺는 방식 등의 차이에 주목한다. 왜냐하면 글쓰기치료에서 주요하게 다루고자 하는 것이 바로 이러한 상호작용 가운데 일어나는 심리적 갈등과 장애, 문제이기 때문이다. 즉 이러한 상황을 함께 대상화하여 성찰함으로써 통찰과 깨달음으로 이끄는 작업이다.

모든 갈등과 장애, 문제 상황 등은 긍정·부정의 양면성과 숙명성,
그리고 의외성 등을 가지게 되지만, 결국 인간의 지향과 선택,
자유의지에 달려 있다.

물론 인간의 지향과 선택, 자유의지에 따라 힘의 역관계는 크게 달라지기도 한다. 그래서 이성적인 측면, 합리적이고 논리적인 추론과 설득의 과정 등에 달려 있기도 하지만, 감성적인 측면, 비합리적이고 비논리적인 접근, 영적이고, 정신적인 접근 등이 더 필요한 때도 많다. 이들 간의 역관계는 환경과 조건, 상황에 따라 예측할 수 없는 경우도 많기 때문이다. 인간의 정신적인 영역, 영적인 영역이기도 하고, 신의 영역이기도 하고, 감성적 영역이기도 하고, 본능적 영역, 무의식적 영역이기도 하기 때문이다. 그래서 한 인간의 자아와 그 자아가 지향하는 삶의 양태가 미쳐 생각할 겨를이 없이 갑작스럽게 바뀌기도 한다. 또한 이러한 점들로 인해 각각의 자아들이 서로 다른 욕구를 실현하는 과정에서 일으키는 심리적 갈등과 장애, 문제 상황의 속성이 결정된다. 즉 긍정·부정의 양면성과 숙명성, 그리고 의외성 등을 가지게 된다. 하지만 결국 인간의 지향과 선택, 자유의지 등에 달려 있다.

　따라서 글쓰기치료에서는 자아를 위상과 역관계에 따라 세 가지로 나눈다. 참자아, 중심자아, 주변자아 등이다. 이들 자아는 타고난 자아와 인생의 초기, 그 이후에 형성된 자아가 다양한 갈등과 장애, 문제 상황에서 연속적인 성장과 발달을 거듭하며 형성된다. 즉 삶의 다양한 심리적 위기 국면에서 자아들의 역관계에 따라 변경될 수 있다. 물론 대부분은 인간의 지향과 선택, 자유의지 등에 따라 결정된다. 결국 한 인간이 어떻게 살기를 소망하고, 의지를 갖고 노력하느냐에 따라 자아가 재구성될 뿐만 아니라 그들의 위상 또한 변화한다. 그렇기 때문에 하나 이상의 자아가 연결되거나 통합되었을 가능성은 항상 열려 있다. 자아들의 관계는 [그림 17]과 같다.

　참자아는 참된 자아이다. 여기서 참은 사실이나 이치에 조금 더 어

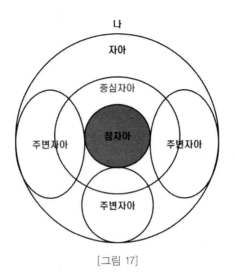

[그림 17]

굿남이 없는 어떤 것을 말한다. 지고지순, 즉 더할 수 없이 높고 순수
한 것, 완전하게 선한 어떤 것 등을 의미한다. 실체가 없어서 공허하
고, 헛된 것도 아니다. 오직 진실하고 바른 어떤 것을 의미한다. 그런
데 참자아가 바로 그런 참된 자아이다. 인간의 본래적인 모습, 선한
본성을 의미한다. 인간의 진실하고 바른 본래의 심리 내적 본질이다.
그렇기 때문에 참자아는 인간의 긍정적인 삶과 '선'한 지향을 갖고 있
다. 즉 인간은 누구나 인간다운 삶, 참된 삶, 정의로운 삶 등으로 표현
되는 '선'한 삶을 지향한다. 종교적인 측면에서 볼 때, 불성, 신성, 성
령 등과도 흡사한 개념이다.

참자아는 인간 내면의 중심에 위치하고,
완전한 구성체로 존재한다.

그런데 참자아는 인간 내면의 중심에 위치한다. 인간 내면의 중심에서 모든 자아들과 상호작용한다. 비록 다른 자아들과의 역관계 속에서 억압되어 드러나 보이지 않는 듯할 지라도 끊임없이 참자아를 실현하기 위해 작용한다. [그림 17]과 같이 참자아는 중심자아에 쌓여 있다. 참자아가 중심자아가 될 경우도 있지만, 참자아와 중심자아는 서로 구별된다. 참자아와 중심자아 간의 갈등과 장애, 문제 상황 등이 발생하기도 하기 때문이다. 이런 과정을 통해 참자아와 중심자아는 끊임없이 소통하고, 작용하면서 자아를 실현해 나간다. 즉 소통과 작용을 통해 중심자아는 지속적으로 참자아의 영향을 받게 된다. 그럼으로써 인간은 자신의 참자아를 지향하는 삶을 추구하게 된다. 궁극적으로는 이런 과정이 바로 참자아를 찾는 과정이기도 하다. 즉 인간의 삶의 의미나 목적이 참자아를 찾는 과정이기도 하다. 왜냐하면, 참자아는 스스로가 중심자아가 될 경우를 제외하고는 인간 삶, 사고, 행동, 감정 등의 전면으로는 드러나지 않는다. 중심자아와의 관계에서 끊임없이 자아실현을 위한 소통과 작용을 통해 실현한다. 그렇기 때문에 참자아를 찾고 실현하려는 인간의 지향과 선택, 자유의지와 노력 등만이 참자아의 실현을 이뤄낼 수 있다.

또한 참자아는 인간의 심리내적 본질로서 완전한 구성체다. 온 우주의 필수불가결한 요소들로 구성된 결정체이다. 즉 완전한 소우주와 같다. 씨앗과 같이 모든 것을 이룰 수 있는 무한한 가능성을 내포한 존재이다. 뿐만 아니라 참자아는 수동적이지도 않다. 주체적이고 능동적으로 자신의 무한한 가능성을 추구한다. 즉 끊임없이 참자아를 실현하기 위해 작용한다. 그래서 참자아는 융의 '자기'와 매우 흡사한 개념이다. '자기'로 대체할 수 있는 개념이다. 융의 '자기'도 자신의 고유한 것이고, 중앙의 것, 완전한 것이다. 그런데 인간의 삶이 온통 자기를 실현하는 과정이다. 자기실현의 역사가 곧 인간 자신의 삶인 것이다. 이렇듯 '자기'는 완전한 자기를 실현하기 위해 끊임없이 인간의 삶에 작용한다. 인간의 삶, 사고, 행동, 감정 등 모든 것에 미치지 않는 구석이 없을 정도다. 참자아와 마찬가지다.

중심자아는 지금 이 순간 자신의 삶을 이끄는 자아이다.
주변자아는 힘에 밀려 주변에 머무르는 자아이다.

한편 중심자아와 주변자아는 상대적인 개념이다. 즉 상대적인 위상의 차이에 의해 구별되는 개념이다. 절대적이고 고정불변의 위상도, 성격도, 영향력도 아니라는 의미이다. 중심자아도, 주변자아도 타고난 자아, 인생 초기 경험을 통해 형성된 자아, 인생의 초기 이후에 형성된 자아 등이 성장과 발달을 거듭하면서 형성된 자아이다. 즉 인간 삶의 과정에서 다양하게 형성된 자아들 중 하나이다. 뿐만 아니라 완전한 인격체가 아닌 자아인 경우도 있다. 구성적이고 과정적인 개념이기도 하다. 왜냐하면, 인간의 삶이 대체로 그렇듯이 자아도 그와 더불어 연속적으로 성장과 발달을 거듭하기 때문이다.

먼저 중심자아는 심리 내적 중심에 위치한 자아이다. 그 위상 또한 핵심적이고 중요하다. 인간의 삶, 사고, 행동, 감정 등을 일관되게 이끌어 나가는 역할을 한다. 즉 지금 이 순간 자신의 삶을 이끄는 자아이다. 인간의 다양한 자아들 중 역관계에 따라 결정되기 때문에 갈등과 장애, 문제 상황 등에 따라 변경될 수 있는 자아이기도 하다. 그렇기 때문에 얼마든지 참자아도 주변자아도 중심자아가 될 수는 있다.

하지만 독특한 경우를 제외하고는 이 힘에는 인간의 선택과 자유의지, 노력 등이 작용하기 때문에 갈등과 장애, 문제 상황 등만의 문제는 아니다. 당시 현재 자신이 의식적으로 지향하는 중심적인 삶이 무엇이냐에 따라 달라지기 때문이다.

반면, 주변자아는 말 그대로 중심에 있지 않은 자아이다. 지금 이 순간의 중심자아의 힘에 밀려 주변에 머무르는 자아이다. 타고난 자아, 인생 초기 경험을 통해 형성된 자아, 인생의 초기 이후에 형성된 자아 등이 성장과 발달을 거듭하면서 형성된 자아이다. 즉 삶의 과정에서 다양하게 형성된 자아들이다. 물론 완전한 인격체는 아니다. 일시적으로 존재하는 경우도 있다. 뿐만 아니라 다양한 심리적 갈등과 장애, 문제 상황에서 중심자아의 힘에 밀려나 있는 양태이다. 하지만, 구성적이고 과정적인 개념이므로 중심자아의 경우와 같이 인간의 삶과 더불어 연속적으로 성장과 발달을 거듭한다. 그렇기 때문에 시시 때때로 심리적 위기 속에서 불안과 두려움을 발생시키며, 중심자아의 위상에 도전한다.

중심자아는 주변자아와 끊임없이 상호작용한다.

그럼에도 불구하고 중심자아는 주변자아와 끊임없이 상호작용한다. 이는 성장과 발달을 위한 필연적 과정이다. 중심자아는 성장과 발달을 위해 주체적이고 적극적으로 긴장 관계를 유지하기도 하고, 우호적인 관계를 갖기도 한다. 비록 힘의 역관계에 의해 중심자아와 주변자아가 서로 위치와 역할을 바꾸기도 하지만 서로 끊임없이 상호작용한다.

물론 어느 자아가 인간의 삶의 중심을 이끄는 중심자아가 되는가의 문제는 인간 자신의 신념과 선택, 자유의지, 노력 등에 따라 달라진다. 인간 자신의 신념과 선택, 자유의지, 노력 등의 주체도 자아이고, 그 자체도 자아의 작용이기 때문이다. 뿐만 아니라 어느 자아가 얼마나 큰 힘으로 우위를 점하느냐에 따라 중심자아가 바뀌고 삶의 중심이 바뀐다. 즉 그 신념과 선택, 자유의지, 노력 등이 왜곡된 것일지라도 인간의 중심자아와 삶의 중심은 바뀌게 된다. 이럴 경우 어떤 인간은 자신의 심리적 상처나 위기 상황으로 인해 자신의 삶이 왜곡될 수 있다. 일정 기간 동안 이전의 중심자아와 주객이 전도된 상황에 도달할 수도 있다. 그 삶이 일정 기간 왜곡되어 본 모습을 잃고 혼돈의 상황에서 방황하게 될 수도 있다. 이러한 경우, 서로 다른 욕구를 가진 자아들 간의 갈등과 장애, 문제 상황이 반드시 발생하고, 이로 인해 인간의 삶은 왜곡되고, 피폐하게 되기도 한다. 하지만 이것들의 긍정·부정의 양면성과 숙명성, 그리고 의외성 등으로 인해 인간은 그럼에도 불구하고 성장과 발달을 거듭한다. 궁극적으로 인간의 지향과 선택, 자유의지 등에 달려 있다. 뿐만 아니라 인간 누구에게나 참자아가 자리 잡고 있다. 참자아와의 소통과 영향을 통해 인간은 긍정적이고 '선'한 삶을 끊임없이 지향하며 살아간다. 쉽지 않은 과정을 겪은 후, 본 모습을 찾고, 예전보다 더욱 성숙한 자아, 참자아에 한 발 더 가까이 다가간 중심자아로 거듭난다.

위와 같은 논의를 통해 알 수 있듯이, 글쓰기치료에서는 자아를 위상과 역관계에 따라 참자아, 중심자아, 주변자아 등으로 나눈다. 이는 타고난 자아와 인생의 초기, 그 이후에 형성된 자아 등이 다양한 심리적 갈등과 장애, 문제 상황에서 연속적인 성장과 발달을 거듭하며 형성된다. 대부분은 인간의 지향과 선택, 자유의지 등에 따라 결정되지만, 당연히 삶의 다양한 심리적 상처나 위기의 국면 속 역관계에 따라 변경될 수도 있다.

  그런데 이러한 자아들마다 자신의 서사가 존재한다. 각각의 자아들의
형성 시기, 또는 등장 시기에 따른 삶의 경험, 지향과 목적, 의지와
선택과 노력 등에 따라 각기 다른 서사를 갖고 있다. 각기 형성된 시기도
다를 것이고, 등장 시기도 다를 것이다. 무의식으로 억압되었다가 의식
화 되었을 수도 있고, 의식적인 작용에 의해 억지로 등장했을 수도 있다.
다 이루 말할 수 없을 만큼 다양하다. 인간의 삶이 천차만별이기에 자아
도, 서사도, 천차만별이다. 다만 글쓰기치료에서는 세 가지로 구별한
다. 글쓰기치료에서는 자아를 참자아, 중심자아, 주변자아 등으로 구별
하므로 역시나 그에 맞춰, 참서사, 중심서사, 주변서사 등으로 구별하
고, 명명한다. 물론 하나 이상의 자아가 연결되거나 통합되었을 가능성
은 항상 열려 있기 때문에 하나 이상의 서사가 연결되고, 통합됐을 가능
성도 항상 열려 있다. 각 서사들의 관계는 [그림 18]과 같다.

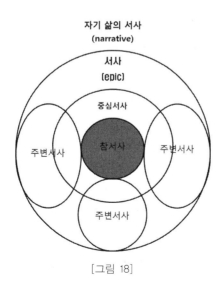

[그림 18]

한편 앞에서도 언급했지만, 인간은 문학적 존재이다. 인간은 이야기 속에서 태어나고, 살아가다 생을 마감하면서 서사를 끝맺는다. 이 서사 속에서 인간은 심리내적 성장과 발달을 이루어 나간다. 즉 이 서사 속에서 직면한 심리적인 상처나 위기를 극복하고 인격적으로 성숙해 나간다. 정운채는 이를 서사의 변화, 즉 서사의 보충, 강화, 통합으로 설명한다. 그렇기 때문에 글쓰기치료에서도 인간의 삶은 곧 문학이고, 문학이 곧 삶 그 자체이며, 서사이다. 글쓰기치료의 장면에서도 문학, 즉 서사는 인간의 성장과 발달과 더불어 이어진다. 삶을 사는 일이 바로 이야기를 만드는 과정이다. 문학을 이뤄나가는 과정이기도 하며, 서사를 만들어 나가는 과정이다. 자신의 성장과 발달의 서사, 깨달음의 여정의 서사이다. 한마디로 다시 정리하면, 삶은 곧 그 자체로 문학이며, 서사이다. 그 역도 성립한다. 그러므로 결국 글쓰기치료도 서사의 변화, 즉 서사의 보충, 강화, 통합의 과정으로 설명한다.

그런데 인간은 세계, 즉 사회와 자연 그리고 우주 속에서 삶을 살아간다. 글쓰기치료의 장면에서 인간, 즉 내담자와 상담자, 세계와 서사의 관계는 위 그림과 같다. 그 속에서 인간은 자신 외의 존재와 서로 교류하며 살아간다. 의식·무의식적, 직접·간접적으로 다양한 소통 방식을 통해 서로 영향을 주고받으면서 살아간다. 즉 함께 성장과 발달을 이뤄나간다. 모든 우주의 만물이 연결되어 있고, 하나이기 때문이다. 하나의 생명체, 유기체라고도 할 수 있기 때문이다.

하지만 처음부터 완전한 인간도, 완전히 깨달은 존재도 없다. 다만, 삶의 과정에서 서서히 함께 이뤄나가면서 깨달아 가게 한다. 인간의 삶이 이러한 깨달음을 얻는 과정이 삶의 과정이기도 하다. 인간의 중심자아의 강인한 의지, 용기 등 내적힘에 의해서이기도 하고, 참자아

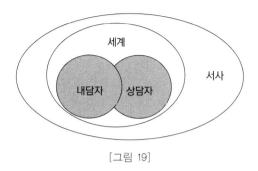

[그림 19]

의 자아실현의 의지와 노력이기도 하고, 알 수 없는 영적 힘에 의해서이기도 하다. 하지만 오직 운명과 숙명에 맞서 치열한 삶의 과정에서만 깨달아 가게 된다. 자신과 타자의 삶과 존재의 의미, 관계를 깨달아가게 된다. 물론 인간의 의지에 의해 바꿀 수 있는 운명과 달리 숙명적인 힘에 의해 이뤄진다고도 할 수 있다. 왜냐하면, 인간의 삶의 적지 않은 부분이 또한 의지와는 상관없는 절대 바꿀 수 없는 이끌림, 즉 숙명적인 힘에 의해 이뤄진 과정이기도 하기 때문이다.

　뿐만 아니라 모든 것은 하나로 맺어져 있으며, 모든 것은 연관되어 있다. 인간도 다른 우주 만물과 더불어 하나의 '생명의 직물'의 한 가닥 실에 지나지 않는다. 인간도 세계의 일부이고, 우주 만물과 더불어 삶을 살아간다. 즉 인간은 세계 속에서 자신과 타자의 존재와 상호작용하면서 자신과 타자의 삶과 존재의 의미, 그리고 '나와 너, 그리고 우리'의 관계를 깨달아 간다. 그러므로 세계와 함께 살아가면서 겪는 갈등과 문제 상황 등뿐만 아니라 그 과정에서 고통은 인간의 내적 성장과 발달의 밑거름이 된다. 삶을 풍요롭게 하며, 깨달음을 이끄는 견인차이다. 은혜로운 신의 선물이다. 왜냐하면, 그러한 심리적 상처나 위기 상황에서의 고통이 인간을 참자아로 인도하기 때문이다. 자신의 참자아를 찾게 되고, 참자아의 실현을 더욱 진실하고 올바르게 추구해 나가게 되기 때문이다.

아들러(Alfred Adler)도 인간을 목표를 향해 일정한 패턴으로 삶을 살아가는 역동적이고 통합된 유기체로 설명한다. 그렇기 때문에 갈등하고, 방황하며, 혼돈 속에서 살아가는 어떤 인간일지라도 자신의 삶의 지향과 목표는 항상 꾸준히 삶에 작용한다고 한다. 뿐만 아니라 이렇게 꾸준히 삶에 작용하는 내적힘이 있기 때문에 삶을 살아가는 동안 주체적이고 적극적으로 자신의 지향과 목표를 실현해 나간다고 한다. 즉 끊임없이 자신의 지향과 목표를 실현해 나가기 위해 자신 외의 존재와 서로 교류하고, 소통하며, 영향을 주고받으면서 성장과 발달을 이뤄간다고 한다. 그래서 인간의 삶이 희망적이라고도 한다.

윌리암 글라써(William Glasser)도 그의 책 『행복의 심리, 선택이론』(Choice theory: A new psychology of personal freedom, 1998)에서 인간의 삶이 큰 테두리 안에서 인간의 의지와 선택에 의한 삶이며, 실질적으로 불행한 느낌을 포함한 모든 것을 선택한다고 말한다. 즉 인간이 자신의 삶의 모든 관계와 상호작용하면서 자신의 서사를 선택하여 살아가고 있음을 의미한다. 당시 자신의 상황과 처지, 입장에 따라 선택하여 살아가고 있는 것이다. 물론 이러한 선택이 불행한 서사를 구성할 수도 행복한 서사를 구성할 수도 있지만, 그 모든 것에 대한 책임과 의무를 인간은 짊어져야 한다. 결국 이러한 과정에서 인간 스스로가 불행한 삶도, 행복한 삶도 선택한다는 것이다. 그리고 상담의 인간 중심 접근을 주장하는 로저스(Carl Rogers)도 인간은 자신을 이해하고 자기 개념, 기본적인 태도, 자기 주도적인 행동을 변화시킬 수 있는 자원을 자신 안에 가지고 있다고 한다. 그래서 어떤 토양이 제공되기만 한다면, 그 자원을 일깨울 수 있다고 말한다.

　그런데 이러한 사실들은 아들러가 언급되었듯이 개인의 자아의 확장된 개념 속에서 실현되어 가는 과정이다. 왜냐하면, 개인의 자아의 확장된 개념에는 가족, 공동사회, 모든 인류와 전세계, 온 우주, 심지어 신에게까지 이르는 전 영역을 아우르기 때문이다. 결국 모든 것이 개인의 확장된 자아라는 개념 속에 포함된다는 의미이다. 즉 모든 것이 개인의 확장된 자아이기에 하나라는 의미이고, 하나로 통합된다는 의미이다. 그렇기 때문에 아들러는 제한된 자아를 넘어서야 한다고 한다.

　　인간이 역동적으로 운명을 개척하는 서사의 주체라는 사실이다.

　한편, 아들러의 이러한 인간이해는 글쓰기치료의 실현 가능성에 큰 힘을 실어 준다. 왜냐하면, 첫째, 인간의 자유의지와 선택, 그리고 노력 등에 의해 삶이 담보된다고 하기 때문이다. 즉 어떤 인간일지라도 자신의 삶의 지향과 목표를 오로지 자신의 자유의지와 선택에 의해 결정하기 때문이다. 이는 자신의 삶의 모든 것을 자유의지로 선택, 결정한다는 의미이다. 자신 외의 존재와의 교류, 소통, 영향관계, 성장과 발달 등 뿐만 아니라 자신의 삶, 사고, 행동, 감정 등 모든 것을 스스로의 자유의지로 판단하고, 선택한다는 사실이다. 누구의 선택도 아니고 숙명도 아닌 자신만이 선택할 수 있다는 사실이다. 그래서 주체적이고 능동적으로 자신의 삶, 지향과 목표를 실현하면서 살아간다는 사실이다. 이는 글쓰기치료의 장면에서 인간의 주체적이고 적극적인 삶의 선택, 즉 서사의 선택을 설명할 수 있게 한다. 즉 인간이 수동적으로 숙명의 삶을 받아들이기만 하는 존재가 아니라 역동적으로 운명을 개척하는 서사의 주체라는 사실을 함의하고 있다. 서사의 주체이기 때문에 인간이 마음만 먹으면, 생각을 달리 하면, 다른 시각과 관점으로 바라볼 수만 있다면, 이윽고 서사는 달라질 수 있다는 의미이다.

글쓰기치료에서는 이러한 점에 착안하여 인간 스스로가 자신의 삶의 서사를 긍정적으로 써나갈 수 있도록 긍정적인 변화를 유도하려 한다. 이는 모든 인간이 자신의 삶의 서사의 주체이기에 가능하다. 자신의 삶의 서사를 주도적으로 바꿔나갈 수 있는 가능성이 열려 있기에 가능하다. 이것은 인간 스스로가 스스로의 내적힘으로 자신의 삶의 서사를 변화시켜낼 수 있고, 어떤 인간의 신념과 의지, 선택으로 어떤 인간의 삶을 변화시킬 수 있다는 것을 의미한다. 물론 내담자의 주체적인 태도와 역할이 관건이다. 왜냐하면 내담자만이 진정으로 자신의 심리적 상처나 위기에 맞닥뜨릴 수 있기 때문이다. 그리고 내담자 스스로만이 자신의 삶을 성찰하면서 자신의 내면세계와 깊이 있게 만날 수 있기 때문이다. 이처럼 글쓰기치료는 인간 스스로의 내적힘을 바탕으로 하는 의지와 선택에 달려 있다. 이런 의지와 선택으로 내담자의 삶의 이야기, 즉 서사를 새롭게 구성해 나갈 수 있게 하는 것이 글쓰기치료의 과정이다.

둘째, 갈등하고, 방황하며, 혼돈 속에서 살아가는 어떤 인간일지라도 자신의 삶의 지향과 목표는 항상 꾸준히 삶에 작용한다고 하기 때문이다. 즉 역동적이고 통합된 유기체로 자신의 삶의 지향과 목표가 항상 꾸준히 삶에 작용한다는 것이다. 그런데 이러한 삶의 지향과 목표는 참자아, 중심자아, 주변자아 모두가 실현하고자 한다. 다만 당장의 중심자아가 주도권을 잡고 삶을 영위해 나가며, 영향을 주고 있을 뿐이다. 하지만, 다른 자아들도 수동적으로 대응하지는 않는다. 인간의 선택과 의지, 노력 등에 의한 자아들의 역관계에 따라 다를 수 있지만, 대체로 역동적이다. 그렇기 때문에 자아들의 모든 서사가 전체를 지향하기도 하고, 전체에 통합되어 전개될 수도 있으며, 부분을 통해 전체를 실현해 나갈 수 있는 가능성을 찾을 수도 있다. 물론 인간의 끊임없는 노력에 의해 가능하다.

그러므로 먼저, 인간과 더불어 존재하는 다양한 서사들이 모두 자신의 삶의 일부분이기 때문에 모든 서사의 어느 부분일지라도 중심서사에 영향을 받지 않는 서사가 없다. 이러한 사실은 글쓰기치료의 과정을 인간의 자유의지와 선택, 그리고 노력 등에 의한 중심서사가 지향하는 삶이 전체를 지향하고, 나머지 서사들이 전체에 통합되어 가는 과정으로 설명할 수 있게 한다. 역으로 자질구레하고, 사소한 서사일지라도 중심서사에 영향을 미친다. 이러한 사실은 지금 당장은 주변서사에 머물러 중심서사가 아니지만, 인간의 삶, 자유의지와 선택, 그리고 노력 등에 의해 얼마든지 바뀔 수 있음을 의미한다. 뿐만 아니라 참서사의 실현 의지와 힘을 믿고, 의지하면서 글쓰기치료를 실현할 수 있게도 한다. 이는 인간 내면의 중심에 있으면서 선한 의지인 참자아가 자신의 지향과 목적을 실현하기 위해 언제나 추동력을 발휘하여 중심서사와 주변서사에 긍정적인 영향을 미칠 수 있기 때문이다.

셋째, 갈등과 장애, 문제 상황 등의 긍정·부정의 양면성과 숙명성, 그리고 의외성 등 때문이다. 인간은 끊임없는 성장과 발달 속에서 그리고 인격적 성숙과 깨달음의 과정에서 자신의 서사를 풍부히 하고, 역으로 자신의 서사를 통해 성장과 발달, 인격적 성숙과 깨달음을 추구해 나간다. 인간의 삶에는 헤아릴 수 없을 정도의 다양한 서사들이 얽히고설켜 살아간다. 이로 인해 너무나 다양하고 기상천외한 서사가 탄생할 수 있다. 장기적으로 어느 서사가 긍정적이고, 어느 서사가 부정적이라고 속단할 수도 없고, 또 어느 서사가 유익하고, 어느 서사가 손해인지 아무도 예측할 수 없다. 왜냐하면, 인간의 삶은 알 수 없기 때문이다. 도무지 헤아릴 수 없다. 처음에는 좋은 영향을 미치는 서사라고 생각했지만, 결과는 그렇지 않은 서사도 있고, 그 반대의 경우도 있기 때문이다. 그것이 바로 인생이기도 하다.

예컨대, "인간만사가 새옹지마.(人間萬事 塞翁之馬.)"라는 말도 있듯이 변방의 늙은이의 경우처럼 인간의 모든 일의 미래를 미리 예측하여 살 수는 없다. 이는 거의 신의 영역이기도 하기 때문이다. 즉 숙명적인 힘, 인간으로서는 알 수도, 헤아릴 수도, 이해할 수도 없는 힘에 의해 이끌린 서사들도 적지 않기 때문이다. 그런데 이렇게 얽히고설킨 서사들이 세계를 이루고, 또 예측할 수 없는 서사들이 느닷없이 다가와 영향을 주고받는다. 자질구레하고 사소한 서사일 수도 있고, 중요한 서사일 수도 있고, 그 속도, 영향 범위, 지속 기간 등도 천차만별이다.

이 과정에서 어떤 인간의 삶은 자신의 전체 삶에서는 아주 자질구레하고 사소한 경험인데도 그리고 아주 짧은 순간이거나 예고 없는 사건인데도 크게 변화할 수 있다. 이는 인간마다 자신의 서사가 다르기 때문이다. 즉 자신 외의 존재와의 교류, 소통, 영향관계 등에 의해 성장과 발달이 너무나 다양하게 이뤄지기 때문이다. 전혀 일반적이거나 보편적이지 않을뿐더러 유일한 서사일 가능성도 있기 때문이다. 뿐만 아니라 자신에게 다가온 서사의 각 장면이나 인물들에 대한 자신의 생각과 느낌이 다르기 때문이다. 각자의 처지와 입장에 따라 공감하여 받아들이는 깊이와 넓이, 무게가 다르기 때문에 독특할 수도 있는 영향을 받는다.

따라서 정리해 보면, 글쓰기치료는 인간의 삶이 곧 문학이고, 문학이 곧 삶 그 자체이며, 삶도 문학도 서사이기에 가능하다. 이러한 가능성은 첫째, 인간이 자신의 서사의 주체이기 때문이다. 즉 인간의 삶의 주체가 자신이듯이 서사의 주체도 인간이기 때문이다. 그러므로 이러한 사실은 자신의 삶의 서사를 주도적으로 써나갈 수 있는 가능성을 열리게 한다. 둘째, 갈등하고, 방황하며, 혼돈 속에서 살아가는 어떤 인간일지라도 자신의 삶의 지향과 목표는 항상 꾸준히 삶에 작용한다고 하기 때문이다. 즉 역동적이고 통합된 유기체로 자신의 삶의 지향과 목표가 항상 꾸준히 삶에 작용한다는 것이다. 그렇기 때문에 자아들의 모든 서사가 전체를 지향하기도 하고, 전체에 통합되어 전개될 수도 있으며, 부분을 통해 전체를 실현해 나갈 수 있는 가능성을 찾을 수 있다. 물론 인간의 끊임없는 노력에 의해 가능하다. 셋째, 이런 모든 과정 속에는 긍정·부정의 양면성과 숙명성, 그리고 의외성 등이 있기 때문이다. 그러므로 지금 이 순간 행복한 선택을 최선을 다해 살아가면 된다. 과정에서 행복하고, 결과는 염두에 두지 않으면 된다. 왜냐하면, 오직 지금만이 나의 것이고, 결과는 신에게 있기 때문이다.

2) 대상화

국어사전에 의하면, 대상화(Objectification, 對象化)는 자신의 주관 안에 있는 것을 객관적인 대상으로 구체화하여 밖에 있는 대상으로 삼아 다루는 과정이라고 정의한다. 이 정의는 주객관계를 전제로 하는데, 인식론적으로 대상화를 명확하게 나타내 주는 주객관계는 헤겔의 관점에서 찾아볼 수 있다. 헤겔(G. W. F. Hegel, 1770~1831)은 대상을 의식에 속해 있는 대상이라는 형식 안의 대상을 의미한다고 말하면서, 대상은 다름 아닌 '자기의식의 외화'라고 규정한다. 더 나아가 이러한 자기의식이 자신의 외화를 통해 스스로를 대상으로 정립하고, 다시금 이 대상을 자신과 통일시킴으로써 결국은 자기 자신으로 파악하게 된다는 과정을 의미한다. 즉 자신을 외부로 드러냄으로써 대상을 형성하고, 다시 이 대상을 자기와 통합함으로써 자기 자신을 보다 명확히 파악해 나가는 과정을 거친다는 것이다. 결국 헤겔의 관점을 바탕으로 대상화의 개념을 정리해 보면, 자기의식의 외화를 통해 객관적인 대상으로 구체화한 후 다시 이를 자신과 통일시켜 새롭게 정립해 나가는 실천적 과정이라고 할 수 있다.

물론 대상화의 유사한 어휘로 객관화(Objectivization, 客觀化)가 있다. 하지만 두 개념은 주관적인 것을 외부화한다는 공통점을 가지지만, 그 과정과 목적에서 차이가 크다. 문학비평 용어사전에 의하면, 객관화란 주관적인 것을 객관적인 것으로 되게 하는 일 또는 경험을 조직하고 통일하여 보편타당성을 가지는 지식을 만드는 일을 뜻한다. 예를 들어, 문학작품에 있어서 사건이나 사물을 있는 그대로, 주관을 배제한 상태에서 묘사하는 것을 객관화된 묘사라고 한다. 이런 기법은 주로 자연주의나 사실주의의 방법으로 사용되지만, 완전히 객관화된 묘사는 불가능하다. 왜냐하면 묘사하려는 대상을 선정하고 그 대상을 바라보는 각도와 초점을 정하는 데에 있어 주관이 개입되기 마련이기 때문이다. 이처럼 객관화는 어떤 주관적인 것에서 주관이 배제되도록 만들어 가는 과정이라 할 수 있다.

그런데 이러한 객관화의 개념은 특히 근대과학의 발달과 함께 객관주의(Objectivism)의 개념으로부터 발전하였다. 즉 19세기 중기 이후, 근대과학에 의해 성립된 객관주의에서처럼 개인 주관적인 편견이나 독단을 배제하고, 관찰·관측·실험 등과 같은 경험적 데이터를 바탕으로 한 실증주의적 입장에 선 개념이다. 그러므로 인식론적인 측면에서 객관화는 대상화의 개념과는 달리 인간이 경험을 분석 및 추론, 입증 등이 가능한 객관적인 개념으로 정리해 가는 논리적 과정을 의미한다.

따라서 글쓰기치료에서는 대상화를 인간 내면의 주관적 세계를 실체적이고 구체적인 대상으로 형상화해 나가는 실천적 과정으로서의 개념으로 이해한다. 즉 어떤 자아의 욕구, 심리적인 상처나 위기 상황을 솔직하게 드러내어 표현함으로써 객관적인 대상으로 구체화하여 다루는 과정으로 대상화를 규정한다. 물론 이는 단순한 언어적 표현을 넘어, 예술적 창작 과정을 통해 내면의 갈등과 문제를 실체화하여 이해하는 과정으로 내담자와 상담자의 말과 글, 몸짓, 표정, 태도, 감정 표현, 노래, 그림, 놀이, 상상 등 모든 창조적·예술적 활동을 통해 이루어진다. 그러므로 승화의 과정과 함께 진행되며, 승화의 일부로 작용하기도 한다. 다만, 대상화 과정에서는 내담자의 의지와 노력이 더욱 크게 작용한다. 왜냐하면, 자신의 경험을 단순히 드러내어 표현할 뿐만 아니라 그 구체화한 대상을 성찰하는 과정이 포함하기 때문이다. 즉, 대상화는 단순한 표현을 넘어, 그 표현된 대상을 다시 이해하고 수용하는 자기 성찰적 과정을 포함한다. 그렇기에 이러한 대상화 과정은 내담자와 상담자의 치료적 관계 수준에 따라서도 달라질 수 있다. 내담자가 상담자와 충분한 신뢰 관계를 형성했을 때, 보다 깊이 있는 대상화 과정이 이루어질 가능성이 크다. 이를 통해 내담자는 자신의 경험을 보다 명확하게 이해할 수 있는 계기를 마련하게 되고, 자신의 삶을 수용하여 자아를 통합해 나가는 데에 중요한 발판을 갖게 된다.

물론 글쓰기치료의 과정에서 내담자가 창작한 작품에는 처음부터 자신의 욕구, 심리적 갈등과 장애, 문제 상황이 명확하게 드러나지 않는다. 처음에는 애매하고 모호한 표현이 많고, 간접적이거나 상징적인 방식으로 형상화되는 경향도 있고, 핵심에서 벗어난 이야기로 회피하는 경우도 있다. 내담자가 자신의 생각과 감정을 표현하는 것을 꺼리거나 두려워하기 때문이다. 하지만 시간이 지나면서 점차 자신의 욕구, 심리적 상처나 위기 상황을 보다 심층적으로 드러내고 형상화해 나간다.

왜냐하면, 대부분의 내담자가 자아존중감(self-esteem)이 저하되어 있는 상태에서 글쓰기치료를 시작하기 때문이다. 대체로 글쓰기치료 초기에는 내담자가 자신의 욕망을 표현하거나, 심리적 상처나 위기를 극복할 용기나 의지가 부족한 경우가 많다. 두려움이나 무기력감에 젖어 있어 자신의 상황을 호소하거나 도움을 요청하는 것조차 주저한다. 극복하려는 용기나 의지가 약하며, 자신의 내면을 억압하고 표현을 회피하기도 하고, 심리적 방어기제를 작동시켜 저항하거나, 상담을 거부하기도 한다. 이는 내담자가 심리적 상처와 위기 속에서 자신감을 잃고, 위축되어 있기 때문이다. 결과적으로 스스로의 내적힘만으로는 자신의 욕구, 심리적 상처나 위기에 대해서도 제대로 말할 수 있는 능력조차 감퇴된 상태에 놓이게 된다. 물론 이러한 상태의 내담자는 자신의 삶을 거부하거나 반항적인 태도를 보이기도 하며, 무기력함에 젖어 생활을 포기하기도 하고, 심리적으로 현실을 도피하여 퇴행적 행동을 보일 가능성도 크다. 그렇기 때문에 이 시기가 글쓰기치료의 장면에서 가장 먼저 부딪치는 어렵고 힘겨운 과정이다.

하지만, 이러한 상황을 극복하기 위한 첫걸음은 솔직하게 생각과 감정을 털어놓는 것이다. 내담자는 자신의 욕구, 심리적 상처나 위기 상황을 용기 있게 직면하여 자신의 삶을 있는 그대로 바라볼 수 있도록 표현해야만 한다. 논리적이지 않더라도, 정리되어 있지 않은 상태이더라도 생각과 감정을 솔직하게 드러내어 표현하는 것이 중요하다. 왜냐하면, 상담자를 의식하여 솔직하게 드러내어 표현하지 않으면, 더욱 어려운 상황에 맞닥뜨리게 되기 때문이다. 즉 의식을 억압하여 무의식에 침잠(沈潛)할수록 그 위험성이 증가하며, 회피하고 방어하고, 저항하면 할수록 자신의 욕구를 해소하거나 심리적 문제 상황의 극복은 더욱 어려워지기 마련이다. 그렇기에 글쓰기치료에서는 내담자가 표현하는 행위 자체만으로도 매우 중요한 한 걸음을 뗐다고 여긴다.

만약, 위와 같은 내담자의 회피·방어·저항 등의 상황이 지속된다면, 더 이상 표현 자체를 거부할 뿐만 아니라 상담을 방해하거나 반항적인 태도를 보일 수도 있다. 또한, 내담자가 자신의 욕구, 심리적 상처나 위기를 외면하면 할수록 더 큰 두려움과 불안을 경험하며, 무기력감이 심화되어 글쓰기치료를 더욱 어렵게 할 가능성이 커진다. 따라서 상담자는 내담자가 용기 있게 직면할 수 있도록 지지해야 한다. 그리고 이를 솔직하게 드러내어 표현할 수 있도록 격려해야 한다. 더 나아가 상담자 역시 내담자의 모범이 되어 솔직하면서도 적극적으로 자신을 드러낼 필요가 있다.

물론 이러한 과정에서 내담자의 욕구, 심리적인 상처나 위기가 점차 표현되어 객관적인 대상으로 구체화한다. 마치 이 과정은 한치 앞도 볼 수 없을 것 같던 안개가 조금씩 서서히 걷혀 가는 것과 유사하다. 즉 처음에는 혼란스럽고 모호했던 생각과 감정들이 점차 구조화되면서 내담자가 인식할 수 있는 대상으로 형성된다. 그런 후, 이 대상들은 관찰과 성찰을 통해 그리고 글쓰기치료의 전체 과정을 통해 더욱 명료해진다. 이는 내담자가 더욱 자신의 욕구, 심리적 상처나 위기를 객관적으로 바라볼 수 있게 하고, 더욱 구체적이고, 분명하게 표현할 수 있게 격려한다. 뿐만 아니라 동시에 대상화된 자신의 삶에 대한 성찰이 이뤄지며, 다시 반복된다. 그리고 이러한 반복은 글쓰기치료의 전체 과정에서 재현된다. 더 나아가 대상화된 경험이 반복적인 글쓰기치료 과정에서 승화된다. 대상화된 자신의 욕구, 심리적 상처나 위기에 대한 성찰, 이를 통한 통찰이 반복되면서 다시 글쓰기치료의 과정에서 상승작용과 더불어 또다시 창작품으로 승화되어 나타난다. 이를 통해 내담자는 그 것들의 원인을 더욱 깊이 있게 파악하고, 이해하게 한다. 그리고 이러한 이해는 자기 삶의 이해로 발전하게 되고, 자아성찰과 더불어 자아통합의 내적힘으로 작용한다.

그런데 이러한 대상화는 앞 장에서 논의한 승화의 일부이다. 왜냐하면, 글쓰기치료에서 승화는 생명의 본능적 움직임 일체를 의미하는 더 포괄적인 개념으로 보기 때문이다. 즉 내담자가 드러내어 표현하는 모든 창조적·예술적 활동과 그 결과뿐만 아니라 몸짓, 표정, 태도, 침묵과 같은 일상적 표현 형태까지도 승화의 일부로 간주한다. 방식이 어떻든, 형태가 어떻든, 내담자가 자신의 감정과 경험을 드러내어 표현하는 모든 과정에서 승화는 자연스럽게 발생하며, 이는 심리적 치유와 성장에 이바지한다는 것이다.

하지만 대상화는 내담자가 자신의 내면을 드러내어 표현하는 것 자체인 승화에서 한 걸음 더 나아가, 자신의 감정과 경험을 객관적으로 바라보는 과정을 강조한다. 즉 승화는 무의식적·의식적인 모든 작용에 의해서 발생하는 반면, 대상화는 주로 내담자의 내적힘, 자유의지와 선택과 같은 의식적 작용을 중심으로 이뤄진다. 물론 대상화 과정에서도 무의식적인 작용이 활성화되기 마련이다. 하지만, 대상화는 내담자의 의식적 노력과 용기가 중요한 역할을 한다. 그러므로 대상화는 승화의 일부이지만, 승화가 일어난 모든 경험이 대상화로 이어지는 것은 아니다. 심리적 상처를 가진 사람들에게 이러한 자기표현은 쉽지 않으며, 과거의 아픔과 직면하는 과정 자체가 용기를 필요로 하는 도전이다. 대상화가 일어나기 위해서는 내담자가 자신의 경험을 외부에 드러내어 표현한 후, 이를 다시 바라보고 해석하는 과정에서 의지와 용기, 노력이 필수적이다. 스스로의 자유의지와 선택으로 자신의 심리·정신적 상황을 극복하고, 건강하고 행복한 삶을 위해 남아있는 내적힘과 용기를 끌어 올려 자기 삶의 서사를 표현하려는 모든 의식적 활동 과정에서 대상화가 일어난다. 따라서 대상화는 내담자가 자신의 심리적 경험을 외부에 표현하고 이를 관찰하면서, 자기이해를 증진하고 치유로 나아가는 과정이라고 할 수 있다.

3) 자아성찰과 통합

프로이트는 자아(Ego)가 자기 스스로를 대상으로 만들 수 있고, 다른 대상들처럼 자신을 다룰 수 있다고 한다. 이는 곧 자아가 자기 자신을 하나의 독립적인 대상(object)으로 설정할 수 있음을 의미한다. 그리고 다른 대상을 보듯이 자신을 관찰하고, 다른 대상에 대해 비판할 수 있다는 말이다. 따라서 이러한 견해를 자아의 분리 가능성, 자아의 대상화, 자아의 성찰 과정 등 세 가지로 정리할 수 있다.

첫째, 자아가 적어도 일시적으로 나뉠 수 있다는 것이다. 즉 프로이트의 개념에 따르면, 자아는 자신의 다양한 역할과 기능, 상황에 따라 일시적으로 분열될 수 있다. 그런데 이는 인간이 특정한 환경이나 대인관계에서 다양한 자아 상태를 경험할 수 있음을 시사한다. 물론 이러한 언급에는 자아에 대한 구분이 분명하게 언급되어 있지는 않다. 하지만 융의 페르소나(persona) 개념과 연결하여 살펴보면 조금더 이해가 될 수 있다. 페르소나란 개인이 사회적 맥락에서 보이는 다양한 역할과 인격적 모습을 의미하는데, 융도 인간이 인간 내면의 각기 다른 모습인 페르소나를 하나 이상 갖고 있다고 한다. 예를 들어, 한 사람이 가정에서는 따뜻한 부모의 역할을 하지만, 직장에서는 엄격한 관리자의 역할을 수행하는 경우를 생각해 보자. 이는 같은 사람이지만, 서로 다른 페르소나를 활용하여 역할을 수행하는 것이다. 이처럼 자아는 완전히 하나로 고정된 것이 아니라, 상황에 따라 유동적으로 나뉠 수 있는 특성을 가진다. 그런데 이는 타고난 자아와 인생의 초기 체험을 통해 형성된 자아를 바탕으로 자신을 둘러싼 사회, 문화와 자연 등의 환경과의 관계에 의해 다양하게 형성된다. 이러한 관계에서 형성된 자아가 인간이 갖는 또는 가져야만 하는 기능과 역할, 습관, 규범에 의해 형성된 인격적 모습이다.

둘째, 자아가 자아를 대상화할 수 있다는 것이다. 즉 프로이트의 개념에 따르면, 자아가 자기 스스로를 대상으로 만들 수 있다고 하기 때문이다. 이는 자아가 자기 자신을 하나의 대상으로 설정하고 성찰할 수 있다는 의미이다. 물론 이 말에는 자아가 자기 스스로든지 다른 자아든지 대상화할 수 있음을 함의한다. 그리고 이는 자아가 다른 자아로 분리되어 성찰의 대상이 될 수도 있다는 의미이기도 하다. 왜냐하면, 대상화가 자신의 주관 안에 있는 것 자아를 객관적인 대상으로 구체화하여 밖에 있는 대상으로 삼아 다루는 과정이기 때문이다.

셋째, 자아가 다른 대상들처럼 자아를 다룰 수 있다는 것이다. 즉 자아가 자기 스스로든지 다른 자아든지를 전혀 다른 대상을 보듯이 관찰하고, 다른 대상에 대해 비판할 수 있다는 말이다. 그런데 자아가 어떤 분열된 자아를 제3의 위치, 입장과 처지에서 작용할 수 있고, 관찰 및 비판할 수 있기 위해서는 대상화의 과정이 반드시 필요하다. 왜냐하면, 대상화가 대상을 다루는 성찰의 과정을 포함하는 실천적 개념이기 때문이다. 그러므로 자아가 다른 대상들처럼 자아를 다룰 수 있다는 것은 결국 어떤 자아가 다른 어떤 자아를 대상화하여 성찰하는 과정과 같은 의미라 할 수 있다.

그런데 글쓰기치료에서 자아성찰(Introspection)의 개념도 프로이트의 위와 같은 자아 개념에 대한 견해에서 출발한다. 즉 자아가 적어도 일시적으로 나뉠 수 있고, 자아가 자기 스스로를 대상으로 만들어 다른 대상들처럼 자신을 관찰, 비판하는 등 다룰 수 있다는 생각이다. 그러므로 글쓰기치료에서도 자아성찰이 이루어지지 위해서는 먼저 자아가 나뉠 수 있음을 전제로 한다. 그리고 이렇게 나뉜 자아가 자기 스스로 또는 다른 자아를 대상화할 수 있음을 전제로 한다.

앞장에서도 언급했듯이 글쓰기치료에서는 자아를 위상과 역관계에 따라 세 가지로 나눈다. 참자아, 중심자아, 주변자아 등이다. 참자아는 타고난 자아로, 개인의 본질적이고 근본적인 자아이다. 환경과 관계없이 변함없이 존재하는 내면의 본질적인 자아이다. 중심자아는 현재의 삶에서 자아의 중심을 형성하는 자아이다. 개인의 현재 상태에 따라 가장 주도적인 역할을 하는 자아이다. 주변자아는 삶의 다양한 국면에서 부차적인 역할을 하는 자아이다. 특정한 시기나 환경에 따라 중심자아와 상호작용하면서 변화하는 자아이다. 이러한 세 가지 자아는 개인의 삶의 경험, 환경, 관계에서 지속적으로 형성되고 변화한다. 즉 타고난 자아와 인생의 초기, 그 이후에 형성된 자아 등이 다양한 자신의 욕구 충족의 과정, 심리적 상처나 위기의 극복의 과정에서 연속적인 성장과 발달을 거듭하며 형성된다.

그런데 중심자아는 삶의 다양한 국면에서 끊임없이 자아들의 역관계에 따라 결정된다. 이는 더 나아가 삶의 다양한 국면 속 역관계에 따라 중심자아가 수시로 변경될 수 있다는 의미를 내포한다. 그러므로 중심자아는 끊임없이 주변자아와 상호작용하면서 긴장 관계를 유지하기도 하고 우호적인 관계를 갖기도 한다. 힘의 역관계에 의해 중심자아와 주변자아는 서로 자리를 바꾸기도 한다. 하지만, 어느 자아가 중심자아가 되는가, 즉 어느 자아가 인간의 삶의 중심을 이끄는가는 인간의 지향과 선택, 자유의지 등에 따라 결정된다. 그렇기 때문에 삶의 다양한 국면에 따라 하나 이상의 자아가 서로 연결되거나 통합될 가능성은 항상 열려 있다. 그러나 저절로 이뤄지는 것은 아니다. 자아의 대상화와 성찰의 과정이 충실하게 전개되어야만 한다. 따라서 글쓰기치료 과정에서는 참자아, 중심자아, 주변자아 등 인간이 가진 세 가지 자아에 대한 대상화와 성찰이 이뤄져야만 한다.

물론 그 지향과 선택, 자유의지 등이 기만적이고 왜곡되었을지라도 인간의 중심자아와 삶의 중심은 역관계에 따라 바뀔 수 있게 된다. 그럴 경우, 어떤 인간은 자신의 욕구, 심리적 문제 상황으로 인해 자신의 삶이 왜곡되어 일정 기간 동안 주변자아로 물러난 이전의 중심자아와 주객이 전도된 상황에 도달할 수도 있다. 즉 그 삶이 일정 기간 왜곡되어 본 모습을 잃고 혼돈의 상황에서 방황하게 될 수도 있다. 급기야 이러한 경우, 이들 자아들 간의 서로 다른 지향과 선택, 자유의지 등에 의해 서로 상충되는 욕구, 심리적 갈등과 장애가 발생하고, 이로 인해 인간의 삶은 왜곡되고, 피폐하게 되기도 한다.

특히 이 지점에서 글쓰기치료의 자아성찰이 요구된다. 중심자아와 주변자아의 갈등과 삶의 중심의 변화, 삶의 왜곡과 혼돈 등의 문제 상황에서 자아성찰은 절실히 요구된다. 뿐만 아니라 중심자아와 자신의 고유한 삶의 중심, 즉 참자아의 지향과 선택, 자유의지 등에 대한 성찰도 요구된다. 왜냐하면, 참자아와의 소통과 영향을 통해 인간은 긍정적이고 '선'한 삶을 끊임없이 지향하며 살아가기 때문이다. 이는 삶이 자기실현의 역사임을 역설한 융의 논리와 맥락이 유사하다. 참자아의 실현이 곧 자기실현, 자기를 찾는 과정과 대동소이한 측면이 있다는 의미이다. 참자아는 자신의 고유한 것, 중앙의 것, '선'한 삶의 지향과 선택, 자유의지인데, 결국 이러한 과정은 참자아를 찾는 과정이고, 참자아를 실현하는 과정이기도 하기 때문이다. 물론 참자아도 중심자아 속에 있어 자아성찰과 참자아를 찾고 실현하려는 인간의 노력과 의지로만이 실현될 수 있다. 그러므로 글쓰기치료에서 자아성찰은 세 자아에 대한 지속적인 성찰의 과정이다.

한편 우리말에서 성찰은 한자로 '省察'이다. 명사로 "자기의 마음을 반성하여 살피다.", "허물이나 저지른 일들을 반성하여 살핀다.", "저지른 죄를 자세히 생각하여 낸다." 등의 뜻이 있다. '省察'은 '省'자와 '察'자가 결합된 단어이다. '省'자는 적을 소 '少'자와 눈 목 '目'자가 결합하여 생긴 회의문자이다. '省察'과 관련한 의미로는 '살피다', '주의하여 알아보다', '자기 몸을 돌보아 살피다' 등이 있어 "작은 것까지 자세히 본다."라는 뜻이 있다. 그리고 살필 찰 '察'자는 집 면 '宀'자와

제사지낼 제 '祭'자가 결합하여 생긴 형성문자이다. '祭'자가 "조상을 모시다.", "친절하게 자잘한 일을 하다.", "더러움을 깨끗이 하다."라는 뜻이 있고, 'ㅜ'자와 결합하여 "제사를 지내기 위해서 집에서 빠짐없이 생각하여 살핀다."라는 의미를 지니고 있다. '省察'과 관련한 의미로는 '살피다', '살펴서 알다', '조사하다' 등이 있다. 따라서 '省察'의 의미에는 '작은 것까지 자세히 철저하게 빠짐없이 살피고 생각하여 더러움을 깨끗이 한다'는 의미가 함축되어 있다.

황주연도 동양에서의 '자기성찰'을 '자기를 갈고 닦아 나가는 자기수양이나 공부 방법'이라고 언급한다. 그러면서 공자의 '극기복례(克己復禮)'를 거론한다. '극기복례'에서의 '克己'를 "자신을 극복한다."라고 해석하고 있기 때문이다. 즉 '극기복례'의 '克己'가 '자신의 감정이나 생각을 이겨낸다'는 의미를 담고 있기 때문이다. 그래서 자신을 극복하는 것이 곧 자신의 감정이나 생각을 이겨내는 것이 곧 자기수양이며 공부라고 하고, 이를 '자기성찰'과 연결시켜 논의를 전개한다. 그 결과 '자기성찰'을 '자신'의 생각이나 감정, 욕구에 대한 이해나 변화, 극복 등으로 구성된 적응적이고 긍정적인 개념으로 본다. 뿐만 아니라 '자기성찰'을 '자신' 또는 '자신의 내면'을 꾸준히 살펴서 자신의 감정이나 생각을 극복한다는 개념으로 규정한다. 물론 이러한 규정에는 한 가지 의문이 있다. '극기복례'의 '극기'의 개념이 자기성찰의 표현이라는 것은 정확하지만, '자기 생각이나 감정을 극복한다'는 의미는 아닐 수 있기 때문이다. 즉 도덕의 마음(仁義之心)으로 조절되지 않은 개인의 욕망 혹은 행동을 도덕적 감정 혹은 도덕적 행동으로 이끌어 내는 것을 의미한다고 할 수 있기 때문이다. 결국 극기가 사적 자아를 공적 자아로 확장시키는 과정이라는 의미이다.

그리고 이재용·박성희도 성리학적 측면에서 인간, 심성, 수양 등과 '자기성찰'을 황주연과 같은 맥락으로 다루고 있다. 정성훈도 황주연, 이재용·박성희와 같은 맥락으로 동서양의 관점에서 '자기성찰(Self-reflection)'을 설명한다. 특이한 점은 동서양의 '자기관'에 대해 언급하면서 동양에서는 '타인'과 구별되는 '자기(self)'보다는 조화를 이루는 '자기관'이 우세하고, 서양에서는 독립적인 자기의 속성을 찾고 발현하는 개인적 존재로서의 특성을 강조하는 '자기관'이 중시된다는 언급이다.

김흥주도 동서양의 자기성찰의 정의의 차이점을 살펴본 뒤, 우리 문화적 관점에서의 '자기성찰'의 의미를 고찰하였다. 먼저 서양에서의 '자기성찰'을 단지 메타인지, 반성적 사고, 비판적 탐구, 자기분석, 경험을 통한 실제적 지식의 습득 등의 지적 사고 과정 중심으로 규정하고 있다. 이후, 조선시대 유학의 문헌을 통해 성리학 측면에서 '자기성찰'을 탐구한다. 그리고 이를 종합해 '자기성찰'을 마음의 움직임을 자각, 평가, 반성하는 등 자기수양의 과정으로 정의한다.

이처럼 '성찰'의 의미를 황주연, 이재용·박성희, 김흥주 등과 같이 성리학적인 측면에서 찾을 수 있다. 황주연처럼 공자의 '克己復禮'의 '克己'에서 찾을 수도 있다. '克己'가 '자신의 감정이나 생각을 이겨낸다'는 의미를 담고 있기 때문이다. 여기서 자신을 극복하는 것은 자신의 감정이나 생각을 이겨내는 것으로 해석할 수 있다. 성찰이 자기를 갈고 닦아 나가는 자기수양이나 공부방법인 것이다. 따라서 '성찰'을 '자신' 또는 '자신의 내면'을 꾸준히 살펴서 자신의 감정이나 생각을 극복한다는 개념으로 규정한다. 이재용·박성희도 성리학적 측면에서 인간, 심성, 수양 등과 '자기성찰'을 황주연과 같은 맥락으로 다루고 있다. 하지만 그 이상은 언급하고 있지 않다. 정성훈도 황주연, 이재용·박성희와 같은 맥락으로 동서양의 관점에서 '성찰'을 설명한다. 김흥주도 조선시대 유학의 문헌을 통해 성리학 측면에서 '성찰'을 탐구한다. 그리고 이를 종합해 '성찰'을 마음의 움직임을 자각, 평가, 반성하는 등 자기수양의 과정으로 정의한다.

이들 모두 우리 문화적 관점, 동양의 철학적, 심리학적인 관점에서 '성찰'의 의미를 규정한다. 하지만, '성찰'의 과정을 무엇을 극복해 나가는 과정만으로 보기에는 부족한 면이 있다. 관찰, 반성과 비판, 교정과 습득 등의 수신, 수양의 과정으로 여길 수 있기 때문이다. 서양에서도 메타인지, 반성적 사고, 비판적 탐구, 자기분석, 경험을 통한 실제적 지식의 습득 등의 지적 사고 과정 중심으로 '성찰'을 규정하고 있다. 즉 무엇인가를 '극복'하는 과정으로써의 '성찰'인 것이다. 물론 성찰이라는 의미에 극복한다는 의미가 담겨있다.

동양적 사유 속 성찰은 통합해 나가는 과정을 내포한다.

그러나 그것만은 아니다. 동양적 사유 속 성찰은 통합해 나가는 과정을 내포하기 때문이다. 즉 성찰을 통해 인격의 함양, 성숙 등을 추구하여 궁극적으로 성인이 되는 통합적 과정은 관찰, 반성, 비판, 교정과 습득 등 지적 사고 과정만으로 이뤄질 수 없는 측면이 있다. 부정적이든 긍정적이든 자신의 삶에서 일어나는 감정, 생각, 경험 등 감성적·지적 측면 모두를 성찰하여 통합해 나가는 과정을 내포하기 때문이다. 결국 오래된 마음의 병, 근심, 부끄러움, 허물, 꺼림 등과 화해하고 용서하여 자신의 부정적·긍정적 측면 모두를 통합해 나가는 과정이기 때문이다. 그러므로 동양적 사유 속 성찰은 극복을 넘은 통합의 경지까지를 함의하고 있는 개념이다.

따라서 글쓰기치료에서는 이들 선행 연구의 계승과 창조의 관점과 맥락에서 '성찰'의 개념과 의미의 어원을 『논어』에서 찾아 그 개념과 의미를 규정한다. 『논어』의 〈안연(顏淵)〉편을 보면, "사마우문군자(司馬牛問君子)한대 자왈군자(子曰君子)는 불우불구(不憂不懼)니라. 왈불우불구(曰不憂不懼)면 사위지군자의호(斯謂之君子矣乎)잇가. 자왈내성불구(子曰內省不疚)어니 부하우하구(夫何憂何懼)리오."라는 대화가 있다. 사마우가 공자에게 묻고, 공자가 답하는 대화 형식의 글이다. 사마우가 묻자 공자는 먼저 "군자는 걱정하지 않으며, 두려워하지 않는다."라고 말한다. 군자는 성숙한 인격을 지닌 사람이기도 하는데, 인격적으로 성숙한 사람은 걱정할 것도 두려울 것도 없다는 뜻이다. 이어서 사마우가 "曰不憂不懼면 斯謂之君子矣乎잇가.", 즉 "걱정하지 않으며 두려워하지 않으면 군자라고 할 수 있습니까?"라고 묻자, 공자는 "內省不疚어니 夫何憂何懼리오."라고 말한다. '內省不疚'를 직역하면, "안으로 반성하여 께름칙하지 아니하다"이므로 "안으로 반성하여 께름칙하지 아니하니 무엇을 걱정하며 무엇을 두려워하겠는가?"라고 해석할 수 있다.

그런데 '內省不疚'에는 "자기 자신을 돌이켜보아 부끄러움이 없다"라는 의미가 함의되어 있다. 여기에서 '內省'의 '內'자는 안으로 들어감의 뜻이 있고, '省'자는 작은 것까지 자세히 본다는 뜻이 있으므로 "자신의 내면으로 들어가 작은 것까지 자세히 살핀다"라는 의미다. 즉 '자신의 마음을 살피고 스스로 돌이켜 본다'로 해석할 수 있다. 그런데 이러한 의미를 가진 '內省'은 작은 것까지 자세히 철저하게 빠짐없이 살피고 생각하여 더러움을 깨끗이 하는 성찰의 의미와 같다고 할 수 있다. 또한 '不疚'에서 '疚'는 고질병, 오랜 병이라는 뜻도 있지만, 근심하다, 부끄러워하다, 마음에 걸려 언짢은 느낌의 꺼림하다 등의 뜻도 있다. 여기에 부정을 나타내는 '不'이 붙어, '不疚'는 오래된 마음의 병, 근심, 부끄러움, 꺼림 등이 없다는 것을 의미한다. 즉 자신의 마음에 오래된 마음의 병, 근심, 부끄러움, 꺼림 등이 없는 평온한 상태를 의미한다.

따라서 "內省不疚어니"라는 구를 다시 해석하면, "자신의 마음을 살피고 스스로 돌이켜보아 오래된 마음의 병, 근심, 부끄러움, 꺼림 등을 없애니"라고 해석할 수 있다. 그리고 이를 바탕으로 "內省不疚어니 夫何憂何懼리오."라는 절의 해석을 정리하면, 자신의 마음을 살피고 스스로 돌이켜 보아 부끄러움과 허물, 괴로워할 바를 없애니 근심할 것도 두려워할 것도 없다는 의미이다. 다시 말해 자신의 내면에 대한 성찰의 과정을 통해 충족되지 못한 욕구, 오래된 심리적 상처나 장애를 해소한다면, 인격적으로 성숙하게 되어 걱정과 두려움 없는 건강한 삶을 살아갈 수 있다는 과정적 의미이다. 이와 같은 성찰의 의미는 글쓰기치료에서도 중요한 의미를 가진다.

그런데 이러한 논리는 실존주의 심리치료의 선구자인 어빈 얄롬(Irvin Yalom)에게서도 찾을 수 있다. 어빈 얄롬도 두려움, 불안, 걱정, 공포 등이 정신병리의 연료가 되고 있다고 하기 때문이다. 물론 학자 중에는 "內省不疚"가 내적 성찰을 통해 감정, 말과 행동 등을 도덕지심(道德之心)으로 고양시키는 것을 의미한다고 말할 수 있다. 즉 도덕의 구현을 통해 내적 갈등 혹은 사회적 갈등을 해소할 수 있다는 의미라는 것이다. 그렇기 때문에 이를 실존주의 심리학으로 연결시키는 것은 무리가 있어 보인다고 말할 수 있다. 원시 유학이 추구하는 '극기복례(克己復禮)'는 사적자아(私的自我)를 인의지심(仁義之心)으로 도덕자아로 고양시키는 것인데, 실존주의 심리학에서 개인의 갈등 요소는 개인이 가지고 있는 실존적 불안감으로 촉발되는 것이기 때문이다. 또한 동아시아 유교 문화권 안에서의 '나'는 '실존적 불안'의 요소로 논의된 바가 없다고 말할 수도 있다. 도덕에 의해 조절되어야 하는 개인만이 있다는 것이다. 따라서 한자문화권 안에서의 '자아성찰'의 '자아'는 본능적으로 실존적 불안을 야기하는 '자아(自我)'가 아니고, 아직 '도덕지심'에 의해서 통제되지 않은 '사적자아'를 의미한다고 말할 수 있다.

하지만, 대부분의 '죽음, 근거 없음, 무의미, 소외'에서 발생하는 실존적인 두려움, 불안, 걱정, 공포 등은 몇 단계를 거쳐 매우 복잡하고, 애매모호한 구조의 심리·정신적 작용으로 변형되어 나타나기 마련이고, 인간이면 누구나 겪기 마련이다. 그렇기 때문에 각 개개인의 두려움, 불안, 걱정, 공포 등의 양상은 다를 수도 있겠지만, 존재론적 두려움, 불안, 걱정, 공포 등뿐만 아니라 프로이트와 안나 프로이트(Anna Freud), 설리반(Harry Stack Sullivan) 등의 전통적인 방어기제도 일반적인 두려움, 불안, 걱정, 공포 등에 의해 야기된다고 할 수 있다. 그러므로 사실 프로이트가 만든 심리 역동 구조에서든, 실존적인 역동 구조이든 어느 측면에서는 정신병리의 발생에 대해 동일한 원인을 제시하고 있다고 할 수 있다. 뿐만 아니라 어빈 얄롬도 정신병리를 발생시키는 이러한 정신 작용의 근원을 직면, 탐구하여 자각해야 한다고 한다. 그러면 이러한 정신병리를 극복할 수 있다고 한다. 물론 단순히 말하자면, 프로이트도 억압된 무의식의 의식화를 통한 정신병리의 극복이니 유사하다. 그렇기 때문에 어빈 얄롬이든 프로이트든 그리고 또 다른 심리학자의 경우이든 공자의 "內省不疚"의 과정과 상통한다. 그리고 그러한 직면과 성찰의 과정을 통해 "不憂不懼"의 경지에 도달한다는 점과도 상통한다. 왜냐하면, 이러한 과정 모두가 내면의 의식·무의식적 심리와 직면하여 성찰하는 수양의 과정을 통해 "不憂不懼"의 상태에 도달한다는 것, 즉 근심, 걱정, 불안, 두려움, 공포 등이 사라진다는 것을 의미하기 때문이다.

이렇듯 동양적인 사유를 바탕으로 한 성찰(省察)의 개념은 첫째, 자신의 마음을 반성하여 살피는 과정이다. 즉 자신의 마음을 살피고 스스로 돌이켜 보는 과정이다. 둘째, 작은 것까지 자세히 철저하게 빠짐없이 살피고 헤아려 보는 과정이다. 셋째, 허물이나 저지른 일들을 반성하여 더러움을 깨끗이 하는 과정이다. 그래서 결국 오래된 마음의 병, 근심, 부끄러움, 허물, 꺼림 등을 극복해 나가는 과정이다. 넷째, 오래된 마음의 병, 근심, 부끄러움, 허물, 꺼림 등과 화해하고 용서하여 자신의 부정적·긍정적 측면 모두를 통합해 나가는 과정이다. 즉 부정적이든 긍정적이든 자신의 삶에서의 감정, 생각, 경험 등 감성적·지적 측면 모두를 성찰하여 통합해 나가는 과정을 내포한다.

한편 우리나라 문법에서 '자아성찰'은 '자아'와 '성찰'의 합성어이다. 즉 실질 형태소 '자아'와 '성찰'이 결합하여 생성된 단어이다. 그런데 '자아성찰'은 그것을 이루는 요소들 사이의 논리적인 관계로 볼 때, 종속 합성어로 분류된다. '자아'와 '성찰'이 대등하게 결합된 듯하지만, 앞의 어근 '자아'가 뒤의 어근 '성찰'을 수식하거나 의미를 제한하기도 해서 서로 주종관계로 연결되기 때문이다. 그렇기 때문에 관용적으로도 '자아성찰'이 '성찰'과 일대일로 대치될 수 있는 의미로 쓰이기도 한다. 하지만 그런 경우 굳이 '자아성찰'이라고 할 이유가 분명하지 않다. '성찰'로도 표현하고자 하는 뜻을 충분히 나타낼 수 있기 때문이다.

따라서 '자아성찰'의 의미는 주로 두 가지로 나눌 수 있다. 첫째는 '자아가 성찰'한다는 의미이다. 자아가 어떤 것에 대해 성찰한다는 의미이다. 성찰의 주체가 '자아'이다. 물론 여기에는 자아가 자신의 '자아'를 대상으로 성찰한다는 의미도 있고, 자신의 '자아'가 아닌 그 외의 다른 모든 것을 대상으로 성찰한다는 의미도 포함된다. 하지만 '자아'가 자신의 '자아'가 아닌 그 외의 다른 모든 것을 대상으로 성찰한다는 의미는 굳이 '자아성찰'이라는 용어가 아니더라도 표현이 가능하다. 굳이 포함시킬 필요가 없다는 뜻이다. 그러므로 "자아가 성찰한다"라는 의미는 '자아'가 자신의 '자아'를 대상으로 성찰한다는 의미로써의 기능과 역할을 한다고 할 수 있다.

둘째, '자아에 대해 성찰'한다는 의미이다. 자신이 자신의 '자아'를 스스로 성찰한다는 의미이다. 여기서 '자아'는 성찰의 주체이면서 대상이다. 스스로를 성찰의 대상으로 삼기 때문이다. 즉 '자아'의 모든 것이 대상이다. '자아'의 행동, 사고, 감정, 정신, 관계 등 삶의 전반이 대상이다. 하지만 타자의 '자아'와 그 외의 모든 것들은 포함되지 않는다. 그럴 경우 다른 형용어나 관형어가 부가될 가능성이 크기 때문이다. 그러므로 '자아성찰'은 '자아'에 대한 성찰이라 할 수 있다.

그런데 이는 '자기성찰'이라고 할 수 없는 이유이기도 하다. 왜냐하면 '자기'는 융의 용어인데, 언어관습적인 위의 논리에 따른다면, '자기성찰'이 '자기'에 대한 성찰을 의미하기 때문이다. 그런데 '자기'는 무의식의 일부이기에 무의식의 의식화 과정을 거친 후에만 성찰할 수 있다. 즉 대상화를 한 후에야 성찰할 수 있다. 다시 말해 융의 무의식 속 '자기'를 의식화 과정을 거치지 않고 성찰할 수는 없다. 그렇기 때문에 '자기'에 대한 성찰, 즉 '자기성찰'이라는 용어는 이러한 개념 규정을 한 후에 사용해야 성립할 수 있다. 다만, '자아성찰', '자기성찰' 등이 분리할수 없는 하나의 의미단위로 자신에 대한 '성찰'을 의미하는 단어로 사용된다면 어느 정도 사용할 수 있는 여지가 있다. 하지만 그러한 취지로 굳이 새로운 단어를 만들어 쓸 필요가 있는가 하는 의문은 남는다. 단지 '성찰'만으로도 그 의미가 충분하게 전달되기 때문이다.

따라서 위와 같은 논의를 종합해 볼 때, '자아성찰(自我省察)'은 '자아', 즉 다른 사람들과 구별하는 각 개인의 정신 과정을 일관성 있게 조직하는 전체적 존재에 대한 성찰이라고 할 수 있다. 요컨대, '自我에 대한 성찰', 즉'자아'가 자신의 '자아'를 스스로 성찰한다는 개념이다. 왜냐하면 성찰이 의식·무의식적 차원의 정신 과정을 일관성 있게 조직하는 존재인 '자아'의 삶에의 실현 양상과 그 내면의 심리적 과정을 살피고 스스로 돌이켜 보는 과정이기 때문이다. 그러므로 '자아성찰'은 '자아'를 대상화하여 작은 것까지 자세히 철저하게 빠짐없이 살피고 스스로 돌이켜보는 과정, 그 속에서 찾은 허물이나 저지른 일들을 반성하여 더러움을 깨끗이 하는 과정 등을 통해 결국 오래된 마음의 병, 근심, 부끄러움, 허물, 꺼림 등을 극복해 나가는 과정, 그리하여 결국 화해와 용서로 자신의 부정적·긍정적 측면 모두를 통합해 나가는 과정으로써의 개념이다.

한편 프로이트는 이러한 과정을 통해 어떤 자아가 다른 자아에 동화되기도 한다고 말한다. 즉 다른 자아를 모방하고, 자신 안에 받아들이기도 한다는 것이다. 다시 말해, 어떤 자아가 다른 자아를 대상화하여 작용하고, 관찰과 비판을 통해 모방하거나 받아들여 동화한다는 의미이다. 여기서 동화는 동일화하는 과정으로 어느 자아가 다른 자아에 통합되어 하나가 되는 과정으로 이해할 수 있다. 융도 인간이 각각의 심리적 장면, 관계 등에 따라 인간 내면의 각기 다른 모습인 페르소나(persona)를 하나 이상 갖고 있고, 상호작용한다고 한다. 문제는 이러한 상호작용 가운데 있는데, 이들 각각의 페르소나가 서로 다른 이해와 욕구로 인해 심리적 상처나 위기를 일으킬 때이다. 물론 이렇게 초래된 새로운 위기의 해결은 각 페르소나의 통합, 즉 자아의 통합이다.

에릭슨도 자아가 적절하거나 부적절한 적응 방식을 통합해야 함을 강조한다. 인생에서 각 단계의 발달이 긍정·부정의 양측면을 동시에 포함하고 있는데, 이 양측면 모두가 성장에 필요한 요소들이라는 것이다. 즉 인간의 참된 성장을 위해서는 어느 정도 부적응 방식의 경험도 필요하다는 것을 의미한다. 결국 인간은 각 단계마다의 위기에 긍정적 또는 적응적 방식의 대응과 부정적 또는 부적응적 대응 방식 모두를 적당한 비율로 경험하고, 이를 통합해 나갈 때, 정상적인 성격의 발달을 이룰 수 있다는 것이다.

그러므로 자아통합은 어느 하나를 부정하고 억압하는 과정이 아니다. 모두 자신의 자아나 자아정체성에 수용하여 자신의 삶을 풍요롭게 하는 거름으로 작용하게 만들어 가는 과정이다. 긍정적이든지 부정적이든지 성찰을 통해 서로 이해하고 화해하여 수용한다. 이 과정을 통해 자신의 성장과 발달, 그리고 깨달음을 얻고 참자아를 찾는 계기로 삼는다.

그런데 이러한 자아의 통합은 자아에 대한 성찰을 통해 이뤄진다. 즉 스스로가 자신의 욕구, 심리적 상처나 위기를 회피하지 않고 직면하여 성찰할 때 통합할 수 있다. 그러므로 이러한 자아의 성찰은 자아의 통합으로 이어지고 이러한 성찰과 통합 과정은 궁극적으로 삶의 목적, 존재의 의미 등의 깨달음에 이르게 된다.

자아통합은 자신의 삶의 서사를 대상화하여 성찰한 후,
이해하고 화해함으로써 이뤄진다.

이러한 사실은 글쓰기치료에서 자신의 삶의 서사를 표현하여 대상화하고, 서사를 성찰한 후, 자신의 서사를 이해하고 화해함으로써 자아통합에 이르는 과정을 뒷받침한다. 먼저 글쓰기치료도 인간의 자아가 분열되어 있다는 전제에서 출발한다. 앞에서도 설명하였지만 글쓰기치료에서 인간의 자아는 참자아, 중심자아, 주변자아로 분류한다. 이는 타고난 자아, 인생의 초기 경험을 통해 형성된 자아, 그리고 타고난 자아나 인생의 초기 경험을 통해 형성된 자아를 바탕으로 자신을 둘러싼 사회, 문화, 자연 등 세계와의 관계에 의해 다양하게 형성된 자아 등으로 체계에 맞게 분류한다. 뿐만 아니라 글쓰기치료에서도 자아들 간의 상호작용과 소통, 교류를 통해 서로 영향을 주고받는다. 물론 이 과정에서 문제가 발생한다. 각각의 자아가 서로 다른 욕구로 인해 일으킨 심리적 갈등과 장애, 문제 상황이 상호작용과 소통, 교류를 통해 일어난다. 하지만 그럼으로써 각각의 자아가 서로 다른 욕구로 인해 일으킨 심리적 갈등과 장애, 문제 상황을 상호작용과 소통, 교류를 통해 충분히 성찰하고 이해함으로써 각 자아와 서로 화해하고 받아들여 통합해 나간다. 즉 갈등의 과정이기도 하지만, 하나로 통합되는 과정이기도 하다.

조금 더 상세히 보면, 이러한 심리적 상처나 위기의 극복은 자신의 삶을 되돌아보고, 성찰함으로써 시작한다. 즉 '자신을 있는 그대로' 살펴보고, 자신의 심리적 문제 상황을 구체적으로 드러내 대상화하여 성찰하는 과정이다. 그런데 서사는 인간의 삶을 담는다. 이는 인간의 육체적, 심리·정신적 성장과 발달에 관한 내용이다. 사회와 자연과 우주에서 자신 외의 존재와 관계를 맺고 상호작용하면서 자신과 그 외의 존재의 의미와 목적을 깨달아 가는 과정이다. 그 속에서 자신의 고유하고 본래적인 모습을 찾아가는 과정이다. 그리고 서사는 인간의 삶에서 발생할 수 있는 다양한 고민과 문제들을 모두 다루고 있다. 인간의 삶에 있을 법한 희극적·비극적인 삶과 긍정적·부정적인 정서와 심리적 상황 등이 복합적으로 얽혀 펼쳐져 있다. 그렇기 때문에 인간의 삶에서 나타나는 다양한 고민과 문제들을 극복할 수 있는 실마리를 무의식 혹은 의식 속에 안겨준다.

결국 이러한 서사에 대한 성찰은 인간에게 다양한 삶의 경험과 삶의 깊이 있는 이해에 이르게 한다. 이 과정을 통해 인간은 궁극에는 긍정적인 서사를 가진 자아든 부정적인 서사를 가진 자아든 모두를 이해하게 된다. 즉 삶에 대한 겸허한 성찰을 통해 '자신의 인생을 다르게 살았더라면'하는 아쉬움과 후회에서 자유로워지며, 혐오스럽든지 절망스럽든지 어떻든지 자신의 인생을 있는 그대로 인정하고 받아들이게 된다. 그리고 글쓰기치료의 장면에서의 만남과 대화를 통해 인간의 삶에서 살아 존재하는 적응적·부적응적 삶의 방식을 이해하고, 통합해 나가게 한다. 더 나아가 자신의 삶의 긴 시간 동안 맺었던 사람, 사회, 자연, 우주 등 세계와의 관계를 긍정적인 관계로 새롭게 형성하게 되며, 그것들에 대한 인식의 전환이 이뤄진다. 그렇게 되면 타인들의 서사를 이해하고, 인정하고, 수용함으로써 화해에 이른다. 그러므로 각자가 스스로의 욕구, 심리적 상처나 위기를 회피하지 않고, 용기 있게 직면하여 성찰한다면, 위기가 바로 인격적으로 성숙한 삶을 위한 기회가 된다. 창조적 원동력으로 작용한다. 결국 이러한 과정은 자아통합으로 이어지고, 궁극적으로 삶과 존재의 목적과 의미, 소중한 가치 등에 대한 깨달음과 더불어 참자아에 이르게 한다. 이것이 바로 우리 인간의 삶에서 그리고 글쓰기치료에서 자아통합에 대해 우리가 더욱 적극적으로 사고하고 실현해야 하는 이유이다.

자아통합은 글쓰기치료의 귀결이다.

따라서 자아통합은 글쓰기치료의 귀결이라 말할 수 있다. 즉 글쓰기치료에서 자아통합(自我統合, Ego Integrity)은 참자아와 중심자아와 주변자아의 통합을 의미한다. 현재 인간의 삶을 이끌어 가는 중심자아와 주변자아, 중심자아와 참자아, 주변자아와 참자아, 주변자아와 주변자아 간의 상충된 욕구, 그로 인한 갈등과 장애, 문제 상황을 자아성찰의 과정을 통해 극복하고, 자아들을 있는 그대로 인정하고 받아들이는 과정이다. 먼저 각 자아들에 의해 형성된 삶이 부정적이든지 긍정적이든지 있는 그대로 자신의 삶의 일부로 인정하고 수용하는 과정이다.

이런 통합의 과정은 부정적인 삶이든지 긍정적인 삶이든지 자아성찰의 과정을 통해 서로 이해하고 용서하고 화해함으로써 이뤄진다. 결국 각 자아에 의해 형성된 삶이 부정적이든지 긍정적이든지 이 모든 것에 감사하게 되는 과정이다. 자신의 삶의 순간순간들이 모두 자신의 삶을 풍요롭게 하고 자신의 깨달음을 위한 예비되고 은혜로운 선물이라는 것을 알아차리는 과정이다.

결국 참자아를 찾아가는 과정이다. 인간의 고유한 중심에 있어 중심자아, 주변자아 등과 끊임없이 소통하지만 드러나지 않는 참자아를 찾아가는 과정이다. 자신의 본래적인 모습을 찾아가는 과정이다. 자아성찰과 자아통합의 과정을 통해 허울을 벗어 버리고, 자신의 진정한 본모습을 찾아가는 과정이다. 그래서 온통 자신의 삶이 긍정적이고 건강한 삶으로 변화되는 과정이다. 온통 인간다운 삶, 참된 삶, 정의로운 삶 등의 '선'한 지향을 품고 살아가는 삶으로 변화되는 과정이다.

에릭슨(Erik Erikson)도 자아통합을 자신의 인생을 있는 그대로 인정하고 받아들이는 과정으로 설명한다. 이는 삶이 만족스럽든, 후회스럽든, 절망스럽든 상관없이, 자신의 선택과 경험을 온전히 자신의 책임으로 받아들이는 과정이다. 물론 이 과정에서 중요한 심리적 기제는 겸허한 성찰(Introspection)이므로 성찰을 통해 자신의 인생을 "다르게 살았더라면 어땠을까?"하는 아쉬움과 바람, 좌절과 절망에서 자유로워지는 과정이다. 즉 자신의 삶에 대해 이해하고, 자신의 혐오스럽거나 절망스러운 삶을 용서하고 화해하는 과정이다. 그리고 자신을 용서하고, 화해하는 과정이다. 그럼으로써 부정적이든 긍정적이든 자신과 자신의 삶 모두를 있는 그대로 수용하게 된다. 더 나아가 이러한 자아통합의 과정은 자신의 인생의 긴 시간 동안 맺었던 관계, 즉 사람, 사회, 자연, 환경 등에 대한 새로운 인식 전환과 긍정적인 관계 형성을 동반한다.

그런데 에릭슨은 8단계 심리사회적 발달 이론(psychosocial development theory)에서 자아통합을 노년기의 주요 과제로 보았다. 특히 죽음이라는 것에 절실히 직면하기 시작하는 65세 이후의 노년기의 과제라고 한다. 이 시기가 인생에 대한 무기력감을 느끼게 되는 일이 많아, 궁극적으로 절망에 맞부딪치게 되는 경우가 많기 때문이다. 즉 신체적인 쇠퇴와 사회적 직위나 직업에서의 은퇴, 가족·친구·배우자의 죽음 등과 맞닥뜨리며 무기력감과 절망을 경험할 가능성이 높은 시기이기 때문이다. 그러므로 노년기 삶의 성패는 이러한 변화를 어떻게 받아들이느냐에 달려 있다. 특히 이로 인해 노년기에는 보편적으로 외로움과 소외감,

우울감, 좌절감, 상실감, 원망, 분노, 초조함, 두려움 등의 감정이 결합된 문제들이 나타난다.

그러므로 이 시기에는 자신의 삶을 되돌아보고 검토해 보며, 마지막 평가를 내리는 숙고의 시간이 필요하다. 물론 대부분의 경우, 노년기에 들어서면 자신이 지금까지 살아온 생애를 돌아보면서 자신의 삶이 가치 있었는지를 음미해 보게 된다. 그런데 에릭슨은 이러한 과정에서, 만약 어떤 사람이 자신의 인생에서 성공과 실패에 잘 적응해 왔다고 생각하면서 충족감과 만족감을 느낀다면, 자신의 현재와 과거의 삶을 긍정적으로 수용하게 됨으로써 자신의 삶을 통합해 나가며 삶의 참다운 지혜(wisdom)에 이르게 된다고 한다. 반면에 스스로가 삶에서 일어난 실수에 대해 후회하며 놓쳐버린 기회에 대해 분노하고, 좌절감과 원망으로 자신의 삶을 바라본다면, 자신의 삶이 무의미한 것이었다고 느끼게 되면서 절망에 빠지게 된다고 말한다. 그리고 그로 인해 사소한 일에서도 혐오를 느끼는데, 이는 스스로에 대한 경멸을 의미하며, 이러한 혐오로 인해 다른 사람의 잘못과 말썽도 참지 못하게 되는 위기상태에 처한다고 한다. 그러나 이때, 그 시기의 절망 속에서도 자신은 그때 그럴 수밖에 없었으며, 그것을 자신의 생애의 행복했던 일들과 함께 받아들이겠다는 생각을 하면서 나름대로 인생의 의미를 찾고 보람을 느끼게 된다면, 인생에 대한 초연함과 함께 참다운 지혜를 획득하게 된다고 한다. 결국 이러한 참다운 지혜에 이른다면, 두 경우 모두 앞의 시기 동안 이룬 소산을 거두어들일 수 있게 되며, 드디어는 보다 더 차원이 높은 인생철학으로 자아통합을 이루어 나가게 된다.

하지만, 노년기에만 자아통합이 이뤄지는 것은 아니다. 에릭슨은 인생주기의 각 단계는 각 단계가 우세하게 출현하는 최적의 시간이 있고,

모든 단계가 계획대로 전개될 때 완전한 기능을 하는 성격이 형성된다고 한다. 그는 각 단계별로 극복해야 할 심리사회적 위기(psychosocial crisis)와 성취해야 할 발달과업(developmental task)들이 있다고 보았다. 그리고 각 단계에서 이것들이 성취되었을 때와 안 되었을 때를 양극 개념으로 설명하며, 이 발달과업들이 적절히 성취될 때 각 단계에 적합한 자아 특성 혹은 덕목이 형성된다고 주장했다. 즉 각 단계에 따른 생리적인 성숙과 개인에게 부과된 사회적 요구로부터 발생하는 위기가 수반될 뿐만 아니라 성격이 이러한 과업이나 위기가 해결되는 방식에 의해 결정된다고 보았다. 각 단계의 위기에 있어 긍정적 혹은 적응적 방식의 대응과 부정적 혹은 부적응적 방식의 대응 등의 양극 대응 방식이 있는데, 대응하는 방식에 따라 달라질 수 있다고 본 것이다. 물론 이는 무엇보다도 각 단계가 개인의 행동과 심리, 성격에 있어 어떤 변화를 위해 필요한 삶의 전환점일 수 있음을 의미한다.

그런데 여기서 에릭슨이 중요하게 생각한 점은 자아가 적절한 적응 방식의 대응과 부적절한 적응 방식의 대응 등의 양극 대응을 통합해야 한다는 것이다. 왜냐하면, 인생에서 각 단계의 발달이 긍정·부정의 양 측면을 동시에 포함하고 있는데, 이 양측면 모두가 성장에 필요한 요소들이기 때문이다. 즉 정상적인 성격 발달을 위해서는 적당한 비율로 적응 방식과 부적응 방식을 경험해야 한다는 의미이다. 결국 인간은 각 단계마다의 위기의 시기에 자아가 경험한 적절하거나 부적절한 적응 방법을 통합해야 한다. 이 두 방식이 모두 자아에 통합되어야 각 단계의 위기가 해결될 때, 정상적인 성격 발달을 이룰 수 있기 때문이다.

따라서 글쓰기치료에서 자아통합은 전 생애에 걸쳐 이뤄지는 과정으로 이해하고 있다. 성찰을 통해 세 가지 자아, 즉 참자아, 중심자아,

주변자아 등을 조화롭게 통합해 나가는 과정이다. 이 과정에서 서로 다른 자아를 이해하고 용서하고 화해하는 과정이 포함된다. 즉 글쓰기치료에서 자아통합은 긍정적인 삶이든지 부정적인 삶이든지 모두가 있는 그대로 자신의 삶의 일부임을 긍정적으로 수용하고, 감사하는 과정이다. 결국 이러한 과정은 자신의 삶을 풍요롭게 하고, 인격적 성숙을 이루게 하며, 궁극적으로 참자아를 찾는 과정이다.

2. 수행 단계

이 장에서는 글쓰기치료가 어떠한 단계를 거쳐 수행되는지와 단계별 수행 구조 등에 대해 설명한다. 글쓰기치료의 수행 단계와 단계별 수행 구조 등은 앞장에서 설명했던 글쓰기치료 이론을 바탕으로 한다. 먼저 글쓰기치료의 수행 단계에 대해 설명한다. 그런 후 글쓰기치료의 수행 구조를 설명한다.

글쓰기치료의 수행 단계는 앞에서 다룬 '글쓰기치료의 개념 및 정의'와 '글쓰기치료의 역사적·심리학적 배경', '글쓰기치료의 심리적 기제' 등에서 언급한 내용의 맥락을 잇는다. 다만, 글쓰기치료의 수행 단계에서는 그 속에서 언급했던 개념과 심리적 기제들이 통합되어 작용하기 때문에 역시나 독립적으로 설명하기에는 어려움이 있다. 즉 자유연상, 적극적 상상, 지금 여기, 자아와 서사주체, 자아성찰과 통합 등의 개념과 심리적 기제들이 통합되어 작용하기 때문이다. 따라서 편의상 수행 단계의 순서를 정하면, '대상화하기', '성찰하기', '통찰하기', '통합하기' 등에 따라 수행 전개된다. 물론 '대상화하기', '성찰하기', '통찰하기', '통합하기' 등의 과정은 서로 유기적으로 결합되어 있어 통합적으로 수행된다.

따라서 글쓰기치료의 수행 단계를 그림으로 표현하면 [그림 22]와 같다.

먼저 글쓰기치료의 수행 단계의 핵심은 '성찰하기'이다. 성찰은 말 그대로 첫째, 자신의 마음을 반성하여 살피는 과정이다. 즉 자신의 마음을 살피고 스스로 돌이켜 보는 과정이다. 둘째, 작은 것까지 자세히 철저하게 빠짐없이 살피고 생각하는 과정이다. 어떤 다른 이가 생각하기에는 자질구레할지라도, 사소하다고 치부할 만한 것일지라도 놓치지 않고, 차근차근하게 살피고 생각한다. 셋째, 허물이나 잘못 등 부정적인 삶의 일부일지라도 벌어진 일들을 반성하여 새롭고 건강한 삶을 회복하는 과정이다. 그래서 결국 그것으로 인한 오래된 마음의 병, 근심, 부끄러움, 허물, 꺼림 등을 극복해 나가는 과정이다. 넷째, 오래된 마음의 병, 근심, 부끄러움, 허물, 꺼림 등과 화해하고 용서하여 자신의 부정적·긍정적 측면 모두를 통합해 나가는 과정이다. 즉 부정적이든 긍정적이든 자신의 삶에서의 감정, 생각, 경험 등 감성적·지적 측면 모두를 성찰하여 통합해 나가는 과정을 내포한다.

물론 이러한 '성찰하기'는 글쓰기치료의 과정에서뿐만 아니라 일반적인 삶에서도 매우 중요한 과제이다. 예컨대, 세계적인 심리학자 에릭 에릭슨에게 "누가 무엇이 당신으로 하여금 그토록 학문에 열중하게 했습니까?"라고 묻자, 그는 뜻밖에 아버지를 찾기 위해서라고 대답했다. 사생아로 태어난 그가 어린 시절 너무 기가 죽어 있자, 어머니와 주위 사람들은 어느 분야에서건 세계적으로 유명해지면 아버지가 반드시 너를 찾아올 거라고 설득했다는 것이다. 에릭슨은 그 말을 가슴

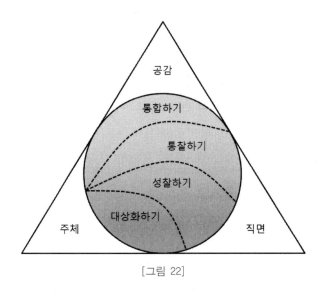

[그림 22]

에 새기고 공부에 몰두해 당대 최고 심리학자의 명성을 얻었다고 한다. 물론 전해진 말 그대로이지는 않을 것이다. 그것을 계기로 자신의 삶을 성찰하고, 새로운 각오와 의지로 선택했기 때문이다. 또한 월가 (Wall Street)의 큰 손 조지 소로스도 자신의 오늘을 만든 인물로 바로 어린 시절에 자신을 괴롭혔던 친형을 지목했다. 형이 얼마나 자신을 괴롭혔던지, 어린 소로스는 친형 같은 사람들이 사는 무서운 세상에서 밀리지 않으려면 목숨 걸고 노력해야겠다고 결심하고서는 정말 죽기 살기로 뛰었다는 것이다. 물론 지금은 형에게 감사한다고 한다. 에릭슨과 마찬가지의 성찰의 과정 속에서 얻은 결론일 것이다.

반면, 심리적 갈등과 장애, 문제 상황으로 인한 상처를 그대로 안고 조직의 정상에 앉아 수많은 사람들에게 고통을 주는 예도 많다. 예컨대, 부모에 대한 상처가 깊은 연산군이 집권하면서 저지른 폭정이 좋은 사례다. 또 한 예로는 완벽주의자 아버지 밑에서 상처를 받으면서 큰 청년의 경우이다. 물론 그렇게 큰 덕분에 모든 일을 철저하게 하여 젊은 나이에 크게 성공한다. 그러나 문제는 자기가 거느린 직원들에게도 병적인 완벽주의를 요구하며 부담을 주게 되면서부터이다. 결국 이를 견디다 못한 직원들 중에는 정신과 상담을 받아야 했고, 그 중 하나는 권총자살까지 기도한다. 물론 모두 자신의 내면을 성찰하지 않은 결과이다.

유대인들은 안식일에 세 가지를 한다고 한다. 뒤를 보고, 위를 보고, 앞을 본다. 과거를 반성하고, 하느님께 기도하고, 미래를 준비한다는 뜻이다. 아무리 바쁘고 힘들어도 건강하고 행복한 삶을 원한다면 역시나 성찰을 통해 자신의 내면을 돌아보아야 한다.

이렇듯 성찰은 오래된 마음의 병, 근심, 부끄러움, 허물, 꺼림 등과 화해하고 용서하여 자신의 부정적·긍정적 측면 모두를 통합해 나감으로써 건강한 삶을 영위할 수 있게 한다. 즉 내면에 대한 성찰의 과정을 통해 자신의 억압된 욕구, 심리적 상처나 위기 상황을 해소함으로써 인격적으로 성숙하게 되고, 자신의 삶을 건강하고 행복하게 영위해 나갈 수 있게 한다. 그러므로 '성찰하기'는 글쓰기치료에서 필수불가결한 핵심과정이다. 물론 글쓰기치료뿐만 아니라 일반적인 삶 속에서도 그렇다. 아무리 바쁘고 힘들어도 성찰의 시간을 갖는 것은 건강하고 행복한 삶을 위해 필수불가결한 핵심과정이기도 하다.

그런데 인간은 모두 자아가 있고, 이 자아는 다시 참자아, 중심자아, 주변자아 등으로 구분된다. 마찬가지로 인간은 누구나 자기 삶의 서사(narrative)를 갖고 있고, 자기 삶의 서사에는 자기서사(epic)가 내재되어 있다. 이 자기 서사는 다시 참서사, 중심서사, 주변서사 등으로 구분된다. 물론 하나 이상의 자아가 연결되거나 통합되었을 가능성은 항상 열려 있기 때문에 하나 이상의 서사가 연결되고, 통합됐을 가능성도 항상 열려 있다. 따라서 글쓰기치료에서의 '성찰하기'는 자기 삶의 서사에 대한 성찰이다. 더 나아가 자기 삶의 서사에 내재된 자기서사(epic), 즉 참서사, 중심서사, 주변서사 등에 대한 성찰이다. 즉 자신의 삶의 서사를 구석구석 모두 성찰하는 과정이다. 필요하다면, 중요한 서사이든지 아니든지, 자질구레하고 사소한 서사이든지 모든 서사를 성찰하는 과정이다.

'성찰하기'는 '대상화하기' 과정이 선행되어야만 한다.

그런데 '성찰하기'를 위해서는 '대상화하기' 과정이 선행되어야만 한다. 대상화된 서사만이 성찰할 수 있기 때문이다. 즉 자신의 욕망, 심리적 갈등과 장애, 문제 상황 등을 다양한 방식으로 표현할 때만이 가능하기 때문이다. 여기에는 내담자와 상담자의 말과 글, 몸짓, 표정, 태도, 감정 표현, 노래, 그림, 놀이, 상상 등 모든 창조적·예술적 활동을 포함한다. 언어적이든지 비언어적이든지 음악이든지 미술이든지 극이든지 율동이든지 놀이든지 실물이든지 상상이든지 간에 내담자와 상담자에게서 창조된 모든 것을 포함한다. 왜냐하면, 이렇게 표현된 서사, 즉 거대한 서사든 미시 서사든 이들 서사에는 각자의 삶이 오롯이 담겨있기 때문이다. 각자의 삶의 욕망이 있고, 심리적 상처나 위기 상황이 있고, 그것들의 성공과 실패, 실망과 좌절 등이 담겨 있다. 긍정적인 면, 부정적인 면, 즐겁고 행복한 면, 괴롭고 불행한 면 등이 펼쳐져 있다. 모든 것이 담겨 있다. 그렇기 때문에 내담자와 상담자, 타인 등에 의해 대상화된 모든 표현들은 성찰의 대상이 된다. 예를 들면, 다음과 같다. 아래의 글은 17세 청소년이 작성한 '사물과의 대화' 사례이다.

소중한 TV

박○○

사람 : 나에게는 소중한 것들이 매우 많이 있지만, 오늘은 너 TV를 선택했어. 왜냐하면 너(TV) 안에는 나와 비슷한 인물과 비슷한 마음을 가지고 있는 사람이 있기 때문이야. 난 네가 나에게는 소중해.

TV : 그렇게 생각한다면 정말 고마워 그런데 ①나를 장시간을 보게 되면 건강에 해롭기 때문에 너무 많이는 보지마^ ^

사람 : 응. 알았어. 내 몸 건강까지 생각해 줘서 정말 고마워

TV : 뭘^ ^ 근데 있지 ②너는 주로 뭘 즐겨보니?

사람 : ③나는 드라마 같은 것을 매우 좋아해 꼭 내가 말하고 대화하는 것 같거든. 그리고 사극 같은 것도 좋아해 내가 전혀 알지 못했던 역사들이 내 눈에 속속히 다보이고 더 많이 알게 돼서 ④그리고 뉴스도 가끔씩 보기도해. 옛날에는 뉴스가 재미없었는데 요즘은 세상을 좀더 알아가는 것 같아서 말이야.

TV : 그렇구나. 너 나를 통해 알아가는 것이 많은 걸^ ^ 근데 요즘 뉴스는 사건 같은 게 많이 일어나잖아. 가끔은 폭력도 일어나고, 감옥에서 탈옥도 하고, 그래서 하는 말인데, ⑤너는 그런 짓을 하지 않았으면 좋겠어. 왜냐하면, 그런 것은 나쁜거니깐^ ^

사람 : ⑥응^ ^ 나는 절대 그런 짓 안해. 왜냐하면, 나는 착하니까^ ^

TV, 사람 : 하하하하...

느낌. ⑦나를 다시 돌아본다는 느낌이 든다. 왜냐하면, 옛날에 보지 않았던 뉴스를 지금 현재는 보고 있다는 것이 그리고 ⑧나를 변화하게 만든다는 것이 느껴진다. 위의 것과 같이 뉴스를 보고 저것은 하면 안 되고, 해서는 안 된다는 것. ⑨자기 판단 어릴 때는 안될 것 같았는데, 이제는 할 수 있다.

위의 글은 사실상 자신과의 대화이다. 이는 TV를 통해 자신의 삶의 편린(片鱗)을 대상화하여 들여다보고 성찰하는 과정이다. 비록 자신의 삶의 서사를 투명하고 세세하게 드러내고 있진 않지만, 여기서 박○○ 은 '사람'과 'TV'의 대화를 통해 상징적이고 은유적으로 자신의 삶을 표현하고 있다. 그러면서 자신의 삶을 대상화하여 성찰하고 있다.

먼저 박○○가 자신의 생각과 마음, 감정을 표현할 수 있는 상태임을 알 수 있다. '소중한 것'이 있어 '선택'을 할 수도 있고, 고마운 마음과 좋아하는 마음이 있어 '고마워', '좋아해'라고 표현할 수 있기 때문이다. 그리고 '나와 비슷한 인물과 비슷한 마음을 가지고 있는 사람'이 있기 때문에 대화의 대상으로 TV를 선택했다는 이유를 통해서 박○○ 이 TV 속의 인물들 중에 동일시하고, 공감하는 사람이 있다는 것을 알 수 있다. 뿐만 아니라 ①과 같이 자신의 삶에서 염려하고 있는 점을 언급하면서 건강한 삶을 실현해 나가고자 하는 의지도 드러내고 있다.

그런 후, ②와 같이 자신에게 물음을 던진다. 자신의 삶을 되돌아보게 하는 물음이다. 그러고 나서 ③, ④와 같이 응답한다. 박○○은 드라마를 매우 좋아한다고 하면서 그 이유를 '꼭 내가 말하고 대화하는 것'같기 때문이라고 한다. 이는 드라마를 보면서 자신의 삶을 대상화하고 있음을 의미한다. 즉 등장인물에게 공감하고 동일시하면서 자신의 삶을 대상화하여 성찰하는 과정이다. 또한 ④를 통해 알 수 있듯이 자신의 TV 시청 프로그램에 대한 기호의 변화에 대해 말한다. "전혀 알지 못했던 역사들이 내 눈에 속속히 다보이고", "옛날에는 뉴스가 재미없었는데, 세상을 좀더 알아가는 것 같아서"라고 하며, 자신의 생각과 마음의 변화에 대해 언급하고 있다. 이는 박○○이 자신의 내적 문제나 불만족스러운 욕구에 대한 관심에서 조금씩 벗어나 타인과 세상에 대한 관심으로 나가고 있음을 나타내고 있다.

그런데 여기서 그치지 않고, 박○○이는 ⑤에서처럼 자신에게 삶의 지향에 대한 확인과 다짐을 요청한다. TV가 "너 나를 통해 알아가는 것이 많은 걸^^"라고 말하듯이, 박○○이는 TV를 통해 자신의 삶을 성찰하기도 하고, 타인과 세계를 경험하고 성찰하고 있다. 그 속에서 자신의 삶뿐만 아니라 타인과 세계에 대해 이해하고 있다. 그 결과 TV는 '폭력', '감옥', '탈옥' 등에 대해 부정적인 인식을 피력한다. 그리고 ⑤에서처럼 '그런 짓'을 하지 않았으면 좋겠다는 바람을 말한다. 여기에서 '그런 짓'이라고 하는 것은 아마도 박○○이의 삶 속에서 전개 되었을 여러 경험들도 포함했으리라 본다. 자신의 삶을 이 시간을 통해 성찰하면서 자신의 삶의 지향을 확인하고 다짐하고 있다. 또한 ⑥에서는 "나는 절대 그런 짓 안해 왜냐하면 나는 착하니까"라고 하면서 자신의 삶의 지향에 대해 재확인한다.

그리고 '느낌' 이하의 글은 글을 쓰고 나서 자신의 글을 보면서 드는 느낌을 적은 것이다. 박○○은 ⑦에서 언급한 것처럼 자신을 돌아보면서 성찰하는 시간을 가졌다. 사람과 TV를 통해 자신의 생각과 마음, 감정을 드러내고, 사람과 TV와의 대화를 통해 자신의 삶을 대상화하여 공감하고, 성찰한 결과이다. 그리하여 ⑧과 같이 자신의 변화했다는 것을 알게 되었고, ⑨에서처럼 어렸을 때는 안 되었던 '자기 판단'도 '이제는 할 수 있'게 된 것을 확인하고 다짐하게 된다. 뿐만 아니라 이 과정은 자신의 삶의 방황이나 심리적 위기 상황에 대한 인식을 조금 더 명료하게 한다. 이러한 명료화는 자신의 삶을 더욱 진지하고, 깊고 넓게 바라보고 이해할 수 있는 바탕을 마련하게 한다.

이처럼 박○○은 자신의 삶을 표현함으로써 대상화하고, 성찰함으로써 자신의 삶의 바람과 지향을 확인하고 다짐하기에 다다른다. 물론 이러한 확인과 다짐은 자신의 심리적 문제 상황을 일정 정도 해소했을 뿐만 아니라 자신의 삶의 서사에 대한 이해와 수용, 용서와 화해 등이 동반하는 경우에 발생한다. 특히나 이러한 확인과 다짐은 자신의 심리적 문제 상황의 명료화를 통해, 삶에 대한 더 깊고 넓은 이해의 지평을 열어 나갈 수 있게 하는 힘이 된다. 그러므로 명료화는 내담자를 더욱 깊이 있는 자아성찰의 과정으로 이끌 것이고, 내담자의 삶에 대한 더 깊고 넓은 이해와 수용으로 이어질 것이며, 자신의 삶에 대한 용서와 화해를 촉진할 것이다.

하지만 사실 보통사람들도 자신의 욕망, 심리적 상처를 솔직하게 드러내고, 표현하기는 쉽지 않다. 매우 큰 용기가 없이는 어렵고 힘들다. 잘 하지 못한다. 사소한 것조차 드러내기도 표현하기도 두렵고 꺼린다. 상황과 정도에 따라 불가능하기도 하다. 왜냐하면, 직면하기 두렵기 때문이다. 자신의 상처와 아픔, 외로움, 고통스러움과 맞닥뜨려 다시 그 상처와 아픔, 외로움, 고통스러움을 느끼고 싶지 않기 때문이다. 그렇기 때문에 누구나 그것을 솔직하게 드러내고, 표현하기는 쉽지 않다. 더군다나 두렵기도 하고 어렵고 힘든 심리·정신적 상황에서는 자신의 삶을 드러내어 표현한다는 것 그 자체가 불가능에 가까운 도전일 수도 있다. 당사자 외에는 알 수도, 느낄 수도 없는 절대로 쉽지 않은 도전이다.

뿐만 아니라 대체로 글쓰기치료 초기에 내담자는 자아존중감이 저하되어 있다. 대부분 자신의 심리적 상처나 위기 극복에 대해 무기력하다. 무기력감에 젖어 있어 자신의 상황을 호소하거나 도움을 요청하거나 하는 의지도, 극복하고자 하는 의지도 박약하다. 그래서 단지 자신의 문제 상황에 대한 의식을 억압할 뿐이다. 회피하고, 방어하고, 저항하기도 한다. 이는 내담자의 자아가 자신감을 잃고, 위축되어 있기 때문이다. 즉 스스로의 내적힘만으로는 이러한 심리적 상처나 위기에 대해 제대로 말할 수 있는 능력조차 감퇴된 상태이기 때문이다. 그래서 이러한 내담자는 자신의 삶을 거부하며 반항하기도 한다. 무기력함에 젖어 생활을 포기하기도 하고, 심리적으로 도피하여 퇴행 고착하기도 한다. 그렇기 때문에 이 과정이 글쓰기치료의 장면에서 가장 먼저 부딪치는 어렵고 힘겨운 과정이다.

그러므로 이러한 상황을 극복하기 위한 첫걸음은 '대상화하기'이다. 즉 솔직하게 자신의 생각과 마음, 감정을 털어놓는 과정이다. 논리적이지 않더라도, 정리되어 있지 않더라도 자신의 생각과 마음, 감정을 솔직하게 드러내어 표현하는 것이 중요하다. 왜냐하면, 내담자나 상담자가 서로를 의식하여 솔직하게 드러내어 표현하지 않으면, 더욱 어려운 상황에 맞닥뜨리게 되기 때문이다. 즉 의식을 억압하여 무의식에 침잠(沈潛)할수록 그 위험성이 증가하며, 회피하고 방어하고, 저항하면 할수록 자신의 심리적 상처나 위기 상황의 극복은 더욱 어려워지기 마련이다. 그렇기 때문에 자신의 심리적 상처나 위기에 용기 있게 직면하여 자신의 삶을 있는 그대로 되돌아보고, 객관적으로 살펴 드러내어야만 한다. 하지만 사실 어렵고 힘겨운 과정이다. 그래서 글쓰기치료에서는 내담자가 표현하는 것만으로도 매우 중요한 한 걸음을 뗐다고 여긴다.

이렇듯 '대상화하기' 과정은 '성찰하기' 과정을 실현하기 위한 전제이다. 왜냐하면, 대상화된 서사만이 성찰할 수 있기 때문이다. 즉 '대상화하기' 과정이 전제가 되지 않으면, '성찰하기' 과정이 성립될 수 없기 때문이다. 그러므로 방식이 어떤 것이든 형태가 어떤 것이든지 간에 자신을 드러내어 표현해야 한다. 즉 스스로의 자유의지와 선택으로 자신의 심리·정신적 상황을 극복하고, 건강하고 행복한 삶을 위해 남아있는 내적힘과 용기를 끌어올려 자기 삶의 서사를 표현해야 한다.

'통찰하기'는 대상화와 성찰하기 과정을 거쳐 이뤄진다.

'통찰하기'는 이러한 대상화와 성찰하기 과정을 거쳐 이뤄진다. 대상화와 성찰하기 등의 과정을 통한 성과이기도 하다. 즉 '통찰하기'는 내담자와 상담자의 욕망, 심리적 갈등과 장애, 문제 상황을 내포한 서사를 성찰함으로써 이전에 인식하지 못했던 깨달음을 얻는 과정이다. 대상화된 서사에 대한 성찰을 통해 서사의 앞뒤, 위아래의 맥락을 꿰뚫어 봄으로써 자신의 서사의 맥락을 통찰하게 된다. 즉 '아하!'의 과정이다. 서사의 앞뒤, 위아래의 맥락을 꿰뚫어 봄으로써 삶을 새로운 관점에서 바라볼 수 있게 한다. 물론 이러한 깨달음의 수준은 천차만별이다. 대상화된 각각의 서사를 얼마나 깊이 있게 성찰했느냐가 관건이기 때문이다.

그런데 이러한 과정 속에서의 통찰은 내담자의 욕구를 해소하고, 미세한 부분에서일망정 심리적 문제 상황을 일정 정도 극복할 수 있게 한다. 뿐만 아니라 자신의 삶을 이해함으로써 용서와 화해로 나아간다. 예를 들면, 다음과 같다.

나에게
○○아, ①내 인생이 정말 구리다. 잘 되는 일은 없고 매일 사고만 일

어나고 매일 눈치 보고 사는 이 덧없는 인간 정말 불쌍하고 바보 같다. ②너도 그렇게 생각하지. 그래 얼마 전에도 내가 짬이 날 때마다 귀여운 사자를 조각해 만들었는데 어느 누군가 내 조각을 보고 "유치원 장난하고 있다."라는 소리에 큰 충격을 받았던 적이 있었지. ③정말 내 조각이 유치원 장난이었냐? ④그 후는 네가 정말 고맙다. ⑤주위의 많은 사람들이 도와주지만, 특히 힘든 일이 겹쳐와도 끝까지 같이 가는 너의 힘에, 너의 인내력 덕에 나는 꿋꿋하게 살아가고 있다. 앞으로도 잘 부탁한다.
　⑥친애하는 ○○에게 올림

위 글에서 최○○은 ①처럼 자신의 삶이 '정말 구리'고, '잘 되는 일은 없고 매일 사고만 일어나'는 삶이라고 말한다. 뿐만 아니라 '매일 눈치 보고 사는' 덧없는 인간으로 자신을 부정적으로 표현하고 있다. 물론 자신에 대해 부정적인 감정을 지나칠 정도로 적나라하고 격하게 드러내 놓고 있다. 하지만 이러한 적나라하고 격한 감정의 분출이 부정적인 것만은 아니다. 자신의 생각과 감정을 분명히 표현하여 분출함으로써 이런 것들의 부정적으로 과잉되고 충동적인 측면을 누그러뜨리고 정화할 수 있기 때문이다. 그러나 자신에 대한 이러한 부정적인 인식은 자아존중감을 저하시키고, 삶의 의욕을 상실하게 함으로써 실패와 좌절과 절망으로 밀어 넣기 때문에 매우 심각하게 다뤄져야 한다.

그런데 최○○은 이러한 자신의 생각과 마음, 감정을 확인이라도 하듯이 ②처럼 자신에게 묻는다. 그럼으로써 자신의 비참한 감정을 더욱 드러내어 강조하면서 자신의 감정을 폭발 직전까지 극단적으로 몰아간다. 그리고 나서 자신의 최근의 충격적인 경험을 들춰내어 고백하듯이 말한다. 자신의 자존심을 훼손하여 큰 충격에 휩싸여 이렇게 자신을 '불쌍한 바보'로 만든 것에 대해 토로한다. 이것은 한편으로 자기

공감적인 고백이기도 하다. 왜냐하면 자기공감은 자신의 마음과 함께 머물러 함께 느끼는 것이기 때문이다. 즉 최○○은 이 지점에서 '불쌍한' 자신의 슬픔에 함께 머물러 함께 슬퍼한다. 물론 이러한 자기공감은 자신에 대한 이해의 시작이며 위로의 과정이다. 이것은 이후 용서와 화해로 이어진다.

그런데 ③에서 '성군'은 돌연 반문한다. 스스로에 대한 자각이다. 자기부정의 부정이다. "정말 내 조각이 유치원 장난이었냐?"라는 물음 속에는 자신의 심리적 상처 극복에 대한 강한 저항의 의지가 있다. ③의 앞에서 이제껏 폄하하고, 비난하고, 절망했던 자신과 자신의 삶의 모습을 극적으로 부정하고, 스스로의 성찰과 강한 의지로 자신을 이해하고 수용한다. 그리고 이 시점에서 '불쌍하고 바보' 같았던 자신을 용서하고 화해한다. 그렇기 때문에 ④에서와 같이 결국 자신에게 고마운 것이다.

그러고 나서 ⑤에서처럼 주위 사람의 도움보다 자신의 내적힘과 '인내력' 등을 들며, 자신을 인정하고, 격려한다. 앞으로도 더욱 잘 살아갈 것을 부탁까지 한다. 물론 이는 자신에 대한 다짐이고 의지의 천명이기도 하다. 이러한 고마움의 표시, 인정과 격려, 그리고 부탁은 자신을 용서하고 화해한 후, 자신의 모든 것에 감사한 결과이다. 즉 부정적인 삶에서 오히려 긍정적인 자신을 발견하고, 이 모든 것에 감사하고, 통합해 나가는 과정이다. 결국 최○○는 ⑥에서처럼 '친애하는 성군'으로 자신이 다시 새롭게 자리매김한다.

더 나아가 이와 같은 과정을 통해 얻은 내적힘과 용기를 바탕으로 내담자는 더 깊이 있는 내면의 세계를 창조적·예술적인 방식으로 형상화하여 나타내며, 더 큰 질적 변화를 추동한다. 즉 이러한 과정은 자신의 삶의 서사를 더 적나라하게 표현하여 대상화함으로써 더 깊이 있게 성찰할 수 있도록 작용하여 자신에 대한 이해, 그리고 용서와 화해에 이를 수 있게 한다. 결국 자아통합에 이르는 과정을 뒷받침한다. 따라서 스스로가 자신의 심리적 문제 상황을 회피하지 않고 용기 있게 직면하여 성찰할 때, 자신의 삶에 대한 통찰을 이룰 수 있으며, 마침내 자아통합을 이루게 된다.

뿐만 아니라 타인을 이해하고, 인정하고, 수용함으로써 화해에 이른다. 왜냐하면, 이러한 과정 속에서 자신의 삶의 긴 시간 동안 맺었던 사람, 사회, 자연, 우주 등 세계와의 관계를 긍정적인 관계로 새롭게 형성하게 되며, 그것들에 대한 인식의 전환이 이뤄지기 때문이다. 즉 이러한 성찰의 과정은 자아의 통합으로 이어지고, 궁극적으로 삶의 목적, 존재의 의미 등의 깨달음에 이르게 된다. 따라서 각자가 스스로의 심리적 문제 상황을 회피하지 않고, 용기 있게 직면하여 성찰한다면, 위기가 바로 인격적으로 성숙한 삶을 위한 기회가 된다. 이 기회는 다시 창조적 원동력으로 작용하고 결국 자아통합으로 이어지고, 궁극적으로 삶과 존재의 목적과 의미, 소중한 가치 등에 대한 깨달음과 더불어 참자아에 이르게 한다.

한편, 글쓰기치료의 수행 구조는 앞 절에서 밝힌 수행 단계를 바탕으로 한다. 이 절에서는 글쓰기치료가 어떠한 구조로 수행되는지에 대해 설명한다. 먼저 글쓰기치료의 장면을 도형으로 구조화하면 [그림 23]과 같다. 이 수행 구조는 글쓰기치료의 모든 장면에서 구현된다.

[그림 23]은 내담자와 상담자, 타자가 글쓰기치료의 과정에서 상호작용하는 과정을 나타낸 구조도이다. 즉 분열된 자아로 인해 심리적 갈등과 장애에 처해 있는 내담자가 상담자, 타자와 더불어 듣기, 말하기, 읽기, 쓰기, 활동하기 등 대화와 소통을 통해 글쓰기치료를 이뤄내는

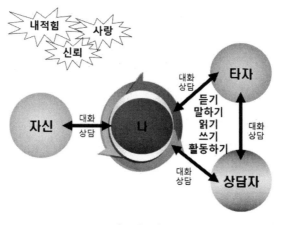

[그림 23]

과정에 대한 형상화이다. 이 구조도 속에는 첫째, 나와 자신과의 관계, 둘째, 나와 상담자와의 관계, 셋째, 나와 타자와의 관계, 넷째, 상담자와 타자와의 관계 등이 얽혀 있다. 나와 자신과의 관계는 시공간을 초월하여 단독으로도 성립되기도 하지만, 나머지 관계는 시공간적 제한과 함께 상호보완적으로 성립되는 관계이다. 어느 관계가 주된 관계라고도 할 수 없고, 어느 관계가 선행되어야 한다고도 할 수 없다. 즉 주종과 선후행의 관계가 따로 설정될 수 없다. 왜냐하면, 내담자와 상담자, 타자가 서로 영향을 주고받으면서 완성되는 구조이기 때문이다.

글쓰기치료에서는 이들 모든 관계에서 솔직하고 진지한 대화나 상담이 이뤄지도록 노력한다. 나와 자신과의 관계에서도 마찬가지이다. 있는 그대로 자신과 마주하여 솔직하고 진지한 대화나 상담을 이뤄야 한다. 매우 쉬운 과제인 듯하지만 사실 가장 어려운 과제이다. 평소에는 대부분 자신과의 대화를 잘 하지도 않기 때문에 막상 쉬워 보여도 잘 이뤄지지도, 익숙하지도 않다. 하지만, 나와 자신과의 만남은 글쓰기치료의 과정에서 반드시 이뤄야만 하는 과제이다. 가장 중요한 관계이기도 하고, 정작 가장 영향력 있는 관계이기도 하기 때문이다. 그래서 내면의 '나'와의 만남이 글쓰기치료의 궁극적인 목표이기도 하다.

물론 다른 관계도 마찬가지이다. 인간은 누구나 서로서로 유기적인 관계를 맺고 살아가는 사회적 존재이기 때문이다. 하지만 역시나 쉽지 않은 과제이다. 비록 다른 사회적 경우와는 달리 글쓰기치료 장면에서의 관계 대상은 다소 염려스럽지 않는 선에서 구성되지만, 어떤 경우에도 불안과 두려움이 없을 수 없기 때문이다.

그렇기 때문에 내담자, 상담자, 타자 등 모두에게 필요한 내적 요소들이 있다. 그것은 첫째, 어느 정도의 내적힘이 필요하다. 비록 각 관계에 따라 그 수준과 정도가 다르지만, 각자의 삶의 서사, 즉 심리적 상처나 위기의 서사에 직면할 수 있는 심리적 힘, 즉 내적힘이 있어야 한다. 이러한 내적힘이 받쳐줘야 불안과 두려움을 이겨내고, 용기와 도전정신으로 심리적 문제 상황을 극복할 수 있기 때문이다. 결국 이러한 내적힘은 글쓰기치료를 실현시킬 수 있는 필수불가결한 원동력으로 작용한다. 둘째, 서로에 대한 사랑과 신뢰가 필요하다. 물론 여기에도 각 관계에 따라 그 수준과 정도가 다르다. 그리고 처음부터 높은 수준의 사랑과 신뢰는 가능하지 않다. 있는 그대로 서로를 인정할 수도, 수용할 수도 없고, 진정으로 공감할 수도, 격려할 수도 없다. 하지만 적어도 서로에 대한 존중과 배려, 예의, 비밀유지 등이 필요하다. 만약 그렇지 못할 경우, 솔직하고 진지한 대화와 소통은 이뤄질 수 없을 뿐만 아니라 글쓰기치료 자체가 성립되지 않기 때문이다.

또한 글쓰기치료는 [그림 23]과 같이 듣기, 말하기, 읽기, 쓰기, 활동하기 등의 다양한 창조적·예술적 활동과 함께 한다. 즉 내담자, 상담자,

타자가 이러한 창조적·예술적 활동을 통해 표현하고 대화와 소통, 공감과 사랑 등을 나눔으로써 대상화된 '지금 여기'의 자기 삶의 서사에 대한 성찰과 통찰을 이뤄내는 과정이다. 이 과정에서 이들 서사가 제공하는 실마리는 성찰과 통찰을 통해 각자의 심리적 상처나 위기 상황을 극복할 수 있게 작용하며, 깨달음의 원천이 된다. 결국 이를 통해 건강한 삶을 회복하고, 인격적 성숙과 자아통합을 이뤄나가며, 결국 참된 자아를 찾게 된다.

이렇듯 글쓰기치료는 내담자와 상담자, 타자가 성찰과 통찰, 통합을 함께 이뤄나가는 과정이다. 즉 내담자와 상담자, 타자는 동반자 관계이다. 그리고 건강한 삶을 실현하고, 인격적 성숙과 자아통합을 이뤄나가며, 결국 참된 자아를 찾는 과정은 인생의 전 과정에서 모든 인간이 함께 이뤄야할 과제이다.

통합적 글쓰기치료의 실제

글쓰기치료에서 글을 쓴다는 말은 무엇일까? 이 물음에 나는 '나'를 쓴다고 말하고 싶다. 그리고 '나'의 삶을 쓴다고 말하고 싶다. 왜냐하면 그 글에는 '나'의 삶이 강물처럼 흘러 지면을 가득 메우고 흠뻑 적시며, 자신의 마음으로 흐르고 있기 때문이다. 이렇게 우리도 매일매일 글을 쓰고 있다. 마찬가지로 그 글에는 우리의 삶이 지면을 가득 메우고, 우리 마음으로 흐르고 있다. 자신의 삶이 다 닳아 기억 속에서조차 찾을 수 없을 때까지 우리는 우리의 삶을 쓰고 있다. 원하지 않더라도 말이다. 그래서 그 글에는 늘 내가 있다. 나의 슬픔과 그리움과 괴로움, 그리고 눈물이 있다. 또 나의 기쁨과 즐거움과 꿈과 희망, 그리고 사랑도 있다. 그래서 그 글에는 늘 내가 살아 숨 쉬고 있다. 그리고 나는 그 글을 가끔 꺼내어 읽어 보곤 한다. 읽어 보고 싶지 않을 때도 있지만 주체할 수 없는 힘에 어쩔 수 없이 볼 때가 많다. 그 글에서 늘 우리는 '나'를 본다. 그 안에서 나는 나를 이해하고, 용서하고, 화해하고 사랑하며, 새롭게 나의 삶과 나를 쓰고, 또 나를 본다. 이렇듯 글을 쓴다는 것은 나의 삶을 새롭게 쓴다는 것이며, 나를 새롭게 쓴다는 것이며, 나를 새롭게 보는 것이며, 나를 사랑하는 것이다.

위 글에서처럼 글쓰기치료는 단순한 글쓰기 활동을 넘어, 자신의 생각과 감정을 솔직하게 표현하고 내면의 갈등을 탐색하며 치유하는 과정을 포함한다. 특히, 자아성찰과 감정 해소를 돕고, 내담자가 자신의 경험을 구조화하여 의미를 부여하는 데 중점을 둔다. 이 과정에서 내담자들은 직접 글을 쓰고 공유하면서 자신이 경험한 감정과 사건을 반추해 볼 기회를 얻는다. 이러한 글쓰기 경험은 심리적 저항을 줄이고, 정서적 치유와 자아 수용을 가능하게 한다. 또한, 글쓰기를 통해 생각과 감정을 정리하면서 자기이해가 깊어지고, 삶의 방향을 설정하는 데 도움을 줄 수 있다. 그러므로 글쓰기는 단순한 표현 도구가 아니라, 내면의 소통을 촉진하고 삶의 경험을 재해석할 수 있게 하는 강력한 치료적 방법이 된다.

그러므로 글쓰기치료의 핵심 과정은 초기단계, 심화단계, 심리적 성장과 통합 단계 등 세 단계로 나뉠 수 있다. 먼저, 초기 단계에서는 부담 없이 시작할 수 있는 짧은 간단한 글쓰기 활동이 적합하다. 예를 들어, '세 줄 일기', '감정 일기', '감사 일기', '자기 표현 연습' 등의 간단한 기록 활동을 활용하여 내담자가 글쓰기에 익숙해질 수 있도록 돕는다. 감정을 기록하는 습관을 들이면, 점진적으로 깊이 있는 성찰이 가능해지기 때문이다. 그러므로 아 단계의 주요 활동은 자신의 생각이나 감정을 솔직하게 표현하는 것이다. 문법이나 완성도를 따지지 않고, 오직 자신이 경험한 감정을 그대로 적어 나가는 과정이 치료의 시작이기 때문이다. 이 과정에서 내담자는 스스로 자신의 감정을 명확하게 인식하고, 표현하면서 정서적 완화를 경험할 수 있다. 연구에 따르면, 감정을 표현하는 글쓰기를 한 집단은 그렇지 않은 집단보다 스트레스 지수가 낮아지고, 신체 건강이 개선되는 경향이 나타난다. 내면에 억압된 감정을 직접 표현함으로써, 내담자는 자신의 감정을 보다 명확하게 인식하고 긍정적인 방향으로 전환할 수 있다. 다만, 주의할 것은 자신이 쓴 글을 타인과 공유하지 않아도 된다는 점이다. 이는 내담자가 글쓰기치료 과정에서 부담을 느끼지 않고, 더욱 솔직하게 자기 자신을 표현할 수 있도록 돕는 장치이다.

둘째, 심화 단계이다. 이 단계는 자기 탐색과 내면 대화를 나누는 과정이다. 내담자가 글쓰기에 익숙해지면, 자신의 경험을 보다 구체적으로 서술하고, 과거의 감정을 되짚어 보는 글쓰기 활동으로 확장할 수 있다. 예를 들어, '과거의 나에게 편지 쓰기', '사물과의 대화록 쓰기', '삶의 전환점에 대한 글쓰기' 등의 활동을 통해 자아성찰을 심화시킨다. 이 과정에서 내담자는 자신의 감정을 보다 명확하게 인식하고, 과거의 경험을 새로운 시각에서 바라볼 기회를 얻게 되기 때문이다. 그러므로 아 단계의 주요 활동은 자아성찰을 통한 내면 탐색이다. 글쓰기치료는 단순한 감정 표현을 넘어, 자신의 삶을 깊이 탐색하고 의미를 재구성하는 과정을 포함한다. 글쓰기를 통해 자신의 생각과 감정을 정리함으로써 문제 해결 능력이 향상되고, 글을 완성했을 때의 성취감은 자신감과 자아존중감, 자기 효능감을 높이는 데 기여할 수 있다. 뿐만 아니라 글쓰기는 내담자가 자신의 트라우마나 심리적 갈등을 대상화하여 객관적으로 바라볼 수 있도록 돕는다. 이를 통해 억눌린 감정이 해소되고, 자기 자신을 보다 수용할 수 있는 태도가 형성된다. 즉 내담자는 과거의 경험을 새로운 관점에서 바라보게 되고, 심리적 성장을 경험하게 된다.

셋째, 심리적 성장과 통합 단계이다. 이 단계의 글쓰기는 단순한 감정 표현과 성찰을 넘어, 자기 자신과의 깊은 대화를 가능하게 하며, 궁극적으로 심리적 성장과 통합으로 이어지는 과정이다. 이전까지 외부 세계에서만 의미를 찾으려던 태도에서 벗어나, 내면의 목소리에 집중하고 자신의 생각과 감정을 수용하는 과정을 경험하게 된다. 특히 이 단계에서는 단순한 감정 해소를 넘어, 자신의 삶을 재해석하고 새로운 의미를 부여하는 과정이 강조된다. 결국 자기 용서와 화해로 이어지며, 심리적 장애를 극복하는 데 도움을 준다. 즉 과거의 상처나 트라우마를 정리하면서 현재의 감정과 연결시키는 과정을 통해 정서적 통합이 이루어지고, 내면의 치유와 성장이 가능해진다. 이를 위해 '인생 연대표 만들기', '자기 탄생설화 쓰기' 등의 창조적 글쓰기 활동이 활용될 수 있다. 이러한 과정에서 내담자는 자신의 삶을 하나의 이야기 구조로 정리하거나, 자신의 경험을 신화적 서사로 변형하는 방식으로 심리적 성장과 통합을 경험하게 된다. 결국, 글쓰기를 통해 내담자는 과거의 상처나 트라우마를 정리하고, 현재의 감정과 연결하면서, 정서적 통합과 심리적 성장을 이뤄가는 과정을 완성하게 된다.

이처럼 글쓰기치료는 단순한 글쓰기를 넘어 자신의 감정을 솔직하게 표현하고, 과거 경험을 재구성하며, 자기 자신과 깊이 소통하는 과정이다. 이를 통해 내담자는 감정을 정리하고 자아성찰을 하며, 궁극적으로 심리적 치유와 성장을 경험할 수 있다. 특히, 글쓰기는 자기이해와 자아존중감을 높이고, 심리적 균형을 회복하는 데 기여한다. 따라서 글쓰기치료는 감정 해소와 자기 성찰을 돕는 강력한 도구이며, 다양한 심리 치료 및 교육적 맥락에서 효과적으로 활용될 수 있는 중요한 방법이라 할 수 있다.

1. 워밍업 글쓰기

글쓰기치료에서 워밍업(Warming-up) 글쓰기 과정은 본격적인 치료적 글쓰기를 시작하기 전에 심리·정서적 준비를 돕는 중요한 단계이다. 마치 자동차가 출발하기 전에 엔진을 예열하는 것처럼, 글쓰기치료에서도 마음을 따뜻하게 하고 안정감을 갖게 하며, 내면을 정리하는 시간이 필요하다. 이 과정은 내담자가 자신의 감정과 생각에 보다 쉽게 접근할 수 있도록 도와주며, 자연스럽게 자아성찰과 감정 표현을 유도하는 역할을 한다.

워밍업 글쓰기 활동의 목표는 단순히 글을 쓰는 것이 아니라, 자기 자신에게 집중하고 내면을 탐색하는 과정을 경험하는 것이다. 특히, 본 과정에서는 질문을 통해 자신을 돌아보게 하고, 그에 대한 답을 글로 표현하게 함으로써 자신의 삶과 감정을 객관적으로 조망하는 기회를 제공한다.

예를 들어, 강한 심리적 충격이나 트라우마를 경험한 사람들은 자신의 감정을 조절하고 표현하는 데 어려움을 겪는다. 이에 대해 베셀 반 데어 콜크(Bessel van der Kolk)는 그의 저서 『몸은 기억한다(트라우마가 남긴 흔적들)』(2020)에서 트라우마 회복 과정에서 감각과 감정을 표현하는 것이 중요하다고 강조한다. 그는 "회복이란 자기 내면에 존재하는 감각과 감정에 대한 주도권을 다시 쥐는 것입니다. 결국 자신의 내면에서 일어나는 일을 느끼고 정확히 밝히고 확인할 수 있는 것입니다."라고 설명한다. 그런데 글쓰기치료에서도 이러한 과정이 매우 중요한 역할을 한다. 글쓰기를 통해 내담자는 자신의 감정을 직면하고, 표현하며, 조절하는 능력을 안전하게 길러갈 수 있기 때문이다. 즉 내담자는 글쓰기를 통해 억눌린 감정을 인식하고 표현하며, 이를 조절하는 능력을 키울 수 있다. 트라우마로 인해 왜곡된 자기 인식을 점검하고, 자신의 감정을 보다 건강하게 해석하고 받아들이는 과정을 경험하게 된다. 물론 베셀 반 데어 콜크가 "물론 회복을 위해서는 한 걸음씩 더 안쪽으로 나아가야겠지요. 그럴 때마다 한층 깊은 발견과 아픔, 회복의 단계가 교차하면서 걷게 될 것입니다."라고 하는 말처럼 그 회복은 비록 더디고, 반복적인 노력을 기울여야만 한다. 하지만 자신의 이야기를 글로 풀어내면서 새로운 시각에서 자신의 경험을 바라보며 의미를 부여함으로써 자기 성장과 정서적 회복을 이루는 기회를 마련할 수 있다는 점은 분명하다.

따라서 글쓰기치료에서 워밍업 글쓰기 활동 과정은 단순한 준비 단계를 넘어, 자신의 내면을 탐색하고 감정을 정리하며, 궁극적으로 자기이해를 심화하는 과정이다. 삶을 조망하는 질문을 통해 자신의 존재를 인식하고, 감각과 감정을 표현하면서 자기 성찰의 기회를 마련하며, 글쓰기를 통해 심리적 안정과 정서적 치유의 효과를 경험하게 된다. 특히, 트라우마나 정서적 어려움을 겪고 있는 내담자들에게 글쓰기는 자신의 삶을 능동적으로 해석하고 의미 부여할 수 있는 도구로서 작용할 수 있다. 그러므로 글쓰기치료에서 워밍업 글쓰기 과정은 단순한 준비 운동이 아니라, 내담자가 자기 자신과 소통하고, 감정을 조절하며, 궁극적으로 자기 성장과 회복을 이루어가는 중요한 통로가 될 수 있다. 다음은 '워밍업 글쓰기'의 통합적 글쓰기치료 작업계획서 예시이다.

통합적 글쓰기치료 작업계획서

이름: 장만식

1. 주제: 자기 탐색과 심리적 준비
   - "워밍업 글쓰기" -

2. 의도: - 자기 표현에 대한 부담감 완화
   - 감각과 감정을 인식하고 기록하는 습관 형성
   - 자아성찰 및 자기이해 능력 향상
3. 활동

단계		내 용
열기	활동	- 차 마시기 및 간식 먹기 - 가벼운 체조나 운동 - 호흡 명상 및 감각 깨우기
	기대 효과	- 심리적 안정 및 이완
만나기	활동	지금 느끼는 신체 감각 및 감정을 글이나 단어로 표현하기 - ① 자기 삶을 조망하는 질문 - ② 내면의 존재성을 탐색하는 질문 - ③ 미래의 방향성을 탐색하는 질문 - ④ 현재의 감각과 감정을 인식하는 질문
	기대 효과	- 자기 탐색 및 인식 강화 - 감정 표현에 대한 부담 완화
닫기	활동	- 그림 또는 색상으로 현재의 자신의 감정을 시각화하기 - 자신이 가장 중요하게 느낀 점 쓰기 - '내 마음에게 해주고 싶은 말' 쓰기 - 자신의 글을 낭독하고 소감 나누기 - 호흡 명상 및 감각 깨우기
	기대 효과	- 감정 해소 및 심리적 연결감 형성 - 자기이해 증진 - 타인과의 쉐어링을 통한 자기 인식 확장
적용 하기	활동	- 일상에서 글쓰기 실천 계획 세우기 - 매일 3줄 감정 일기 쓰기 - 감정 표현을 위한 나만의 상징 만들기
	기대 효과	- 지속적인 자기 탐색 습관 형성 - 글쓰기 및 예술적 표현을 통한 자기 성장
준비물		차 및 간식 - 필기도구, 색연필, 크레파스, 수채화 물감, A4용지 또는 도화지 - 명상 및 감각 몰입을 위한 배경 음악

위의 계획서에 따라, 워밍업 글쓰기 활동 중 만나기의 구성과 진행 방식을 보면, 본 활동 전 지금 느끼는 신체 감각 및 감정을 글이나 단어로 표현하기 활동을 먼저 한다. 이는 본 활동을 하기 전에 자신이 느낀 감각 및 감정을 인식하는 활동이다. 그런 다음 위에 나열되어 있는 본 활동, 즉 ① 자기 삶을 조망하는 질문, ② 내면의 존재성을 탐색하는 질문, ③ 현재의 감각과 감정을 인식하는 질문 ④ 현재의 감정과 미래의 방향성을 탐색하는 질문 등을 차례로 자신에게 하며 글을 써나가면 된다. 본 활동을 마친 후, 현재의 감각과 감정을 인식하는 질문에 답하는 활동이 있다. 이는 앞에서 인식한 감각과 감정의 변화를 파악하기 위한 활동이다. 물론 이 세 가지를 모두 한꺼번에 할 수도 있지만, 하루에 한 가지씩 하는 것도 의미가 있다.

자기 삶을 조망하는 질문 ①에서는 대체로 자신을 우주에서 바라보는 시각으로 삶을 조망하는 질문을 던진다. 삶의 전체적인 흐름을 이해하고, 현재의 자신이 어디에 서 있는지 탐색하는 과정이다. 예를 들어, "이번 생애에 나에게 주어진 목표는 무엇인가요?", "내가 설정한 최종 목표는 무엇인가요?", "지금 삶과 최종 목표 사이에는 어떤 차이가 있는가요?" 등의 질문이다. 이러한 질문을 통해 내담자는 자신의 삶을 거시적인 관점에서 바라보며, 삶의 방향성과 존재 의미를 성찰할 수 있도록 한다.

내면의 존재성을 탐색하는 질문 ②에서는 자신의 몸과 마음을 탐색하는 질문을 통해, 자기 자신에게 초점을 맞추도록 유도한다. 이는 단순한 신체적 탐색이 아니라, 몸과 감정, 기억이 연결되는 과정을 경험하는 것이다. 예를 들어, "내 몸의 명칭들을 세세하게 적어보세요.", "살면서 내 몸을 어떻게 사용해 왔는지 5가지 이상 적어보세요.", "내

몸에서 가장 미안한 부위와 관련된 기억을 적어보세요.", "내 몸에게 해주고 싶은 말은 무엇인가요?" 등의 질문이다. 이러한 질문들은 자신의 몸과 감정을 연결하는 역할을 하며, 자신과의 관계를 재구성하고 자기 수용을 강화하는 과정으로 작용한다.

현재의 감각과 감정을 인식하는 질문 ③에서는 현재 느끼는 감각과 감정을 정리하여, 자신의 내면을 보다 깊이 들여다보는 기회를 제공한다. 감각적 경험과 감정을 글로 표현하는 것은 자기이해를 높이고 감정 조절을 향상시키는 데 효과적이다. 예를 들어, "지금 이 순간 느끼는 감각을 적어보세요.", "지금 떠오르는 감정을 적어보세요.", "내가 좋아하는 감각과 싫어하는 감각을 적어보세요." 등의 질문이다.

현재의 감정과 미래의 방향성을 탐색하는 질문 ④에서는 앞으로 나아갈 방향을 설정하는 과정이다. 예를 들어, "지금 나의 마음이 주로 향하는 대상(장소, 사람, 물건, 학업 등)은 무엇인가요?", "향후 내 마음을 주로 어디에 사용하고 싶은가요?", "내 마음에게 해주고 싶은 말은 무엇인가요?" 등의 질문이다. 이 과정은 자신의 현재 상태를 명확하게 인식하고, 앞으로의 삶에서 감정을 어떻게 활용할 것인지 설정하는 데 도움이 된다.

끝으로 ①, ②, ③, ④의 글쓰기를 한 후, 글쓰기 과정 전체를 돌아보면서 생각나지 않아 건너뛴 질문이나 당혹스럽거나 허둥댔거나 난감해 얼굴이 화끈거렸던 모습이 있었다면, 그 장면을 '있는 그대로' 써보는 활동을 한다. 물론 아직 드러낼 준비가 되어 있지 않다면, 그냥 건너뛰어도 된다. 그런 후, "자, 그럼 지금 이 순간 느낌이 어떠신가요? 자신의 소감을 적어 보십시오."라고 한다. 이 활동은 글쓰기 과정 전체를 한 후 '지금 이 순간' 느끼는 느낌을 알아차리고 글쓰기를 하는 가운데 머물렀던 상상이나 기억 속 장면의 감정에서 벗어나 '지금 여기'로 돌아와 자신의 존재를 느끼게 하고자 한다. 이 활동은 ① 자기 삶을 조망하는 질문, ② 내면의 존재성을 탐색하는 질문, ③ 현재의 감각과 감정을 인식하는 질문, ④ 현재의 감정과 미래의 방향성을 탐색하는 질문 등에 답하는 글을 각각 쓴 후, 매번 글쓰기를 마친 후마다 답글을 쓰면 된다. 아래의 예시의 질문은 김성수의 『글쓰기명상』에서 발췌한 질문들이다.

〈예시, 50대 중반 대상 워밍업 글쓰기〉

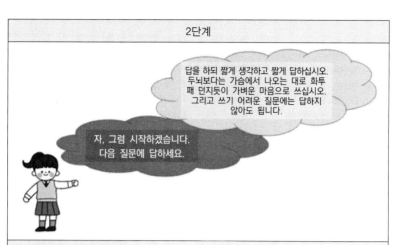

2단계

답을 하되 짧게 생각하고 짧게 답하십시오. 두뇌보다는 가슴에서 나오는 대로 화투 패 던지듯이 가벼운 마음으로 쓰십시오. 그리고 쓰기 어려운 질문에는 답하지 않아도 됩니다.

자, 그럼 시작하겠습니다. 다음 질문에 답하세요.

① 자기 삶을 조망하는 질문

1. 이번 생애에 내게 주어졌다고 생각되는 목표는 무엇인가요?
예시: "나는 가족을 돌보며 사랑을 실천하는 사람이 되고자 했고, 또한 후배들을 양성하고 지혜를 나누는 것이 내게 주어진 사명이라고 느낍니다."

2. 이번 생애에 내가 설정한 최종 목표는 무엇인가요?
예시: "나의 최종 목표는 후회 없이 살고, 나와 함께한 사람들이 나를 통해 따뜻함과 위로를 느끼는 것이다."

3. 지금을 사는 이유, 앞으로 한 달을 사는 이유, 한 해를 사는 이유는 무엇인가요?
예시: 지금: "오늘 하루는 사랑하는 사람들과 함께하며 감사함을 느끼기 위해 산다."
한 달: "앞으로 한 달 동안 나만의 시간을 갖고, 그동안 미뤄둔 독서를 시작하며 내면의 평화를 찾고 싶다." 한 해: "한 해 동안 내 건강을 돌보며, 새로운 취미를 개발해 인생의 즐거움을 더하는 시간을 만들겠다."

4. 지금 삶과 최종 목표의 차이는 무엇인가요?
예시: "나는 평소 감정 표현이 서툴러서 사랑하는 사람들에게 충분한 애정을 표현하지 못하고 있다. 최종 목표는 따뜻한 사람이 되는 것이니, 앞으로 더 자주 감사를 표현하는 연습이 필요하다."

5. 이번 생애에 최종 목표를 이루었을 때, 내가 나에게 해주고 싶은 말이나 행동은 무엇인가요?
예시: "너무 애쓰면서 살지 마라. 네가 걸어온 길이 옳았고, 충분히 잘해왔다. 이제는 나를 좀 더 사랑하고, 남은 시간은 여유롭게 즐기면서 살아가자."

② 내면의 존재성을 탐색하는 질문

1. 내 몸 안팎의 명칭들을 아는 대로 세세히 적어보세요.
예시: "머리, 이마, 눈썹, 눈, 코, 귀, 입술, 혀, 목, 어깨, 팔, 팔꿈치, 손목, 손, 손가락, 손톱, 가슴, 심장, 폐, 위, 간, 췌장, 신장, 배, 허리, 등, 척추, 골반, 허벅지, 무릎, 종아리, 발목, 발, 발가락, 발톱, 피부, 혈관, 신경, 근육, 뼈, 모공, 주름, 흉터, 점"

2. 살면서 그 몸들을 주로 어디에 써왔는지 5가지 이상 적어보세요.
예시: "손 – 가족을 위해 요리하고, 일하고, 편지를 쓰고, 책장을 넘겼다/ 다리 – 쉼 없이 걸어 다니며 내 인생의 길을 개척해 왔다/ 눈 – 사랑하는 사람들의 얼굴을 바라보고, 삶의 아름다움을 보았으며, 때론 눈물도 흘렸다/ 입 – 누군가에게 따뜻한 말을 전하고, 가르치고, 위로하고, 때론 날카로운 말을 내뱉어 후회한 적도 많다/ 심장 – 가족과 친구를 사랑하며, 두근거림과 설렘, 아픔과 후회를 함께 견뎌왔다."

3. 아무도 모르는 내 몸의 특이한 부분이나 아픔이나 상처, 흉터에 대해 모두 적어보세요.
예시: "오른쪽 무릎 위에 어릴 적 자전거에서 넘어져 남은 희미한 흉터가 있다. 어린 시절 넘어질 때마다 겁이 많아졌고, 한동안 두려움이 많았다. 오른쪽 손가락의 작은 화상 자국. 뜨거운 냄비를 실수로 잡았을 때 남은 흔적이다. 그날 이후 더 조심스러워졌고, 실수를 통해 배운다는 걸 몸으로 깨달았다. 허리 디스크. 젊었을 때 무리하게 일하며 몸을 혹사한 결과이다. 몸이 보내는 신호를 무시했던 대가였다."

4. 내 몸 중 미안한 부위와 그 부위와 얽힌 사건, 기억, 생각, 마음을 모두 적어보세요.
예시: "허리: 젊을 때는 허리가 튼튼한 줄만 알았다. 무리하게 일하고 제대로 쉬어주지 못했던 것 같다. 지금은 자주 통증을 느끼며, "그때 조금만 더 신경 썼더라면…"하는 후회가 든다. 눈: 너무 오랫동안 화면을 들여다보며 혹사했다. 젊을 때는 밤을 새워도 끄떡없었는데, 이제는 책을 오래 읽기도 힘들어졌다. 더 아껴주지 못해 미안하다. 발: 평생 나를 여기까지 데려왔는데, 한 번도 제대로 된 관리나 휴식을 주지 못했다. 늘 바쁘게 움직이며 살아왔던 삶에 대해 미안함이 남는다."

5. 내 몸 중 고마운 부위와 그 부위와 얽힌 사건, 기억, 생각, 마음을 모두 적어보세요.
예시: "손: 사랑하는 사람을 쓰다듬고, 가족을 위해 요리하며, 삶을 살아가는 데 필요한 모든 것들을 해냈다. 이 손으로 글을 써왔고, 따뜻한 악수를 나누었으며, 도움의 손길을 내밀었다. 참 고맙다. 심장: 아팠던 순간에도 멈추지 않고 뛰어줘서 고맙다. 불안과 두려움이 많았던 시절에도 견뎌내 주었다. 내가 사랑할 수 있도록, 설렘을 느낄 수 있도록 해줘서 정말 고맙다. 다리: 지치고 힘들었을 때도, 가고 싶지 않은 곳을 가야 할 때도, 늘 내 몸을 지탱해주었다. 넘어질 뻔할 때마다 다시 일어설 수 있도록 해주었다."

6. 내 몸에게 해주고 싶은 말을 적어보세요.
예시: "그동안 정말 수고 많았다. 나는 언제나 네가 당연하다고 생각했고, 젊을 땐 무리해도 괜찮다고만 여겼다. 하지만 이제야 깨닫는다. 네가 나를 버틴 것이 아니라, 내가 네 덕분에 살아왔다는 걸. 앞으로는 더 아껴주고, 사랑해줄게. 조금 더 쉬어가자. 그리고 남은 시간, 더 건강하고 행복하게 살아보자."

③ 현재의 감각과 감정을 인식하는 질문

1. 지금 이 순간에 느끼는 감각을 적어보세요.
예시: "손끝이 따뜻하다. 컵을 감싸고 있는 따뜻한 차의 온기가 느껴진다. 허리가 뻐근하다. 오래 앉아 있었더니 약간의 피로감이 온몸에 스며든다. 바람이 살짝 스치는 느낌이 좋다. 창문을 살짝 열어두었더니 신선한 공기가 들어온다. 주변이 조용한 듯하면서도 멀리서 희미한 소음이 들린다."

2. 지금 이 순간에 일어나는 감정을 적어보세요.
예시: "약간의 고요함과 차분함. 글을 쓰면서 나 자신을 더 깊이 들여다보는 느낌이 든다. 오늘 하루를 잘 보냈다는 안도감과 동시에, 미처 다 하지 못한 일들에 대한 아쉬움도 스며든다. 막연한 기대감. 앞으로 남은 하루를 어떻게 채울지 생각하며 설레는 기분도 있다."

3. 내가 좋아하는 감각을 적어보세요.
예시: "따뜻한 차를 마실 때 입안에 퍼지는 부드러운 온기. 바람이 살짝 스칠 때 느껴지는 선선함. 이불 속에서 몸을 감쌀 때의 포근함. 연필이 종이를 스치는 소리. 손끝으로 느껴지는 부드러운 천의 감촉."

4. 내가 싫어하는 감각을 적어보세요.
예시: "비 오는 날 젖은 옷이 피부에 들러붙는 느낌. 손이 건조해질 때 느껴지는 거친 감각. 자동차 경적 소리처럼 날카롭고 시끄러운 소음. 금속이 긁히는 소리를 들었을 때의 불쾌한 느낌. 너무 매운 음식을 먹었을 때 혀 끝이 얼얼해지는 감각."

5. 내가 좋아하거나 호감이 가는 사람의 공통적인 느낌을 적어보세요.
예시: "따뜻한 눈빛과 부드러운 말투를 가진 사람. 상대방의 이야기를 진심으로 들어주는 사람. 자기만의 생각과 철학이 있지만, 강요하지 않는 사람. 편안하고 자연스러운 분위기를 만드는 사람. 유머 감각이 있으면서도 타인을 배려할 줄 아는 사람."

6. 내가 좋아하는 음식의 특징을 적어보세요.

예시: "너무 강하지 않은 자연스러운 맛. 따뜻하고 부드러운 식감. 담백하면서도 깊은 풍미가 있는 음식. 적당한 간이 배어 있고, 재료 본연의 맛을 살린 요리. 따뜻한 국물 요리나 정성이 들어간 집밥 스타일."

7. 내가 싫어하는 음식의 특징을 적어보세요.

예시: "너무 짜거나 달아서 자극적인 음식. 지나치게 기름지거나 느끼한 음식. 인공적인 향이 강한 음식. 질감이 너무 질기거나, 씹을 때 불쾌한 느낌이 드는 음식. 한 번에 너무 많은 맛이 섞여 있어 혼란스러운 음식."

8. 내가 좋아하지도 싫어하지도 않는 감각이나 감정을 적어보세요.

예시: "약간의 공허함: 어떤 날은 무겁고, 어떤 날은 가벼워서 크게 신경 쓰지 않을 때도 있다/ 비 오는 날의 습기: 어떤 날은 차분한 기분이 들지만, 어떤 날은 불쾌하게 느껴진다/ 약간의 긴장감: 때로는 집중력을 높이는 데 도움이 되지만, 부담스럽게 다가올 때도 있다/ 낯선 사람과의 짧은 대화: 특별히 즐겁지도, 불편하지도 않은 경험/ 시간이 애매하게 남았을 때의 느낌: 무엇을 해야 할지 고민되지만, 때로는 아무것도 하지 않아도 괜찮다."

---

④ 현재의 감정과 미래의 방향성을 탐색하는 질문

1. 살면서 내 마음을 주로 어디에 집중해 써 왔는지 5가지 이상 적어보세요.

예시: "가족 – 부모님을 공경하고, 배우자를 이해하며, 자녀를 돌보는 데 많은 마음을 쏟아왔다/ 일 – 생계를 책임지고, 맡은 역할을 충실히 수행하는 데 온 힘을 기울였다/ 인간관계 – 친구, 동료들과의 관계를 유지하고 소중한 사람들과 유대를 쌓는 데 애썼다/ 책임과 의무 – 사회적 역할과 기대에 부응하기 위해 노력하며, 주변을 챙기며 살아왔다/ 자기 반성과 성찰 – 때때로 내 삶을 돌아보고, 올바른 길을 가고 있는지 고민하며 살아왔다."

2. 살아오는 동안 강하게 애착했던 대상 3가지 이상 적어보세요.

예시: "자녀(또는 가족) – 나의 삶에서 가장 큰 의미를 부여한 존재, 기쁨과 걱정을 함께 주었던 소중한 존재/ 일(직업, 직장) – 성취감과 자부심을 느낄 수 있었던 공간이자, 내 삶의 많은 시간을 차지했던 곳. 어릴 적 가지고 놀던 물건/ – 나만의 시간을 보낼 수 있는 안식처였고, 나를 위로해 주었던 대상. 한 장소/ – 나의 추억이 깃든 공간, 여전히 마음이 가는 곳."

3. 요즘 내 마음이 주로 가는 장소, 사람, 물건, 시간, 학업, 일 등등 적어보세요.
예시: "장소: 집 안의 작은 서재, 오랜만에 찾아가는 고향, 조용한 카페, 사람: 오랜 친구, 배우자, 이제는 다 커버린 자녀, 물건: 오랫동안 써온 다이어리, 선물 받은 펜, 책 한 권, 시간: 아침의 고요한 순간, 하루 일과를 마친 저녁 시간, 학업/배움: 새로운 분야를 배우는 데 관심이 많아졌다. 일: 과거처럼 치열하게 일하는 것이 아니라, 의미 있는 일을 찾고 싶어진다."

4. 향후 내 마음을 주로 어디에 사용하고 싶은지 적어보세요.
예시: "나 자신을 돌보는 데 더 집중하고 싶다. 이제까지 가족과 일에 많은 에너지를 쏟았다면, 앞으로는 나의 건강과 행복에도 신경을 쓰고 싶다. 좋아하는 사람들과 더 많은 시간을 보내고 싶다. 일 때문에 놓쳤던 관계를 다시금 소중히 여기고 싶다. 배움과 성장에 마음을 쓰고 싶다. 새로운 취미를 배우거나, 책을 읽고, 나의 생각을 글로 정리하는 시간을 가지고 싶다. 사회에 의미 있는 기여를 하고 싶다. 작은 봉사나 후원을 통해 누군가에게 도움이 되는 일을 하고 싶다."

5. 내 마음에게 해 주고 싶은 말을 적어보세요.
예시: "그동안 정말 고생 많았어. 가족을 위해, 일과 책임을 위해, 항상 앞만 보고 달려왔지. 이제는 조금 느슨해져도 괜찮아. 남은 인생은 네가 원하는 것들을 하면서 살아도 돼. 너무 후회하지 말고, 너무 미안해하지 말고, 너무 조급해하지 말자. 앞으로는 나 자신을 더 사랑해주고, 더 따뜻하게 대해주자. 이제부터는 나를 위한 시간도 소중히 여기며 살자."

3단계

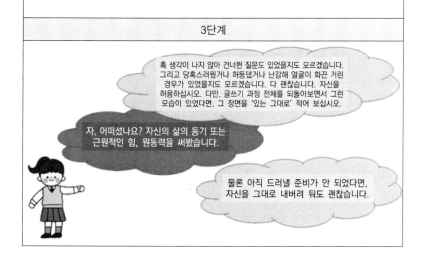

혹 생각이 나지 않아 건너뛴 질문도 있었을지도 모르겠습니다. 그리고 당혹스러웠거나 허둥댔거나 난감해 얼굴이 화끈 거린 경우가 있었을지도 모르겠습니다. 다 괜찮습니다. 자신을 허용하십시오. 다만, 글쓰기 과정 전체를 되돌아보면서 그런 모습이 있었다면, 그 장면을 '있는 그대로' 적어 보십시오.

자, 어떠셨나요? 자신의 삶의 동기 또는 근원적인 힘, 원동력을 써봤습니다.

물론 아직 드러낼 준비가 안 되었다면, 자신을 그대로 내버려 둬도 괜찮습니다.

예시: "처음 질문들을 마주했을 때, 나는 자연스럽게 펜을 들고 생각을 정리하기 시작했다. 어떤 질문은 너무나 쉽게 써 내려갈 수 있었지만, 어떤 질문 앞에서는 손이 멈췄다. 내 몸과 내 마음을 돌아보는 과정이 이렇게 어려울 줄은 몰랐다."

예시: "어떤 질문은 쉽게 답을 적었지만, 몇 개의 질문은 아예 건너뛰었다. 내 몸의 미안한 부위, 내 몸이 견뎌온 상처들, 내가 강하게 애착했던 대상… 이런 질문 앞에서는 기억이 쉽게 떠오르지 않았다."

예시: "문득 깨달았다. 나는 그동안 너무 바쁘게 살아왔고, 나 자신을 깊이 들여다보는 시간을 거의 가져본 적이 없었다."

예시: "'내 몸의 특이한 부분이나 흉터를 적어보라'는 질문에서, 나는 오래전 다쳤던 상처를 떠올렸다. 무심코 흉터를 손끝으로 문질렀다. 하지만 단순한 신체의 상처가 아니라, 그 상처와 얽힌 기억과 감정이 함께 떠올랐다. 그때 나는 무엇을 하고 있었고, 누구와 있었으며, 어떤 감정을 느꼈는지까지…"

"'내 몸 중 미안한 부위?' 생각해보니, 나는 한 번도 내 몸에게 사과해본 적이 없었다. 항상 건강해야 한다고, 아파도 참아야 한다고만 생각했을 뿐. '살아오면서 강하게 애착했던 대상?' 나는 무엇을 그렇게 깊이 아꼈던가. 가족? 친구? 물건? 나 자신조차도 명확히 대답할 수 없었다."

4단계

자, 그럼 지금 이 순간 느낌이 어떠신가요? 자신의 소감을 적어 보십시오.

예시: "솔직히 말하면, 가벼운 후련함과 함께 약간의 여운이 남아 있다. 처음 질문을 받았을 때는 단순한 글쓰기라고 생각했는데, 막상 적어 내려가다 보니 예상보다 깊은 곳까지 파고들어야 했다. 어떤 질문에서는 기억이 쉽게 떠올랐고, 어떤 질문에서는 손이 멈추기도 했다. 과거를 돌아보는 과정이었지만, 결국 나 자신과 대화를 나누는 시간이 되었다."

예시: "지금 기분을 한 단어로 표현하자면 '담담함'이다. 뭔가를 쏟아낸 뒤의 차분함, 나를 다시 들여다본 후의 잔잔한 감정, 익숙한 듯하면서도 새로운 기분."

예시: "처음에는 감정이 요동치기도 했지만, 글을 다 쓰고 나니 마치 마음 한편에 있던 것들을 꺼내어 정리한 느낌이 든다. 그리고 조금 더 나 자신을 이해하게 된 것 같아, 묘한 안도감과 평온함이 스며든다. 이 기분을 오래 간직하고 싶다. 그리고 앞으로도 종종 이렇게 나 자신과 깊이 마주하는 시간을 가져야겠다고 다짐해 본다."

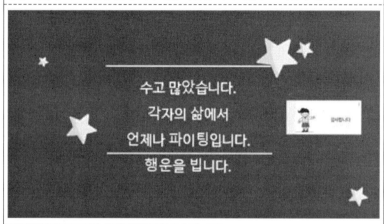

이 외에도, 워밍업 글쓰기 활동은 다양하다. 초기에는 논리적 사고보다 감각과 정서를 활성화하는 활동을 통해 심리적 안전감을 형성하는 것이 중요하기 때문에 주제 없이 5~10분 동안 머릿속에 떠오르는 생각을 끊임없이 적는 '자유연상 글쓰기', 비 오는 날이나 바닷가, 학교 운동장 등 특정한 장면을 선정하고, 그 장면에서 느껴지는 시각, 청각, 촉각, 후각, 미각을 글로 표현하는 '5감각 묘사 글쓰기', 하루 동안 경험한 사건 중 가장 기억에 남는 순간을 선택하여, 그때 느낀 감정을 중점적으로 서술하는 '나의 하루 감정 쓰기', '세 줄 일기 쓰기', '하루 5분 감사일기 쓰기', 자신에게 칭찬하는 편지를 쓰거나, 부모님, 친구, 선생님 등 자신이 사랑하는 사람에게 감사의 편지를 쓰는 '칭찬 편지 쓰기' 등등이 있다. 이러한 활동들은 창의적이고 부담 없이 참여할 수 있으며, 자기이해와 감정 탐색, 긍정적 정서를 확장하는 데 도움을 줄 수 있다. 내담자의 특성과 목표에 맞게 조합하여 활용하면 보다 효과적인 치료적 글쓰기가 가능할 것이다. 이후 참여자가 글쓰기에 익숙해지면 보다 깊이 있는 성찰과 내면 탐색을 위한 글쓰기 활동으로 발전시킬 수 있다.

2. 저널쓰기와 자기탐색을 통한 글쓰기

저널 쓰기는 심리적 치유를 위한 강력한 도구이며, 감정을 표현하고 사고를 정리하는 과정에서 자기이해와 성찰을 돕는다. 하지만 저널 쓰기는 단순한 감정 배출이 아니라, 구조화된 접근과 전문적인 안내를 병행해야 효과를 극대화할 수 있다. 이를 통해 우리는 내면의 상처를 치유하고, 더 건강하고 의미 있는 삶을 살아갈 수 있다.

캐슬린 애덤스(Kathleen Adams)는 저널 치료 분야의 선구자이자 공인 상담사(LPC), 저널 치료사, 그리고 베스트셀러 작가이다. 1985년 콜로라도주 덴버에 '저널 치료 센터(The Center for Journal Therapy)'를 설립하여 현재까지 운영하고 있다. 그녀의 대표 저서인『Journal to the Self』는 저널 쓰기 기법을 대중에게 쉽게 전달하여 저널 치료 분야의 고전으로 자리매김하였다. 이 책은 한국어로『자아를 찾아가는 나만의 저널쓰기』라는 제목으로 번역되어 소개되었다.

애덤스는 저널 쓰기를 통해 개인이 내면의 치유와 성장을 이룰 수 있도록 돕는 다양한 프로그램과 워크숍을 개발하였으며, 이를 통해 수많은 사람들이 자신의 감정을 표현하고 삶의 변화를 추구하도록 지원해왔다. 또한, 그녀는 'Therapeutic Writing Institute'를 설립하여 저널

치료에 관심 있는 전문가들을 위한 교육 프로그램을 제공하고 있다. 그녀의 저서 중 하나인 『저널치료의 실제』는 워크북 형식으로 구성되어 있어, 독자들이 직접 저널 쓰기 기법을 실습하고 내면의 치유를 경험할 수 있도록 안내한다. 애덤스의 이러한 노력은 저널 쓰기를 통한 심리 치료와 자기 탐색 분야에 큰 기여를 하였으며, 그녀의 저서와 프로그램은 전 세계적으로 많은 사람들에게 영감을 주고 있다.

저널 쓰기 기법은 개인이 자신의 감정, 경험, 사고 과정을 정리하고 탐색하는 데 도움이 되는 다양한 방법을 포함한다. 뿐만 아니라 애덤스는 저널 쓰기를 단순한 기록이 아닌 심리적 치유와 자기 성찰을 위한 강력한 도구로 활용하는 방법을 체계화하였다. 그리고 그녀는 『Journal to the Self』에서 "Write it down, make it happen"(적으면 이루어진다)라는 원칙을 강조하며, 저널 쓰기를 통해 자기이해, 감정 해소, 창의성 향상, 문제 해결 등의 효과를 얻을 수 있다고 설명한다.

그러면서 저널 쓰기를 효과적으로 활용하기 위해서는 다음과 같은 기본 원칙을 고려해야 한다고 강조한다. 첫째, 솔직하게 쓰기이다. 문법이나 형식에 얽매이지 않고, 자신의 생각과 감정을 그대로 적는다. 둘째, 정기적으로 기록하기이다. 하루 5~10분이라도 꾸준히 작성하는 것이 중요하다. 셋째, 판단하지 않기이다. 글의 완성도를 평가하지 않고 자유롭게 표현하는 것이 핵심이다. 넷째, 비밀이 보장되는 환경에서 쓰기이다. 자기 검열 없이 마음껏 표현할 수 있도록 안전한 공간에서 작성한다. 다섯째, 나만의 방식으로 활용하기이다. 반드시 글로 적지 않아도 되며, 그림, 도표, 색깔 등을 활용해도 좋다. 다음은 저널 쓰기를 활용한 첫 번째 예시인 '오늘, 나의 감정 글쓰기'의 통합적 글쓰기치료 작업계획서이다.

통합적 글쓰기치료 작업계획서

이름: 장만식

1. 주제: 자기 탐색을 통한 감정 정리 및 해소
   - "오늘, 나의 감정 글쓰기" -
2. 의도: - 자유로운 감정 표현 및 해소
   - 감정 조절 능력 및 집중력 향상
3. 활동

단계		내용
열기	활동	- 글쓰기 환경 정비(장소, 조명, 도구, 간식, 음악 등 준비) - 가벼운 몸풀기 운동 - 호흡 명상 - 현재 시각 체크 및 날짜, 시간 기록 - 서약서 읽기 및 개인 저널 보호 선언
	기대 효과	- 안전한 심리적 공간 형성 - 심리적 안정감 형성
만나기	활동	- 현재 느끼는 감정 단어 3가지 기록 - '심호흡' 쓰기 - 생각 코너 만들기(궁금한 것, 떠오르는 생각 기록) - 클러스터 기법 쓰기(주제: 오늘의 감정이나 고민, 좋아하는 사람, 싫어하는 사람, 신경쓰이는 사람 등에 대한 감정) - 5분간 전력질주 글쓰기(주제 예: '오늘의 감정;, '오늘 아침부터의 감정 변화', '요즘 자주 떠오르는 사람') - 글쓰기 종료 후, 바로 느낀 감정 단어 3가지 기록 - 한 번 더 반복하여 5분간 전력질주 글쓰기 - 저널쓰기 후 개인적 성찰하기 및 느낀 점 색으로 표현하기
	기대 효과	- 감정 인식과 표현 능력 강화 - 감정 해소 및 자아성찰 - 자기이해와 수용 촉진

닫기	활동	- 소감 나누기 - 제인 케니언의 시 '그렇지 않을 수도' 활용 모방 시 쓰기 및 발표하기 - 호흡 명상 - 보상 음식, 음악, 휴식 등 제공
	기대 효과	- 감정과 관계에 대한 새로운 관점 형성 - 보상 체계를 통한 심리적 안정과 스트레스 완화 - 보상 체계를 통한 지속적인 글쓰기 습관 형성
적용 하기	활동	- 미래의 자신에게 편지 쓰기(한 달 후의 나에게 전하는 말) - 세줄 감사 일기 쓰기
	기대 효과	지속적으로 저널쓰기를 실천할 수 있도록 강화
준비물	- 필기도- 구, 색연필, A4용지 또는 도화지 - 시계, 차 또는 간단한 간식, 편안한 좌석	

위의 계획서 중 '만나기'에서 보이는 저널쓰기 활동은 크게 클러스터 기법과 5분 전력 질주 기법 등 2가지이다. 5분 전력 질주 기법(The 5-Minute Writing Sprint)은 제한된 시간, 즉 5분 동안 멈추지 않고 빠르게 글을 쓰는 기법이다. 주제나 형식에 구애받지 않고, 떠오르는 모든 생각을 필터 없이 기록하는 것이 핵심이다. 창의력 활성화, 감정 해소, 자기 검열 없이 내면을 탐색하는 데 유용하다. 예를 들어, "나는 지금 이 순간 무엇을 느끼고 있는가?"라는 주제를 가지고 타이머 설정 후, 5분 동안 생각나는 대로 쓰면 된다. 다음은 5분 전력 질주 기법 글쓰기 예시이다.

"아, 뭘 써야 할까? 그냥 지금 내 기분을 적어볼까? 오늘 하루가 좀 복잡했다. 여러 가지 일이 많았고, 특히 점심때 동료와의 대화가 좀 마음에 걸린다. 괜히 신경 쓰지 말아야 하는데. 그런데 생각해 보면, 나는 항상 이런 감정을 혼자 삭히는 것 같다. 왜 그러는 걸까? 감정을 바로 표현하는 것이 아직도 어렵다. 예전에는 더 심했지만, 지금은 나아진 것 같기도 하다. 그런데 … 어쩌면 나는 이걸 글로 풀어내면서 조금씩 정리하고 있는지도 모르겠다. 음, 이제 시간이 얼마나 남았을까? 아직 2분 남았네. 마지막으로, 나는 지금 이 순간 약간의 후련함과 함께 내 감정을 다시 돌아볼 기회를 얻은 것 같다."

5분 전력 질주 기법 글쓰기는 첫째, 내면의 감정을 자유롭게 풀어놓고 스트레스를 해소할 수 있다. 둘째, 빠르게 기록하는 과정에서 자신도 몰랐던 내면의 감정을 발견할 수 있다. 셋째, 자기 검열 없이 떠오르는 대로 적기 때문에 창의적인 아이디어를 발굴하는 데도 효과적이다.

그리고 클러스터 기법(Clustering)은 특정 주제를 중심으로 연관된 단어와 아이디어를 시각적으로 확장하는 기법이다. 자유로운 사고 확장을 돕고, 생각의 흐름을 정리하는 데 효과적이다. 시간의 제한은 없지만, 약 10분 이내로 하는 것이 좋다. 마인드맵과 유사하지만, 논리보다는 직관적 연상에 초점을 둔다. 예를 들어, "선물"이라는 주제의 중심 단어를 적은 후, 이후 '선물'과 연관되는 단어나 개념을 가지처럼 뻗어나간다. 그리고 또 각 가지에서 다시 세부 개념을 확장한다. 즉 감정표현 → 사랑, 감사, 손편지, 고백, 위로, 격려, 대화, 특별한 순간 → 생일, 축하, 케이크, 작은선물, 결혼기념일, 스파 & 마사지 등이다. 이를 그림으로 나타내면, 다음 [그림 24]와 같다.

클러스터 기법(Clustering)은 첫째, 비선형적 사고(non-linear thinking)를 촉진하여 새로운 아이디어를 쉽게 떠올릴 수 있다. 둘째, 연관된 개념을 한눈에 정리하면서도 창의적 글쓰기를 유도한다. 셋째, 글을

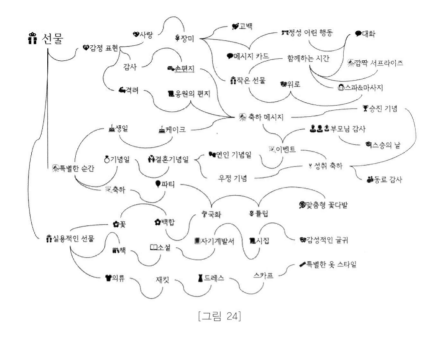

[그림 24]

쓰기 전에 아이디어를 체계적으로 정리할 수 있어 글이 논리적으로 구성되는 데 도움이 된다.

그런데 이 두 기법은 함께 활용하면 더욱 효과적이다. 먼저 5분 전력 질주 기법으로 글을 쓴 후, 클러스터 기법으로 자신의 생각과 마음을 정리하는 것도 좋다. 5분 전력 질주 글쓰기를 하여 자신의 생각과 마음을 떠오르는 대로 마구 써내려가다 보면, 보다 많은 내용들을 쏟아낼 수 있기 때문이다. 역으로 클러스터 기법을 사용하여 아이디어를 정리한 후, 5분 전력 질주 기법으로 글을 써보는 방법도 더욱 풍부한 글쓰기가 가능하다. 그러면, 확장된 개념을 바탕으로 글을 작성할 수 있게 된다. 그러므로 이 두 가지 기법을 활용하면 저널 쓰기가 더 풍부하고 창의적인 과정이 될 것이다. 예를 들어, "자기성장"이라는 주제의 중심 단어를 적은 후, 이후 '자기성장'과 연관되는 단어나 개념을 가지처럼 뻗어나간다. 그리고 또 각 가지에서 다시 세부 개념을 확장한다. 즉 배움 → 독서, 글쓰기, 토론, 감정일기, 경청연습, 도전 → 여행, 집안변화, 다양한 음식, 취미 만들기 등이다. 아래의 글은 '자기성장'을 주제로 한 클러스터 기법을 활용하여 글쓰기를 수행한 예이다.

> "나는 자기 성장을 위해 독서를 자주 한다. 특히 철학과 심리학 책을 읽으면 내 사고가 확장되는 느낌이 든다. 하지만 단순히 책을 읽는 것만으로는 충분하지 않다. 실제로 도전을 하고, 새로운 습관을 형성해야 한다. 예를 들면, 나는 아침에 일어나면 짧게 명상을 하거나 운동을 하면서 나만의 루틴을 만든다. 이러한 작은 변화들이 쌓여 결국 나의 성장을 만들어가는 것이다."

한편, 이와 같은 저널 쓰기의 치유적 효과는 첫째, 감정과 사고의 흐름을 자연스럽게 흘러가게 한다. 즉 내면의 감정과 생각을 자유롭게 표현하도록 하여 억압된 감정을 해소하고 심리적 균형을 찾을 수 있다. 둘째, 자신을 보다 깊이 있게 이해할 수 있도록 돕는다. 즉 글쓰기를 통해 과거의 경험을 대상화하고, 이를 성찰하는 과정에서 통찰(insight)이 발생한다. 셋째, 신체, 정신, 영혼의 통합적 치유를 촉진한다. 즉 명상, 요가, 태극권과 같이 내면의 존재를 자각하는 과정과 유사한 효과를 가지며, 전인적 치유를 돕는다. 넷째, 시간과 공간의 제약 없이 언제 어디서나 활용 가능하다. 즉 누구나 특별한 도구 없이 저렴한 비용으로 쉽게 실천할 수 있는 자기 치료 도구이다. 다섯째, 자기 조력(Self-Help) 도구로도 활용 가능하다. 즉 글쓰기를 통해 스스로 문제를 해결할 수 있는 힘을 기르고 자율적인 성장과 변화를 촉진할 수 있다.

그런데 저널쓰기의 치유적 효과를 내기 위해서는 안전한 접근 방법이 요구된다. 심리적으로 취약한 상태에서 무작정 깊은 내면을 탐색하는 것은 위험할 수 있으며, 전문가의 안내 없이 깊은 내면을 탐색하면 트라우마를 더욱 증폭시킬 수 있기 때문이다. 그러므로 구조화된 접근이 필요하다. 즉 감정을 정리하는 단계를 차근차근 밟아가며 진행해야 하고, 감정 표현이 어려운 사람을 위해서는 적절한 테두리를 제공하는 것이 효과적이다. 또한, 성공적인 치료를 위해 전문적인 안내자의 역할이 중요하다. 저널 쓰기를 혼자 진행할 수도 있지만, 상담사의 지원을 받을 경우 더욱 효과적이다. 물론 내담자에게 효과적으로 적용하기 위해서는 상담사 본인이 직접 저널 쓰기를 경험해 보는 것이 필수적이다. 즉 자기 경험을 바탕으로 한 실천이 중요하다.

그러므로 실천적으로는 첫째, 워크북을 활용하여 체계적으로 진행하는 것이 좋다. 둘째, 하루 30분씩 약 2주 동안 실천하는 것이 이상적이다. 셋째, 한 번 쓴 글을 수정하는 것이 아니라, 색을 다르게 하여 새롭게 기록하는 방법도 효과적이다. 넷째, 저널 쓰기 후 반드시 감정과 생각을 정리하는 시간을 갖는다. "내가 어떤 감정을 느꼈는가?" "어떤 생각이 떠올랐는가?"를 평가하는 과정이 중요하다. 다섯째, 전문 기관과 협력하여 더욱 깊이 있는 공부를 하면 더 좋겠다.

애담스의 저서 중 하나인 『저널치료의 실제』는 저널 쓰기의 구조와 단계별 접근 방식, 효과적인 활용법 중심의 워크북 형식으로 구성되어 있다. 이 책은 독자들이 직접 저널 쓰기 기법을 실습하고 내면의 치유를 경험할 수 있도록 안내하는 실천적 가이드 역할을 한다. 이 책에서 제시하는 저널쓰기는 한 단계씩 올라가는 사다리 구조(Ladder Structure)로 이루어져 있으며, 점진적으로 심화되는 과정이다. 초기 단계는 구조화되고 구체적인 글쓰기에서 시작하여, 점점 추상적이고 통찰력을 요구하는 글쓰기로 발전해 간다. 이를 통해 개인의 심리적 상태와 필요에 맞추어, 저널쓰기의 수준을 조절하여 활용할 수 있도록 한다. 이 저널 사다리(Journal Ladder)는 총 10단계로 구성되어 있으며, 각 단계는 점진적으로 깊이 있는 자기 탐색을 가능하게 한다.

첫 번째 단계는 문장 완성하기(Sentence Completion)이다. 이는 가장 기초적인 단계로, 주어진 문장을 완성하며 감정을 탐색하는 활동이다. 두 번째 단계는 5분간 전력 질주(Five-Minute Sprint)이다. 이는 시간 제한을 두고 빠르게 글을 써 내려가며 감정을 즉흥적으로 표출하는 방식이다. 사고보다 감정과 직관에 의존하여 글을 쓰는 것이 핵심이다. 세 번째 단계는 구조화된 글쓰기(Structured Writing), 100가지 목록 작성하기 등이다. 구조화된 글쓰기는 특정 형식에 맞춘 글쓰기를 통해 생각을 정리하고 감정을 표현하는 활동이다. 그리고 100가지 목록 작성하기는 특정 주제에 대해 100가지 아이디어를 나열하며 사고를 확장하는 기법이다. 네 번째 단계는 공동 저널이나 클러스터 기법(Clustering Method) 등의 글쓰기 활동이다. 공동 저널 쓰기는 그룹 활동으로 저널 쓰기를 진행하여 다양한 시각을 반영하는 글을 발전시키는 과정의 글쓰기이다. 또한 클러스터 기법은 자유롭게 떠도는 직관적인 생각을 조직하고 연결하는 방식으로 한눈에 살펴볼 수 있도록 아이디어를 정리할 수 있는 활동이다. 다섯 번째 단계는 100가지 목록, 가나다 시짓기(Acrostic Poetry), 순간포착(Snapshot Writing) 등의 글쓰기 활동이다. 순간포착 글쓰기는 특정 순간의 감정이나 기억을 짧게 기록하는 기법이다. 그리고 가나다 시짓기는 특정 음절을 첫 글자로 사용하여 시를 창작하는 활동이다. 여섯 번째 단계에는 보내지 않는 편지, 인물묘사 등의 활동이다. 보내지 않는 편지는 부모, 친구, 자신 등 특정 인물에게 하고 싶은 말을 편지 형식으로 쓰지만, 실제로 보내지는 않는다. 이는 내면의 감정을 안전하게 표현하는 데 효과적이다. 그리고 인물묘사(Character Description)는 특정 인물에 대해 묘사하거나, 내면의 감정을 투영하여 탐색하는 글쓰기 활동이다. 일곱 번째 단계는 대화형 저널쓰기이다. 다른 사람이나 사물, 혹은 자신의 내면과 대화를 나누는 방식으로 진행하는 쓰기이다. 여덟 번째 단계는 관점의 변화, 스프링보드, 그림 등의 활동이다. 관점의 변화(Perspective Shift)는 동일한 사건을 여러 관점에서 바라보며 쓰는 기법이다. 예를 들어, "나는 피해자의 입장에서만 봤지만, 가해자의 입장에서 본다면?"이라는 질문에 답하는 글쓰기이다. 스프링보드(Springboard Techniques)는 그림, 사진, 음악 등 외부 자극을 활용하여 글쓰기를 시작하는 기법이다. 아홉 번째 단계는 시 짓기, 내적 지혜와의 대화, 꿈 기록 등이다. 꿈 기록은 꿈을 기록하고 분석하는 활동이고, 내적 지혜와의 대화는 자기 내면의 직관과 연결하여 대화를 통한 심층적인 글쓰기이다. 열 번째 단계는 자유로운 글쓰기이다. 이는 어떠한 틀에도 얽매이지 않고 자유롭게 감정을 표현하는 활동이다. 가장 심층적인 자기 탐색이 이루어지는 과정이다.

저널사다리(The Journal Ladder)의 초반 단계는 구조화된 글쓰기를 통해 심리적으로 안전한 환경을 조성하는 데 초점을 맞춘다. 초기에는 규칙적이고 구체적인 글쓰기 기법을 활용하여 감정을 서서히 탐색할 수 있도록 하고, 이후 단계가 올라갈수록 점점 자유롭고 창의적인 글쓰기로 발전하면서 내면의 깊은 감정을 탐색하고 통찰력을 기를 수 있도록 설계되어 있다. 이 과정 속에서 저널 쓰기를 통해 개인의 사고 패턴과 감정 흐름을 점진적으로 인식하게 된다. 또한, 단계가 올라갈

수록 은유적이고 상징적인 표현이 증가하며, 더욱 깊은 내적 통찰과 자기이해를 경험할 수 있다. 이러한 글쓰기는 억눌린 감정을 표출함에 있어서 가지는 심리적 부담을 완화하는 효과가 있다. 특히, 감정의 홍수(Emotional Flooding)를 예방하면서도 자연스럽게 감정을 풀어나가는 방법을 제공한다. 예를 들어, PTSD나 과도하게 고조된 감정 상태를 가진 내담자의 경우, 자유로운 글쓰기는 오히려 감정을 폭발시킬 위험이 있다. 또한, 사고가 명확하지 않거나 정리가 되지 않는 내담자의 경우에도 가나다 시 짓기, 문장 완성하기 같은 규칙적인 글쓰기 방법이 유용하다. 그러므로 초기에는 구조화된 글쓰기를 통해 감정을 점진적으로 탐색하는 것이 바람직하다. 이는 단순히 감정을 조절하는 역할뿐만 아니라, 글쓰기 과정에서 발생할 수 있는 감정적 충격을 완화하고, 사고를 정리하며 감정을 보다 체계적으로 이해하는 데 도움을 준다. 한편, 저널 사다리의 중상위 단계의 인물묘사, 대화형 저널, 시 짓기, 자유로운 글쓰기 등은 내면의 지혜를 깨닫고 직관적인 통찰을 얻는 데 효과적이다. 즉 저널 사다리의 중상위 단계에서는 감정의 흐름을 자연스럽게 따라가면서도, 자기 발견과 창조적인 사고를 촉진하는 과정이 이뤄진다.

이와 같이 단계가 낮을수록 매우 구조화되어 있고, 구체적이고 실제적이며, 즉시 활용 가능한 글쓰기 방법들을 제공한다. 낮은 단계는 여러분이 당황해 하고 있거나, 급히 자신의 생각과 마음의 정보를 얻고자 할 때, 시간이 충분하지 않을 때 유용하다. 반면, 사다리 위쪽으로 이동함에 따라 저널기법들이 점점 더 추상적이고 통찰력 있으며, 직관적이게 된다. 중간 단계는 패턴과 연결을 파악하는 데 도움이 되고, 상위 단계는 내적인 안내와 창의성으로 연결하는 데 적합하다.

그런데 시인 리차드 셜리(Richard Solly)는 저널 쓰기에 있어 '용기'와 '스웨터'가 필요하다고 강조한다. 용기(Courage)는 무언가를 중요한 결정을 내려야 하거나, 감정적으로 힘들고 고통스러운 순간에 자기내면과 정직하게 마주할 수 있는 힘으로 작용한다. 또한 스웨터(Sweater)는 예를 들어, 음악, 차, 애완동물, 쿠션, 덮개 등처럼 우리 모두를 따스하게 감싸기 위해 필요한 것으로 심리적 보호와 위안을 제공하는 요소로 작용한다고 말한다. 왜냐하면, 글쓰기가 감정적으로 힘들 수도 있기 때문이다. 그러므로 안전한 환경을 조성하고 자기 보호 전략을 마련하는 것이 중요하다는 것인데, 이 저널사다리의 단계적 활동이 진정한 용기를 이끌어 내고, 은유적인 스웨터 역할을 하며 심리적 보호를 제공해 준다고 한다.

3. 상처받은 내면아이 치유 글쓰기

내면아이는 '상처받은(wounded)', '버려진(neglected)' 아이로 표현된다. 가장 큰 상처는 '진정한 자기다움'이 거부된 경험에서 비롯된다. 이러한 거부는 수치심이 되고, 축적되어 '수치심 중독(shame addiction)'이 형성됨으로써 자신이 본질적으로 잘못된 존재라고 인식하게 만든다. 물론 이러한 과정에서 내면아이는 자신을 보호하기 위해 거짓 자아(false self)를 만들어낸다. 이는 사회적 기대에 부응하기 위해 형성된 적응된 자아(adapted self)로, 본래의 감정과 욕구를 억누른 채 '착한 사람'처럼 타인이 원하는 방식으로 행동하는 패턴을 보인다. 즉 자신의 진짜 감정을 감추거나 숨기거나 부정하며, 타인이 바라는 생각, 감정,

행동 등을 드러내는 적응된 자아를 형성한다.

이러한 적응된 자아는 장기적으로 인지적·심리적·행동적 부조화와 불균형을 초래하며, 신체적 증상으로도 나타나 장애를 일으킬 수 있다. 다리아 할프린(Daria Halprin)도 "어린 시절 돌봐주지 못한 채 내버려진 상처받은 부분들은 그와 관련된 일련의 고착된 믿음, 불안, 집착, 부정적인 정서, 행동 동작의 패턴, 신체 자세 등을 가지게 되는데, 방어적 삶을 위해 자신을 숨기기 위해 만든 그런 패턴들에 갇혀 오히려 신체와 감정이 무장되고 마비되어 간다."라고 말한다. 결국 내면아이가 건강하게 성장하지 못할 경우, 자신의 삶을 왜곡시키며, 공허감, 정체성 상실, 환상에 빠지게 하는 등이 나타날 수 있다. 이러한 경우의 내면아이를 특히 영혼의 구멍(hole in one's soul)이라고도 불린다.

만약, 삶에서 반복되는 심리적 문제로 어려움을 겪고 있으며, 다양한 해결 방법을 시도했음에도 같은 패턴이 지속된다면, 어린 시절 주양육자로부터 받은 상처가 원인일 가능성이 크다. 그럴 경우, 내면아이의 상태를 점검하고, 상처받은 내면아이를 마주하고 화해하는 과정이 필요하다. 이를 통해 어린 시절 부모로부터 경험하지 못했던 무조건적인 사랑과 신뢰를 스스로 쌓고, 내면아이를 건강하게 돌볼 수 있게 된다.

내면아이와의 화해를 위해 찰스 화이트필드(Charles L. Whitfield)는 "과거의 기억에서 벗어나 자유로운 자신을 찾으세요"라고 말하며, 내면아이와의 화해가 자아 회복의 핵심 과정임을 강조한다. 그는 50년이 어린 시절 부모로부터 크고 작은 상처를 입은 채 어른이 된 사람들의 마음을 연구한 선구자로서, 트라우마 치료 분야에서 세계적으로 인정받는 정신건강의학 전문의이자 심리치료사이다. 화이트필드는 저서 『Healing the Child within』를 번역한 『엄마에게 사랑이 아닌 상처를 받은 너에게』(2021)에서 내면아이와의 화해를 위해 4가지 법칙을 제안한다. 첫째, 어릴 때의 상처를 치유하지 못하고 자랐다는 사실을 깨닫기이다. 이는 자신의 과거를 돌아보며, 내면아이의 상처를 인정하는 것으로 치유의 첫걸음이다. 둘째, 과거의 상처를 털어놓아도 안전한 사람과 함께 진짜 나를 찾아보기이다. 이는 신뢰할 수 있는 상담자, 친구, 치료자와 함께 내면의 진정한 자아를 탐색하는 과정이 필요하다는 의미이다. 셋째, 그동안 억눌렀거나 무시했던 자신의 욕구를 파악하고 알아주기이다. 즉 어린 시절 충족되지 못한 감정과 욕구를 인식하고, 이를 현재의 삶에서 존중하는 것이 중요하다. 넷째, 사랑받고 싶었지만 그렇지 못해 상처받고 외로웠던 마음을 위로하고 수치스럽고 분노했던 감정을 오롯이 느껴보기이다. 즉 내면아이의 감정을 억누르지 않고, 충분히 경험하며 스스로 위로하는 과정이 필요하다. 화이트필드는 이러한 과정을 통해 내면아이를 돌보고, 진정한 자기 자신을 회복할 수 있다고 강조한다. 내면아이와의 화해는 단순한 감정적 치유가 아니라, 과거의 상처를 직면하고 받아들이며, 스스로를 사랑하는 과정으로 나아가는 중요한 실천이다.

존 블레드쇼(John Bradshaw)도 내면아이가 단순한 감정적 개념이 아니라, 인간의 심리적 성장 과정에서 중요한 영향을 미치는 존재라고 강조한다. 그는 내면아이의 상처가 우리의 행동, 사고, 감정에 지속적으로 영향을 미치며, 이를 치유하는 것이 심리적 건강 회복의 필수적인 과정이라고 보았다. 그런데 존 블레드쇼에 의하면, 내면아이에게는 독특한 특성이 있다고 한다. 내면아이의 특성을 구체적으로 나열하면, 주로 상호의존성, 공격적 행동, 자기애성 성격장애, 신뢰의 문제, 친밀감 장애, 사고 왜곡, 공허함 등이 나타나고, 그 외로 표출된 행동, 내면적 행동, 마술적 믿음, 무질서한 행동, 중독적·강박적 행동 등이 있다. 첫째, 상호의존성(Co-dependence)은 자신의 감정과 욕구를 희생하며 자아존중감을 상실하는 상태를 의미한다. 일종의 정체성 상실의 병이다. 즉 자신의 감정이나 욕구, 바람 등을 포기해 자신의 내면에서 자아존중감을 키워 나가는 능력을 잃어버리게 된 상태이다. 둘째, 공격적 행동(Offender Behaviors)이다. 어린 시절 폭력·학대를 경험한 경우로 해결되지 않는 슬픔의 결과물이다. 즉 무기력하게 학대당한 아이가 자라서 특정 상황에 공격적인 행동을 보이는 경우가 이에 해당한다. 셋째, 자기애적 성격장애(Narcissistic Disorders)이다. 성인이 되어도 애정과 관심을 끊임없이 갈구하며 만족하지 못하는 상태이다. 이는 어린 시절 충분한 애정을 받지 못한 경험에서 비롯되며, 성인이 되어서도 타인의 인정에 과도하게 의존하는 행동 패턴으로 나타난다. 넷째, 신뢰문제(Trust Issues)이다. 세상을 위험하고 적대적인 곳으로 인식하며 불신이 깊다. 깊은 불신의 뿌리를 안은 채 성장하여 세상을 아주 위험하고 적대적이며 예측할 수 없는 곳이라고 생각하는 경우이다. 이는 어린 시절 주변 환경이 예측 불가능하거나 불안정했던 경험에서 비롯된다. 다섯째, 친밀감 장애(Intimacy Dysfunctions)이다. 타인과의 관계를 지속적으로 유지하는 데 어려움을 겪는다. 혼자 버려지는 것에 대한 두려움과 동시에 관계 맺음에 대한 불안을 가지고 있어, 그 사이에서 당황스러워하며, 자신을 외부 세계로부터 고립시키거나 자신이 속해 있는 유해하고 파괴적인 집단을 떠나지 못하는 경우이다. 여섯째, 사고 왜곡(Thought Distortions)이다. 절대적 사고로 인해 극단적인 인지 패턴을 가진다. 어린 시절의 사고방식인 절대적 사고의 영향으로 양극적인 사고를 가지고 있는 경우이다. 이윽고 세상을 선과 악, 옳고 그름 등 이분

법적으로 바라보는 경향이 강해진다. 일곱째, 공허함(Emptiness)이다. 무관심(Apathy), 만성적 우울(Depression)의 한 형태, 거짓 자아 수용으로 인한 감정적 공허감 등을 경험하는 상태이다. 진정한 자신의 모습은 억누른 채 사회적 기대에 적응하기 위해 거짓 자아를 받아들인 결과로 나타난다. 여덟째, 표출된 행동/내면적 행동(Acting Out/Action In Behaviors)이다. 표출된 행동은 상처받은 내면 아이가 어린 시절에 충족되지 못한 욕구나 해결되지 않은 감정들을 비정상적인 행동으로 표출하는 방식이다. 반면, 내면적 행동은 어렸을 때 다른 사람에게 받았던 학대를 자기 스스로에게 표출하는 것을 말한다. 예를 들어, 감정의 에너지가 안으로 표출되는 경우로 만성통증, 자해충동 등의 신체적 증상을 일으키는 경우이다. 나아가 사고를 자주 일으키는 경향성도 내면적 행동의 또 다른 형태인데, 사고를 통해서 자기를 다치게 하고 고통을 줌으로써 자신에게 벌을 가하는 것이다. 그 외로, 마술적 믿음(Magical Beliefs), 무질서한 행동(Nondisciplined Behaviors), 중독적·강박적 행동(Addictive/ compulsive Behaviors) 등이 있다. 존 블레드쇼는 상처받은 내면아이의 특징을 한마디로 "오염(contaminate)이야."라고 말한다. 그렇기에 내면아이는 우리의 심리적 성장 과정에서 중요한 영향을 미치는 존재로, 상처받은 내면아이를 치유하는 것이 심리적 건강 회복에 필수적이라는 점을 강조한다.

하지만, 칼 융은 내면아이가 버림받고 위험에 노출된 존재인 동시에 신성한 힘을 가진 존재라고 하면서 "경이로운 내면아이(the wonderful inner child)"라고 강조한다. 즉 '경이로운 내면아이'를 우리 내면의 창조적이고 신성한 본질로 본다. 물론 '아이'의 원형(archetype)은 인간 내면의 연약하고 의존적인 부분을 상징한다. 즉 아이는 태어났을 때 자기 보호 능력이 없고, 타인의 보호가 절대적으로 필요한 존재이다. 하지만 성장 과정에서 부모와 환경으로 부터 거부당했거나 버려졌다고 느낄 경우, 어린 시절의 트라우마, 외로움, 소외감, 상처 등은 이 원형을 더욱 취약하게 만든다. 그 결과 '상처받은 내면아이'가 형성될 수 있게 된다. 하지만, 융은 '아이'를 단순히 연약한 존재로만 보지 않고, 창조성과 변화의 힘을 가진 신성한 존재로 본다. 왜냐하면, 첫째, 새로운 시작과 변화의 가능성을 상징하기 때문이다. 즉 아이는 존재의 특성상 기존의 틀에 갇혀 있지 않으며, 자연스럽게 새로운 것을 창조하고 변화하는 능력을 지닌 존재이다. 이는 융이 말하는 '개인의 자기실현(self-realization)' 과정에서 중요한 역할을 한다. 둘째, 아이가 영혼의 원형적인 힘과 연결되어 있는 존재이기 때문이다. 아이는 많은 신화와 종교에서 구원자, 신성한 존재, 희망의 상징으로 등장한다. 예를 들어, 예수, 붓다, 크리슈나 등 신성한 존재들이 아이의 모습으로 태어나 세상을 변화시키는 역할을 한다. 이는 아이가 단순히 연약한 존재가 아니라, 인류의 무의식 속에서 깊이 자리 잡은 강력한 변혁의 원형임을 의미한다. 셋째, 경이로움(Wonder)과 순수함(Purity)의 상징이기 때문이다. 즉 융은 아이가 타락하지 않은 본질적인 자아와 연결된 존재라고 본다. 즉 아이는 세상을 있는 그대로 경험하고, 감각과 직관을 통해 깊은 진리를 깨닫는 능력을 가지고 있다는 것이다. 그렇기에 우리가 삶에서 경이로움을 잃지 않고, 순수한 열정을 유지한다면, 내면아이의 신성한 힘이 발현된다고 융은 강조한다. 결국, 융이 말하는 '경이로운 내면아이'란, 우리가 상처받고 연약한 존재로만 생각했던 아이가 사실은 변혁과 창조의 힘을 가진 강력한 존재임을 의미한다. 이를 통해 우리 내면의 순수한 본질과 창조적 에너지를 회복할 때, 진정한 자기실현이 가능해진다는 점을 강조한 것이다.

　양명학자 이탁오도 동심은 진심이며 거짓이 없는 순진무구함으로써 사람이 태어나서 가장 처음 갖는 본심이라고 하며, 인간이 본래 가지고 태어나는 순수한 마음이야말로 진정한 인간성의 근본임을 강조한다. 그렇기 때문에 "만약 동심을 잃게 되면 진심도 잃게 되고, 진심을 잃으면 참된 인간성도 잃어버리게 된다. 사람이면서 참되지 않으면 전혀 처음을 지니지 않은 사람이다. 어린아이는 사람의 처음이요. 동심은 마음의 처음이다. 마음의 처음을 어찌 잃을 수 있는가?"라고 말한다. 즉 인간 본연의 순수함인 동심(童心)이야말로 진정한 마음이며, 그것을 잃는 것은 인간성을 잃는 것과 같다는 의미를 담고 있다. 이는 단순한 어린아이의 순진함을 뜻하는 것이 아니라, 인간이 본래 가지고 태어나는 거짓 없고 왜곡되지 않은 순수한 마음을 의미한다. 물론 이탁오는 '아이'를 '신성한 힘'을 가진 존재라고 직접적으로 표현하지는 않았지만, 적어도 본래적으로 인간이 태어날 때부터 지닌 '경이로운 본성'으로서 '동심'을 이야기하고 있다. 이는 칼 융의 '경이로운 내면아이(The Wonderful Inner Child)' 개념과도 맥락을 같이한다. 동심을 잃는 것이 본래의 인간성을 잃는 것과 같을 정도로 매우 중요한 본성이기 때문이다. 결국, 동심을 잃는 것이 본래의 인간성을 잃는 것과 같을 정도로 매우 중요한 본성이기에 동심을 유지하는 것은 인간 본연의 순수한 마음을 회복하는 것이며, 이는 우리가 참된 자아로 살아가기 위한 필수적인 과정임을 시사한다.

　상처받은 내면아이를 치유하기 위해 많은 치료기법이 소개가 되고 있지만 가장 두드러지게 나타나는 기법이 바로 글쓰기다. 김영희(2015)는 어린 시절에 말하지 못하였거나 상상할 수 없었던 이야기에 목소리를 부여하여 강력한 이야기로 재현하는 작업, 자신의 삶에서 있었으면 좋겠다는 희망이 있으나 가지지 못했던 부분을 복원하는 작업, 자신에게 있어서 특별했던 상황이나 사건으로 돌아가 그때의 기억과 감정을 되살려 글로 쓰는 작업, 자신의 내면아이에게 편지를 쓰는 작업 등이 치유적인 효과를 불러일으킨다고 말했다. 물론 글쓰기라 하여 글로만 작성하는 것이 아닌 미디어 시대에 맞게끔 영상매체를 적극적으로 활용하고, 도서, 시 등 문학 작품을 활용하여 글쓰기치료 프로그램을 제작할 수도 있다고 제안한다. 예를 들어, 과거의 이야기를 다시 쓰기, 즉 어린 시절 말하지 못했던 이야기, 상상조차 할 수 없었던 감정을 글로 표현하기가 있다. 그 외에도 삶에서 가지지 못했던 요소를 글로 재현하는 잃어버린 부분 복원하기, 어린 시절의 자신에게 편지를 작성하여 위로하는 내면아이에게 편지 쓰기, 현재의 감정을 기록하며 내면아이를 이해하는 과정인 감정의 기록과 반추 저널쓰기, 내면아이의 모습을 그림으로 표현하고, 이를 설명하는 문구 작성, 내면아이를 위한 창작시 쓰기, '상처받은 내면아이'를 응원하는 글귀 만들기, '사랑받는 내면아이'를 상상하며 내면아이와의 대화록 쓰기 등이 있다. 물론 이것들은 내면아이(Inner Child) 개념을 기반으로 한 글쓰기치료 프로그램을 다루고 있다. 다음은 저널쓰기를 활용한 '상처받은 내면아이, 용서와 치유 글쓰기: 이젠 훌훌 털고 나아가자'의 통합적 글쓰기치료 작업계획서이다.

통합적 글쓰기치료 작업계획서

이름: 장만식

1. 주제: 상처받은 내면아이와의 화해, 용서, 자기성장
   - "이젠, 훌훌 털고 나아가자" -

2. 의도: - 내면아이의 감정을 정리하고 위로
   - 내면아이가 가진 상처를 직면하고, 성인 자아로서 이를 보듬고 치유
   - 부모와의 관계를 이해하고 내면아이와의 대화를 통해 감정을 해소 및 위로
   - 자신과 타인에게 화해(용서)의 기회를 제공하여 심리적 통합 도모

3. 활동

단계		내용
열기	활동	- 가벼운 몸풀기 운동 - 호흡 명상 - 지난 주 생활 나누기: 지난 한 주 동안 감정 변화 및 경험 나누기 - 한강의 〈서시〉 감상: 시를 통해 삶과 존재의 의미를 탐색
	기대 효과	- 안전한 심리적 공간 형성 - 심리적 안정감 형성
만나기	활동	- 가족 이해 활동: 〈나의 가족 이해〉 나누기 - '사랑받는 내면아이'와의 대화하기: 하고 싶은 것 10가지 및 어른인 '나'가 해야 할 것 작성 - 내면아이에게 주고 싶은 선물 만들기: 그림, 꼴라주, 조형물 등 창작 활동 - 화해(용서, 위로, 응원)의 편지 쓰기: 내면아이에게 전하는 진심 어린 글 작성

		– 클러스터 기법 적용 마인드맵 그리기(주제: 아버지): 아버지와의 관계 및 감정 구조화 – 5분 전력 질주 글쓰기: 아버지에 대한 미안함, 원망, 바람 등을 빠르게 서술 – 내면아이가 아버지에게 또는 아버지가 내면아이에게 편지 쓰기
	기대 효과	– 가족 관계를 재해석하고 자기이해 심화 – 내면아이의 욕구를 탐색하며 자기 돌봄 태도 강화 – 자기이해와 수용 촉진 – 부모와의 관계를 객관적으로 탐색하며 내면 성장을 도모
닫기	활동	– 소감 나누기 – 강귀선의 시 '발치'와 도종환의 '흔들리며 피는 꽃' 감상 및 발표하기 – 호흡 명상
	기대 효과	– 새로운 관점 형성을 통한 자기이해 및 수용 – 심리적 안정감과 치유 경험 제공
적용 하기	활동	– 가족에게 '화해(용서)' 편지 쓰기: 화해하고 싶은 사람에게 – 편지를 쓰고 화해하는 시간 가지기 – 세줄 감사 일기 쓰기
	기대 효과	– 지속적인 화해(용서)의 글쓰기를 통해 심리적 성장 및 치유
준비물		– 필기도구, 색연필, A4용지 또는 도화지 – 콜라쥬 도구(잡지, 가위, 풀), 음악, 감정카드, 시계, 차 또는 간단한 간식, 편안한 좌석

이번 프로그램은 상처받은 내면아이와의 화해와 자기 돌봄을 목표로
한다. 내면아이는 어린 시절의 감정과 경험이 축적된 내면적 존재로,
과거의 상처를 치유하지 않으면 현재의 삶에도 영향을 미칠 수 있다.
따라서, 이 활동을 통해 내면아이를 인식하고, 그와 대화하며, 감정을
글과 예술로 표현하는 과정을 통해 자기이해와 심리적 성장을 도모하고
자 한다. 첫째, 열기 활동은 내면아이와의 만남을 위한 준비과정이다.
먼저, 가벼운 몸풀기 운동을 하거나 동작을 통해 긴장을 풀어주어 신체

적 이완을 한 후, 호흡 명상을 통해 감정을 가라앉히고 집중력을 높이는 활동을 한다. 그런 다음 지난 주의 생활을 나누는 과정을 통해 최근의 감정 변화를 점검한다. 이 과정은 현재 상태를 인식하고, 내면아이와의 만남을 준비하는 중요한 시간이다. 이어서, 한강의 〈서시〉 감상을 진행한다. 이 시는 존재의 의미와 자기 수용에 대한 메시지를 담고 있어, 참여자들이 자신을 돌아볼 수 있도록 돕는다. 시의 감성을 음미하면서 내면아이와의 만남을 위한 심리적 문을 여는 과정이 될 것이다.

둘째, 만나기 활동에서는 내면아이와 감정적으로 교감하는 과정으로, 본격적으로 내면아이와 만나는 과정이 시작된다. '나의 가족 이해(가족 이해와 자기 발견)' 활동을 통해 가족과의 관계를 성찰하고, 내면아이가 가족으로부터 어떤 영향을 받았는지를 탐색한다. 가족 관계는 내면아이의 형성에 중요한 영향을 미치므로, 이 과정은 자기이해를 돕는 핵심적인 역할을 한다. 다음으로 '사랑받는 내면아이'와의 만남을 진행한다. 내담자가 자신의 내면아이에게 '내가 하고 싶은 것 10가지'를 작성하게 하고, 성인 자아로서 '내가 해줘야 할 것'을 기록하게 한다. 이 과정은 내면아이의 욕구를 인식하고, 스스로를 돌볼 수 있는 힘을 기르는 데 도움을 준다. 또한, '내면아이에게 주고 싶은 선물 만들기' 활동을 통해 내면아이를 위한 상징적인 선물을 제작한다. 그림, 꼴라주, 조형물 만들기 등의 창작 활동을 활용하여 내면아이에게 위로와 격려를 표현한다. 이후, 화해(용서, 위로, 응원)의 편지를 작성하며 내면아이와의 감정적인 대화를 나눈다.

더 나아가, 앞의 활동을 통해 축적한 내적힘을 토대로 부모와의 관계를 탐색하고, 가족과 관련된 감정을 글쓰기 활동을 통해 구조화하는 시간을 갖는다. 즉 가족과의 관계를 재해석하고 내면아이를 치유하는 과정이다. 먼저, '클러스터 기법'을 활용하여 '아버지'라는 주제를 탐색한다. 아버지와의 관계에서 느낀 감정, 기대, 바람, 원망 등을 시각적으로 정리하면서 감정을 보다 명확하게 이해할 수 있다. 이어서 '5분 전력질주' 글쓰기를 진행한다. 이 활동에서는 '아버지에 대한 미안함, 원망, 바람'을 빠른 속도로 써 내려가며, 억눌렸던 감정을 언어로 표출하는 과정을 경험한다. 감정을 즉각적으로 표현하면서 내면에 쌓여 있던 감정이 해소될 수 있다. 그런 후, 내면아이가 아버지에게 또는 아버지가 내면아이에게 편지를 쓰는 활동을 하여 아버지와의 관계를 조금 더 객관적으로 탐색함으로써 관계 회복 및 내면의 성장을 이룰 수 있도록 기회를 제공한다. 그렇지 않겠지만, 시간적 여유가 더 있다면, 부모 입장에서 자신의 내면아이에게 편지를 쓰고 역할극을 진행하는 것도 좋다. 부모의 시선에서 자신을 바라보며 편지를 쓰는 과정은 감정을 객관적으로 정리하는 데 도움을 주며, 역할극을 통해 부모와의 관계를 새로운 시각에서 바라볼 수 있는 기회를 제공하기 때문이다.

셋째, 닫기 활동에서는 마무리 과정이다. 먼저, 이번 회기 동안 했던 활동 경험에 대한 자신의 느낌과 생각을 나눈다. 그런 후, 강귀선의 시 '발치'와 도종환의 '흔들리며 피는 꽃' 감상하고, 소감을 발표하는 시간을 갖게 한다. 시를 감상하며 자신의 감정을 정리하고, 내면아이와의 여정을 마무리한다. 이 과정은 참여자가 자신을 보다 깊이 이해하고, 앞으로 나아갈 힘을 얻는 기회가 된다. 이는 자신의 심리적 상처나 위기 등을 새로운 관점으로 볼 수 있도록 하여 심층적인 자기이해와 수용을 강화한다. 마지막으로 호흡명상을 한 후 마친다.

넷째, 적용하기 활동에서는 내면아이 치유 과정에서 얻은 깨달음, 즉 화해와 자기돌봄 등을 지속적으로 실천할 수 있도록 돕는다. 물론 이 과정은 주로 내담자에게 맡긴다. 내담자가 할 수 있고, 하고 싶은 활동을 제안하여 스스로 할 수 있도록 격려하면 된다. 다만, 상담자가 내담자가 '해야만 할 활동'이 있다면, 그것을 제안하여 내담자가 선택할 수 있도록 하면 된다. 여기서는 화해하고 싶은 사람에게 편지를 쓰고, 직접 전달하거나 마음속으로 화해하는 과정을 통해 심리적 통합을 경험할 수 있도록 하는 활동을 선택했다.

이번 프로그램은 내면아이와의 화해를 통해 자기 돌봄과 심리적 통합을 실현하는 과정이다. 감정을 언어화하고 예술적으로 표현함으로써 억눌린 감정을 해소하고, 내면의 상처를 치유할 수 있도록 돕는다. 또한, 가족과의 관계를 탐색하고 용서와 화해를 실천함으로써 심리적 성장을 경험할 수 있다. 이 과정을 통해 참여자들은 자신의 내면아이와 더 가까워지고, 자기 자신을 더 깊이 이해하며, 용서를 통한 심리적 평온을 경험할 수 있을 것이다.

4. '슬플 땐 그냥 울자' 감정 글쓰기

DSM-5에 따르면, 우울증은 지속적인 우울감, 좌절감, 죄책감, 고독감, 무가치함, 허무감, 절망감과 같은 정서적 고통이 장기간 지속되는 상태이다. 또한, 감정적 무표정, 무감각, 분노, 불안, 짜증 등의 정서 변화뿐만 아니라 삶에 대한 흥미와 즐거움 저하, 의욕 감소, 부정적 사고의 증폭, 자기 비하, 허무주의적 사고, 심지어 자살 사고까지 포함하는 광범위한 심리적 증상을 나타낸다.

2022년 5월 통계청 국가통계포털(KOSIS)의 발표에 따르면, 우리나라 여성의 우울장애 유병률(2.4%)은 남성보다 2~3배 높으며, 주부의 47%가 우울증을 경험하고, 이 중 12.3%는 자살 충동을 경험한 것으로 보고되었다. 그런데 여성의 경우 자살 사고(41%), 자살 계획(67.5%), 자살 시도(60.3%)가 남성보다 1.5~2배 높으며, 55~56세에서 절정에 이르는 것으로 나타났다. 이는 여성이 사회적·제도적·경제적 불평등 속에서 상대적으로 더 큰 억압과 스트레스를 경험한다는 사실을 반영한다(김희정, 2018). 특히, 중년 여성의 우울증은 호르몬 변화, 자녀 독립으로 인한 공허감, 배우자와의 관계 변화, 사회적 역할 축소 등의 요인이 복합적으로 작용하여 심화된다(Arcus, 1993; 최영전 외, 2019, 재인용). 이러한 요인들은 생활, 직업, 학업적 활동에 지장을 초래하며, 여성들이 더욱 깊은 불안과 무기력감에 빠지게 만드는 요인이 된다(권석만, 2016).

그런데 감정은 에너지이므로 감정은 반드시 표현되거나 표출되어야 한다. 이동식(2012)에 따르면, 핵심 감정(Core Emotion)은 주로 초기 아동기의 경험에 의해 형성되며, 유사한 자극과 환경에서 반복적으로 재현되는 근원적인 감정 상태이다. 즉, 어린 시절 경험한 감정이 성인이 된 후에도 지속적으로 영향을 미치며, 억압될 경우 심리적 고착을 일으킨다. Pat Orden·Janina Fisher(2021)도 고착된 핵심 감정을 풀어내는 과정이 현재의 인간관계에서 적응적인 대응 방식을 형성하는 데 필수적이라고 강조한다. 그러나 우울증을 겪는 주부들은 무기력감, 불안, 초조함을 호소하며, 자기 비하적 사고와 부정적 감정이 강화되어 자발적인 감정 표현이 더욱 어려워지는 경향을 보인다(천세경, 2008). 물론 이러한 경우의 주부들은 사회적으로도 더 많은 억압과 상대적 박탈감을 경험하게 만들며, 좌절감과 실망감, 무기력감을 더욱 심화시키는 요인이 된다. 그런데 프로이트는 자아 방어기제로서의 억압(repression)이 감정의 에너지를 증폭시킬 뿐이라고 경고한다. 즉, 억압된 감정들은 오히려 더욱 파괴적으로 변하며, 심리적·신체적 증상으로 표출될 위험이 크다는 것이다.

그러므로 억압된 감정이 건강하게 표출될 수 있도록 도와야 하며, 이를 통해 심리적 안정과 정서적 균형을 찾는 것이 중요하다. 감정이 건강하게 표현되지 못할 경우, 개인뿐만 아니라 가족 구성원과 사회 전체에도 부정적인 영향을 미칠 수 있기 때문이다. 특히 중년 여성의 우울증은 가족 내 갈등을 유발하고, 자녀 및 배우자에게 정서적 영향을 미치며, 심할 경우 가족 내 부정적 정서를 확산시키는 요인이 된다. 실제로, 우울증은 '심리적 독감'이라 불릴 만큼 흔하지만, 개인의 능력과 의욕을 저하시켜 현실 적응을 어렵게 만드는 주요한 요인이다(Loprez & Murray). 또한, 우울증은 전 세계적으로 직업적 부적응을 초래하는 가장 중요한 심리적 장애이며, 자살의 주요 원인으로 작용하고 있다. 최근에는 젊은 세대에서도 우울증이 급증하고 있으며, 대상 연령도 점점 낮아지고 있어 사회적 문제로 더욱 심각하게 대두되고 있다.

따라서, 중년 여성의 우울증을 개인적인 문제가 아닌 사회적 차원의 문제로 인식하고 해결하려는 노력이 필요하다. 이를 위해서는 여성의 감정을 건강하게 표현할 수 있도록 돕는 환경 조성과 심리적 개입이 필수적이다. 그래서 앨리스 밀러(Alice Miller, 2019)는 "핵심 감정으로 들어가는 통로가 필요하다. 단순히 말로 하는 것이 아니라, 감정을 경험하고 표현하는 과정이 필요하다"고 강조한다. 즉 두려움, 슬픔, 분노 등의 감정을 재경험하고, 이를 통합예술치료적 방법을 통해 표현하는 것이 우울증 완화 및 극복에 중요한 역할을 한다는 것이다. 특히, 감정을 언어로만 표현하는 것이 어려운 경우, 그림, 글쓰기, 신체 움직임 등의 예술적 표현을 활용하면 더욱 자연스럽게 내면의 감정을 드러낼 수 있다. 이는 우울증 증상을 완화할 뿐만 아니라, 개인의 심리적 균형을 회복하고, 자기이해와 수용을 촉진하는 과정이 될 수 있다. "감정을 표현하는 것은 치유의 시작이다." 감정이 건강하게 표현될 때, 우리는 더욱 건강하고 행복한 삶을 살아갈 수 있다. 다음은 '슬플 땐 그냥 울자' 감정 글쓰기 활동을 기반으로 한 통합적 글쓰기치료 작업계획서 예시이다.

통합적 글쓰기치료 작업계획서

이름: 장만식

1. 주제: 슬픔을 표현하고 치유하는 글쓰기 활동을 통한 감정 정리 및 해소
   - "감정 글쓰기 : 슬플 땐 그냥 울자" -
2. 의도: - 자유로운 슬픈 감정 표현 및 해소
   - 내면의 감정 구조화 및 의미 찾기
   - 감정 조절 능력 및 집중력 향상
   - 공동 창작 활동을 통해 공감과 연결감을 형성
3. 활동

단계		내용
열기	활동	- 글쓰기 환경 정비(장소, 조명, 도구, 간식, 음악 등 준비) - 가벼운 몸풀기 운동 - 호흡 명상 - T. H. 화이트의 시〈슬픔의 제일 좋은 점은〉 감상하기 - 현재 시각 체크 및 날짜, 시간 기록 - 서약서 읽기 및 개인 저널 보호 선언
	기대 효과	- 안전한 심리적 공간 형성 - 심리적 안정감 형성

만나기	활동	- 현재 느끼는 감정 단어 3가지 기록 - '심호흡' 쓰기 및 생각 코너 만들기 - 문장완성하기를 통한 슬픔 감정 시 쓰기 - '고통을 대담하게 표현하기' 작성하기 및 시 쓰기 - 발표 및 소감 나누기 - 시 〈나의 잘못은 아니리〉 활용 공동 모방 시 쓰기 - 나의 인생 플롯 찾아 글쓰기 - 글쓰기 종료 후, 바로 느낀 감정 단어 3가지 기록 - 개인적 성찰하기 및 느낀 점 색으로 표현하기
	기대 효과	- 감정 인식과 표현 능력 강화 - 감정 해소 및 자아성찰 - 공동 작업을 통한 타인 감정 이해 및 공감 - 인생의 의미와 방향을 탐색하여 자기이해와 수용 촉진
닫기	활동	- 발표 및 소감 나누기 - 시 〈슬플 땐 그냥 울자〉 감상하기 - 호흡 명상 - 보상 음식, 음악, 휴식 등 제공
	기대 효과	- 감정과 관계에 대한 새로운 관점 형성 - 감사와 연대감을 통해 정서적 치유 촉진 - 보상 체계를 통한 심리적 안정과 스트레스 완화 - 보상 체계를 통한 지속적인 글쓰기 습관 형성
적용하기	활동	- 세줄 감정 일기 쓰기
	기대 효과	- 지속적으로 저널쓰기를 실천할 수 있도록 강화
준비물		- 필기도구, 색연필, A4용지 또는 도화지 - 시집, 차 또는 간단한 간식, 편안한 좌석

이 프로그램은 슬픔을 표현하고 치유하기 위한 글쓰기 활동을 통해 감정을 정리하고 해소하는 과정으로 구성되어 있다. 주된 목표는 자유롭게 감정을 표현하고, 자신의 감정을 구조화하여 의미를 찾으며, 감정 조절 능력과 집중력을 향상시키는 것이다. 또한, 공동 창작 활동을 통해 공감과 연결감을 형성하는 것도 중요한 요소이다. 이 프로그램은 크게 네 가지 단계, 즉 열기, 만나기, 닫기, 적용하기로 구성되어

있으며, 단계별 활동과 기대 효과가 구체적으로 제시되어 있다.

첫 번째, 열기 단계로 심리적 안정을 꾀하고 준비하는 과정이다. 주요 활동은 글쓰기 환경 정비, 가벼운 몸풀기 운동, 호흡 명상 등으로 구성되어 있다. 참여자들이 심리적으로 안전하다고 느낄 수 있는 환경을 조성하여 글쓰기에 집중할 수 있도록 내면을 차분하게 정리해 나가는 과정이다. 즉 자신이 하는 글쓰기 활동이 보호받고 있으며, 솔직하게 감정을 표현할 수 있는 분위기를 형성하고자 한다. 예를 들어, 처음 시작하기 전에 조용한 음악을 틀고, 몸을 가볍게 푸는 스트레칭을 한다. 그런 다음, 서약서를 읽으며 "이 공간에서 나의 감정을 자유롭게 표현할 수 있다"라고 다짐하는 등의 활동이다.

두 번째, 만나기 단계는 감정을 표현하고 공유하는 과정이다. 감정을 인식하고 표현하는 능력을 강화하며, 감정 해소와 자아성찰을 촉진하는 활동으로 주요 활동은 문장 완성하기를 활용한 슬픔 감정 시 쓰기, 자신의 감정을 보다 직접적으로 글로 표현하는 '고통을 대담하게 표현하기' 활동, 시 〈나의 잘못은 아니리〉를 활용한 공동 시 쓰기 활동, 자신의 삶의 흐름을 정리하고 의미를 찾기 위한 나의 인생 플롯 찾아 글쓰기 등이다. 이를 통해 자신의 억압된 슬픔, 외로움, 괴로움 등의 감정을 해소하고 자기 자신을 더 깊이 이해할 수 있도록 할 뿐만 아니라 공동 작업을 통해 타인의 감정을 이해하고 공감하는 경험을 하도록 한다. 더 나아가, 인생의 의미와 방향을 탐색하며 자기이해와 수용 촉진해 나갈 수 있도록 한다.

특히, '나의 인생 플롯 찾기' 활동은 자신의 삶을 돌아보고, 선택과 결정을 성찰하며, 미래를 향한 새로운 방향을 모색하는 과정이다. 우리의 인생은 하나의 이야기, 즉 플롯(Plot)으로 구성된다고 볼 수 있다.

플롯이란 단순한 사건의 나열이 아니라, 어떤 사건들이 연결되며 의미를 형성하는 과정이다. 뿐만 아니라 우리는 살아가면서 수많은 결정을 내리지만, 그 결정들이 자신의 삶에 어떤 영향을 미쳤는지 깊이 성찰하는 기회는 많지 않다. 따라서 이 활동은 자신의 인생을 하나의 이야기로 바라보고, 어떤 요소들이 삶의 주요한 전환점이 되었는지를 탐색할 수 있도록 한다. 그렇게 함으로써 과거의 결정을 되짚어 보고, 현재의 자신을 이해하며, 미래를 위한 주체적인 선택을 돕는 도구가 된다.

이 활동은 세 가지 주요 질문을 통해 진행된다. 각각의 질문은 과거의 선택, 현재의 나, 그리고 미래의 가능성을 탐색하는 데 초점을 맞춘다. 먼저, 내가 했던 위대한 10가지 결심 목록 쓰기이다. 지금까지의 삶에서 자신이 내렸던 가장 중요한 결정을 10가지 적고, 그 결정이 자신의 삶에 어떤 영향을 미쳤는지 성찰하고자 한다. 이를 통해, 자신이 가진 강점과 긍정적인 선택을 인식하고, 자부심을 기를 수 있도록 돕는다. 그렇게 함으로써 자신의 성취와 중요한 순간을 되돌아보며 긍정적인 자아상을 형성할 수 있으며, 자신의 가치관과 삶의 방향을 더욱 명확하게 이해할 수 있다. 또한, 과거의 결정을 통해 앞으로의 삶에서 어떤 선택을 지속할 것인지 방향을 설정할 수도 있다. 예를 들어, "나는 대학 졸업 후 새로운 도전을 위해 해외로 떠나기로 결심했다. 이 결정을 통해 나는 더 넓은 세상을 경험했고, 독립적인 사람이 될 수 있었다.", "나는 가족과의 갈등을 극복하기 위해 먼저 화해를 시도했다. 이 선택은 나의 관계에 대한 태도를 변화시켰고, 이후의 삶에서도 중요한 가치로 자리 잡았다." 등이다.

다음으로 내가 했던 어리석은 결심 10가지 목록 쓰기이다. 지금까지의 삶에서 자신이 내렸던 실수나 후회되는 결정을 10가지 적고, 그 결정이 삶에 미친 영향을 성찰하고자 한다. 이를 통해, 자신의 실수를 객관적으로 받아들이고, 이를 통해 배우는 기회를 제공한다. 그렇게 함으로써 실패를 성장의 기회로 바라보는 태도를 기를 수 있으며, 자신을 지나치게 비난하는 것이 아니라, 실수를 수용하고 인정하는 과정을 배울수 있다. 또한, 완벽하지 않은 자신을 받아들이면서도, 더 나은 선택을위한 준비를 할 수 있다. 예를 들어, "나는 충동적으로 직장을 그만두었고, 이후 재정적으로 어려움을 겪었다. 이 경험을 통해 감정적인 결정이아닌 신중한 선택의 중요성을 깨달았다.", "나는 중요한 인간관계를 쉽게 포기한 적이 있다. 그때는 내가 옳다고 생각했지만, 시간이 지나면서그 관계가 얼마나 소중했는지 알게 되었다." 등이다.

마지막으로 모든 상황이 가능할 때 내가 해보고 싶은 것 10가지 목록 쓰기이다. 지금까지의 삶에서 현실적인 제약이 없다면 하고 싶은일 10가지를 적고, 그것이 자신의 삶에 미칠 영향을 탐색하고자 한다. 이를 통해 꿈과 가능성을 탐색하고, 자신의 삶을 능동적으로 설계하는 기회를 제공한다. 그렇게 함으로써 자신이 정말 원하는 것이 무엇인지 내면의 욕구를 파악할 수 있으며, 실적인 제약을 넘어서 새로운목표를 설정하는 동기 부여가 된다. 또한, 현재의 상황과 미래의 가능성을 연결하여 구체적인 실행 계획을 세울 수 있다. 삶의 방향성을 더욱 선명하게 만들고, 창의적이고 도전적인 사고방식을 함양할 수 있다. 예를 들어, "나는 전 세계를 여행하며 다양한 문화를 경험해 보고싶다. 이는 나의 창의성을 확장하고, 더욱 열린 사고를 가지게 할 것이다.", "나는 심리 상담사가 되어 사람들의 삶에 긍정적인 영향을 주고 싶다. 이를 위해 지금부터 공부를 시작할 계획이다." 등이다.

이와 같은 '나의 인생 플롯 찾기' 활동은 단순한 목록 작성이 아니다. 자신의 인생을 하나의 이야기로 구성하고 의미를 찾는 과정이다. 우리는 살아가면서 수많은 선택과 결정을 내리며, 그 선택들이 모여 하나의 삶을 형성한다. 이때, 과거의 선택을 되돌아보면서 자신을 보다 깊이 이해할 수 있다. 후회되는 선택을 반추하며, 실수를 성장의 기회로 전환할 수 있다. 더 나아가 미래에 대한 가능성을 탐색하고, 새로운 목표를 설정하는 동기가 된다. 자기 자신을 보다 주체적인 존재로 인식하고, 삶의 방향을 스스로 설계하는 힘을 키울 수 있다. 즉 과거-현재-미래를 연결하는 글쓰기 활동을 통해, 우리는 자신의 삶을 더욱 주체적으로 바라보고 변화할 수 있는 기회를 가지게 된다.

세 번째, 닫기 단계는 감정을 정리하고, 활동을 마무리하는 과정이다. 이 단계에서는 지금까지의 활동을 종합하여 발표한 후, 소감 나누기를 통해 마무리를 한다. 주요 활동은 시 〈슬플 땐 그냥 울자〉 감상하고, 호흡 명상을 하면서 정리한다. 네 번째, 적용하기 단계는 지속적인 저널 쓰기를 실천하도록 다짐하는 과정이다. 저널 쓰기를 꾸준히 실천하도록 매일 감정을 짧게 기록하는 세 줄 감정 일기 쓰기를 통해 감정을 지속적으로 표현하고 정리하는 습관 형성할 수 있도록 한다. 이러한 과정을 통해 내담자들은 자신의 감정을 건강하게 다루는 방법을 배우고, 내면의 치유와 성장을 경험할 수 있게 된다.

5. 사물과의 대화록 쓰기

인간의 모든 삶의 행위에는 이유가 있다. 삶의 모든 것에 '그냥'은 없다. 어떤 현상이든 그 원인이나 동기가 반드시 있기 마련이다. 뿐만 아니라 그 원인이나 동기의 흔적이 행동으로, 말로, 글로, 그림으로, 표정으로, 몸짓으로, 옷차림으로, 숨소리 조차에서도 남는다. 적나라하게 드러나든지, 은유와 상징으로 표현되든지 글쓴이의 솔직한 생각과 마음, 기쁨과 슬픔, 즐거움과 고통스러움이 담기기 마련이다.

글쓰기는 궁극적으로 '자기발견'이고, '자기계발'이다. 글을 읽는 것도 기존의 자기 삶의 서사를 바탕으로 이해하고, 수용하기도 하고, 성찰하기도 하고, 변화하기도 한다. 글을 쓰는 것은 더욱 그렇다. 자기 삶의 서사를 바탕으로 자신의 삶을 성찰하고, 그 삶을 이해하고 수용하고, 깨달은 만큼 써지는 과정이다. 사물과의 대화록도 마찬가지이다. 이 글 속에서는 분명히 글쓴이의 생각과 마음을 찾을 수 있다. 찾기만 하면 된다. 결국 사물과의 대화는 자신과의 대화이고, 자신의 삶의 서사, 생각과 마음 등을 이끌어내는 데 있어 좋은 방법이다. 다음은 '사물과의 대화록 쓰기'의 통합적 글쓰기치료 작업계획서 예시이다.

통합적 글쓰기치료 작업계획서

이름: 장만식

1. 주제: 사물과 대화하는 과정을 통해 내면의 감정을 탐색하고, 글쓰기를
   통해 자기이해와 성찰 촉진
   - "사물과의 대화록 쓰기" -
2. 의도: - 사물과의 대화를 통해 자신의 감정을 투영하고 심리적 내면을
   탐색
   - 자신의 삶을 새로운 시각에서 바라보며 의미를 재구성
   - 감정을 글로 표현함으로써 감정 해소 및 통찰 유도
   - 자신과 사물의 관계를 형성하며 공감과 수용의 태도 확립

---

3. 활동

단계		내용
열기	활동	- 호흡 명상 및 감각 깨우기 - 산책을 하면서 장소 탐색 - 자연물이나 조형물, 기타 물건 등 자신에게 끌리는 사물 찾기 - 선택한 사물을 정밀하게 그림으로 표현하고 감정을 색과 형태로 나타내기
	기대 효과	- 심리적 안정감 및 대화 분위기 형성 - 감각적 몰입과 자기 탐색 활성화
만나기	활동	- 사물과의 대화록 쓰기 - 사물과의 대화록을 공유하기 - 자신의 소중한 사물과의 대화록 쓰기 - 자신의 소중한 사물과의 대화록을 공유하고 소감 나누기
	기대 효과	- 감정 표현 및 정서적 해소 - 사물의 시각에서 자기 자신을 바라보는 경험 제공 - 자신의 내면과 대상을 연결하여 자기 성찰 및 이해 증진
닫기	활동	- 자신이 선택한 사물과 역할 바꿔 대화하는 역할극 진행 - 대화한 사물의 변화된 감정을 반영하여 다시 그려보기
	기대 효과	- 자신과 타인을 객관적으로 바라보는 시각 확대 - 자기이해 심화 - 창작 과정에서 변화된 정서 인식 강화
적용하기	활동	- 자신 또는 존경하는 인물과의 대화하기 - 스스로에게 편지 쓰기 - 존경하는 인물에게 편지 쓰기
	기대 효과	- 지속적인 자기 성찰 유도 - 자기 내면과의 대화를 지속하는 습관 형성 - 자기수용과 긍정적 자아상 형성 촉진
준비물		- 필기도구, 색연필, 크레파스, 수채화 물감, A4용지 또는 도화지 - 자연물 및 조형물, 기타 물건 - 역할극을 위한 소품

방법은 단순하다. 간단히 사물과의 대화에 대해 설명하고 나서 바로 실시하면 된다. 장소는 탁 트인 곳이 좋다. 그곳에서 자연물, 조형물,

기타 물건 등 각자에게 끌리는 사물과 만나 대화를 나누면 된다. 시간은 약 20~30분 정도로 약속한다. 너무 길면 지루하게 느껴진다. 물론 사물과의 대화가 진술하게 이뤄지면 매우 짧은 시간으로 느껴진다. 그런 후, 잠시 휴식을 취하고 나서 자신의 대화록을 다시 읽어 본 뒤 느낀 점을 쓰게 한다. 사물과 대화하면서 혹은 대화록을 쓰면서, 대화록을 다시 읽으면서 들었던 느낀 점을 솔직하게 쓰도록 한다. 그러고 나서 모두 함께 모인 자리에서 나눈다. 자신의 대화록을 읽기도 하고, 다른 사람이 나눈 대화를 들으면서 성찰하는 시간을 갖는다. 더 나아가 다른 사람의 대화에 대해 소감 나누기를 한다. 물론 부정적인 말과 글은 "하지 않거나 쓰지 않는다"라는 제한을 둔다. 글쓴이의 생각과 마음을 존중하고 배려하기 위함일 뿐만 아니라 글쓰기를 통해 얻는 긍정적인 효과를 떨어뜨리지 않기 위해서이다. 이후, '소중한 사물과의 대화'를 한다. 사물과의 대화록 쓰기의 심리적 과정은 [그림 25]와 같다.

이 그림은 사물과의 대화 또는 특정 대상과의 상호작용을 통해 자기 성찰과 통합을 이루는 과정을 개념적으로 표현한 것이다. 먼저, 맨 왼쪽 동그라미들을 보면, 대상이 있다. 이 대상 중 내담자의 자유의지와 선택에 따라 표현의 과정을 통해 대상화가 이뤄진다. 그런데 이때, 대상화된 대상에게 인격이 부여된다. 대상이 단순한 사물이 아니라, 내담자와 소통할 수 있는 존재로 전환되는 것이다. 그런데 대상의 선택은 결코 단순한 우연이 아니다. 위의 "어떤 대상(인물, 사물 등)의 선택이 중요하다. 왜 선택했을까? 하필이면?", "성격 또는 성질이 유사하기 때문 아닐까?", "삶에서 고민, 문제, 갈등, 심리적 장애 등이 대상으로 나타날 가능성이 높다." 등의 문구는, 우리가 무의식적으로 특정 대상을 선택하는 과정 속에 심리적 원인이나 동기가 내재되어 있음을

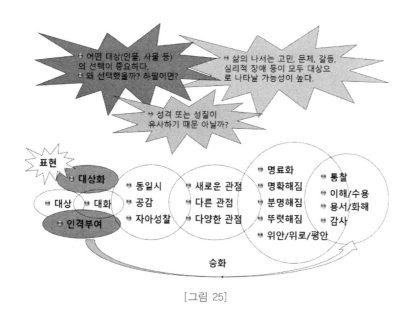

[그림 25]

암시한다. 즉, 내담자는 자신의 내면과 연결된 대상을 직관적으로 선택하며, 이는 자신의 성격, 심리 상태, 무의식적인 감정과 깊이 연관될 가능성이 크다. 따라서 왜 특정 대상을 선택했는지, 그 대상이 자신의 심리적 요소와 어떤 연관성을 갖고 있는지 탐색하는 과정이 매우 중요하다.

특히, 사물과의 대화 활동은 대상을 의인화하여 소통하는 방식이다. 즉 대상에게 의인화된 성격을 부여하고, 그와의 상호작용을 통해 내면을 탐색하는 과정이다. 이 과정에서 내담자는 자신을 대상에 투영하며, 대상과의 관계 속에서 자신을 발견하고 심리적 갈등을 표면화할 수 있다. 더 나아가 대상과의 대화 속에서 자연스럽게 동일시, 공감, 자아성찰과 같은 심리적 변화를 경험하게 된다. 대화와 표현을 통해 내담자는 새로운 관점과 다양한 시각을 형성하게 된다. 이로 인해 명료화, 위로와 치유, 통찰, 이해와 수용, 용서와 화해 등과 같은 심리적 변화를 경험할 수 있으며, 이는 내면적 갈등을 해결하는 데 중요한 역할을 한다. 결과적으로, 자기 삶의 문제나 심리적 갈등을 이야기 속에서 변형하고 재구성하면서 승화하는 과정을 거치게 된다.

승화의 과정은 승화의 과정은 다음과 같은 단계를 거친다. 먼저, 심리적 문제의 대상화이다. 고민, 갈등, 상처 등 특정 심리·정신적 문제를 대상화하여 대화를 나누게 되는데, 이 과정에서 내담자는 무의식적으로 억압해 온 감정과 생각을 표면화하게 된다. 둘째, 성찰을 통한 관점 확장이다. 새로운 관점, 다른 관점, 다양한 관점에서 문제를 바라보는 과정을 경험한다. 표면화된 무의식적 감정이나 생각을 성찰함으로써 새로운 관점, 다른 관점, 다양한 관점에서 바라보게 되는데, 스스로 이해하고 수용하는 이러한 과정이 억압된 감정을 해소하고 심층적 성찰을 촉진하게 된다. 이를 통해 자신의 내면을 보다 깊이 이해하고, 수용하는 태도를 형성하게 된다. 셋째, 내면적 성장과 심리적 통합이다. 자신의 내면에 대한 이해와 수용을 통해 대상에 대해 새로운 의미 부여와 해석함으로써 분열된 자아를 통합해 나가게 된다. 결국 이러한 과정은 내면적 성장을 이뤄나가는 과정이다. 이는 단순한 글쓰기 활동이 아니라, 자신의 삶을 재구성하고 심리적 균형을 회복하는 과정으로 기능한다.

그런데 이 과정에서 제일 중요하면서도 어려운 과정이 있다. 마음을 여는 것이다. 물론 마음을 열면 된다. 그리고 나서 대상에 인격을 부여하고 대화를 하면 된다. 하지만 사실 마음을 여는 것이 제일 어려운 과제이다. 마음을 여는 것이 바로 마음을 비우는 과정이기 때문이다. 즉 마음을 비워야 대상을 받아들일 수 있고, 대상과의 동일시 과정도 함께 일어나기 때문이다. 그러면 자연스럽게 공감과 성찰의 과정으로 전개된다. 결국 자신과의 대화가 전개된다. 어떤 대상일지라도 자기 삶의 서사를 바탕으로 한 자신의 생각과 마음이 드러나기 마련이다. 아래의 글은 사례1의 '사물과의 대화록' 중 일부다. '나'는 '나무'와 대화한다.

- 나: 안녕하세요.
- 나무: 허허, 너는 1학기 때 대화가 안 되는 무덤이랑 대화했던 꼬맹이구나. 그런데 무덤하고는 대화가 잘 됐니?
- 나: 아니요. 대화가 잘 안 돼서 요번에는 나무님하고 대화를 하려고요.
- 나무 : 그렇지, 무덤보다는 내가 더 대화가 잘 통하지, 자! 말해 보거라.
- 나 : 아까 전부터 궁금했는데 <u>왜 자꾸 절 꼬맹이라고 말씀하시나요.</u>
- 나무 : 그건 말이다 너는 내 앞에서는 키도 작고 나이가 어리기 때문이지. 그니까 나한테 너는 꼬맹이에 불과하지, 껄껄...
- 나 : <u>조금 기분이 더럽지만 나무님이 제 궁금증을 해결해 주셔서 참~ 고맙네요. 참~ 고맙습니다.</u>

윗글에서 사례1은 자신을 '꼬맹이'로 불리는 것에 불만이 있다. '꼬맹이'는 자신의 못난 자아상이다. 뜯어내고 싶고, 벗어나고 싶은 꼬리표다. 그래서 나무가 질문하라고 하자마자 "왜 자꾸 절 꼬맹이"라고 하는지에 대해 묻는다. 약간 반항기가 묻어있는 말투다. 그것은 나무의 답변 뒤의 말에 이어진다. 꼬맹이에 불과하다는 나무의 말에 '나'는 기분이 '더럽'고 말한다. 뿐만 아니라 "참~ 고맙네요."를 두 번 반복하면서 강조하면서 비아냥거린다. 대체로 강한 거부감을 드러내고 있다.

그런데 이러한 감정과 태도는 이후 과제로 제출한 '소중한 사물과의 대화록'에서도 나타난다. 다음 대화록은 '나'와 '소설 책'과의 대화의 일부다.

- 나: 알았어, 나 내일 일해야 해서 자야 돼.
- 소설 책: 알았어, 흥,
- 나: 잘 자.
- 소설 책: 응 너도, 잘 잘 때 이불 잘 덮고 자고
- 나: 알았어, <u>내가 어린애도 아니고 ….</u>

위의 대화록에서도 '나'는 마지막 말을 퉁명스럽게 맺는다. '소설 책'이 아버지나, 어머니나 형처럼 평소 하던 말에 벌컥 냉담하게 반응하고 있다. 물론 이것은 앞의 '나무'가 '꼬맹이'라고 불렀던 것에 대한 감정 토로처럼 '나'가 평소에 가졌던 내적 갈등의 충동적 표현이다. 어린애 취급당하는 데에서 오는 반발이 무의식적으로 표현되었다고 볼 수 있다. 사례1은 이렇게 '나무'와 '소설 책'과의 대화록 작성하기를 통해 이러한 평소 가졌던 감정을 토로하면서 자신의 마음속에 쌓여두었던 악감정을 해소하고 있다.

이러한 글쓰기 과정을 통해 사례1에게는 부정적인 과거에 대한 태도에 대한 긍정적인 변화가 있었다. 부정적인 경험에서 그 자체가 자신의 과거이고 경험, 기억 더 나아가 추억인 과거로의 변화이다. 그리고 현재의 삶에 대한 자기 긍정을 갖게 되었으며, 그만큼 자신의 삶에 대한 긍정적인 태도와 행복감을 일정 정도 회복해 나가고 있다. 더 나아가, 자신의 미래에 대해 다소 어두운 면이 있었음을 솔직히 시인하면서도 시련 속에서도 잘 이겨내고자 하는 의지와 여유를 갖게 되었

다. 하지만, 현실 세계에서의 안녕감이 아직은 약하다.

아래의 글은 사례2가 자신의 침대와 나눈 대화이다. 이 대화에서 사례2는 자신의 마음 속에 감춰두었던 고민을 털어 놓는다. 아무에게도 내색하지 못했던 자신만의 고민이다. 아래의 글은 사례2의 '자신의 소중한 사물과의 대화록' 중 일부다.

- 나 : 그럼 당연하지~ 침대야 사실 오래 전부터 너한테 하고 싶었던 말이 있었어 뭔지 궁금하지 않니?
- 침대 : 응응 무슨 말이야? 심각한 거야? 좋은 거야? 무슨 일인데 어서 말해줘~~~
- 나 : 성격 급하기는 역시 너 성격 급한 건 알아줘야 한다니까 그게 무슨 말이...냐...면..^^ 안 말해 줄 거다 메롱
- 침대 : 장난치지 말고 나 진짜 숨 넘어 간단 말이야
- 나 : 알았어 알았어 말해줄게~

(중략)

- 침대 : 나에게는 특별한 능력이 있다니까!!! 그런데 민경아 혹시 요즘 무슨 고민 있어? 매일 밤마다 누워서 혼자 이런저런 얘기 하는 것 같던데?
- 나 : 사실 내가 1년 휴학을 해서 2학년이긴 하지만 나이 상으로는 다음 년에 4학년이 되는 거잖아., 취업에 대한 고민이랑 이제 앞으로 무엇을 하면서 살아가야 할지 마음이 무거워서 혼자 스트레스도 많이 받고 울기도 많이 우는 것 같아... 아무에게도 말하지 못하는 이야기를 혼자 누워서 중얼중얼 거리기도 하고.,
- 침대 : 00아 하지만 네가 지금 노력하는 것처럼 앞으로도 계속해서 노력한다면 하늘이 너를 도울 거야 너무 힘들어 하지 마! 너 옆에는 언제나 내가 있잖아

- 나 : 응응 고마워 그리고 내가 밤마다 이렇게 스트레스 받으면서 슬퍼하는 거 가족들에게는 비밀로 해줘~ 아마 부모님께서 이런 이야기를 아신다면 많이 걱정하시고 속상해 하실 테니깐
- 침대 : 알았어 너 마음 이해하니깐 나 믿고 힘내! 무슨 일 있으면 나한테 얘기 하고~
- 나 : 응응 앞으로도 나에게 좋은 친구가 되어줘
- 침대 : <u>당연하지 항상 나는 이 자리에서 너를 응원할게~ 00아 이 말은 꼭 기억해 네가 다른 사람들보다 좀 늦게 피더라도 조급해 하지마 모든 꽃은 다 피는 시기가 다를 뿐 그것이 꽃의 잘못은 아니니깐.</u>

위 글에서 사례2는 현재 가장 큰 고민을 애써 털어놓는다. 오래 전부터 털어놓고 싶었던 말이다. 말하고 싶어 먼저 "궁금하지 않니?"라고 묻는다. 하지만 '침대'가 되묻자 딴 청을 부린다. 망설인다. 쉽게 나오지 않는 마음 속 깊은 고민이기 때문이다. 그래서 사례2는 "성격 급하기는 역시 너 성격 급한 건 알아줘야 한다니까" 하면서 잠시 말을 돌린다.

사례2는 이렇게 뜸을 들이다가 자기가 하고 싶은 대로 결국 털어놓는다. 매일 밤마다 혼자 누워서 혼잣말로 걱정하던 얘기를 하고 만다. 그 얘기 속에는 자신이 1년 휴학을 했다는 것, 나이상으로는 내년에 4학년이 된다는 것, 취업에 대한 것, 더 나아가 앞으로 무엇을 하면서 살아가야 할지 모르겠다는 것, 그래서 마음이 무거워서 혼자 스트레스도 많이 받았다는 것, 울기도 많이 울었다는 것, 아무에게도 말하지 못했다는 것, 혼자 침대에 누워서 단지 중얼중얼 거릴 수밖에 없었다는 것 등등이 담겨 있다. 이는 사례2의 어렵고 힘들었던 마음이 세 번의 "…"과 더불어 고스란히 담겨있는 글이다. 사실 사례2의 이러한 어

렵고 힘들었던 마음 깊은 곳에는 어렸을 때의 상처가 자리하고 있다.

사례2에게는 이러한 글쓰기 과정이 첫째, 자신의 아픔을 회고·성찰하게 하였으며, 그러한 회고·성찰 속에서 얻은 깨달음들을 재확인하고, 재다짐하는 과정이 되었으며, 다시 마음 속 깊은 위로와 위안, 힘과 용기, 자신감 등을 스스로 북돋는 심리적 과정이었다. 물론 아직도 극복하지 못한 자신의 상처와 갈등, 장애 등이 있다. 하지만, 자신의 가족, 자신의 과거, 자신의 능력에 대한 관점의 긍정적인 변화와 두려움에 대한 극복 의지를 나타내고 있음을 확인할 수 있다.

6. 자기 탄생설화 쓰기

'자기 탄생설화 쓰기'는 자신의 탄생설화를 쓰는 과정이다. 자신의 탄생을 중심으로 가족과 조상의 탄생과 삶을 상서롭게 하기도 하고, 비범한 자신의 탄생과 삶을 영웅적으로 또는 신격화하여 이야기를 꾸며 쓰는 과정이다. 하지만 마냥 근거 없이 상상하여 꾸며 쓰는 과정은 아니다. 사전에 자신과 가족의 태몽과 이름의 유래, 뜻 등을 조사해 오게 한다. 이는 자신의 탄생설화를 창작하는 기초적인 자료로 활용하기 위해서이다. 글쓰기를 원활히 하기 위해서는 자신이 쓰고자 하는 글과 관련한 자신의 생각이나 글감 등의 내용을 풍부히 생성하는 것이 중요한 관건일 수 있기 때문이다. 즉 부모나 형제자매의 태몽이 자신의 탄생설화에 유사한 화소로 차용될 수도 있고, 자신의 탄생설화를 상하좌우로 확장시킬 수 있는 여지가 많아지게 된다. 물론 자신과 가족의 태몽을 알지 못하거나 알아보기 어려운 글쓴이는 상상하여 쓰면 된다.

가족의 태몽이나 이름의 유래, 뜻 등의 활용은 자신의 뿌리를 생각하고 느끼게 하는 매우 의미 있는 활동이다. 이 활동을 통해 자신의 자아에 대해 긍정적인 생각과 마음을 가질 수 있을뿐더러, 가족과의 대화가 이뤄질 수도 있고, 삶의 의지를 고취시킬 수도 있고, 자신의 정체성에 대해서도 한 번쯤 생각해 볼 수도 있게 한다. 특히, 태몽은 그러한 매개고리가 되기에 충분하다. 왜냐하면, 태몽이라는 것이 삼신할미의 계시일지도 모르지만, 탄생에 대한 인간의 사랑과 바람이 꿈으로 전화하여 나타난 것일 수도 있기 때문이다. 즉 간절한 가족의 사랑과 바람이 꿈으로 나타난 것일 가능성이 크다고 할 수 있다.

그렇기 때문에 사람은 누구나 사랑과 바람을 안고 태어난다고 말할 수 있다. 태어날 당시의 상황이 아무리 어렵고 힘든 형편일지라도 한 생명의 잉태와 탄생에는 신비로운 힘과 사랑과 바람이 깃들기 마련이다. 인간적이든, 우주적이든, 신적이든 말이다. 그런데 그러한 것은 누구나 가지고 있는 이름에도 반영된다. 예를 들면, '다솜', '희선', '보름' '나라', '예진', '우주', '진주' 등도 그렇다. 부모나 이름 지어준 이의 애틋한 사랑과 간절한 바람이 담겨 있다. 그러니 이름에도 생명의 건강한 삶, 행복한 삶 등을 기원하는 부모의 사랑과 바람이 담기거나, 주변 인물들의 사랑과 바람이 담기기 마련이다. 이렇듯 한 인간 탄생은 그 부모나 주변 인물들의 애틋한 사랑과 간절한 바람으로 이뤄진다. 자신을 중심으로 한 많은 존재들의 사랑과 바람의 실현이다. 그리고 이것이 태몽으로 집약되어 있다.

그러므로 태몽이나 이름의 유래, 뜻 등과 관련한 활동은 그 자체만으로도 의미 있고 뿌듯한 경험이 될 수 있다. 자신의 탄생이 단순히 개인적인 사건이 아니라, 부모를 비롯한 주변의 많은 존재들의 관심과 사랑, 그리고 바람이 깃든 결과임을 이해한다면, 이는 깊은 감동과 행복감을 선사할 것이다. 이러한 깨달음은 현재 겪고 있는 삶의 어려움과 힘든 순간을 이겨내는 데에도 큰 힘이 될 수 있다. 이러한 깨달음은 현재 겪고 있는 삶의 어려움과 힘든 순간을 이겨내는 데에도 큰 힘이 될 수 있다. 그러므로 이 활동은 자신이 어딘가에서 방출되어 툭 떨어져 홀로된 존재가 아닌 사랑과 바람의 결정체이고, 자신에게는 꽤 오래전부터 이어져 내려와 존재하는 가족이 있다는 것을 느끼고 이해하는 과정이다.

이렇듯 태몽과 이름의 유래, 뜻 등을 바탕으로 한 '자기 탄생설화 쓰기'는 개인의 자아관과 정체성 형성에 긍정적인 영향을 미치는 글쓰기 과정이다. 특히 미리 조사한가족의 태몽, 이름의 유래와 뜻 등을 토대로 이야기를 꾸며 쓰는 과정이기에 더욱 의미가 깊다. 그러므로 이 글쓰기 과정은 자연스럽게 자신을 중심으로 삶의 다양한 요소들을 성찰하도록 이끈다. 과거를 돌아보고, 현재를 정리하며, 미래를 조망하는 경험을 통해 자신의 삶을 추스르고, 삶의 지향 또는 길을 모색하는 과정이 될 수 있다. 다음은 '자기 탄생설화 쓰기'의 통합적 글쓰기치료 작업계획서 예시이다.

통합적 글쓰기치료 작업계획서

이름: 장만식

1. 주제: 자신의 출생과 성장 과정에 대한 서사를 창작하며 자기 정체성과
   존재의 의미 탐색
   - "자기 탄생설화 쓰기"-
2. 의도: - 자신의 삶을 새로운 시각에서 바라보며 의미를 재구성
   - 무의식적인 정체성 요소를 인식하고 창조적인 표현을 통해 자아
   통합
   - 과거 경험을 돌아보며 긍정적인 자기 서사를 형성
   - 자존감을 강화하고 자기이해도를 높이는 기회 제공
3. 활동

단계		내용
열기	활동	- 부모님께 알아 온 태몽, 이름의 유래 및 뜻 나누기 - 어린 시절 사진 보며 소개하기 - 자신의 존재를 상징하는 단어 및 이미지 찾기
	기대 효과	- 초기 기억과 감정을 활성화하여 창작 과정의 몰입 유도 - 자기 정체성에 대한 인식 확장
만나기	활동	- 영웅 서사 구조를 활용하여 설화의 뼈대 만들기 - 시각적 매체, 메타포, 상징 사용 등 예술적 기법 적용 - 자신의 출생과 성장 과정에 대해 신화적, 상징적 요소를 가미 하여 자기 탄생설화 쓰기 - 표지 만들기
	기대 효과	- 과거 경험을 의미 있는 이야기로 재구성하며 자기 통찰력 향상 - 창작을 통한 자기 표현 능력 강화 - 자기이해와 자기 수용을 촉진 - 자존감 강화
닫기	활동	- 자신이 가장 중요하게 느낀 점 쓰기 - 창작한 자기 탄생설화를 공유하고, 서로 소감 나누기
	기대 효과	- 자기 서사를 타인의 시각에서 새롭게 바라볼 기회 제공 - 타인과의 쉐어링을 통한 자기 인식 확장

적용하기	활동	- 자신이 쓴 설화를 부모나 지인에게 읽어주고, 소감 나누기
	기대 효과	- 자기수용과 긍정적 자아상 형성 촉진 - 공유된 경험을 통해 정서적 유대감 증진
준비물		- 필기도구, 색연필, A4용지 또는 도화지 - 어린 시절 사진 또는 출생 관련 상징적 오브제 - 자신의 태몽, 이름의 유래 알아 오기 - 창작에 도움을 줄 만한 신화, 전설, 이야기 예시 자료

이제 위의 계획서에 따라, 각자가 조사해 온 태몽이나 이름의 유래, 뜻 등을 활용하여 '자기 탄생설화'를 창작하도록 한다. 자신을 영웅으로 설정하든, 신격화하든, 고대적인 분위기로 꾸미든, 현대적인 설정을 활용하든 상관없이, 자유롭게 상상하여 창작할 수 있다. 이 과정에서 영웅신화의 서사 구조를 적절히 참고하는 것은 글쓰기를 원활히 수행하는 데 도움이 될 수 있다. 다만, 설화의 서사 구조나 의미, 서사 전개 방법 등을 과도하게 설명하거나 지도하는 것은 지양해야 한다. 대신 되도록 자신의 삶과 그 의미를 영웅들의 삶을 통해 조망하도록 유도하는 것이 효과적이다. 왜냐하면, 오랜 기간에 걸쳐 전승되어 온 원초적인 신화의 서사 구조에 대한 경험이 유효하게 작용할 가능성이 크기 때문이다. 신화는 상상력을 바탕으로 신비롭게 형상화된 서사이므로, 단군신화나 주몽신화와 같은 기존의 신화를 미리 제시하여 감상하고 이해하는 과정을 통해 우회적으로 자신의 삶을 드러낼 수 있는 서사 전개 방식을 익힐 수도 있다. 특히, 신화의 간결한 구조, 천상계와 지상계라는 이원적 설정은 서사 전개의 흐름을 명확하게 만들어 '자기 탄생설화 쓰기'에 매우 유용하게 활용될 가능성이 높다. 즉 직접적으로 자신을 드러내기 어려운 삶의 일부를 신화적인 방식으로, 은

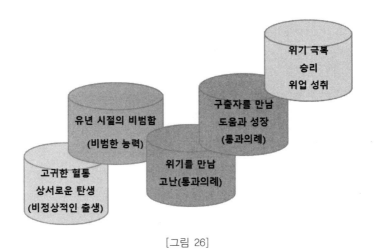

[그림 26]

유로, 상징으로 표현할 수 있는 서사 전개 방법을 자연스럽게 습득할
수 있게 된다. 제공된 영웅신화의 서사 구조는 [그림 26]과 같다.

〈예시, 한결이의 '나의 탄생설화'〉

〈나의 탄생설화〉

(가) 1994년, 슬하에 1녀를 두고 있던 김 씨네 부부는 듬직하고 씩씩한
아이를 갖길 원하였고, 매일 산신령님께 간절히 기도하였다. 그러던 어
느 날, 김 씨의 아내는 이상한 꿈을 꾸었다. 꿈속에서 환하게 빛이 나는
집에 들어갔는데, 거기에는 화려하고 오색찬란한 보석으로 가득 차 있었
다. 김 씨의 아내는 기뻐하며 반지도 껴보고 귀걸이도 걸어보고 하다가
그 집 가운데에서 금 구슬이 반짝이며 굴러오는 것을 보고 그 금 구슬을
주운 뒤 꿈에서 깨어났다. 김 씨의 아내는 꿈을 기이하게 여기며 태몽이
라 생각했다.

(나) 며칠 뒤, 김 씨의 아내는 건강하고 우람한 여자아이를 낳았는데, 그 아이가 꿈속에서 주웠던 금 구슬을 손에 꼭 쥐고 태어났다. 김 씨네 부부는 이를 신기하게 여기며, 그 아이를 비범하게 생각했고, 착하고 아름답게 살라하여 '한별'이라 이름 지었다. 한별은 어릴 때부터 똑 부러져 한글과 숫자를 금방 깨우쳤고, 심성이 곱고 사교성이 좋아 친구들이 많았다. 시키지 않아도 알아서 일을 척척 해냈고, 항상 주변 사람들의 기분을 좋게 만들었다.

(다) 한별이 부모님의 사랑을 독차지하자 5살 위 언니는 질투했고, 한별을 몰래 산 속에 버렸다. 어두운 산 속에서도 한별은 울지 않았고, 씩씩하게 집을 찾아 나섰다. 한별이 산 속에서 벌벌 떨고 있을 때, 곰과 호랑이가 나타나 안아주었고, 사슴과 새들이 먹을거리를 갖다 주었다. 그렇게 동물들의 도움을 받아 무사히 집에 도착한 한별은 언니를 원망하지 않았고, 따뜻하게 안아주었다. 그제야 언니는 자신의 잘못을 깨닫고 눈물을 흘렸다. 그 이후로 자매는 사이좋게 지냈고, 우애가 돈독해졌다.

(라) 한별이 7살이 되던 해, 아버지 김 씨는 원인모를 병에 걸려 앓아누웠다. 김 씨네 가족은 이를 걱정하며 김 씨의 병을 낫게 하기 위해 몸에 좋다는 약은 다 구해왔고, 수단과 방법을 가리지 않았다. 그래도 김 씨의 병은 낫지 않고 점점 더 악화되었다. 이 때, 산신령님이 내려와 북한산 꼭대기에 무지개 색 꽃을 먹이면, 김 씨의 병이 나를 거라며 일러주었고, 한별은 무지개색 꽃을 찾기 위해 길을 나섰다. 놀이터의 친구들과 분식점의 떡볶이들이 한별을 유혹했지만, 한결은 유혹에 흔들리지 않았고, 꿋꿋이 북한산을 찾아갔다. 북한산 입구에 도착했을 때쯤 갑자기 새하얀 토끼가 나타났다. 토끼는 한별에게 빨간 열매와 포크를 주고 정상에 오르는 길을 안내해주었다. 토끼의 도움을 받아 올바른 길로 산을 오르던 중 늑대가 나타나 날카로운 이빨을 드러내며 한별을 위협했다. 한별은 겁을 먹었

지만, 곧 용감하게 늑대에게 다가갔고, 토끼에게 첫 번째로 받았던 빨간 열매를 먹였다 빨간 열매를 먹은 늑대는 온순해졌고, 한별에게 등을 내주었다. 그렇게 한별은 늑대를 타고 무사히 정상에 도착했고, 무지개색 꽃을 찾았다. 하지만 무지개색 꽃은 커다란 비단뱀이 지키고 있어 함부로 다가갈 수가 없었다. 그 순간 토끼에게 두 번째로 받았던 포크가 갑자기 삼지창으로 변했고, 한별은 그 삼지창으로 비단뱀과 싸웠다. 치열한 격투 끝에 한별은 결국 비단뱀을 제압했고, 무지개색 꽃을 가져올 수 있었다. 힘들고 험난했던 과정 끝에 얻은 무지개색 꽃을 가지고 집으로 돌아가 아버지께 먹이자 김 씨는 언제 그랬냐는 듯 금방 병이 나았다 가족들은 한별을 안고, 덩실덩실 춤을 추며 같이 기뻐하였다.

(마) 이러한 한별의 용맹함은 마을 전체로 퍼졌고, 이 이야기를 들은 임금은 어린나이임에도 불구하고, 아버지를 구하기 위해 무지개색 꽃을 찾으러 간 용기와 효심을 크게 칭찬하며, 마을 입구에 한별의 동상을 세웠다. 그 후로 한별은 어린 시절 용기와 지혜를 잃지 않고, 어떤 일이든 적극적으로 열심히 했다. 공부도 열심히 하고, 친구들, 이웃들을 도우며, 예쁘고 바르게 자랐다.

우선 (가)는 자신의 태몽을 잘 활용하였다. 어머니께서 꾸신 태몽에다 반짝이며 굴어오는 '금 구슬'을 설정하여 자신의 탄생을 특별하게 꾸며 썼다. 자신의 태몽에서는 없지만, 다른 가족들에게서 보이는 아버지의 '커다란 황금으로 변한 밤송이' 꿈, 어머니의 '사람보다 크고 빛깔이 화려한 잉어' 꿈, 언니의 '커다란 뱀' 꿈 등의 영향과 작용일 것이다. 뿐만 아니라 부모의 간절한 바람과 기도에 의해 탄생했음을 말한다. 매일 산신령님께 듬직하고 씩씩한 아이를 갖게 해달라는 간절한 소망을 실어 드디어 자신이 태어났음을 말한다. 설화이기에 가능한 설정이다. 아마도 한결이는 (가)를 쓴 것만으로도 자신의 탄생이 매우 특별한 것으로 다가왔음이 틀림없다. 자신의 탄생이 매우 기이하고, 신비롭고, 사랑스럽게 바뀌었기 때문이다.

며칠 뒤, (나)에서처럼 건강하고 우람한 여자아이가 태어났다. 꿈에서 본 '금 구슬'을 쥐고 건강하고 우람하게 태어났다. 부부의 소망대로 이뤄졌다. 그러니 자신의 탄생 자체가 사랑이고 기쁨이고 행복 그 자체이다. 한결이는 이렇게 쓰고 나서 아마도 입가에 미소가 그득 머금어졌을 것임이 분명하다. 자신의 탄생이 부부의 간절한 소망으로 이뤄졌기에 부부의 사랑스런 딸이 된 것임이 분명하기 때문이다.

뿐만 아니라 자신의 탄생에 대한 자부심과 뿌듯함은 이루 말할 수 없을 것이다. 그리하여 내친김에 한결이는 한별의 이름에 착하고 아름다움을 부여한다. 부부가 비범하게 생각하여 착하고 아름답게 살라는 소망을 담은 것이다. 그런데 한결이는 "자신의 성격은 무엇인가?"라는 질문에 대한 답의 첫 문장으로 "나의 성격은 착하고 명랑하다."를 적었다. 소망이 이뤄진 것일까? 아니면 자신의 삶과 자기 삶의 서사의 투영일까? 물론 소망이기도 하고, 자신의 삶과 자기 삶의 서사의 투영이기도 하다. 왜냐하면 자기 삶의 서사는 자신과 주변의 상호작용에 의한 산물이기 때문이다. 선천적으로 가지고 태어난 기질과 후천적으로 형성·발달한 성질의 변증법적인 통합이기 때문이다. 그 과정에 부모의 영향과 작용은 절대적일 가능성이 크기 때문이다.

그 후, 한별은 한글과 숫자를 금방 깨우치고, 심성도 곱고, 사교성도 좋은 아이, 시키지 않아도 알아서 일을 척척 해내는 아이, 주변 사람들을 항상 기본 좋게 만드는 아이로 성장한다. 그런데 (다)에서는 이런 한별을 언니가 질투한다. 언니와의 갈등이다. 5살 위인 언니가 한별을 몰래 산에 버린 것이다. 한별에게는 첫 시련과 고난이 닥친 것이다. 하지만 한별은 어두운 산속에서도 울지 않고, 씩씩하게 집을 찾아 나선다. 뿐만 아니라 한별이 추워서 벌벌 떨고 있을 때는 곰과 호랑이가 안아주고, 사슴과 새들도 먹을거리를 가져다준다. 모든 것들이 자신을 보살펴 주고 있는 것이다. 그래서 결국 집으로 돌아온다. 그런데 이렇게 무사히 집에 도착한 한별은 언니를 원망하지 않고, 오히려 따뜻하게 안아준다. 용서를 통해 화해하고, 관계를 회복한다. 그 과정을 통해 두 자매의 관계는 우애가 돈독해진다. 참으로 착하고, 시련과 극복의 감동적인 서사이다.

그런데 여기에는 한결이의 성격, 인생관·가치관·세계관이 고스란히 녹아있다. 한결이에게 세계는 결국 뿌리가 하나로 연결되어있는 하나의 공동체인 세계, 그러기에 서로 돌봐야 하고, 관심 가져야 하는 이웃이 있는 세계이다. 서로 존중하고 이해하며 살아야 하는 세계이다. 이렇게 한결이는 자신의 탄생설화에 자신의 삶을 적극적으로 반영하고 있다.

이러한 양상은 (라)에서 또 다른 상황 속에서 드러나고 있다. 아버지의 병환이다. 김 씨가 원인 모를 병에 걸려 앓아눕자, 한별은 산신령님의 말을 듣고, 길을 나선다. 무지개색 꽃을 찾아 떠난다. 그런 한별에게 많은 유혹이 따른다. 친구들과 떡볶이 등이 유혹한다. 하지만 한별은 흔들리지 않는다. 꿋꿋이 길을 간다. 그러다 한별은 (다)에서처럼 토끼를 만나 도움을 받는다. 위협하는 늑대에게 용감하게 다가가 토끼가 준 빨간 열매로 늑대를 온순하게 하고, 늑대를 타고 정상에 도착해 무지개색 꽃을 드디어 찾았다. 하지만 또 다른 위험이 도사리고 있었다. 비단뱀이었다. 하지만 한별은 물러서지 않고 용감하게 비단뱀과 싸웠다. 치열한 전투가 벌어졌고, 결국 한별이 비단뱀을 제압하였다. 이렇게 힘들고 험난한 과정 끝에 한별은 무지개색 꽃을 가지고 집으로 돌아와 아버지의 병을 낫게 한다. 가족들은 한별을 안고 덩실덩실 춤을 추며 기뻐한다.

한결이는 이렇게 자신의 삶을 적극적으로 투영하고 있다. 부모에 대한 효심과 역경을 극복하고자 하는 용감함과 의지가 돋보이는 부분이다. 특히나 이러한 과정의 탄생설화는 자부심, 긍지 있는 인간으로서의 성장과 발달, 삶의 지향이 담겨 마무리 된다. 한별의 효심과 용맹함으로 인해 마을 입구에 동상이 세워지고, 그 이후의 삶도 용기와 지혜롭게, 열심히 산다. 공부도 열심히 하고, 친구들과 이웃들을 도우며, 예쁘고 바르게 자란다. 이 부분을 통해 한결이는 자부심과 긍지를 가슴 속 깊이 품게 되었을 것이고, 자신의 삶의 지향을 더욱 곧추 세우며 다짐을 하였을 것이다.

이와 같이 한결이 자신의 삶을 투영하여 탄생설화를 꾸며 썼다. 이를 통해 이전에 간직한 자신의 삶을 드러내 성찰하였다. 즉 이전엔 찾지 않았거나 못했던 자기 삶의 서사를 발견하고, 성찰하면서 이해할 수 있었던 과정이다. 뿐만 아니라 채워지지 않았던 자기 삶의 서사를 상상력을 동원하여 꾸며 쓰는 과정에서 수정·보완하기도 하고, 통합해 나가는 과정을 나름대로 경험할 수 있었던 시간이다. 비록 아직 완전하게 완성되지 못했을지라도 지금의 수준에서 자기 삶의 서사를 찾고, 성찰하고, 이해하고, 수정·보완하고, 통합해 나가는 과정은 인간의 삶에서 매우 중요하고 핵심적인 삶의 과정이다. 그러므로 이러한 '자기 탄생설화 쓰기' 과정은 자기 삶의 서사를 찾고, 성찰하고, 이해하고, 수정·보완하고, 통합해 나가는 과정이다. 이러한 가능성은 한결이의 '탄생설화 쓰기와 자신의 탄생 설화 창작에 대한 자신의 생각'

에서 확인할 수 있다.

　나의 탄생설화를 쓰면서 나를 되돌아 볼 수 있고, 고난과 역경을 헤쳐 행복한 결말을 맞이하는 것을 보며, 앞으로 힘든 일은 모두 극복할 수 있을 것 같고, 희망적인 미래를 기대할 수 있게 한다. 또 부모님의 고생과 수고를 느끼고 효도의 필요성을 되새기게 된다.
　나를 신격화하고, 영웅적 인물로 만들어 자긍심을 가지게 되고, 나도 무언가 할 수 있다는 도전 정신을 심어주며, 부모님에게 효도하는 마음가짐이 생기게 되는 것이 탄생설화 쓰기 활동을 하는 이유이고, 목적이다.

위에서 한결이는 '자기 탄생설화 쓰기'가 자신을 되돌아 볼 수 있게 하고, 고난과 역경을 헤쳐 행복한 결말을 맞이하는 자신의 탄생설화를 쓰면서 앞으로 자신의 삶에서 일어날 수도 있는 힘들고 어려운 일들을 극복할 수 있을 것 같은 자신감과 희망적인 미래를 기대하게 한다고 말한다. 또한 자신이 영웅적인 인물로 표현된 자신의 탄생설화를 통해 자긍심과 도전정신을 갖게 할 뿐만 아니라 '자기 탄생설화 쓰기'가 부모님의 힘든 삶을 이해하고, 효도해야겠다는 생각도 또한 가지게 한다고 말한다.
　또한 "탄생설화를 쓰고 나서 나에 대한 생각이 좀 더 긍정적으로 바뀌었고, 자신감이 생겨 무엇이든 해낼 수 있을 것 같다."라고 답한다. 하지만 부모님께 효도하는 것을 잘 실천하지 못하고 있음을 반성하면서 탄생설화 쓰기의 의미와 목적이 실제 삶에서 완전히 실현되지는 않았다고 한다. 그래서 한결이는 앞으로는 작은 것부터 부모님께 효도하고 주어진 일을 열심히 하여 영웅이 될 수 있도록 노력할 것을 다짐하기도 한다. 이처럼 한결이는 설화 속에서만이 아니라 실제의 삶 속에서도 자신의 탄생설화 속의 자신처럼 살고자 한다.

이와 같은 점에서 한결이에게 있어 '자기 탄생설화 쓰기' 과정이 자신의 삶의 지향과 서사의 변화와 맞물려 있음을 추측할 수 있다. 이러한 점은 다음 글에서도 알 수 있다.

> 나의 탄생설화를 쓰고 난 후, 설화 속에서 영웅이 되는 내 자신을 보면서 자랑스러웠고, 뿌듯함을 느꼈다. 내가 정말 영웅이 된 것 같은 기분이 들었고, 흐뭇하기도 했다. 나를 비범하고 다재다능한 주인공으로 만들어 시련을 극복하고 해피엔딩이 되는 것을 보며, 스스로 자긍심을 느꼈고, 현실에서도 실천해야겠다는 각오를 가지게 되었다. 설화 속 내가 아버지를 구하고, 마을 사람들에게 찬양 받은 것처럼 부모님께 효도하고, 어느 곳에서든 필요한 사람이 될 수 있도록 노력할 것이다. 나 자신에 대해 긍정적이고 희망적으로 생각하게 되고 자신감을 가지에 된다.

이처럼 한결이는 비록 설화 속에서 영웅이 된 것이지만, 그런 자신을 보면서 자랑스러움과 뿌듯함을 느낀다. 자신이 정말 영웅이 된 것 같은 기분이 들어 흐뭇해하기도 한다.

하지만 이것은 설화 속에서 그치지 않는다. 한결이는 스스로 자긍심을 느끼며, 현실에서도 실천해야겠다는 각오를 밝힌다. 특히나 부모님께 효도하고, 어느 곳에서든 필요한 사람이 될 수 있도록 노력하겠다고 다짐한다. 뿐만 아니라 자신에 대한 긍정적이고 희망적인 생각과 마음, 자신감 등을 갖게 되었다고 말한다. 이처럼 한결이는 '자기 탄생설화 쓰기' 과정 속에서 자신의 삶에 대한 성찰을 바탕으로 자신의 삶의 지향과 서사의 추구하는 바의 변화를 이뤄내 가고 있다. 뿐만 아니라 자신에 대해 긍정적이고 희망적인 생각과 마음, 자신감 등을 갖게 되었다. 그렇기 때문에 한결이는 "재미있고 유익한 경험이었다."
라는 말로 자신의 글을 마칠 수 있었다.

7. '나처럼 너를' 글쓰기

'나처럼 너를' 글쓰기 활동은 인터넷을 활용하여 청소년들이 참여하
는 집단 글쓰기치료 프로그램이다. 이 활동은 청소년기의 건강한 성
장과 발달에 중요한 요소인 자아존중감 향상, 정체감 형성, 긍정적인
대인관계 발달과 깊이 연관되어 있어 심리치료적 가치가 충분하다.

이 과정에서 청소년들은 자신, 가족, 친구의 강점을 발견하고 응원
편지를 쓰면서, 자신의 삶과 주변 관계를 돌아보고 성찰하는 기회를
갖게 된다. 이를 통해 자신의 삶을 긍정적으로 바라보고 스스로를 격
려하며 용기와 힘을 얻을 뿐만 아니라, 자신의 삶을 반성하고 성찰하
며 새로운 다짐을 하는 과정을 경험하게 된다. 즉 한편으로는 자신의
삶을 칭찬하기도 하고, 자신의 마음을 위로하기도 하면서 용기와 힘
을 얻게 될 뿐만 아니라 자신의 삶을 반성하기도 하고, 자신의 마음을
채근(採根)하기도 하면서 새로운 삶을 다짐하게 되는 계기가 된다. 그
러므로 이 활동은 청소년들이 자신의 심리·정신적 갈등이나 문제 상
황에 직면하여 성찰하도록 돕고, 이를 통해 자신의 삶을 더욱 깊이 이
해하고 수용하는 경험을 제공한다. 더 나아가, 이러한 자기이해와 수
용 경험을 통해 자신과 타인에 대한 용서와 화해로 이어지는 중요한
발판을 마련할 수 있게 된다.

따라서 '나처럼 너를' 인터넷 글쓰기는 청소년기의 건강한 성장과

발달에 중요한 요소인 자아존중감 향상, 정체감 형성, 긍정적인 대인 관계 발달뿐만 아니라 자신의 심리·정신적 갈등이나 문제 상황에 직면하여 성찰함으로써 자신의 삶을 이해하고 수용하면서, 용서와 화해에 이르러 삶의 긍정성을 회복하고, 통합해 나가기까지의 과정을 효과적으로 보여 주는 활동이다. 다음은 '나처럼 너를' 인터넷 글쓰기 활동을 기반으로 한 통합적 글쓰기치료 작업계획서 예시이다.

통합적 글쓰기치료 작업계획서

이름: 장만식

1. 주제: 인터넷을 활용 글쓰기 활동을 통한 자아존중감 및 정체성 강화, 그리고 긍정적 대인관계 강화
   - '나처럼 너를' 글쓰기 -
2. 의도: - 자신의 삶을 돌아보며 강점 발굴 및 강화
   - 자기이해를 바탕으로 심리적 갈등을 해소하고 긍정적인 자아상을 형성
   - 자신과 친구에게 편지를 쓰면서 감정을 표현하고 공유함으로써 긍정적 관계 형성
   - 용서와 화해의 과정을 경험하며 자아통합을 이루는 기회 제공
3. 활동

단계		내용
열기	활동	- 호흡 명상 - 그림이나 색을 활용하여 자신 및 가족, 친구의 모습 다양하게 표현하기
	기대 효과	- 심리적 안정감 형성 - 자기 자신과 타인을 바라보는 다양한 시각 확보

만나기	활동	– 자신의 강점 100가지 찾기 – 자신에게 보내는 응원 편지 쓰기 – 가족이나 친구의 강점 10가지 찾기 및 응원 편지 쓰기 – '나/처/럼/너/를/' 5행시 짓기(개인 또는 집단)
	기대 효과	– 자아존중감 강화 – 자아성찰과 자아정체감 형성 – 긍정적 대인관계 형성 및 강화 – 감정 표현과 공감 능력 향상
닫기	활동	– 자신이 쓴 글을 공유하고 소감 나누기 – 가족이나 친구의 글을 읽으며 느낀 점이나 생각 쓰기
	기대 효과	– 자신과 타인을 바라보는 시각 확장 – 자기이해와 타인 이해 증진 – 사회적 상호작용 강화를 통한 관계 형성 및 공감 능력 증진
적용하기	활동	– 앞으로 또 다른 가족이나 친구에게 '나처럼 너를' 글쓰기 목표 설정 및 실천할 수 있는 행동계획 세우기 – 각오나 다짐 나누기
	기대 효과	– 지속적인 자기 성장 유도 – 공유된 경험을 통해 정서적 유대감 증진
준비물		– 필기도구, 색연필, A4용지 또는 도화지 – 온라인 글쓰기 플랫폼 – 개인 노트북, 핸드폰

이제 위의 계획서에 따라 '나처럼 너를' 인터넷 글쓰기 활동 과정 중 만나기 과정을 설명하면, 크게 세 부분으로 구분할 수 있다. 첫째, 나의 보물찾기 및 응원편지 쓰기 둘째, 친구의 보물찾기 및 응원편지 쓰기 셋째, '나/처/럼/너/를/' 5행시 짓기 등이다. 첫째, 나의 보물찾기 및 응원편지 쓰기 활동이다. 이 활동은 내 안에 숨겨진 좋은 점을 찾아내어 나에게 칭찬해 주고, 자신에게 사랑의 편지를 쓰는 것이다. 즉 자신 안에 숨겨진 보물을 찾아내어 '나'에게 칭찬해 주고, '나'에게 사랑의 편지를 쓰는 과정의 글이다. 나의 보물찾기는 말 그대로 자신의 보물을 찾는 과정이다. 나의 보물이란 자신의 강점을 말한다. 물론 자

신의 생각과 마음, 행동 등에서 좋은 점, 잘하는 점, 하고 싶은 점 등은 당연히 강점이고 보물이다. 하지만 좋지 않은 점, 잘 못하는 점, 하고 싶지 않은 점 등도 강점이 될 수 있다. 왜냐하면, 그러한 것들도 마음만 먹으면, 관점을 달리하면, 새롭게 의미를 부여하고 해석하여 강점으로 만들 수 있는 여지가 충분히 있기 때문이다. 그러므로 강점은 생각과 마음에 따라 무궁무진하다. 찾으면 찾을수록, 찾으려는 생각과 마음이 있으면, 얼마든지 찾을 수 있는 보물이다. 둘째, 친구의 보물찾기 및 응원편지 쓰기 활동이다. 이 활동은 앞에서 '나'에게 했던 것처럼 친구에게 숨겨진 좋은 점을 찾아내어 친구에게 칭찬해 주고, 친구에게 우정의 편지를 쓰는 것이다. 즉 친구 안에 숨겨진 보물을 찾아내어 '친구'를 칭찬해 주고, '친구'에게 사랑의 편지를 쓰는 과정의 글이다. 친구의 보물찾기는 말 그대로 친구의 보물, 즉 강점을 찾는 과정이다. 이는 자신이 도무지 이해하지 못하는 친구든 싫어하는 친구든 절친한 친구든 타인을 사뭇 객관적인 눈으로 바라보는 기회를 갖게 하고, 타인에 대해 자신의 긍정적인 감정을 표현하는 활동이다. 셋째, '나/처/럼/너/를/' 5행시 짓기 활동이다. '나/처/럼/너/를/' 5행시 짓기를 통해 자신과 친구의 보물찾기 및 응원편지 쓰기 활동을 시적으로 형상화 또는 승화 시켜나가는 것이다.

〈예시, '나처럼 너를' 글쓰기〉

☆나의 보물찾기_1
"도전정신이 강한 7전8기 인생. 자랑스러운 나의 보물"
①'의지가 약해 자꾸 좌절되고, 쉽게 포기해 버린 나'만 자책하며 후회스럽고 불행한 인생을 살아왔다. 허구한 날 "어렸을 때로 돌아가고 싶다"

는 말만 연발 했던 나.

②그래, 충분히 반성해야 할 점이지만 부정적인 것으로만 보고 좌절할 필요는 없다. ③많은 실패를 경험했지만 그것이 '온전한 실패'뿐인 것만은 아니었다. 그 속에서 나는 많은 교훈을 얻었다. ④그치만 무엇보다 중요한 것은 내가 그 절망 속에서도 꿋꿋하게, 일곱 번 넘어지고도 여덟 번 일어났다는 점이다. ⑤나는 아직 내 목표를 향해 달리고 있고, 포기할 마음은 죽어도 없다. 결국 나는 이룰 것이다. 그리고 나는 좌절 속에서도 행복하다. 다시 일어날 것이기 때문에. 자랑스럽고 아름다운 나의 도전정신과 칠전팔기인생, 나는 나를 사랑한다.

윗글 '☆나의 보물찾기_1'의 필자는 "도전정신이 강한 7전8기 인생"이 자신의 보물이다. 그런 보물을 가진 만큼 위 글의 필자는 여러 번의 실패와 좌절을 겪었으며, 그것이 마음속의 상처로 간직되어 있다. 필자는 ①에서 자신의 의지가 약해 '자꾸 좌절'된 경험에 대해 말한다. 그런 경험 속에서 쉽게 포기해 버린 자신을 책망하며 후회했다고 한다. "허구한 날", 어렸을 때로 돌아가고 싶을 정도로 필자의 자신에 대한 실망감, 패배감, 좌절감은 컸다. 그래서 불행한 인생이라고 말한다. 이처럼 필자는 극도로 자존감이 상실된 상태로 살아왔고, 이로 인해 퇴행적 욕구를 가질 정도로 후회스럽고 불행한 인생이었음을 솔직하게 고백하고 있다.

그런데 여기서 중요한 것은 자신의 부끄러운 모습을 솔직하게 드러내고 있다는 점이다. 자신의 상처를 솔직하게 드러낸다는 것은 많은 용기가 필요하다. 많은 사람들은 여러 가지 이유로 꺼낼 엄두를 내지 못하고 세월이 약이라 하며 속으로 앓다가 자신도 모르게 더 큰 심리적 장애를 평생 간직하면서 살아간다. 그러므로 자신의 상처를 솔직하게 드러낸다는 것은 자신의 상처를 아물게 하여 극복하는데 있어서 획기적인 전환점을 시사한다. 그리고 자신의 상처를 밖으로 꺼내 놓는 과정에서 필자는 오로지 자신의 상처에만 집착했던 입장과 태도에서 조금씩 벗어나게 된다. 즉 편협하고 단편적인 입장과 태도에서 개방적이고 허용적인 입장과 태도로 변화되고 있음을 나타내고 있다.

그렇기 때문에 필자는 윗글을 쓰기 시작하면서 그리고 쓰는 과정에서 자신의 삶의 상처를 딛고 진취적으로 자신의 삶을 영위해 나가려고 하는 의지를 보인다. 그것은 ②, ③에서 알 수 있다. 필자는 이전에는 ①에서 기술된 것처럼 자책과 후회, 좌절 속에서 퇴행적 욕구를 가질 정도로 자신의 삶을 후회스럽고 불행한 인생으로 낙인하면서 살아왔다. 그러나 필자는 ①에서처럼 자신의 상처를 솔직하게 드러내 직면하고 성찰함으로써 새로운 인식의 전환에 이르러 자신의 삶에 대한 새로운 입장과 태도를 갖게 된다.

뿐만 아니라 이러한 인식의 전환과 삶에 대한 입장과 태도의 변화는 ②, ③에서와 같이 부정적인 많은 실패 속에서 많은 교훈을 얻을 수 있다는 깨달음에 이른다. 그렇기에 부정적인 것으로만 보고 좌절할 필요도 없다고 한다. 이는 필자가 '☆나의 보물찾기_1'을 통하여 자신의 삶의 부정적인 측면을 자신의 삶 전체 속에서 이해하고 수용하여 긍정적이고 유익한 삶으로 변화시키고 있음을 알 수 있는 부분이다. 즉 자신이 스스로 에워쌓아 감춰뒀던 상처를 자신의 삶 전체 속에서 성찰함으로써 이해하고 수용하여 자신의 삶의 긍정성을 회복하고 있는 과정이다. 이러한 과정은 한 단계 높은 단계에서 이뤄지는 자신과 타인에 대한 용서와 화해가 허락됨으로써 통합된 자아를 이루게 하는 디딤돌을 놓는 과정이기도 하다.

그런데 필자는 ④에서와 같이 절망 속에서도 꿋꿋한 '7전8기 인생'이라는 보물 즉 실패와 지혜가 통합된 자아를 형성해 가고 있다. 왜냐하면 이 과정 속에서 필자는 실패와 좌절이든 성공과 행복이든 즉 부정적인 것이든 긍정적인 것이든 모든 것이 자신의 삶을 풍요롭게 하고 삶의 소중한 경험과 지혜로써 다가오기 때문이다. 그렇기 때문에 ⑤에서 알 수 있듯이 필자는 강한 결의를 다지며 삶의 원동력을 회복하였고, '좌절 속에서도 행복'함을 느끼게 된다. 결국 이는 자신의 삶에 대한 자긍심과 자아존중감을 회복시켜 자신의 삶을 자랑스럽고 아름답게 생각하게 하고, 자신을 사랑한다고 말할 수 있게 한다. 물론 이것이 바로 문학상담에서 언급한 '자아'의 통합을 이루는 과정이다.

☆친구의 보물찾기_1

"남을 배려해주고, 관심 가져주는, 속 깊은 친구, 자랑스러운 보물"

평소 내가 별로 맘에 들어 하지 않았던 학원 친구. 그 애가 중얼거리는 말에 난 무슨 말을 하는지 귀를 기울이지도 않았고 아무 대답도 하지 않고 못들은 척 했다. 뭐라고 하는 지 잘 못 알아들었을 때가 많았고. ①그러나 그 애는 항상 내 말에 귀 기울려주고, 반응해주고, 웃어주고, 답변해주었다. 그렇게 불친절했던 나에게 하는 것 같지 않게, 내가 그러든 말든 그 애는 시종일관 내게 관심을 가져주었다.

②생각해보니 ③내가 그 애를 마음에 들어 하지 않았던 이유는 그 애의 '외모'나 '인지도'때문이었다. ④평소 내가 그런 경향이 많다고 생각을 했었지만, 정말 고쳐야 할 것이라고 생각한다. 나의 '이유 없는' 그런 태도에 그 친구는 얼마나 상처를 받았을까. 사실은 속으로 얼마나 마음 상해했을까. ⑤내일부터 당장 그 친구에게 '그동안 미안했다'고 용서를 구하고 잘 대해 주어야겠다. ⑥착하디착한 그 친구를 생각하니 너무 마

음이 아프다. 사실, 그 친구 정말 좋은 친구인데....... "⑦ 정말 정말 정말 미안해. 그리고 고마워 ○○야!"

　윗글 '☆친구의 보물찾기_1'은 친구와의 관계의 문제를 드러내어 성찰하고, 친구에 대한 상대공감을 통해 그 관계를 회복해 가는 과정을 나타내고 있다. 먼저 필자는 자신이 평소에 맘에 들어 하지 않았던 학원 친구와의 관계에 대해 솔직하게 서술하고 있다. 말을 해도 귀 기울이지 않았고, 대답도 하지 않았으며, 못들은 척 무시했던 자신에 대해 고백한다. 반면에 ①에서처럼 항상 자신의 말에 귀 기우려 주고, 웃어주고, 답변해 주었던 친구에 대해 이야기하고 있다. 그러면서 그런 친구에 대해 무시와 무관심으로 일관했던 자신의 모습을 애써 꺼내어 놓고 성찰해 본다. ②에서처럼 생각해본 것이다.

　그리고 나서 ③에서처럼 그 이유에 대해 나름대로 밝히고 있다. 친구의 외모나 인지도 때문이다. 친구에 비해 상대적으로 그렇지 못한 자신의 모습과 위상은 자신을 스스로 괴롭혔다. 그리고 그 반대급부로 상대에게 상처를 주었다. 물론 '무엇이라고 하는지 잘 못 알아들었을 때가 많았'다고 하지만, 필자는 자신의 열등감과 피해의식을 상대에게 상처를 주는 행동을 함으로서 스스로 위안을 삼았다. 그러나 그것이 더 큰 죄의식과 공허함으로 돌아왔기 때문에 윗글에서 밝히고 있다.

　그런데 결국 이것은 자아에 대한 존중감의 저하와 정체감의 부재에 의해 비롯된다. 끊임없이 타인과 비교하면서 가지는 열등감과 피해의식, 그리고 자신이 스스로 해결할 수 없다고 생각하는 삶에 대한 불만족스러움이 자신의 삶을 왜곡하고 있는 것이다. 이것은 다시 있는 그대로의 자신의 삶에 만족하지 못하게 하고, 자신의 삶을 이해하고 수용하지 못하게 한다. 그럼으로써 자신을 더욱 부정적으로 인식하고, 자신을 비하하고 비난하게 된다. 이러한 것들이 순환하면서 더욱 자신을 어렵고 힘들고 고통스러운 나락으로 떨어뜨리며, 자아존중감의 급격한 저하와 정체감의 상실을 초래한다. 물론 이러한 모습은 윗글의 필자뿐만 아니라 많은 청소년들에게서 나타난다. 자신의 심리·정신적 갈등이나 문제적 상황으로 인한 어려움과 힘듦과 고통스러움을 타인이나 다른 매개체 즉 동식물이나 자신의 주변에 있는 사물에 폭력적인 행위를 하는 것에서 나타난다.

그런데 윗글의 필자는 이러한 글쓰기 과정에서 ④에서처럼 자신의 삶을 반성적으로 성찰하고 친구의 상처를 헤아려 염려하고 공감하게 된다. "얼마나 상처를 받았을까. 사실은 속으로 얼마나 마음 상해했을까."라고 하면서 친구의 마음에 공감하고 있다. 동시에 필자는 ⑥에서처럼 "착하디착한 그 친구를 생각하니 너무 마음이 아프다."라고 하며 자신의 마음에도 공감한다. 결국 필자는 ⑤와 같이 용서를 구하고, 화해의 결심을 하게 된다. 뿐만 아니라 ⑦에서처럼 이런 깨달음을 준 친구에게 미안하면서도 고마움을 전한다.

실제로 윗글의 필자는 "이렇게 실천을 해보니 참 보람 있고 즐겁다. 앞으로 '사랑하는' 내가 되어야지. '미워하는' 나는 버리고, '사랑하는' 내가 되어야지!"라고 후기를 쓴다. 그리고 "얼마나 효과가 있겠다 싶어서 그 전까진 그냥 지나쳤었죠. 그런데 해보니까 정말 좋은 거예요. (생략) 제 자신에게 자신감도 생기고 더 행복해 지더라구요"라는 후기를 쓴다. 그렇기 때문에 위의 글은 자신의 삶을 성찰하면서, 친구의 상처에 대해 공감하고, 이러한 상대공감을 바탕으로 친구에게 용서와 화해를 구하는 글이다. 또한 이 글은 자아에 대한 존중감과 정체감을 형성하는 데에 긍정적인 영향을 주고 있고, '자아'의 통합에 발돋움할 수 있는 디딤돌을 놓는 과정이라고 할 수 있다.

(가) 허약한 나에게...

안녕? ○○군.

①넌 가끔 네 자신의 단점을 과장하면서 불만을 키워나가기도 했지. 왜소한 몸, 작은키, 가끔씩 소심해지고 우울해하는 성격이 내 전부인것마냥 생각하기도 했지. 물론 그때는 그럴만한 이유가 있었어. 키 큰 친구들에게 ②놀림도 당했었고 그것을 극복하느라 무리하게 운동을 해보다가 코피가 나기도 했었지. ③하지만 너는 극복하려고 애를 썼어. 약한 체력을 억지로 강하게 하는것 보다는 건강한 몸을 지키기 위해 적당한 휴식을 취하고 규칙적인 생활을 하기로 마음 먹어지 그리고 스스로 일처리를 해나가고 관심있는 분야와 좋아하는 일에는 미친듯이 빠지는 열정을 갖게 되었지. ④그런 점이 넌 참 대단해. 앞으로 너의 단점을 좀 더 보완하고 장점을 잘 살려서 체력과 정신을 바르고 유익한 곳에 쓰게 되는 날이 꼭 올거야. 그날을 위해 오늘부터 차근차근 건강하고 적극적인 네가 되기위해 ⑤노력할거라고 믿어. 그럼 잘지네. 안녕.

(나) ○○에게

안녕? ○○아...

언젠가 수업시간에 너를 보았을때 ⑥눈빛이 하도 강해서 차갑고 냉정한 아이라고 생각했어. 거기다가 전교 1등까지 하는 아이라고 하니 무섭게도 보였지 ⑦그런데 한 반에서 같이 생활해 보니 과묵하지만 친구들에게 친절하고 상대편이 기분 좋아지는 말도 해주어서 좋은 인상을 받게 되었어. 나는 가끔 점심시간에 혼자 식당에 가기도 하는데 너는 기다리면서 까지 나랑 같이 가주었지. 참 의리가 좋은것 같아. ⑧많이 친해지진 못했지만 너와 함께 지내면 배울점도 많은 든든한 친구가 될것같다.

⑨나도 너처럼 의리 있고 친구들에게 언제나 친절하게 대해주는 사람이 되고 싶다. ⑩다음에 같이 움직일 일이 있을 때 나만 혼자 훌쩍 자리를 뜨지 않고 기다려 줄께. 그리고 공부도 최고인 만큼 건강도 잘 챙기길 바래. 건강이 무너지면 모든것이 무너져. 그럼 우리 내일 밝은 얼굴로 다시 보자. 안녕.

(다)
나 : 나홀로 험한 길을 가는 것은 아니다
처 : 처음부터 우리는 모두 거친 황야에서 길을 찾고 있었다
럼 : 넘어지고, 부딪칠 이 길목에서
너 : 너와 내가 주저앉아 있다면
를 : 늘 서로의 어깨를 일으켜주는 친구가 되고 싶다.

위의 오행시의 필자는 '자신의 보물찾기' 글인 (가)와 '친구의 보물찾기' 글인 (나)를 쓴 뒤에 (다)를 이어서 지은 것이다. '나/처/럼/너/를/ 5행시 짓기' 글인 (다)는 (가)와 (나)의 글을 통해 더 잘 이해할 수 있다. 필자는 (가)의 첫 어구에서 보듯이 허약한 외모들 가지고 있다. 왜소한 몸, 작은 키로 인해 매우 불만이다. 그런데 (가)의 ①, ②에서처럼 이런 불만을 스스로 과장하면서 필자의 심리·정신적인 갈등은 가끔씩 소심해지고 우울해하는 성격으로 발전한다. 그 후, 이런 것들이 자신의 전부인 것 마냥 생각하게 된 사연을 고백하고 있다. 또한 이렇게 된 이유가 키 큰 친구들에 의한 놀림 때문이었다고 말한다. 놀림을 당하기 싫어 무리하게 운동을 하다가 코피가 나기도 했을 정도로 신경을 많이 썼던 것이다. 그래서 더욱 필자의 불만과 심리·정신적인

갈등이 증폭되었던 것이다.

그렇지만 (가)의 ③에서처럼 필자는 강하게 자신의 그런 노력이 의미가 없지 않았음을 주장한다. 자신의 지난 삶을 직면하여 성찰하면서 자신의 불만과 심리·정신적인 갈등을 적극적으로, 그리고 의지를 갖고 극복하려고 노력했던 자신과 만난 것이다. 자신의 부정적인 삶의 단면에서 자신의 삶의 긍정성과 만난 것이다. 그래서 필자는 네 줄에 걸쳐 자신의 노력했고, 노력함으로써 얻었던 성과에 대해 길게 서술하고 있다. 결국 이러한 과정은 ④와 ⑤에서처럼 자신에 대한 긍정성의 회복과 믿음으로 이어지고 있다. "넌 참 대단해."라고 하면서 자신을 긍정적인 존재로 인정하고 있다. 더불어 자신에 대한 존중감을 회복하고 있다. 이것을 바탕으로 자신의 삶의 지향을 긍정적 방향으로 설정하고 자신의 의지를 다짐하고 끝으로 자신에 대한 신뢰를 보내고 있다.

이와 같은 과정을 통해 필자는 자신의 부정적인 삶을 통합할 수 있는 내적힘을 갖게 된다. 이 내적힘이 바로 자신에 대한 긍정성이다. 그런데 이러한 긍정성은 (나)의 ⑦, ⑧, ⑨, ⑩에서처럼 친구를 긍정적으로 볼 수 있게 하여 친구와의 관계를 긍정적으로 변화시켜내는 힘이 된다. 비록 (나)에서 등장하는 친구는 처음에는 차갑고 냉정한 아이라 생각했고, 무섭게 보이기도 했던 인물이다. 그렇지만 친구의 보물을 찾는 글쓰기 (나)의 과정에서 필자는 ⑨에서와 같이 '너처럼 의리 있고 친구들에게 언제나 친절하게 대해주는 사람'이 되고자 한다. 뿐만 아니라 ⑩에서처럼 '혼자 훌쩍 자리를 뜨지 않고 기다려' 주는 자신의 삶의 태도를 밝히고 의지를 다짐한다. 이처럼 자신에 대한 긍정성은 친구를 이해하고 화해할 수 있도록 하는 힘이 되는 것이다.

이는 다시 '나/처/럼/너/를/ 5행시 짓기' 속에서 문학 작품으로 승화되고 있다. 오행시의 첫 행에서는 자신이 고백했던 그러한 삶이 비단 자신만의 '험한 길'이 아니었음을 말한다. (가)에서 드러냈던 자신의 불만과 심리·정신적인 갈등이 자신만이 겪는 아픔이 아니라 성장의 과정에서 누구나 겪을 수 있는 과정임을 깨달았기 때문이다. 즉 필자는 자신의 삶을 되돌아봄으로써 자신뿐만 아니라 우리 모두의 삶의 질곡과 의미를 성찰하고 통찰에 이른다. 그러한 과정 속에서 필자의 인생에 대한 인식이 본질적 측면으로 확대되고, 전환된 것이다. 이를 통해 필자는 용기와 희망을 갖게 된 것이다.

그러한 용기와 희망을 갖게 된 필자는 "넘어지고, 부딪칠 이 길목"이라는 너와 나, 우리의 인생길에서 항상 같은 마음으로 서로의 어깨를 감싸 일으켜 주는 친구가 되고 싶다고 한다. 그리하여 함께 어려움을 극복하고 함께 행복한 삶을 살기를 바라는 것이다. 이렇듯 필자는 (가), (나)의 글쓰기 과정에서 총체적으로 성찰한 자신의 삶과 지향을 (다)의 글쓰기 과정에서 압축적이고 간결한 형식에 담아 자신의 생각과 마음을 더욱 심화시켜 내고 있다. 그럼으로써 자신의 삶 속의 부정적인 측면을 긍정적으로 받아들이고 이를 모두 통합해 나가고 있다. 이는 자신의 삶에서 나타나는 긍정적·부정적인 측면들을 자아성찰을 통해 이해함으로써 이러한 모든 삶의 경험을 자신의 성장과 발달, 그리고 깨달음을 위한 하나의 기회와 계기를 삼아 나가고 있음을 의미한다. 그런 과정에서 필자는 자신의 삶을 있는 그대로 수용하며, 자신의 삶을 용서하고 비로소 화해해 나갈 수 있게 된다.

참고문헌

1) 단행본

고미영(2004), 『이야기 치료와 이야기의 세계』, 청목출판사.

김인자(2008), 『현실요법과 선택이론』, 한국심리상담연구소.

김정규(2015), 『게슈탈트 심리치료』, 학지사.

김주환(2019), 『회복탄력성』, 위즈덤하우스.

김현희 외(2006), 『독서치료』, 학지사.

김춘경(2006), 『아들러 아동상담』, 학지사.

김춘경 외(2016), 『상담학 사전 세트 전5권』, 학지사.

Nathaniel Branden(나타니엘 브랜든)(1994), 『나를 존중하는 삶』, 강승규 역, 학지사.

노안영 외(2003), 『성격심리학』, 학지사.

다리아 할프린(2006), 『동작중심 표현예술치료』, 김용량·이정명·오은영 옮김, 시그마 프레스.

류시화 엮음(2020), 『마음챙김의 시』, 수오서재.

마태오 린·데니스 린·쉐일라 파브리칸트 지음(2008), 『내삶을 변화시키는 치유의 8단계』, 김종오 옮김, 생활성서사.

마틴 셀리그만 지음(2006), 『긍정심리학』, 김인자 옮김, 도서출판 물푸레.

박희승(2024), 『하루 5분 생활 명상』, 중앙books.

변학수(2006), 『통합적 문학치료』, 학지사.

베셀 반 데어 콜크(2020), 『몸은 기억한다』, 제효영 역, 을유문화사.

브루스 핑크 지음(2008), 『라캉과 정신의학』, 맹정현 옮김, 민음사, 2008.

조셉 골드 지음(2003), 『비블리오테라피』, 이종인 옮김, 북키앙출판사.

리타카터(Rita carter) 지음(2008), 『다중인격의 심리학』, 김명남 옮김, 교양인.

지그문트 프로이트(2003), 『프로이트 전집 1 정신분석 강의』, 임홍빈·홍혜경 역, 열린 책들.

지그문트 프로이트(2003), 『프로이트 전집 2 새로운 정신분석 강의』, 임홍빈·홍혜경 역, 열린책들.

지그문트 프로이트(2003), 『프로이트 전집 4 꿈의 해석』, 김인순 역, 열린책들.

지그문트 프로이트(2003), 『프로이트 전집 7 성욕에 관한 세 편의 에세이』, 김정일 역, 열린책들.

지그문트 프로이트(2003), 『프로이트 전집 10 정신 병리학의 문제들』, 황보석 역, 열린책들.

지그문트 프로이트(2003), 『프로이트 전집 13 종교의 기원』, 이윤기 역, 열린책들.

지그문트 프로이트(2003), 『프로이트 전집 14 예술, 문학, 정신분석』, 정강진 역, 열린책들.

샤우나 샤피로 지음(2021), 『마음챙김, 안드로메데안.

샐리 앳킨스(2008), 『통합적 표현예술치료』, 최애나·이병국 옮김, 푸른솔.

선원필·소희정(2019), 『예술치료』, 피와이메이트.

숀 맥니프. 유혜선 옮김. (2014), 『통합예술치료』, 이담북스.

스테파니 L. 브룩(2010), 『창의적 통합 예술 치료 매뉴얼』, 류분순 옮김, 하나의학사.

C. G. 융. 한국융연구원 C. G. 융 저작 번역위원회 옮김(2005), 『융 기본 저작집 7 상징과 리비도』, 솔출판사.

C. G. 융. 한국융연구원 C. G. 융 저작 번역위원회 옮김(2003), 『융 기본 저작집 1 정신요법의 기본 문제』, 솔출판사.

C. G. 융. 한국융연구원 C. G. 융 저작 번역위원회 옮김(2006), 『융 기본 저작집 2 원형과 무의식』, 솔출판사.

C. G. 융. 한국융연구원 C. G. 융 저작 번역위원회 옮김(2006), 『융 기본 저작집 5 꿈에 나타난 개성화 과정의 상징』, 솔출판사.

앨리스 밀러(Alice Miller)(2019). 천재가 될 수밖에 없었던 아이들의 드라마』, 노선정 역, 양철북.

Yalom, I. D., 최해림, 장성숙 역. (1993), 『집단정신치료의 이론과 실제』, 하나의학사. (원전: The theory and Practice of Group Psychotherapy, 1985).

양유성(2005), 『이야기 치료』, 학지사.

와다 히데키 저(2004), 『다중인격』, 이준석 역, 학지사.

W. 휴 미실다인(2011), 『몸에 밴 어린시절』, 이석규·이종범 옮김, 가톨릭출판사.

Erik H. Erikson(2000), 『청년 루터』, 최연석 옮김, 크리스챤 다이제스트.

Erik H. Erikson, Burrhs F. Skinner, Carl R. Rogers, 한성렬 편역(2000), 『노년기의 의미와 즐거움』, 학지사.

Erika J. Chopich, Margaret Paul(2011), 『내 안의 어린아이. 잃어버린 내면아이를 만나는 자기치유 심리학』, 이세진 옮김, 교양인.

William C. Crain(2001), 『발달의 이론』, 서봉연 역, 중앙적성사.

윌리암 글라써(William Glasser), 『행복의 심리, 선택이론』, 김인자·우래령 옮김, 한국
　　심리상담연구소, 2008.

이근매·아오키 도모코(2017), 『상징사전』, 학지사.

이금희·장만식(2018), 『문학상담』, 보고사.

이동식(2012), 『도정신치료 입문』, 한강수.

임용자(2016), 『표현예술치료의 이론과 실제』, 학지사.

Irvin D. Yalom(2016), 『실존주의 심리치료』, 임경수 역, 학지사.

장만식(2014), 『삶을 가꾸는 글쓰기』, 새문사.

제임스 W. 페니베이커·존 F. 에반스 저(2017), 『표현적글쓰기』, 이봉희 역, xbooks.

제임스 W. 페니베이커(2016), 『단어의 사생활』, 김아영 역, 사이.

정운채(2006), 『문학치료의 이론적 기초』, 문학과치료.

정운채(2015), 『문학치료학의 서사이론』, 문학과치료.

정여주(2006), 『미술치료의 이해 이론과 실제』, 학지사.

정지현 역(2019), 『메타인지 치료』, 학지사.

Gerald Corey(2009), 『심리상담과 치료의 이론과 실제 제6판』, 조현춘·조현재 공역,
　　㈜시그마프레스.

주리애(2021), 『미술심리 진단 및 평가』, 학지사.

Gillie Bolton, Stephanie Howlett, Colin Lago, eannie K. Wright 편저(2012), 『글쓰
　　기치료』, 김춘경 외 공역, 학지사.

카도노 요시히로(2008), 『미술치료에서 본 마음의 세계』, 전영숙·유신옥 옮김, 이문출
　　판사.

칼 구스타프 융(2007), 『카를 융: 기억 꿈 사상, 카를 융 자서전』, 조성기 역, 김영사.

캐머론 웨스트 저(2002), 『다중인격』, 공경희 역, 그린비.

Kathleen Adams 저(2008), 『저널치료의 실제』, 강은주·이봉희·이영식 공역, 학지사.

채연숙(2020), 『글쓰기치료: 이론과 실제』, 경북대출판부

철학사전편찬위원회, 임석진 외(2009), 『철학사전』, 도서출판 중원문화.

Pat Orden·Janina Fisher(2021), 『감각운동 심리치료』, 이승화 역, 하나의학사.

Phil Joyce, Charlotte Sills, 공부하는모임 GeCon(2024), 『게슈탈트 상담과 심리치료
　　기법 제4판』, 박정 옮김, 시그마프레스.(원제: Skills in Gestalt Counselling &
　　Psychotherapy)

Fran J. Levy, Judith Pines Fried, Fern Leventhal(2009), 『무용·동작중심 표현예술
　　치료 사례집』, 최희아·남희경·고경순 옮김, 학지사.(원제: Dance and Other
　　Expressive Art Therapies)

프리츠 펄스(2013), 『펄스의 게슈탈트 심리치료』, 최한나·변상조 옮김, 학지사.

H. 포터 애벗(2010), 『서사학 강의』, 문학과지성사.

한국기독교상담심리학회(2019), 『분석심리학과 표현예술치료』, 학지사.

한국도서관협회 독서문화위원회 편, 김정근 외(2008), 『체험적 독서치료』, 학지사.

한성우(2013), 『적극적 상상과 치유의 글쓰기』, 오늘의 문학사

허정선(2024), 『통합예술치료 임상실제』, 학지사.

홍유진(2017), 『통합예술치료』, 학지사.

홍은주·박희석·김영숙(2017), 『예술치료의 이론과 실제』, 학지사.

Giorgi, A. Phenomenology and psychological research, 1985.(Amedeo Giorgi, 신경림 외 옮김(2004), 『현상학과 심리학 연구』, 현문사.)

Goleman, D.(1995), 『Emotionalintelligene』, New York: Bantam Book.

G. W. F. Hegel(2005), 『정신현상학2』, 임석진 역, 한길사.

John Bradshaw(1990), 『Home coming: Reclaiming and Championing your Inner child』.(존 브래드쇼(2004), 『상처받은 내면아이 치유』, 오제은 옮김, 학지사.)

Nicholas Mazza(1999), 『Poetry Therapy: Interface of the Arts and Psychology』, Boca Raton, London, New York and Washington, D.C.: CRC Press.

Progoff, Ira.(1992), 『At a Journal Workshop: Writing to Access the Power of the Unconscious and Evoke Creative Ability』, Jeremy P. Tarcher.

Roland Barthes, Lionel Duisit(1975), 『An Introduction to the Structural Analysis of Narrative』, Vol. 6, No. 2. On Narrative and Narratives. The Johns Hopkins University Press.

Rogers, N.(1997), 『The Creative Connection: Expressive Arts as Healing』(나탈리 로저스(2007), 『인간중심 표현예술치료: 창조적 연결』, 이정명·전미향·전태옥 옮김, 시그마프레스.)

Silvan Tomkins, Af ect(1992), 『Imagery, Consciousness』 vol. I. New York: Springer Publishing.

Zinker, J(1978), 『Creative Process in Gestalt Therapy』, Vintage Books.

2) 학술 논문

김수림 외(2016), 「치매노인 가족 주부양자를 위한 응용예술심리상담 프로그램 개발 및 효과」, 『예술인문사회 융합 멀티미디어 논문지』 6(4), 응용예술심리연구센터.

김수영(2022), 「인간의 감정과 성령의 사역: 톰킨스의 감정 이론과 몰트만의 성령론의 만남」, 『신학과 실천』 82, 한국실천신학회.

김순자(2019), 「호흡명상을 병행한 만다라기법이 중년기 여성의 우울감소에 미치는 사례연구」, 『임상미술심리연구』 9(1), 한국아동발달지원연구소.

김은영(2009), 「우울증 주부의 우울완화를 위한 만다라 미술치료 사례」, 『미술치료연구』 16(3), 한국미술치료학회.

김해미(2015), 「주부의 걷기운동 참여가 융복합차원에서 자아존중감과 스트레스 및 우울증개선에 미치는 영향」, 『디지털융복합연구』 13(12), 한국디지털정책학회.

김희국(2014), 「여성직장인의 여가활동참여가 우울에 미치는 영향에 관한 연구」, 『한국체육과학회지』 23(5), 한국체육과학회.

남보라 외(2010), 「한국판 외상 후 스트레스 진단 척도의 신뢰도 및 타당도 연구」, 『한국심리학회지: 임상』 29(1), 한국임상심리학회.

문경일·오태주·박은아(2023), 「초등학교 저학년 자녀를 둔 어머니를 위한 내면아이 치료를 활용한 부모교육 프로그램 개발 및 효과」, 『부부가족상담연구』 4(1), 한국부부가족상담연구학회.

박상욱 외(2005), 「수영운동이 우울증에 미치는 영향」, 『정형스포츠물리치료학회지』 1(2), 대한스포츠물리치료학회.

박영현·박승민(2015), 「어린 시절 상처 치유 경험과 부부 관계 변화 과정 연구: 내면아이 치유집단 상담 참여 경험을 중심으로」, 『가족과가족치료』 23(1), 한국가족치료학회.

백승아·구본용(2019), 「부모의 양육태도, 사회적지지, 초기 부적응 도식, 내면아이 및 분노 표현 방식 간의 구조 관계 검증」, 『청소년상담연구』 26(1), 한국청소년학회.

안지현·이동천·권영란(2015), 「내면아이 상담을 활용한 부모교육 프로그램이 부모자녀 관계만족도와 부모효능감에 미치는 효과」, 『Journal of the Korean data analysis society』 17(5), 한국자료분석학회.

오제은(2009), 「내면아이 치료와 주요 인물들과의 관계 재구성 경험의 해석학적 연구」, 『상담학연구』 10(3), 한국진로상담학회.

유숙경·이경원(2020), 「교정시설에 수감 중인 마약사용자 회복을 위한 내면아이 치유 프로그램 개발 및 효과 연구」, 『교정연구』 30(2), 한국교정학회.

이경하(2015), 「명상기반 만다라모래치료 적용에 대한 연구: PTSD환자의 불안과 우울 감소에 미치는 영향」, 『놀이치료연구』 91(1), 한국아동심리재활학회.

이영호 외(1991), 「BDI, SDS, MMPI-D 척도의 신뢰도 및 타당도에 대한 연구」, 『한국심리학회지: 임상』 10(1), 한국임상심리학회.

이진경·황경애(2020), 「부모의 폭력으로 인한 자기 비난을 호소하는 여대생의 내면아이 상담 사례연구」, 『부부가족상담연구』 1(1), 한국부부가족상담협회.

장만식(2007), 「문학치료를 위한 설화의 심리·사회 성격발달이론에 따른 분류」, 『문학치료연구』 7, 한국문학치료학회.

장만식(2008), 「『사씨남정기』의 정신분석학적 고찰과 예방과 치료를 위한 삼원심리(三原心理) 자각하여 글쓰기」, 『문학치료연구』 8, 한국문학치료학회.

장만식(2009), 「'나처럼 너를' 인터넷 캠페인의 문학치료적 가능성」, 『문학치료연구』 10, 한국문학치료학회.

장만식(2014), 「'자기 탄생설화 쓰기'의 문학치료적 가능성 탐색」, 『문학치료연구』 30, 한국문학치료학회.

장만식(2015), 「'사물과의 대화록 쓰기'와 〈조침문〉 감상을 바탕으로 한 '애도적 글쓰기' 프로그램이 자기서사에 미치는 긍정적 효과」, 『문학치료연구』 35, 한국문학치료학회.

장만식(2023), 「정신병리적 관점에서 본 『사씨남정기』 교씨의 열등콤플렉스 특성 및 문학치료적 함의」, 『인문과 예술』 15, 인문예술학회.

장만식·정영기(2023), 「중년 여성의 우울증상 완화를 위한 핵심감정표현 통합예술치료 사례연구」, 『문화와 융합』 45(4), 한국문화융합학회.

장만식·이정연(2024), 「상처받은 내면아이 치유를 위한 예술치료의 통합적 적용 사례연구: 존 브래드쇼(John Bradshaw)의 상처 받은 내면아이 치유를 중심으로」, 『인문과 예술』 17, 인문예술학회.

정갑임(2020), 「우리 안의 아이라는 자원: 동심과 내면아이에 대한 연구 중심으로」, 『양명학』 57, 한국양명학회.

지상선(2021), 「청소년 범죄자들의 내면아이 그림책 치료 프로그램 연구」, 『교정연구』 31(1), 한국교정학회.

진미리(2021), 「'대상화'의 의미와 여성신학적 관점에서의 비판」, 『신학사상』 193집(여름호), 신학사상연구소.

최광현(2014), 「청소년 내담자를 위한 인형치료에서 '내면아이'의 중요성과 치료적 활용에 관한 사례연구」, 『청소년시설환경』 12(4), 한국청소년시설환경학회.

최기쁨(2021), 「중년여성의 우울과 회복탄력성에 따른 이야기그림검사 반응특성 연구」, 『미술치료연구』 28(1), 한국미술치료학회.

최영전·권혁철(2019), 「중년기 위기감, 속박감, 스트레스 대처방식 및 심리적 안녕감의 관계」, 『지역과 세계』 43(1), 사회과학연구소.

최혜정(2020), 「우울한 중년 여성의 개성화 과정에 대한 미술치료 사례연구」, 『미술치료연구』 27(6), 한국미술치료학회.

Carr Susan M. D, Hancock Susan.(2017), Healing the inner child through portrait therapy: Illness, identity and childhood trauma. International Journal of Art Therapy: Inscape, 22-1.

Margareta Sjöblom, Kerstin Öhrling, Maria Prellwitz, Catrine Kostenius.(2016).
Health throughout the lifespan: The phenomenon of the inner child reflected
in events during childhood experienced by older persons. International
Journal of Qualitative Studies on Health and Well-Being. 11.

Pennebaker, J. W., & King, L. A.(1999). Linguistic styles: Language use as an
individual difference. Journal of Personality & Social Psychology.

3) 학위 논문

박진수(2021), 「상처입은 내면아이 인형치료를 통한 부부치료 사례연구」, 한세대학교
박사학위논문.

박창용(2023), 「상처받은 내면아이와 실존주의 상담의 연관성에 관한 연구: 빅터 프랭클
의 의미치료와 내면아이 치료에 대한 이론적 접근」, 한세대학교 박사학위논문.

소현경(2023), 「중학생의 정서·행동문제 진단평가를 위한 풍경구성법(LMT) 타당화 연
구」, 평택대학교 박사학위논문.

서경숙(2011), 「재소자의 '영원한 아이' 시치료 경험에 관한 연구」, 평택대학교 박사학위
논문.

신차선(2010), 「알코올 중독자에 대한 한국형 내면아이 치유프로그램의 개발 및 효과:
자기수용, 대인관계 및 사회적 문제해결 능력을 중심으로」, 명지대학교 박사학위논문.

심우범(2007), 「한·일 가정 부인의 내면아이 치유프로그램: 중랑 가정 연합의 한·일
가정을 중심으로」, 선문대학교 박사학위논문.

정경숙(2017), 「산후 우울경향 산모의 회복탄력성 증진 집단미술치료 프로그램 개발:
산후조리원을 이용하는 산모를 중심으로」, 대구대학교 박사학위논문.

조상호(2017), 「영화치료 프로그램이 역기능 가정에서 성장한 내면아이의 치료에 미치
는 효과」, 동의대학교 박사학위논문.

조영미(2017), 「몸-언어 통합 표현예술치료 방법론 및 프로그램 개발 연구」, 경북대학교
박사논문.

4) 웹사이트 자료

http://bibliotherapy.pe.kr

https://journaltherapy.com. Center for Journal Therapy.

https://kosis.kr/index/index.do. 국가통계포털(KOSIS).

https://dict.naver.com/

https://terms.naver.com/

장만식

고려대학교 수학교육과 졸업. 동 대학원 교육학석사(국어교육 전공), 예원예술대학교
대학원 음악학석사(통합예술치료 전공), 상지대학교 대학원 문학박사(문학치료 전공).
현재 가톨릭관동대학교 스마트통합치유학과 교수. 문학광장 시부문 등단, 문학광장
문인협회 회원, 황금찬 시맥회 회원, 통합예술치료사. 저서로는 『삶을 가꾸는 문학상
담』, 『첫날밤』, 『옛이야기 산책』 등이 있고, 그 외 다수의 논문이 있다.

삶을 가꾸는
통합적 글쓰기치료

2025년 3월 28일 초판 1쇄 펴냄

지은이 장만식
펴낸이 김흥국
펴낸곳 도서출판 보고사

책임편집 이순민
표지디자인 김규범

등록 1990년 12월 13일 제6-0429호
주소 경기도 파주시 회동길 337-15
전화 031-955-9797(대표)
팩스 02-922-6990
메일 bogosabooks@naver.com
http://www.bogosabooks.co.kr

ISBN 979-11-6587-817-7   93810

ⓒ 장만식, 2025

정가 20,000원